诗词盛典（Ⅲ）

吕长春诗词盛典系列丛书

吕长春读写全宋词一万七千首（全四册）

余外集

吕长春 著

中国书籍出版社
China Book Press

图书在版编目（CIP）数据

吕长春读写全宋词一万七千首. 四 / 吕长春著. --
北京：中国书籍出版社, 2020.7
　（诗词盛典. Ⅲ）
　ISBN 978-7-5068-7892-0

　Ⅰ. ①吕… Ⅱ. ①吕… Ⅲ. ①词(文学)—作品集—中国—当代 Ⅳ. ①I227.8

中国版本图书馆CIP数据核字(2020)第111841号

吕长春读写全宋词一万七千首. 四

吕长春　著

责任编辑	刘　畅　吴化强
责任印制	孙马飞　马　芝
封面设计	东方美迪
出版发行	中国书籍出版社
地　　址	北京市丰台区三路居路97号（邮编：100073）
电　　话	（010）52257143（总编室）　　（010）52257140（发行部）
电子邮箱	eo@chinabp.com.cn
经　　销	全国新华书店
印　　厂	三河市顺兴印务有限公司
开　　本	787毫米×1092毫米　1/16
字　　数	2600千字
印　　张	82.5
版　　次	2020年7月第1版　2020年7月第1次印刷
书　　号	ISBN 978-7-5068-7892-0
定　　价	1286.00元（全四册）

版权所有　翻印必究

目 录

集一 思前贤

1. 龚日昇 ………………………… 3
   柳梢青·一九四九年十二月十九日 … 3
2. 陈若水 ………………………… 3
   沁园春·寿游侍郎 ……………… 3
3. 胡翼龙 ………………………… 3
   宴清都 …………………………… 3
   徵招 ……………………………… 3
   夜飞鹊 …………………………… 3
   长相思·题甘楼 ………………… 3
4. 刘之才 ………………………… 3
   兰陵王 …………………………… 3
   解连环 …………………………… 3
5. 萧汉杰 ………………………… 3
   卖花声·春雨 …………………… 3
   浪淘沙 …………………………… 3
6. 罗椅 …………………………… 4
   八声甘州·孤山寒食 …………… 4
   更漏子 …………………………… 4
7. 徐霖 …………………………… 4
   长相思 …………………………… 4
8. 朱埴 …………………………… 4
   画堂春 …………………………… 4
9. 张绍文 ………………………… 4
   酹江月·淮城感兴 ……………… 4
   沁园春·为叔父云溪主人寿 …… 4

10. 杨缵 …………………………… 4
    八六子·牡丹次白雪韵 ………… 4
    一枝春·除夕 …………………… 4
    被花恼·自度 …………………… 4
11. 史铸 …………………………… 4
    瑞鹧鸪 咏桃花菊 ……………… 4
12. 林洪 …………………………… 4
    恋绣衾 …………………………… 4
13. 吴大有 丁有大 ……………… 4
    点绛唇 …………………………… 4
14. 金淑柔 ………………………… 4
    浪淘沙 …………………………… 4
15. 陈人杰 ………………………… 5
    沁园春·天问 …………………… 5
    又·守岁 ………………………… 5
    又 ………………………………… 5
    又 ………………………………… 5
    又 ………………………………… 5
    又·忱 …………………………… 5
    又·西湖 ………………………… 5
    又惠觉寺 ………………………… 5
    又·姑苏 ………………………… 5
    又·自语 ………………………… 6
16. 毛珝 …………………………… 6
    浣溪沙·桂 ……………………… 6

    踏莎行 …………………………… 6
17. 张矩 …………………………… 6
    应天长·苏堤春晓平湖秋月 …… 6
    又·断桥残雪 雷峰夕照 ……… 6
    又·曲院风荷 花港观鱼 ……… 6
    又·南屏晚钟 柳浪闻莺 ……… 6
    又·三潭印月 两峰插云 ……… 6
    梅子黄时雨 ……………………… 6
18. 吴申 …………………………… 6
    七娘子 …………………………… 6
19. 姚勉 …………………………… 6
    沁园春·太学 …………………… 6
    贺新郎·京学 …………………… 6
    霜天晓角 ………………………… 7
    水调歌头·寿自己 ……………… 7
    沁园春·寄姚勉 字成一 ……… 7
    又·寿 …………………………… 7
    又·诗词盛典 …………………… 7
    声声慢·和徐同年梅 …………… 7
    柳梢青·忆西湖 ………………… 7
    贺新郎·忆别 …………………… 7
20. 陈允平 ………………………… 7
    摸鱼儿 西湖送春 ……………… 7
    秋田犬彼特 ……………………… 7
    木兰花慢 ………………………… 7
    绛都春 （旧上声韵 今改平声）… 7

1

倦寻芳 ………………………… 8	四园竹·围城 ……………… 10	满路花·孔子 ……………… 12
月上海棠 …………………… 8	侧犯·次周美成韵 ………… 10	尉迟杯 ……………………… 12
疏影（疏影 暗香，白石自度曲也）8	荔枝香近·书生上不作王，下不领土，	绕佛阁·论孔子于儒 ……… 12
暗香 ………………………… 8	中也。 ……………………… 10	丁香结 ……………………… 13
汉宫春 ……………………… 8	夜飞鹊·祖父是善人 ……… 10	一寸金 ……………………… 13
八宝妆（实为新雁过妆楼。吴文英正	花犯 ………………………… 10	西平乐慢 …………………… 13
体） ………………………… 8	渡江云 ……………………… 11	南乡子·又 ………………… 13
探春·苏堤春晓 …………… 8	玉楼春 ……………………… 11	望江南 ……………………… 13
秋霁·平湖秋月 …………… 8	伤情怨 ……………………… 11	浣溪沙·孔子二千五百七十年… 13
百字令·断桥残雪 ………… 8	品令 ………………………… 11	又 …………………………… 13
扫花游·雷峰夕照 ………… 8	秋蕊香 ……………………… 11	点绛唇 ……………………… 13
黄莺儿 ……………………… 8	宴桃源·寿 ………………… 11	又 …………………………… 13
渡江云·三潭印月 ………… 9	月中行 ……………………… 11	夜游宫 ……………………… 13
波罗门引·西峰插云 ……… 9	渔家傲 ……………………… 11	许裹情 ……………………… 13
明月引 ……………………… 9	定风波·孔子遗书，孔子之学辅王也，	一落索 ……………………… 13
思佳客 ……………………… 9	为民是为王也。 …………… 11	迎春乐·一树五亿叶 ……… 13
又 …………………………… 9	蝶恋花 ……………………… 11	虞美人 ……………………… 13
惜分飞 ……………………… 9	又 …………………………… 11	醉桃源 ……………………… 13
恋绣衾 ……………………… 9	红罗袄·筑阳澄渔民村，渔民搬离水船，	凤来朝 ……………………… 13
醉桃源 ……………………… 9	我为民也。 ………………… 11	垂丝钓·虎跳峡 壶口 …… 14
朝中措 ……………………… 9	少年逝·王与民 姜夔体同陈允平体	芳草渡 ……………………… 14
小重山 ……………………… 9	……………………………… 11	琴调相思引 ………………… 14
霜天晓角 …………………… 9	又·东坡体 ………………… 11	21. 胡仲弓 ………………… 14
糖多令 ……………………… 9	还京乐 ……………………… 11	谒金门 ……………………… 14
柳梢青 ……………………… 9	绮寮怨 ……………………… 11	22. 施岳 …………………… 14
思佳客·冬柿 ……………… 9	丹凤吟 ……………………… 12	曲游春·清明湖上 ………… 14
渡江云 ……………………… 9	忆旧游 ……………………… 12	步月 ………………………… 14
过秦楼 ……………………… 9	拜星月慢 …………………… 12	23. 薛梦桂 ………………… 14
西湖明月引 ………………… 10	倒犯 ………………………… 12	三姝媚 ……………………… 14
垂杨 ………………………… 10	解语花 ……………………… 12	24. 潘希白 ………………… 14
风流子 ……………………… 10	过秦楼（与周邦彦、选冠子，别名过	大有 九日 ………………… 14
华胥引 ……………………… 10	秦楼者不同。） …………… 12	25. 文及翁 ………………… 14
意难忘·书生 王 匹夫 …… 10	解蹀躞 ……………………… 12	贺新郎·西湖 ……………… 14
琐窗寒 ……………………… 10	蕙兰芳引 …………………… 12	26. 李珏 …………………… 14
早梅芳 ……………………… 10	红林檎近 …………………… 12	击梧桐·别西湖社友 ……… 14

27. 钟过 …… 14	摸鱼儿 …… 17	59. 赵时奚 …… 19
步蟾宫 …… 14	42. 杜良臣 …… 17	多丽 西湖 …… 19
28. 谭方平 …… 15	三姝媚 …… 17	60. 向希伊 …… 19
水调歌头 …… 15	43. 曹备逯 …… 17	浪淘沙 …… 19
29. 马廷鸾 …… 15	惜余妍·二色木香 …… 17	61. 萧元之 …… 19
水调歌头·隐括楚词答朱石甫 …… 15	44. 郑雪严 …… 17	渡江云·寄隋炀帝 …… 19
齐天乐·端午 …… 15	水调歌头·寿 …… 17	62. 陈成之 …… 19
30. 李仁本 …… 15	45. 赵汝芫 …… 17	小重山·寄孔夫子 …… 19
桂殿秋 …… 15	恋绣衾 …… 17	63. 王师锡 …… 19
又 …… 15	46. 谭宜子 …… 18	如梦令·读孔子遗言 …… 19
31. 谢枋得 …… 15	西窗烛 …… 18	64. 赵时行 …… 19
风流子·骊山词 …… 15	47. 薛燧 …… 18	望江南 …… 19
32. 莫起炎 …… 15	南乡子 …… 18	65. 郭口口 …… 19
满江红·半 …… 15	48. 杨韶父 …… 18	菩萨蛮 …… 19
33. 牟巘 …… 15	伊州三台令 …… 18	66. 王大简 …… 20
木兰花慢 …… 15	49. 史深 …… 18	更漏子 …… 20
千秋岁 …… 15	花心动 …… 18	67. 刘菊房 …… 20
水调歌头 …… 15	50. 曾栋 …… 18	蓦山溪 …… 20
34. 徐理 …… 15	浣溪沙 …… 18	68. 杜龙沙 …… 20
瑞鹤仙 …… 15	51. 江开 …… 18	斗鸡回 …… 20
35. 吴季子 …… 15	杏花天 …… 18	69. 王苍 …… 20
醉蓬莱 …… 15	52. 戴平之 …… 18	诉衷情 …… 20
36. 何梦桂 …… 16	鹧鸪天 为人民服务 …… 18	70. 宋德广 …… 20
声声慢 …… 16	53. 王口口 …… 18	阮郎归 …… 20
意难忘 …… 16	汉宫春·九日登丰乐楼 寄孔子 …… 18	71. 李好古 …… 20
玉漏迟 …… 16	54. 程武 …… 19	谒金门 …… 20
37. 赵必𤩰 …… 16	小重山 …… 19	72. 黄廷琦 …… 20
摸鱼儿 …… 16	55. 王月山 …… 19	解连环 …… 20
38. 林自然 …… 16	齐天乐 …… 19	73. 陈坦之 …… 20
西江月 …… 16	56. 王万之 …… 19	塞翁吟 …… 20
39. 奚㵝 …… 16	踏莎行 …… 19	74. 张艾 …… 20
长相思慢 …… 16	57. 钱广孙 …… 19	夜飞鹊 …… 20
40. 赵闻礼 …… 17	踏沙行 …… 19	75. 徐口 …… 21
鱼游春水 …… 17	58. 陈璧 …… 19	真珠帘 …… 21
41. 叶闾 …… 17	踏莎行 …… 19	76. 施翠岩 …… 21

桂枝香	21	鹊桥仙·一半	24	又	26
77. 续雪谷	21	一剪梅·古今诗	24	虞美人·咏牡丹	26
南歌子	21	夜飞鹊	24	又	26
78. 荣樵仲	21	疏影	24	又·送客	26
水调歌头	21	摘红英	24	又·寄李后主	27
79. 陆象泽	21	千秋岁	24	又	27
贺新凉·送灵山冯可久通守浔阳…	21	促拍丑奴儿·除夕	24	恋绣衾·牡丹	27
80. 鞠华翁	21	最高楼	24	花犯·梅花	27
绮寮怨·月下残棋	21	桂枝香·自述	24	醉江月	27
81. 曾晞颜	21	临江仙	24	又	27
好事近	21	又·李白与杜甫	24	满江红	27
82. 朱子厚	21	又·探梅	25	八声甘州	27
谒金门	21	又	25	又·寄读孔子遗言	27
83. 刘辰翁	21	又	25	水龙吟·又	27
望江南	21	鹧鸪天·九日	25	又·和中甫九日	27
84. 刘辰翁	23	又	25	宴春台·燕春台	27
清平乐	23	青玉案	25	内家娇·寄李清照	27
归国遥（韦庄正体，双调43字，上21字下22字各4句4仄韵。）	23	踏莎行	25	六丑·春感	28
		烛影摇红	25	百字令	28
昭君怨	23	念奴娇	25	莺啼序·感怀孔子遗言	28
浣溪沙	23	乳燕飞·赤壁	25	沁园春·又	28
减字木兰花	23	高阳台	25	又	28
又	23	声声慢	25	法驾导引	28
又	23	汉宫春	25	又	28
山花子·春暮	23	洞仙歌	25	水调歌头	28
柳梢青	23	齐天乐·蝉	26	又	28
南歌子	23	江城梅花引·辛巳洪都上元	26	又·中秋	28
朝中措	23	兰陵王	26	又·重阳	28
太常引	23	归朝欢	26	又·本觉寺	29
玉楼春	23	大圣歌	26	又·可选堂	29
乌夜啼	23	宝鼎现·上元 北宋状元宰相吕蒙正"破窑赋"	26	又·人类共同体，向天，向海，向人	29
摸鱼儿	24				
行香子·和北客问梅	24	祝英台近	26	金缕曲	29
又	24	忆旧游	26	又	29
品令·闻莺	24	唐多令	26	又·词律辞典《金缕曲》一体，杜	

秋娘《金缕曲》 29	92. 曹良史 31	露华 33
贺新郎·寄莫内兄 阎启英 人类共同体 29	江城子 人类共同体 31	萧鸾凤花犯 33
又 29	93. 赵与仁 31	探春慢 33
摸鱼儿·和柳山悟和尚 29	琴调相思引·人类共同体 31	瑶花慢 33
又 29	西江月·人类共同体 31	玉京秋 33
又·又一体（双调116字，上57字3叶韵4仄韵，下59字 2叶韵5仄韵） 29	又 31	夜行船 33
	94. 陈逢辰 31	采绿吟 33
	乌夜啼·人类共同体 31	曲遊春 33
又 30	又 31	南楼令（曲） 33
金缕曲·守岁 30	95. 史介翁 31	秋霁 33
又·金缕衣 30	菩萨蛮·人类共同体 31	一枝春 33
意难忘·元宵雨 30	96. 何光大 31	绿盖舞风轻·白莲赋 34
大酺·春寒 30	谒金门·人类共同体 31	眼儿媚 34
谒金门·雨 30	97. 应陆孙 31	拜星月慢 34
临江仙 30	霓裳中序第一·人类共同体 31	长亭怨慢 34
水调歌头·遊洞严 30	98. 王亿之 32	月边娇 34
绮寮怨 30	高阳台 32	梅花引 34
	99. 王茂孙 32	倚风娇近 34
85. 吴蒙庵 30	高阳台·人类共同体 32	夜行船 34
失调名 30	100. 朱屦孙 32	扫花遊 34
86. 颜奎 30	真珠帘·人类共同体 32	龙吟曲 34
醉太平 30	101. 郑斗焕 32	闻鹊喜·吴山观涛 34
归平遥 30	新荷叶 32	吴山青 34
87. 尹济翁 30	102. 蜀中伎 32	柳梢青 34
木兰花慢·寄朱子西 30	市桥柳·送行 32	又 34
玉蝴蝶 31	103. 周容 32	南楼令（曲） 34
一萼红·感旧 31	小重山 32	明月引 35
88. 郑楷 31	104. 张涅 32	徵招·九日登高 35
诉衷情 31	祝英台近 32	夜合花 35
89. 赵淇 31	105. 周密 32	杏花天·自述 35
谒金门 31	木兰花慢·西湖十景 32	四字令 35
90. 张磐 31	采桑子·巳亥冬雪 32	夷则商国香慢 35
浣溪沙 31	东风第一枝·早春赋体 32	一萼红·登蓬莱阁 35
91. 张林 31	楚宫春·为落花度无射宫 32	献仙音·吊雪香亭梅 35
唐多令 31	三犯渡江云·自述 33	探芳讯 35

少年游 … 35	116. 王洧 … 37	凤凰台上忆吹箫·寄李清照 … 39
朝中措 … 35	糖多令 … 37	玉烛新 … 39
浣溪沙 … 35	117. 汪梦斗 … 37	花犯 … 39
106. 林式之 … 35	南乡子 … 37	130. 赵功可 … 39
醉江月 … 35	人月圆 … 37	八声甘州·燕山雪花 … 39
107. 王奕 … 35	金缕曲 … 37	曲游春 … 39
八声甘州·寄李太白 … 35	118. 彭元逊 … 37	绮寮怨 … 39
南乡子·和辛稼轩多景楼 … 36	平韵满江红 … 37	131. 汪宗臣 … 39
临江仙·赴扬州平山堂 … 36	子夜歌 … 37	水调歌头 … 39
唐多令·登淮安倚天楼 … 36	月下笛 … 38	132. 刘壎 … 40
沁园春王肯堂·醉白楼 … 36	玉女迎春慢·柳 … 38	湘灵瑟 … 40
西河·金陵怀古 … 36	119. 方衡 … 38	醉思仙·原不是醉思仙 以正体之 … 40
108. 蒲寿宬 … 36	齐天乐 … 38	太常引·送丁灰君 … 40
渔父词（张志和体） … 36	120. 郭居安 … 38	西湖明月引 … 40
又 … 36	声声慢 … 38	意难忘 … 40
又·李煜体 … 36	121. 赵从橐 … 38	133. 王清观 … 40
又·顾敻体 … 36	摸鱼儿 … 38	太常引 … 40
欸乃词·赠渔父刘四 … 36	122. 廖莹中 … 38	134. 熊则轩 … 40
109. 吴龙翰 … 36	个侬 … 38	满庭芳·自六十退休 … 40
喜迁莺 … 36	123. 丁察院 … 38	135. 阮槃溪 … 40
110. 朱嗣发 … 36	万年欢 … 38	大江乘 … 40
摸鱼儿 … 36	124. 黄右曹 … 38	136. 危西麓 … 40
111. 陈达叟 … 36	卜算子 … 38	凤流子 … 40
更漏子 … 36	125. 翁溪园 … 38	137. 汪元量 … 40
112. 文天祥 … 36	踏莎行 … 38	金人捧露盘·越册越王台 … 40
齐天乐 … 36	126. 倪君奭 … 38	琴调相思引·越上赏花 … 40
醉江月 … 37	夜行船·无 … 38	唐多令·吴江中秋 … 40
沁园春 … 37	127. 杨佥判 … 39	忆王孙·吴江 … 40
又·寄文天祥 … 37	一剪梅·宋如何 元如何 … 39	凤鸾双舞 … 40
113. 邓剡 … 37	128. 萧某 … 39	柳梢青 … 41
唐多令·海南岛 … 37	沁园春 讥陈伯大 御史 … 39	138. 王学文 … 41
114. 刘鉴 … 37	129. 赵文 … 39	摸鱼儿·寄辛稼轩 … 41
贺新郎 … 37	阮郎归·梨花 … 39	139. 王清惠 … 41
115. 臞翁 … 37	望海潮 … 39	满江红 … 41
满江红 … 37	法驾导引 … 39	140. 章丽贞 … 41

长相思 …… 41	无闷·寄李白 …… 42	如梦令 …… 44
141. 袁正真 …… 41	一萼红 …… 42	167. 赵必𪩘 …… 45
长相思 …… 41	扫花游 …… 43	风流子 …… 45
142. 金德淑 …… 41	156. 王沂孙 …… 43	意难忘·过庐陵 …… 45
望江南 …… 41	八六子 …… 43	夏日燕黉堂 …… 45
143. 连妙淑 …… 41	金盏子 …… 43	浣溪沙 …… 45
望江南 …… 41	青房并蒂莲 …… 43	168. 黎廷瑞 …… 45
144. 黄静淑 …… 41	淡黄柳·寄张华堂兄 …… 43	水调歌头 …… 45
望江南 …… 41	157. 黄公绍 …… 43	朝中措 …… 45
145. 陶明淑 …… 41	潇湘神 …… 43	一剪梅 …… 45
望江南 …… 41	又 …… 43	秦楼月 …… 45
146. 柳华淑 …… 41	望江南 …… 43	又 …… 45
望江南 …… 41	思情好 …… 43	169. 李震 …… 45
147. 杨慧淑 …… 41	明月棹孤舟 …… 43	贺新郎 …… 45
望江南 …… 41	158. 彭履道 …… 43	170. 陈纪 …… 45
148. 华清淑 …… 41	凤凰台上忆吹箫 …… 43	倦寻芳 …… 45
望江南 …… 41	鹧鸪天 …… 43	171. 仇远 …… 46
149. 梅顺淑 …… 41	159. 韦居安 …… 43	台城路 …… 46
望江南 …… 41	摸鱼儿 …… 43	糖多令 …… 46
150. 吴昭淑 …… 42	160. 柴元彪 …… 44	如梦令 …… 46
望江南 …… 42	唱金缕 …… 44	渡江云 …… 46
151. 周容淑 …… 42	海棠春 …… 44	眼儿媚 …… 46
望江南 …… 42	161. 东冈 …… 44	南乡子 …… 46
152. 吴淑真 …… 42	百字令 …… 44	玉蝴蝶 …… 46
霜天晓角 …… 42	162. 范晞文 …… 44	玉蝴蝶 …… 46
153. 张琼英 …… 42	意难忘 …… 44	塞翁吟 …… 46
满江红·赴南京夷山驿 …… 42	163. 叶李 …… 44	忆旧游 …… 46
154. 詹玉 …… 42	失调名赠贾似道 …… 44	小秦王 …… 46
多丽 …… 42	164. 梁栋 …… 44	八拍蛮 …… 46
渡江云 …… 42	一萼红·问东君 …… 44	好女儿 …… 46
庆清朝慢 …… 42	165. 莫仓 …… 44	桃园忆故人 …… 46
155. 王沂孙 …… 42	卜算子·阳澄湖渔民寸 …… 44	忆闷令 …… 46
花犯 …… 42	166. 姚云文 …… 44	极相思 …… 46
霜华（仄声韵）…… 42	玲珑玉·半闲堂赋春雪 …… 44	燕归来 …… 46
又·平声韵 …… 42	紫萸香慢 …… 44	睡花阴令 …… 47

望仙楼 ········· 47	183. 危复亡 ········· 49	西江月 ········· 51
爱月夜眠迟 ········· 47	永遇乐 ········· 49	惜余春慢·第四次浪漫 ········· 51
清商怨 ········· 47	184. 罗志仁 ········· 49	望远行·寄李璟 ········· 51
醉公子 ········· 47	扬州慢·宝王台 ········· 49	望远行·寄柳永 ········· 51
阳台怨 ········· 47	185. 曾寅孙 ········· 49	一剪梅·九日 ········· 51
八犯玉交枝 ········· 47	减字木兰花 ········· 49	鹧鸪天·咏菊 ········· 51
荐金蕉 ········· 47	186. 沈钦 ········· 49	191. 张炎 ········· 51
雪狮儿 ········· 47	甘州 ········· 49	凄凉犯 ········· 51
越山青 ········· 47	187. 刘沉 ········· 49	国香 ········· 51
两同心 ········· 47	甘州 ········· 49	渡江云 ········· 51
瑶花慢 ········· 47	188. 止禅师 ········· 49	凤凰台上忆吹箫·寄李清照 ········· 51
凤凰阁 ········· 47	卜算子 ········· 49	一萼红 ········· 51
172. 张淑芳 ········· 47	189. 蒋捷 ········· 49	月下笛 ········· 51
更漏子 ········· 47	女冠子·温庭筠体 ········· 49	新雁过妆楼·赋菊 ········· 52
满路花 ········· 47	大圣乐·元极 ········· 49	瑶台聚八仙 ········· 52
173. 王易简 ········· 48	金钱子 ········· 49	梅子黄时雨 ········· 52
齐天乐 ········· 48	春夏两相期 ········· 49	西子妆慢 ········· 52
174. 冯应瑞 ········· 48	尾犯 ········· 49	湘月·第四浪潮·人类共同体 ········· 52
天香 ········· 48	探芳信·菊 ········· 49	斗婵娟 ········· 52
175. 唐艺孙 ········· 48	梅花引 ········· 50	春从天上来 ········· 52
桂枝香·赋蟹 ········· 48	一剪梅·过吴江 ········· 50	华胥引·华夏华胥国世界第一国 ··· 52
176. 吕同老 ········· 48	白苎 ········· 50	浣溪沙·华胥国 ········· 52
桂枝香 ········· 48	步蟾宫·木犀 ········· 50	南楼令·人类共同体自华而华 ········· 52
177. 李居仁 ········· 48	粉蝶儿·残春 ········· 50	清波引（调始于姜夔自度曲） ······ 52
水龙吟 ········· 48	翠羽吟 ········· 50	霜叶飞（又名斗婵娟） ········· 52
178. 唐珏 ········· 48	探春令·寄赵信 ········· 50	潇潇雨·华胥人类共同体 ········· 52
水龙吟 ········· 48	秋夜雨·秋夜 ········· 50	瑶台聚八仙 ········· 53
179. 赵汝钠 ········· 48	又 ········· 50	数花风·姜夔语 ········· 53
水龙吟 ········· 48	少年游 ········· 50	露华 ········· 53
180. 曹稽孙 ········· 48	柳梢青 ········· 50	南乡子 ········· 53
贺新郎·赴江心 ········· 48	霜天晓角 ········· 50	南楼令 ········· 53
181. 林横舟 ········· 48	190. 陈德武 ········· 50	壶中天 ········· 53
大江词 ········· 48	望海潮·钱塘怀古 ········· 50	月下笛 ········· 53
182. 杨舜举 ········· 49	水调歌头 ········· 50	惜红衣·赠伎双波 ········· 53
浣溪沙·钱塘有感 ········· 49	醉春风 ········· 50	红情 ········· 53

绿意 …… 53	周邦彦正体。） …… 55	小重山 …… 57
夜飞鹊 …… 53	192. 韩信同 …… 55	207. 孙夫人 …… 57
采桑子 …… 53	沁园春 …… 55	风中柳 …… 57
卜算子·清华大学新雅诗社 …… 53	193. 王炎午 …… 55	208. 陈若晦 …… 57
浣溪沙 …… 54	沁园春 …… 55	满庭芳·递大条赋 …… 57
新雁进妆楼 …… 54	194. 徐瑞 …… 55	209. 徐一初 …… 57
忆王孙·华胥国 …… 54	点绛唇 …… 55	摸鱼儿 …… 57
长相思 …… 54	195. 王去疾 …… 55	210. 吴叔 …… 57
南楼令 …… 54	菩萨蛮 …… 55	声声慢 …… 57
浣溪沙 …… 54	196. 刘将孙 …… 56	211. 陈彦章妻 …… 57
又 …… 54	踏莎行 …… 56	沁园春 …… 57
淡黄柳·人类共同体 …… 54	八声甘州·九日登高 …… 56	212. 郑文妻 …… 57
一枝春 …… 54	金缕曲 …… 56	忆秦娥 …… 57
朝中措 …… 54	六州歌头 …… 56	213. 刘鼎臣妻 …… 58
采桑子 …… 54	197. 陈恕可 …… 56	鹧鸪天·剪彩花送夫省城 …… 58
阮郎归 …… 54	桂枝香 …… 56	214. 张任国 …… 58
风入松 …… 54	198. 陈深 …… 56	柳梢青 …… 58
忆王孙·忆吴 …… 54	虞美人 …… 56	215. 福建士子 …… 58
长亭怨 …… 54	199. 刘铉 …… 56	卜算子 …… 58
珍珠令 …… 54	乌夜啼 …… 56	216. 钟辰翁 …… 58
好事近 …… 55	200. 梁明夫 …… 56	水调歌头 …… 58
思佳客 …… 55	贺新郎 …… 56	217. 萧仲昺 …… 58
渔歌子·寄黄帝 …… 55	201. 梅坡 …… 56	沁园春 …… 58
又 …… 55	千秋岁引·上岳阳楼 …… 56	218. 石麟 …… 58
又 …… 55	202. 徐观国 …… 56	贺新凉·句 …… 58
又 …… 55	暮山溪·儒冠 …… 56	金缕曲 …… 58
一剪梅 …… 55	203. 某邑伎 …… 56	219. 黄通判 …… 58
南乡子 …… 55	阮郎归 …… 56	满江红·句 …… 58
清平乐 …… 55	204. 俞克成 …… 56	220. 高子芳 …… 58
杨柳青 …… 55	蝶恋花 …… 56	念奴娇·句 …… 58
南歌子 …… 55	205. 胡浩然 …… 57	221. 萧仲 …… 58
尾犯（尾犯词律辞典四体皆仄，唯此体平声和之。） …… 55	万年欢 …… 57	沁园春·句 …… 58
	东风齐著力 …… 57	222. 熊德修 …… 58
	送入我门来 …… 57	洞仙歌·句 …… 58
华胥引（双调八十六字，上片44字9句4仄韵，下片42字8句4仄韵。黄钟，	206. 宋丰之 …… 57	223. 范飞 …… 58

满江红·句 …… 58	240. 彭芳远 …… 60	257. 周伯阳 …… 61
224. 程和仲 …… 58	满江红 …… 60	春从天上来·寄吴激 …… 61
沁园春·句 …… 58	241. 戴山隐 …… 60	258. 尹公远 …… 62
225. 咏槐 …… 58	满江红·南宋 …… 60	尉迟杯 …… 62
贺新郎 …… 58	242. 李裕翁 …… 60	259. 李子骥 …… 62
226. 陈梦协 …… 58	243. 龙端是 …… 60	摸鱼儿 …… 62
渡江云·句 …… 58	忆旧逝 …… 60	260. 刘应几 …… 62
227. 刘清之 …… 58	244. 萧东父 …… 60	忆旧逝 …… 62
鹧鸪天·句 …… 58	齐天乐 …… 60	261. 周孚先 …… 62
228. 王绍 …… 58	245. 王从叔 …… 60	鹧鸪天·闻雁 …… 62
菩萨蛮·句 …… 58	秋蕊香 …… 60	262. 彭泰翁 …… 62
229. 程节斋 …… 59	246. 吴元可 …… 60	拜星月慢·祠壁宫姬控弦可念 …… 62
清平乐·句 …… 59	扬州慢 …… 60	263. 曾允元 …… 62
水调歌头（苏轼体）…… 59	247. 李太吉 …… 60	月下笛·人的一生三万日，长城一千七百万
230. 张仲殊 …… 59	恋绣衾 …… 60	块砖。…… 62
步蟾宫·句 …… 59	248. 黄子行 …… 60	264. 朱元夫 …… 62
231. 吴氏 …… 59	西江月·和苏轼重九 …… 60	沁园春 …… 62
好事近·句 …… 59	西湖月 …… 61	265. 邵桂子 …… 62
232. 吴编修 …… 59	249. 龙紫蓬 …… 61	百字令 …… 62
八声甘州 …… 59	齐天乐·题滕王阁 …… 61	266. 彭子翔 …… 62
233. 赵龙图 …… 59	250. 萧允之 …… 61	临江仙 …… 62
念奴娇 …… 59	渡江云 …… 61	267. 百兰 …… 62
234. 竹木亭长 …… 59	251. 段宏章 …… 61	雨中花·建桥 …… 62
沁园春·自序·句 …… 59	洞仙歌·茶蘼 …… 61	268. 丁持正 …… 63
235. 杨樵云 …… 59	252. 刘贵翁 …… 61	碧桃春 …… 63
满庭芳·句 …… 59	满庭芳·萍 …… 61	269. 李石才 …… 63
小楼连苑 …… 59	253. 黄霁宇 …… 61	一箩金 …… 63
236. 刘应雄 …… 59	水龙吟·青丝木香 …… 61	270. 魏顺之 …… 63
木兰花慢 …… 59	254. 刘天迪 …… 61	水调歌头 …… 63
237. 曾隶 …… 59	凤栖梧·舞酒伎 …… 61	271. 伍梅城 …… 63
锁窗寒 …… 59	255. 张半湖 …… 61	最高楼·自述 …… 63
238. 黄水村 …… 59	扫花游 …… 61	272. 丁几仲 …… 63
解连环·春梦 …… 59	256. 刘景翔 …… 61	贺新郎 …… 63
239. 姜个翁 …… 60	如梦令 …… 61	273. 禅峰 …… 63
霓裳中序第一 …… 60	又 …… 61	百字谣·寄后昇 …… 63

274. 刘涧谷 …… 63	三登乐 …… 64	308. 游慈 …… 66
西江月·女 …… 63	292. 刘公子 …… 65	多丽·句 …… 66
275. 游稚仙 …… 63	虞美人·句 …… 65	309. 静山 …… 66
浣溪沙·女 …… 63	293. 三槐 …… 65	摸鱼儿 …… 66
276. 李田湖 …… 63	百子谣·句 …… 65	水龙吟·送人归江西 …… 66
沁园春 …… 63	294. 程东湾 …… 65	310. 刘守 …… 66
277. 黄诚之 …… 63	沁园春 …… 65	满江红·刘守解任 …… 66
满江红·民主 …… 63	295. 张倅 …… 65	311. 逸民 …… 66
278. 熊子默 …… 64	百字谣·句 …… 65	江城子·中秋忆举场 …… 66
洞仙歌·句 …… 64	296. 胡德芳 …… 65	312. 无何有翁 …… 66
279. 陈惟喆 …… 64	水调歌·句 …… 65	江城子·和 …… 66
水调歌头 …… 64	297. 赵金宰 …… 65	313. 任翔龙 …… 66
280. 欧阳朝阳 …… 64	声声慢·句 …… 65	沁园春 …… 66
摸鱼儿 …… 64	298. 张宰 …… 65	314. 程梅斋 …… 67
281. 碧虚 …… 64	满庭芳·句 …… 65	西江月·造浮桥匠 …… 67
贺新郎 …… 64	299. 梁大年 …… 65	315. 刘省斋 …… 67
282. 彭正大 …… 64	满江红·句 …… 65	沁园春·赠较弓会诸友 …… 67
琐窗寒 …… 64	水调歌头·句 …… 65	316. 刘仁父 …… 67
283. 叶巽斋 …… 64	300. 鼓峰 …… 65	踏莎行·赠傀儡人刘师傅 …… 67
感皇恩 …… 64	烛影摇红 …… 65	317. 刘南翁 …… 67
284. 铁笔翁 …… 64	301. 程霁岩 …… 65	如梦令·春 …… 67
庆长春·句 …… 64	水龙吟 …… 65	318. 勿翁 …… 67
285. 刘学颜 …… 64	302. 翠微翁 …… 65	贺新郎·端午 …… 67
七天乐·句 …… 64	水调歌头·贺赵可父·七月初六 …… 65	319. 李君行 …… 67
286. 江史君 …… 64	303. 菊翁 …… 65	沁园春·刘山春新居 …… 67
好事近·句 …… 64	朝中措·友人 …… 65	320. 赋梅 …… 67
287. 徐架阁 …… 64	304. 赵金判 …… 65	齐天乐 …… 67
最高楼·句 …… 64	水龙吟·句 …… 65	321. 易少夫人 …… 67
288. 立斋 …… 64	305. 李慧之 …… 65	临江仙 …… 67
沁园春·句 …… 64	沁园春·句 …… 65	322. 胡平仲 …… 67
289. 黄革 …… 64	留晚香·最高楼 …… 66	减字木兰花 …… 67
酹江月·句 …… 64	306. 杨守 …… 66	323. 曹遇 …… 67
290. 陈潜心 …… 64	八声甘州·句 …… 66	宴桃源·游西湖 …… 67
百字令·句 …… 64	307. 草夫人 …… 66	西江月 …… 67
291. 罗子衎 …… 64	满江红·句 …… 66	324. 白君瑞 …… 68

风入松·寄故人 …… 68	342. 闾丘次杲 …… 69	又 …… 71
325. 贾应 …… 68	朝中措 …… 69	鹧鸪天 …… 71
水调歌头 …… 68	343. 危昂霄 …… 69	浣溪沙·寄岳飞 …… 71
326. 杨元亨 …… 68	眼儿媚 …… 69	又·寄李耳 …… 71
沁园春 …… 68	344. 万某 …… 69	太常引·寄秦桧 …… 71
327. 林实之 …… 68	水调歌头 …… 69	西地绵 …… 72
八声甘州 …… 68	345. 蔡士裕 …… 69	踏歌·寄李白 …… 72
328. 刘源 …… 68	金缕曲 …… 69	枕屏儿·寄吕长春诗词长城 …… 72
水调歌头 …… 68	浦湘曲 …… 69	品令 …… 72
329. 沈明叔 …… 68	346. 覃怀高 …… 69	庆金枝 …… 72
水调歌头 …… 68	水调歌头·游武夷 …… 69	南乡子·寄辛弃疾 …… 72
330. 寇寺丞 …… 68	347. 巴州守 …… 70	夏金钗 …… 72
点绛唇 …… 68	水调歌头 …… 70	人月圆 …… 72
331. 苏小小 …… 68	349. 无名氏 …… 70	忆人人 …… 72
减字木兰花 …… 68	头盏曲 …… 70	采桑子 …… 72
332. 李秀兰 …… 68	洞庭春色 …… 70	武林春·武陵春也 …… 72
减字木兰花 …… 68	十月梅 …… 70	樊边华 …… 72
333. 胡夫人 …… 68	金盏倒垂莲 …… 70	玉交枝 …… 72
采桑子 …… 68	望远行（平声韵 李璟体） …… 70	喜团圆 …… 72
334. 窦妇人 …… 68	又（仄声韵．柳永体） …… 70	愁倚栏 …… 72
失调名 …… 68	折红梅 …… 70	二色宫桃 …… 72
335. 王娇姿 …… 69	又·仄声韵 …… 70	河传（柳永体） …… 72
失调名 …… 69	满庭芳 …… 70	七娘子 …… 72
336. 洛阳女 …… 69	瑶台月 …… 71	浪淘沙 …… 73
御街行 …… 69	尽夜乐 …… 71	惜双双 …… 73
337. 丁义叟 …… 69	春雪间早梅 …… 71	落梅风 …… 73
渔家傲 …… 69	婆罗门 …… 71	古记 …… 73
338. 刘氏 …… 69	踏春游 …… 71	调笑集句·巫山 …… 73
苏幕遮·闺情 …… 69	月上海棠 …… 71	桃源·渔舟容易入春山，别有天地非人间 …… 73
339. 吴奕 …… 69	眼儿媚 …… 71	洛浦·凌波不过梗塘路．天非艳丽女非雾 …… 73
升平乐 …… 69	相见欢 …… 71	吴娘 …… 73
340. 杨太尉 …… 69	捣练子 …… 71	素枝琼树一枝春，丹青难写是精神 …… 73
选冠子 …… 69	又 …… 71	
341. 李子申 …… 69	又 …… 71	
绿头鸭 …… 69		

班女．九重春色醉仙桃，春娇满眼睡红绡…… 73	西江月…… 75	西江月…… 77
南歌子…… 73	西地绵…… 75	354. 窃杯女子…… 77
五彩结同心（此调有平声韵，仄声韵，今以两声韵）…… 73	如梦令·留客…… 75	鹧鸪天·宣和六年元宵，放灯赐酒，一女子藏其金杯，徽宗命作词，以杯赐之。…… 77
侍香金童…… 73	醉蓬莱…… 75	
归自谣…… 73	金明池（词律辞典载为秦观）…… 75	
杜韦娘…… 73	鹧鸪天…… 75	**集二　读《画说宋词》**
潇湘静…… 73	剔银灯…… 75	
十月桃·诗稿字 如长城砖 .诗词长城。…… 73	壶中天·八十…… 75	1. 苏幕遮…… 81
夏日宴皇黉…… 74	浣溪沙·冬…… 75	2. 渔家傲…… 81
卓牌儿…… 74	折丹桂…… 75	3. 点绛唇…… 81
浣溪沙·忆南洋朝开幕谢木槿花…… 74	浣溪沙·第二次世界大战…… 75	4. 雨霖铃…… 81
归田乐·数…… 74	献仙桃…… 76	5. 蝶恋花…… 81
玉珑璁…… 74	献天寿慢…… 76	6. 八声甘州…… 81
眉峰碧…… 74	献天寿令…… 76	7. 望海潮…… 81
湘灵瑟…… 74	金盏子慢…… 76	8. 鹤冲天…… 81
滴滴金·寄李白少…… 74	金盏子令…… 76	9. 千秋岁…… 81
结带巾·诗词盛典一长城…… 74	浣溪沙…… 76	10. 浣溪沙…… 81
金钱子…… 74	又…… 76	11. 蝶恋花…… 82
何陋山外出金城，闻孤猿切切，何以朝暮。铁马燕山束，将军有令，此日临安如故，振旅如数。醉醉宴宴如故，越吴千军万萃，垂鞭不顾。贺兰山，莫须有英雄不止步。…… 74	又…… 76	12. 离亭燕…… 82
	又…… 76	13. 玉楼春…… 82
	350. 五羊仙…… 76	14. 蝶恋花…… 82
	步虚子令…… 76	15. 生查子…… 82
	破字令…… 76	16. 桂枝香·金陵怀古…… 82
	莫思归…… 76	17. 西江月…… 82
	香山会…… 76	18. 卜算子·送鲍浩然之浙东…… 82
	古阳关…… 76	19. 水调歌头…… 82
驻马听…… 74	娇木笪…… 76	20. 江城子…… 82
倾杯序…… 74	又…… 76	21. 江城子…… 82
青门怨…… 74	又…… 76	22. 定风波…… 82
行长子…… 75	甘露滴乔松…… 76	23. 蝶恋花…… 82
愁倚栏令…… 75	351. 宋人话本小说中人物词…… 77	24. 念奴娇…… 82
红窗迥…… 75	秦楼月…… 77	25. 临江仙…… 83
长相思…… 75	352. 张师师…… 77	26. 永遇乐…… 83
凤光好…… 75	西江月·和柳永…… 77	27. 满庭芳…… 83
朝中措…… 75	353. 钱安安…… 77	28. 浣溪沙…… 83

29. 满庭芳……83	**集三**	33. 醉高歌……91
30. 鹊桥仙……83	**读《中国古典名著鉴赏》**	34. 雁儿落过得胜令……91
31. 踏莎行……83		35. 邯郸到生物黄粱梦……91
32. 八六子……83	1. 骤雨打新荷·和元好问……89	36. 四块玉……91
33. 锁铃囊……83	2. 小桃红·姑苏洞庭山……89	37. 金字经……91
34. 卜算子……83	3. 小桃红·思乡……89	38. 天净沙……91
35. 踏莎行……83	4. 小桃红……89	39. 蟾宫曲……91
36. 鹧鸪天……83	5. 小桃红……89	40. 清江印……91
37. 鹧鸪天……83	6. 小桃红……89	41. 破幽梦·孤雁·汉宫秋……91
38. 少年游……83	7. 阳春曲……89	42. 步步娇……91
39. 鹧鸪天……83	8. 沉醉东风……89	43. 殿前欢……91
40. 鹧鸪天……84	9. 平湖乐……89	44. 七兄弟……91
41. 燕山亭……84	10. 沉醉东风……89	45. 后庭花……91
42. 点绛唇……84	11. 蟾宫曲……89	46. 十二月过尧民歌……91
43. 如梦令……84	12. 蟾宫曲……89	47. 叨叨令……91
44. 如梦令……84	13. 山坡羊……89	48. 鹦鹉曲……91
45. 点绛唇……84	14. 四块玉……90	49. 寿阳曲……92
46. 一剪梅……84	15. （南吕）一枝花……90	50. 金字经……92
47. 醉花阴……84	16. 一枝花……90	51. 蟾宫曲……92
48. 凤凰台上忆吹箫……84	17. 梁州第七……90	52. 小梁州……92
49. 武陵春……84	18. 梧叶儿……90	53. 春……92
50. 声声慢……84	19. 沉醉东风……90	54. 夏……92
51. 永遇乐……84	20. 大德歌……90	55. 秋……92
52. 小重山……84	21. 大德歌……90	56. 冬……92
53. 减字木兰花……84	22. 阳春曲……90	57. 请江引……92
54. 忆王孙……85	23. 天净沙……90	58. 寿阳曲……92
55. 贺新郎……85	24. 天净沙……90	59. 寿阳曲……92
56. 满江红……85	25. 天净沙……90	60. 殿前欢……92
57. 小重山……85	26. 天净沙……90	61. 水仙子·咏江南……92
58. 卜算子……85	27. 沉醉东风……90	62. 折桂令·中秋……92
59. 清平乐……85	28. 庆东原……90	63. 萧何月下追韩信……92
60. 秦楼月……85	29. 乔木查……90	64. 醉太平……92
61. 卜算子……85	30. 董秀英花月东墙记……91	65. 金殿喜重重……92
	31. 满庭芳……91	66. 一枝花……92
	32. 醉高歌……91	67. 寨儿令……92

68. 折桂令 …… 92	103. 阳春曲 …… 94	136. 梦江南（贺铸）…… 96
69. 绿幺遍 …… 93	104. 朝天子 …… 94	137. 迷神引・贬玉溪对江山作（晁补之）…… 96
70. 满庭芳 …… 93	105. 人月圆 …… 94	
71. 渔父词 …… 93	106. 小桃红 …… 95	138. 苏幕遮（周邦彦）…… 96
72. 天净沙 …… 93	107. 一枝花・姑苏洞庭 …… 95	139. 念奴娇（叶梦得）…… 96
73. 折桂令 …… 93	108. 后庭花・拟古 …… 95	140. 西江月（朱敦儒）…… 97
74. 折桂令 …… 93	109. 天香引 …… 95	141. 一剪梅（李清照）…… 97
75. 清江引 …… 93	110. 水仙子 …… 95	142. 虞美人（陈与义）…… 97
76. 塞鸿秋 …… 93	111. 天净沙 …… 95	143. 小重山（岳飞）…… 97
77. 楚天遥过清江引 …… 93	112. 迷青琐倩女离魂・相思 …… 95	144. 卜算子・咏梅（陆游）…… 97
78. 拔不断 …… 93	113. 丁亥正月初九 …… 95	145. 昭君怨・咏荷上雨（杨万里）…… 97
79. 山坡羊 …… 93	114. 凤栖梧・兰溪（曹冠）…… 95	
80. 折桂令 …… 93	115. 卜算子（曹组）…… 95	146. 水调歌头・金山观月（张孝祥）…… 97
81. 人月圆 …… 93	116. 长相思（臣东甫）…… 95	
82. 醉太平 …… 93	117. 金人捧露盘 …… 95	147. 破阵子（辛弃疾）…… 97
83. 普天乐 …… 93	118. 一剪梅・舟过吴江（蒋捷）…… 95	148. 水调歌头（杨炎正）…… 97
84. 卖花声 …… 93	119. 卜算子（乐婉）…… 95	149. 唐多令（刘过）…… 97
85. 卖花声 …… 93	120. 月上瓜洲・南徐多景楼作（张辑）…… 95	150. 沁园春・忆黄山 …… 97
86. 水仙子 …… 93		151. 东风第一枝・咏春雪（史达祖）…… 97
87. 水仙子・金陵怀古 …… 94	121. 酒泉子（潘阆）…… 95	
88. 殿前欢 …… 94	122. 八声甘州（柳永）…… 95	152. 满江红・赤壁怀古（戴复古）…… 97
89. 殿前欢・客中 …… 94	123. 诉衷情（张先）…… 95	
90. 折桂令 …… 94	124. 浣溪沙（晏殊）…… 96	153. 西河・和王潜斋韵（曹幽）…… 97
91. 天净沙 …… 94	125. 离亭燕（张昇）…… 96	154. 水龙吟・采药径（葛长庚）…… 98
92. 凭阑人・湖上 …… 94	126. 木兰花（宋祁）…… 96	155. 南柯子（吴潜）…… 98
93. （南吕）一枝花 …… 94	127. 浪淘沙（欧阳修）…… 96	156. 山花子（刘辰翁）…… 98
94. （双调）清江引 …… 94	128. 浪淘沙（王安石）…… 96	157. 花犯・水仙花（吴文英）…… 98
95. 普天乐・垂虹夜月 …… 94	129. 清平乐・春晚（王安国）…… 96	158. 闻鹊喜・吴山观涛（周密）…… 98
96. 阳春曲・皇亭上泊 …… 94	130. 卜算子（李之仪）…… 96	159. 沁园春・题潮阳张许二公庙（文天祥）…… 98
97. 人月圆・甘露怀古 …… 94	131. 鹧鸪天（苏轼）…… 96	
98. 蟾宫曲 …… 94	132. 长相思（晏几道）…… 96	160. 甘州（张炎）…… 98
99. 水仙子・夜雨 …… 94	133. 虞美人・宜州见梅作（黄庭坚）…… 96	161. 绮罗香・红叶（王沂孙）…… 98
100. 后庭花・怀古 …… 94		
101. 普天乐・遇美 …… 94	134. 忆故人（王诜）…… 96	
102. 塞鸿秋・浔阳即景 …… 94	135. 好事近・诗词盛典（秦观）…… 96	

集四
读《中国皇帝全传》

前　言……………………… 101
中国皇帝全传………………… 101
1. 始皇嬴政 ………………… 101
2. 二世胡亥 ………………… 102
汉 ……………………………… 102
3. 高祖刘邦 ………………… 102
4. 惠帝刘盈 ………………… 102
5. 文帝刘恒 ………………… 103
6. 景帝刘启 ………………… 103
7. 武帝刘彻 ………………… 103
8. 昭帝刘弗陵 ……………… 103
昭，圣闻周达 ………………… 103
9. 宣帝刘询 ………………… 103
10. 元帝刘奭 ……………… 104
11. 成帝刘骜 ……………… 104
12. 哀帝刘欣 ……………… 104
13. 平帝刘衎 ……………… 104
14. 孺子刘婴 ……………… 104
15. 新帝王莽 ……………… 104
16. 淮阳王刘玄 …………… 104
17. 光武帝刘秀 …………… 104
18. 明帝刘庄 ……………… 105
19. 章帝刘炟 ……………… 105
20. 和帝刘肇 ……………… 105
21. 殇帝刘隆 ……………… 105
22. 安帝刘祜 ……………… 105
23. 顺帝刘保 ……………… 105
24. 冲帝刘炳 ……………… 105
25. 质帝刘缵 ……………… 105
26. 桓帝刘志 ……………… 105
27. 灵帝刘宏 ……………… 105
28. 少帝刘辨 ……………… 105
29. 献帝刘协 ……………… 105
匈奴 …………………………… 106
30. 冒顿单于 ……………… 106
31. 老上单于稽粥 ………… 106
32. 邪单于侯稽珊 ………… 106
三国 …………………………… 106
魏 ……………………………… 106
33. 文帝曹丕 ……………… 106
34. 明帝曹叡 ……………… 106
35. 齐曹芳 ………………… 106
36. 高贵乡公曹髦 ………… 106
37. 元帝曹奂 ……………… 106
蜀 ……………………………… 106
38. 昭烈帝刘备 …………… 106
39. 后主刘禅 ……………… 107
吴 ……………………………… 107
40. 大帝孙权 ……………… 107
41. 会稽王孙亮 …………… 107
42. 景帝孙休 ……………… 107
43. 末帝孙皓 ……………… 107
晋 ……………………………… 107
西晋 …………………………… 107
44. 武帝司马炎 …………… 107
45. 惠帝司马衷 …………… 107
46. 赵王司马伦 …………… 107
47. 怀帝司马炽 …………… 107
48. 帝司马邺 ……………… 107
东晋 …………………………… 108
49. 元帝司马睿 …………… 108
50. 明帝司马绍 …………… 108
51. 成帝司马衍 …………… 108
52. 康帝司马岳 …………… 108
53. 穆帝司马聃 …………… 108
54. 哀帝司马丕 …………… 108
55. 废帝司马奕 …………… 108
56. 简文帝司马昱 ………… 108
57. 孝武帝司马曜 ………… 108
58. 安帝司马德宗 ………… 108
59. 恭帝司马德文 ………… 108
60. 楚武悼帝桓玄 ………… 108
前凉 …………………………… 108
61. 昭公张寔 ……………… 108
62. 成公张茂 ……………… 108
63. 文公张骏 ……………… 108
64. 桓公张重华 …………… 108
65. 哀公张曜灵 …………… 108
66. 威公张祚 ……………… 108
67. 冲公张玄靓 …………… 109
68. 归义侯张天锡 ………… 109
成 ……………………………… 109
69. 武帝李雄 ……………… 109
70. 戾太子李班 …………… 109
71. 幽公李期 ……………… 109
汉 ……………………………… 109
72. 昭文帝李寿 …………… 109
73. 归义侯李势 …………… 109
汉 ……………………………… 109
74. 光文帝刘渊 …………… 109
75. 太子刘和 ……………… 109
76. 昭武帝刘聪 …………… 109
77. 灵帝刘粲 ……………… 109
前赵 …………………………… 109
78. 刘曜 …………………… 109
后赵 …………………………… 109
79. 高祖石勒 ……………… 109
80. 海阳王石弘 …………… 109
81. 太祖石虎 ……………… 109
82. 谯王石世 ……………… 109
83. 彭城王石遵 …………… 109
84. 义阳王石鉴 …………… 109

目 录

85. 新兴王石祗 …………… 109
冉魏 ………………………… 110
86. 武悼天王冉闵 …………… 110
代 …………………………… 110
87. 代王拓跋什翼犍 ………… 110
前燕 ………………………… 110
88. 明帝慕容皝 ……………… 110
89. 景昭帝慕容儁 …………… 110
90. 幽帝慕容暐 ……………… 110
前秦 ………………………… 110
91. 惠武帝苻洪 ……………… 110
92. 明帝苻健 ………………… 110
93. 历王苻生 ………………… 110
94. 宣昭帝苻坚 ……………… 110
95. 哀平帝苻丕 ……………… 110
96. 高帝苻登 ………………… 110
97. 后主苻崇 ………………… 110
后秦 ………………………… 110
98. 武昭帝姚苌 ……………… 110
99. 文桓帝姚兴 ……………… 110
100. 后主姚泓 ……………… 110
后燕 ………………………… 110
101. 武帝慕容垂 …………… 110
102. 瞲愍帝慕容宝 ………… 110
103. 开封公慕容详 ………… 110
104. 赵王慕容麟 …………… 111
105. 黎王兰汗 ……………… 111
106. 昭武帝慕容盛 ………… 111
107. 文帝慕容熙 …………… 111
北燕 ………………………… 111
108. 惠帝高云 ……………… 111
109. 文成帝冯跋 …………… 111
110. 昭成帝冯弘 …………… 111
西燕 ………………………… 111
111. 济北王慕容泓 ………… 111
112. 威帝慕容冲 …………… 111
113. 西燕王段随 …………… 111
114. 西燕王慕容觊 ………… 111
115. 西燕王慕容瑶 ………… 111
116. 西燕王慕容忠 ………… 111
117. 河西王慕容永 ………… 111
西秦 ………………………… 111
118. 宣烈王乞伏国仁 ……… 111
119. 武元王乞伏乾归 ……… 111
120. 文昭王乞伏炽磐 ……… 111
121. 后主乞伏暮末 ………… 111
后凉 ………………………… 111
122. 懿武帝吕光 …………… 111
123. 隐王吕绍 ……………… 111
124. 灵帝吕纂 ……………… 111
125. 后主吕隆 ……………… 112
南凉 ………………………… 112
126. 武王秃发乌孤 ………… 112
127. 康王秃发利鹿孤 ……… 112
128. 景王秃发傉檀 ………… 112
北凉 ………………………… 112
129. 武宣王段业 …………… 112
130. 武宣王沮渠逊 ………… 112
131. 哀王沮渠犍 …………… 112
132. 北凉酒泉王沮渠无讳 … 112
133. 河西王沮渠安周 ……… 112
南燕 ………………………… 112
134. 献武帝慕容德 ………… 112
135. 末主慕容超 …………… 112
夏 …………………………… 112
136. 武烈帝赫连勃勃 ……… 112
137. 废主赫连昌 …………… 112
138. 后主赫连定 …………… 112
翟魏 ………………………… 112
139. 天王翟辽 ……………… 112
140. 末帝翟钊 ……………… 112
西凉 ………………………… 112
141. 武照王李暠 …………… 112
142. 后主李歆 ……………… 112
143. 冠军侯李恂 …………… 112
南北朝 ……………………… 113
宋 …………………………… 113
144. 武帝刘裕 ……………… 113
145. 少帝刘义符 …………… 113
146. 文帝刘隆 ……………… 113
147. 太子刘劭 ……………… 113
148. 孝武帝刘骏 …………… 113
149. 前废帝刘子业 ………… 113
150. 明帝刘彧 ……………… 113
151. 后废帝刘昱 …………… 113
152. 顺帝刘準 ……………… 113
南齐 ………………………… 113
153. 高帝萧道成 …………… 113
154. 武帝萧赜 ……………… 113
155. 郁林王萧昭业 ………… 113
156. 海陵王萧昭文 ………… 113
157. 明帝萧鸾 ……………… 113
158. 东昏侯萧宝卷 ………… 113
159. 和帝萧宝融 …………… 113
梁 …………………………… 113
160. 武帝萧衍 ……………… 113
161. 临贺王萧正德 ………… 114
162. 简文帝萧纲 …………… 114
163. 豫章王萧栋 …………… 114
164. 武陵王萧继纪 ………… 114
165. 元帝萧绎 ……………… 114
166. 汉帝侯景 ……………… 114
167. 贞阳侯萧渊明 ………… 114
168. 敬帝萧方智 …………… 114
后梁 ………………………… 114

169. 宣帝萧琮 …… 114	200. 范阳王高绍义 …… 116	231. 僖宗李儇 …… 118
170. 孝明帝萧岿 …… 114	201. 幼主高恒 …… 116	232. 昭宗李晔 …… 118
171. 后主萧琮 …… 114	**西魏** …… 116	233. 哀帝李柷 …… 118
陈 …… 114	202. 文帝元宝炬 …… 116	**吐蕃** …… 118
172. 武帝陈霸先 …… 114	203. 废帝元钦 …… 116	234. 松赞干布 …… 118
173. 文帝陈蒨 …… 114	204. 恭帝拓跋廓 …… 116	235. 芒松芒赞 …… 118
174. 废帝陈伯宗 …… 114	**北周** …… 116	236. 都松芒布结 …… 118
175. 宣帝陈顼 …… 114	205. 孝闵帝宇文觉 …… 116	237. 赤德祖丹 …… 118
176. 后主陈书宝 …… 114	206. 明帝宇文毓 …… 116	238. 赤松德赞 …… 118
北魏 …… 115	207. 武帝宇文邕 …… 116	239. 弁尼赞普 …… 118
177. 道武帝拓跋珪 …… 115	208. 宣帝宇文赟 …… 116	240. 菊之赞普 …… 119
178. 明元帝拓跋嗣 …… 115	209. 静帝宇文阐 …… 116	241. 赤德松赞 …… 119
179. 太武帝拓跋焘 …… 115	**隋** …… 116	242. 定赤 …… 119
180. 隐王拓跋余 …… 115	210. 文帝杨坚 …… 116	243. 赤热巴金 …… 119
181. 文成帝拓跋濬 …… 115	211. 炀帝杨广 …… 116	244. 达玛 …… 119
182. 献文帝拓跋弘 …… 115	212. 恭帝杨侑 …… 117	**五代十国** …… 119
183. 孝文帝元宏 …… 115	**唐** …… 117	**后梁** …… 119
184. 宣武帝元恪 …… 115	213. 高祖李渊 …… 117	245. 太祖朱温 …… 119
185. 孝明帝元诩 …… 115	214. 太宗李世民 …… 117	246. 郢王朱友珪 …… 119
186. 幼主元钊 …… 115	215. 高祖李治 …… 117	247. 末帝朱友贞 …… 119
187. 孝庄帝元子攸 …… 115	216. 中宗李显 …… 117	**后唐** …… 119
188. 北海王元颢 …… 115	217. 睿宗李旦 …… 117	248. 庄宗李存勖 …… 119
189. 长广王元晔 …… 115	218. 武周圣神帝武则天 …… 117	249. 明宗李嗣源 …… 119
190. 节闵帝元恭 …… 115	219. 玄宗李隆基 …… 117	250. 闵帝李从厚 …… 119
191. 安定王元朗 …… 115	220. 肃宗李亨 …… 118	251. 末帝李从珂 …… 119
192. 孝武帝元修 …… 115	221. 代宗李豫 …… 118	**后晋** …… 119
东魏 …… 115	222. 德宗李适 …… 118	252. 高祖石敬瑭 …… 119
193. 孝静帝元善见 …… 115	223. 顺宗李诵 …… 118	253. 出帝石重贵 …… 119
北齐 …… 115	224. 宪宗李纯 …… 118	**后汉** …… 119
194. 文宣帝高洋 …… 115	225. 穆帝李恒 …… 118	254. 高祖刘知远 …… 119
195. 废帝高殷 …… 115	226. 敬宗李湛 …… 118	255. 隐帝刘承祐 …… 119
196. 孝昭帝高演 …… 116	227. 文宗李昂 …… 118	**后周** …… 119
197. 武成帝高湛 …… 116	228. 武宗李炎 …… 118	256. 太祖郭威 …… 119
198. 后主高纬 …… 116	229. 宣宗李忱 …… 118	257. 世宗柴荣 …… 120
199. 安德王高延宗 …… 116	230. 懿宗李漼 …… 118	258. 恭帝柴宗训 …… 120

吴 ·········· 120
259. 武帝杨行密 ·········· 120
260. 景帝杨渥 ·········· 120
261. 宣帝杨隆演 ·········· 120
262. 睿帝杨溥 ·········· 120
南唐 ·········· 120
263. 烈祖李昪 ·········· 120
264. 元宗李璟 ·········· 120
265. 后主李煜 ·········· 120
吴越 ·········· 120
266. 武肃王钱镠 ·········· 120
267. 文穆王钱元瓘 ·········· 120
268. 忠献王钱弘佐 ·········· 120
269. 忠逊王钱弘 ·········· 120
270. 忠懿王钱弘俶 ·········· 120
前蜀 ·········· 120
271. 高祖王建 ·········· 120
272. 后主王衍 ·········· 120
后蜀 ·········· 120
273. 高祖孟知祥 ·········· 120
274. 后主孟昶 ·········· 120
闽 ·········· 121
275. 太祖王审知 ·········· 121
276. 嗣主王延翰 ·········· 121
277. 太子宗王延钧 ·········· 121
278. 康宗王昶 ·········· 121
279. 景宗王曦 ·········· 121
280. 天德帝王王延政 ·········· 121
北汉 ·········· 121
281. 世祖刘崇 ·········· 121
282. 睿宗刘承钧 ·········· 121
283. 少主刘继恩 ·········· 121
284. 英武帝刘继元 ·········· 121
南汉 ·········· 121
285. 高祖刘䶮 ·········· 121

286. 殇帝刘玢 ·········· 121
287. 中宗刘晟 ·········· 121
288. 后主刘铝 ·········· 121
荆南 ·········· 121
289. 武兴王高季兴 ·········· 121
290. 文献王高从诲 ·········· 121
291. 贞懿王高保融 ·········· 121
292. 侍中高保勖 ·········· 121
293. 侍中高继冲 ·········· 121
楚 ·········· 121
294. 武穆王马殷 ·········· 121
295. 衡阳王马希声 ·········· 122
296. 文昭王马希范 ·········· 122
297. 废王马希广 ·········· 122
298. 恭孝王马希萼 ·········· 122
299. 后主马希崇 ·········· 122
宋 ·········· 122
300. 太祖赵匡胤 ·········· 122
301. 太宗赵光义 ·········· 122
302. 真宗赵恒 ·········· 122
303. 仁宗赵祯 ·········· 122
304. 英宗赵曙 ·········· 122
305. 神宗赵珂 ·········· 122
306. 哲宗赵煦 ·········· 122
307. 宗赵佶 ·········· 122
308. 钦宗赵桓 ·········· 122
南宋 ·········· 122
309. 高宗赵构 ·········· 122
310. 孝宗赵昚 ·········· 123
311. 光宗赵惇 ·········· 123
312. 宗赵扩 ·········· 123
313. 理宗赵昀 ·········· 123
314. 度宗赵祺 ·········· 123
315. 恭宗赵㬎 ·········· 123
316. 端宗赵昰 ·········· 123

317. 赵昺 ·········· 123
辽 ·········· 123
318. 太祖耶律阿保机 ·········· 123
319. 太宗耶律德光 ·········· 123
320. 世宗耶律阮 ·········· 123
321. 穆宗耶律璟 ·········· 123
322. 景宗耶律贤 ·········· 123
323. 圣宗耶律隆绪 ·········· 123
324. 兴宗耶律宗真 ·········· 123
325. 道宗耶律洪基 ·········· 123
326. 天祚帝耶律延禧 ·········· 123
327. 北辽 ·········· 123
328. 宣帝耶律淳 ·········· 123
329. 梁王耶律雅里 ·········· 123
330. 耶律术节 ·········· 124
西辽 ·········· 124
331. 德宗耶律大石 ·········· 124
332. 仁宗耶律夷列 ·········· 124
333. 末帝耶律直鲁古 ·········· 124
334. 屈出律 ·········· 124
金 ·········· 124
335. 太祖完颜阿骨打 ·········· 124
336. 太宗完颜晟 ·········· 124
337. 熙宗完颜亶 ·········· 124
338. 海陵王完颜亮 ·········· 124
339. 世宗完颜雍 ·········· 124
340. 章宗完颜璟 ·········· 124
341. 卫绍王完颜永济 ·········· 124
342. 宣宗完颜珣 ·········· 124
343. 哀宗完颜守绪 ·········· 124
344. 末帝完颜承麟 ·········· 124
西夏 ·········· 124
345. 景宗元昊 ·········· 124
346. 毅宗李谅祚 ·········· 124
347. 惠宗李秉常 ·········· 124

348. 崇宗李乾顺 …… 124	380. 世宗朱厚熜 …… 126	有斐君子，如切如磋，如琢如磨。"
349. 仁宗李仁孝 …… 125	381. 穆宗朱载垕 …… 127	…… 131
350. 桓宗李纯祐 …… 125	382. 神宗朱翊钧 …… 127	7. 子曰："听讼，吾犹人也。必也使
351. 襄宗李安全 …… 125	383. 光宗朱常洛 …… 127	无讼乎！" …… 131
352. 神宗李遵顼 …… 125	384. 熹宗朱由校 …… 127	8. 曾子曰："十目所视，十手所指，
353. 献宗李德旺 …… 125	385. 思宗朱由检 …… 127	其严乎！" …… 131
354. 末帝李晛 …… 125	南明 …… 127	9. 所谓修身在正其心者 …… 131
元 …… 125	386. 福王朱由崧 …… 127	10. 谚有之曰："人莫知其子之恶，莫
355. 太祖孛儿只斤铁木真 …… 125	387. 唐王朱聿键 …… 127	知其苗之硕。" …… 131
356. 太宗孛儿只斤窝阔台 …… 125	388. 唐王朱聿 …… 127	11.《诗》云："桃之夭夭，其叶蓁蓁。
357. 定宗孛儿只斤贵由 …… 125	389. 韩王朱本铉 …… 127	之子于归，宜其家人。" …… 131
358. 宪宗孛儿只斤蒙哥 …… 125	390. 桂王朱由榔 …… 127	12.《康诰》曰："惟命不于。" 131
359. 世祖孛儿只斤忽必烈 …… 125	391. 太祖爱新觉罗奴尔哈赤 …… 127	13.《诗》云："乐只君子，民之父
360. 成宗孛儿只斤铁穆耳 …… 125	392. 太宗爱新觉罗皇太极 …… 127	母。" …… 131
361. 武宗孛儿只斤海山 …… 125	393. 世祖爱新觉罗福临 …… 127	14.《秦誓》曰："人之有技，若己有
362. 仁宗孛儿只斤爱育黎拔力八达	394. 圣祖爱新觉罗玄烨 …… 127	之；人之彦圣，其心好之。" …… 131
…… 125	395. 世宗爱新觉罗胤禛 …… 128	15. 中庸 …… 132
363. 英宗孛儿只斤硕德八剌 …… 125	396. 高宗爱新觉罗弘历汉 …… 128	16. 仲尼曰："君子中庸。" …… 132
364. 泰定帝孛儿只斤也孙铁木儿 125	397. 仁宗爱新觉罗颙 …… 128	17. 子曰："中庸其至矣乎！民鲜能久
365. 天顺帝孛儿只斤阿速吉八 …… 125	398. 宣宗爱新觉罗旻宁 …… 128	矣" …… 132
366. 文宗孛儿只斤图帖睦尔 …… 125	399. 文宗爱新觉罗奕詝 …… 128	18. 子曰："人莫不饮食也，鲜能知味
367. 明宗孛儿只斤和世瑓 …… 126	400. 穆宗爱新觉罗载淳 …… 128	也。" …… 132
368. 宁宗孛儿只斤懿璘质班 …… 126	401. 德宗爱新觉罗载湉 …… 128	19. 子曰："道其不行矣夫！" … 132
369. 惠宗孛儿只斤妥欢贴睦尔 …… 126	402. 宣统帝爱新觉罗溥仪 …… 128	20. 子曰："舜其大知也与！舜好问而
明 …… 126		好察迩言，隐恶而扬善，执其两端，
370. 太祖朱元璋 …… 126	**集五**	用其中于民，其斯以为舜乎！" … 132
371. 惠帝朱允炆 …… 126	**读《四库全书精编》**	21. 子曰："人皆曰，予知。" … 132
372. 成祖朱棣 …… 126		22. 子曰："回之为人也，择乎中
373. 仁宗朱高炽 …… 126	卷一 经部 …… 131	庸。" …… 132
374. 宣宗朱瞻基 …… 126	1. 庚子清明 …… 131	23. 子曰："天下国家可均也，爵禄
375. 英宗朱祁镇 …… 126	2. 大学 …… 131	可辞也，白刃可踏也，中庸不可
376. 代宗朱祁钰 …… 126	3.《康书》曰："克明德" …… 131	也。" …… 132
377. 宪宗朱见深 …… 126	4. 汤之《盘铭》曰："苟日新，日日新。	24. 子路问强 …… 132
378. 孝宗朱祐樘 …… 126	又日新。" …… 131	25. 子曰："素隐行怪，后世有述焉，
379. 武宗朱厚照 …… 126	5. 子曰："于止，知其所止。" … 131	吾弗为之矣。" …… 132
	6.《诗》云："瞻彼淇澳，绿林猗猗。	

目 录

26. 《诗》云："鸢飞戾天，鱼跃于渊。" ……………………… 132
27. 子曰："射有似乎君子；失诸正鹄，反求诸其身。" ……………… 132
28. 子曰："父母其顺矣乎！" … 132
29. 《诗》曰："神之格思，不可度思！矧可射思！夫微之显，诚之不可掩如此夫。" ……………………… 132
30. 子曰："故大德者必受命" … 132
31. 子曰："无忧者，其惟文王乎！" ……………………………… 132
32. 子曰："夫孝道，善继人之志，善述人之事者也。" …………… 132
33. 哀公问政 ……………………… 133
34. 《天下之达道五，所以行之者三》 ……………………………… 133
35. 《凡为天下国家有九经》 …… 133
36. 凡事豫则立，不豫则废。 …… 133
37. 自诚明，谓之性。自明城，谓之教。 ……………………………… 133
38. 唯天下至诚，为能尽其性。 … 133
39. 其次致曲 ……………………… 133
40. 至诚之道，可以前知。 ……… 133
41. 诚者，自成也；而道，自道也。 ……………………………… 133
42. 故至诚无息 ………………… 133
43. 《大哉圣人之道！洋洋乎发育万物，峻极于天。》 …………… 133
44. 子曰："愚而好自用，贱而好自专；生乎今之世，反古之道。如此者，栽及其身者也。" …………………… 133
45. 《诗》曰："在彼无恶，在此无射，庶几夙夜，以永终誉！" ……… 133
46. 如四时之错行，如日月之代明。 ……………………………… 133

47. 聪明睿知，宽裕温柔，发强刚毅，齐庄中正，文理密察，溥博渊泉，溥博如天。 …………………… 133
48. 肫肫其仁，渊渊其渊！浩浩其天！ ……………………………… 133
49. 论语 学而 ………………… 133
50. 有子曰："君子务本，本立而道生。" ………………………… 133
51. 曾子曰："吾日三省吾身。" …………………………………… 133
52. 子曰："道千乘之国，敬事而信，节用而爱人，使民以时。" …… 134
53. 子曰："行有余力，则以学文。" ……………………………… 134
54. 子夏曰："虽曰未学，吾必谓之学矣。" ……………………… 134
55. 子曰："君子不重则不威，学则不固。" ……………………… 134
56. 《夫子温、良、恭、俭、让以得之。》 ……………………………… 134
57. 子曰："父在，观其志；父没，观其行。" …………………… 134
58. 有子曰："小大由之，有所不行。" ……………………………… 134
59. 有子曰："信近于义，恭近于礼。" ……………………………… 134
60. 子曰："君子食无求饱，居无求安，敏于事而慎于言，就有道而正焉，可谓好学也已。" …………………… 134
61. 子贡曰："《诗》云（如切如磋，如琢如磨。）其斯之谓于？" … 134
62. 为政子曰："道之以政，齐之以刑，民免而无耻。道之以德，齐之以礼，有耻且格。" ……………… 134
63. 子曰："吾十有五而志于学，三十

而立，四十恶而不惑，五十而知天命，六十而耳顺，七十而从心所欲，不逾矩。" ……………………… 134
64. 孟懿子问孝。子曰："无违。" ……………………………… 134
65. 子游问孝 …………………… 134
66. 子夏问孝 …………………… 134
67. 《吾与回言终日，不违，如愚。退而省其私，亦足以发，回也不愚。》 ……………………………… 134
68. 子曰："视其所以，观其所安。" ……………………………… 134
69. 子曰："温故而知新，可以为师矣。" ………………………… 135
70. 哀公问曰："何为则民服？" ……………………………… 135
71. 或谓孔子曰："子奚不为政？" ……………………………… 135
72. 子曰："非其鬼而祭之，谄也，见义不为，无勇也。" ………… 135
73. 述而 ………………………… 135
74. 子在齐闻《韵》三月不知肉味，曰："不图为乐之至于斯也。" … 135
75. 子曰："三人行，必有我师焉。" ……………………………… 135
76. 子曰："不为酒困，何有于我哉？" ……………………………… 135
77. 颜渊 ………………………… 135
78. 樊迟问仁。子曰："（爱人）。问知，"子曰："知人。" ……… 135
79. 樊迟问仁。子曰："居处恭，执事敬，与人忠。虽之夷狄，不可弃也。" ……………………………… 135
80. 陈亢问于伯鱼曰："子亦有异闻乎？" ……………………………… 135

81. 孟子 ………………………… 135
82. 得民心者得天下 …………… 135
83. 舍生取义 …………………… 135
84. 五经篇 诗经 风 关雎 …… 135
85. 桃夭 ………………………… 135
86. 秦风 蒹葭 ………………… 136
88. 雅 南有嘉鱼 ……………… 136
89. 何草不黄 …………………… 136
90. 天作 ………………………… 136
91. 尚书 甘誓 ………………… 136
92. 汤誓 ………………………… 136
93. 盘庚 ………………………… 136
94. 立政 ………………………… 136
95. 礼记 曲礼 ………………… 136
97. 周易 上经 ………………… 136
98. 下经 ………………………… 136
99. 未济卦第六十四 …………… 136
100. 系辞 ………………………… 136
101. 《易》之兴也，其当殷之末世、周之盛德邪？ ………………… 136
102. 春秋左传 郑伯克段于鄢 … 136
103. 晋公子重耳之亡 …………… 136
104. 祁奚举贤 …………………… 136
卷二 史部 ……………………… 137
105. 先秦篇 ……………………… 137
106. 范蠡论战 …………………… 137
107. 国策 ………………………… 137
108. 冯谖客孟尝君 ……………… 137
109. 唐雎说信陵君 ……………… 137
110. 晏子春秋 …………………… 137
111. 纪志篇 ……………………… 137
112. 陈涉世家 …………………… 137
113. 越王勾践世家 ……………… 137
114. 范蠡浮海出齐，变姓名，自谓鸱夷子皮，耕于海畔，苦身戮力，父子治产，居无几何，致产数千万。… 137
115. 吕不韦列传 ………………… 137
116. 当是时，魏有信陵君，楚有春申君，赵有平原君，齐有孟尝君，皆下士喜宾客以相倾。吕不韦以秦之强，羞不如，亦招致士，厚遇之，至食客三千。集论以为八览、六论、十二纪，二十余万言，备天地万物古今之事，号曰《吕氏春秋》。而咸阳市门，悬千金其上，延诸侯游士宾客有能增损一字者予千金。……………………………… 137
117. 游侠列传 …………………… 137
118. 李将军列传 ………………… 137
119. 太史公曰："《传》曰（其身正，不令而行；其身不正，虽令不从。）" ……………………… 137
120. 屈原列传 …………………… 137
121. 资治通鉴 …………………… 137
122. 理论篇 史通 六家 ……… 138
123. 五经 ………………………… 138
卷三 子部 ……………………… 138
124. 诸子百家篇 ………………… 138
125. 老子 ………………………… 138
126. 上善若水。水善利万物而不争，处众人之所恶，故几于道。… 138
127. 道生一，一生二。二生三，三生万物。…………………………… 138
128. 庄子 逍遥游 ……………… 138
129. 可乎可，不可乎不乎。…… 138
130. 墨子 兼爱 ………………… 138
131. 公输 ………………………… 138
132. 韩非子 孤愤 ……………… 138
133. 说难 ………………………… 138
134. 五蠹 ………………………… 138
135. 治国为政篇 商君书 更法 138
137. 管子 牧民 ………………… 138
138. 统兵治军篇 孙子兵法 …… 138
139. 微乎微乎，至于无形。神乎神乎，至于无声。故能为敌之司命。…… 138
140. 昔殷之兴也，伊挚在夏；周之兴也，吕牙在殷。………………… 138
141. 三十六计 总说 …………… 138
142. 第三十五计 连环计 ……… 138
143. 孙膑兵法 擒庞涓 ………… 139
144. 故事杂谈篇 搜神记 长安乞丐 ……………………………… 139
145. 世说新语 割席分坐 ……… 139
146. 坦腹东床 …………………… 139
147. 竹林七贤 …………………… 139
148. 菜根谭 ……………………… 139
149. 小窗幽记 …………………… 139
150. 李白夜郎 …………………… 139
卷四 集部 ……………………… 139
151. 先秦文学篇 楚辞 离骚 … 139
152. 启《九辩》与《九歌》兮，夏康娱以自纵。……………………… 139
153. 九歌 湘君 ………………… 139
154. 传世文章篇 ………………… 139
155. 晁错 论贵粟疏 …………… 139
156. 曹植 洛神赋 ……………… 139
157. 王羲之 兰亭集序 ………… 139
158. 陶渊明 归去来辞 ………… 139
159. 王勃 滕王阁序 …………… 139
161. 刘禹锡 陋室铭 …………… 139
162. 杜牧 阿房宫赋 …………… 139
163. 韩愈 杂说. 伯乐 ………… 139
164. 柳宗元 至小丘西小石潭记 … 139
165. 范仲淹 岳阳楼记 ………… 140
166. 欧阳修 醉翁亭记 ………… 140
167. 苏轼 石钟山记 …………… 140

| 168. 王安石 游褒禅山记 …… 140
| 169. 归有光 项脊轩志 …… 140
| 170. 姚鼐 登泰山记 …… 140
| 171. 杂剧戏曲篇 关汉卿 窦娥冤 …… 140
| 172. 经典诗词篇 民间古诗 行行重行行 …… 140
| 173. 乐府民歌 …… 140
| 174. 两汉魏晋诗歌 刘邦 大风歌 项羽 垓下歌 …… 140
| 175. 曹丕 燕歌行 …… 140
| 176. 唐宋诗词 …… 140

集六 读《史记菁华录》

卷一 …… 143
1. 秦始皇本纪 …… 143
之二 …… 143
之三 …… 143
2. 项羽本纪 …… 143
之二 …… 143
之三 …… 143
3. 高祖本纪 …… 143
之二 …… 143
4. 高祖功臣年表 …… 143
之二 …… 143
5. 秦楚之际月表 …… 143
6. 六国表 …… 143
7. 封禅书 …… 143
之二 …… 143
之三 …… 143
之四 …… 143
之五 …… 143
之六 …… 143
卷二 …… 144
8. 河渠书 …… 144

9. 平准书 …… 144
之二 …… 144
10. 越世家 …… 144
之二 …… 144
之三 …… 144
11. 陈涉世家 …… 144
12. 外戚世家 …… 144
之二 …… 144
13. 齐王世家 …… 144
14. 萧相国世家 …… 144
之二 …… 144
15. 曹相国世家 …… 144
16. 留侯世家 …… 144
之二 …… 144
17. 陈丞相世家 …… 144
卷三 …… 144
18. 绛侯周勃世家 …… 144
之二 …… 144
19. 伯夷列传 …… 144
20. 老庄申韩列传 …… 144
21. 司马穰苴列传 …… 144
22. 商君列传 …… 144
23. 张仪列传 …… 145
24. 孟子荀卿列传 …… 145
25. 孟尝君列传 …… 145
26. 平原君列传 …… 145
27. 信陵君 …… 145
之二 …… 145
28. 范雎蔡泽列传 …… 145
卷四 …… 145
29. 廉颇蔺相如列传 …… 145
30. 屈原贾生列传 …… 145
31. 刺客列传 …… 145
32. 张耳陈余列传 …… 145
33. 淮阴侯列传 …… 145

34. 韩王信卢绾列传 …… 145
35. 郦生陆贾列传 …… 145
之二 …… 145
36. 刘敬叔孙通列传 …… 145
37. 季布栾布列传 …… 145
卷五 …… 145
38. 张释之冯唐列传 …… 145
之二、寄李陵 …… 145
39. 扁鹊仓公列传 …… 145
40. 魏其武安侯列传 …… 145
41. 李将军列传 …… 146
之二 …… 146
42. 匈奴列传 …… 146
43. 卫霍列传 …… 146
44. 司马相如列传 …… 146
45. 淮南列传 …… 146
卷六 …… 146
46. 汲郑列传 …… 146
又 …… 146
47. 酷吏列传 …… 146
又 …… 146
48. 游侠列传 …… 146
49. 货殖列传 …… 146
50. 滑稽列传 淳于髡 …… 146
51. 太史公自序 …… 146
又 …… 146
又 …… 146

集七 夕拾

64. 诗词盛典Ⅰ吕长春格律诗词六万八千首诗词盛典Ⅱ.唐词五万首.诗词盛典Ⅲ.宋词一万七千首 …… 151
424. 秦皇汉武 …… 168
425. 明清 …… 168
426. 寄子女 …… 168

427. 赵祯 …… 168
429. 寄欧阳修 …… 168
430. 四库全书 …… 168
431. 寄范仲淹 …… 168
433. 三亚 …… 168
434. 寄范仲淹 …… 168
438. 中国历代皇帝全传 …… 168

集八
吕长春重著苏轼词全集

1. 采桑子·寄苏东坡李清照 …… 171
2. 再写东坡词348首 …… 171
3. 浣溪沙 …… 171
4. 华清引·感旧 …… 171
5. 一斛珠 …… 171
6. 南歌子 …… 171
7. 南歌子 …… 171
8. 临江仙 …… 171
9. 减字木兰花 …… 171
10. 荷华媚·荷花 …… 171
11. 行香子·过七里滩 …… 171
12. 祝英台近 …… 171
13. 江神子 …… 171
14. 瑞鹧鸪 …… 171
15. 菩萨蛮·歌伎 …… 172
16. 瑞鹧鸪·观潮 …… 172
17. 临江仙·风水洞作 …… 172
18. 江神子 …… 172
19. 天仙子 …… 172
20. 行香子 …… 172
21. 浣溪沙 …… 172
22. 昭君怨 …… 172
23. 少年游 …… 172
24. 卜算子·感旧 五品郎中建别墅 …… 172
25. 醉落魄·述怀 …… 172
26. 减字木兰花 …… 172
27. 蝶恋花·送春 …… 172
28. 浣溪沙·即事 …… 172
29. 菩萨蛮 …… 172
30. 减字木兰花 …… 172
31. 蝶恋花 …… 172
32. 浣溪沙 …… 172
33. 菩萨蛮 …… 173
34. 虞美人 …… 173
35. 诉衷情·半镜重园 …… 173
36. 醉落魄 …… 173
37. 江神子·孤山竹阁送述古 …… 173
38. 菩萨蛮·西湖 …… 173
39. 菩萨蛮·述古席上 …… 173
40. 鹊桥仙·七夕 …… 173
41. 清平乐·秋词 …… 173
42. 南乡子·送述古 …… 173
43. 诉衷情·琵琶女 …… 173
44. 南乡子·梅花词 …… 173
45. 渔家傲·送台守江郎中 …… 173
46. 南乡子 …… 173
47. 浣溪沙·菊节 …… 173
48. 浣溪沙·重九旧韵 …… 173
49. 劝金船 …… 173
50. 南乡子 …… 173
51. 定风波 …… 174
52. 减字木兰花 …… 174
53. 南乡子 …… 174
54. 菩萨蛮 …… 174
55. 阮郎归·苏州席上作 …… 174
56. 醉落魄·忆别 …… 174
57. 菩萨蛮·感旧 …… 174
58. 减字木兰花·以"郑容落籍,高莹从良"为句首 …… 174
59. 南歌子·隋炀 …… 174
60. 采桑子·润州多景楼与孙巨源相遇 …… 174
61. 浣溪沙·忆旧 …… 174
62. 更漏子·送孙巨源 …… 174
63. 沁园春 …… 174
64. 永遇乐 …… 174
65. 雨中花慢 …… 174
66. 河满子·寄东坡湖州 …… 174
67. 减字木兰花 …… 175
68. 蝶恋花 …… 175
69. 江神子 …… 175
70. 江神子·宋苏东坡词第一,唐李太白诗第一 …… 175
71. 减字木兰花 …… 175
72. 减字木兰花 …… 175
73. 蝶恋花 …… 175
74. 满江红 …… 175
75. 一丛花 …… 175
76. 帝台春 …… 175
77. 望江南·暮春 …… 175
78. 望江南·暮春 …… 175
79. 满江红 …… 175
80. 临江仙·自度曲 …… 175
81. 水调歌头 …… 175
82. 画堂春(秦观 正体) …… 176
83. 江神子 …… 176
84. 江神子·冬景 …… 176
85. 阳关曲 …… 176
86. 浣溪沙 …… 176
87. 殢人娇(向子諲体) …… 176
88. 洞仙歌 …… 176
89. 浣溪沙 …… 176
90. 阳关曲 …… 176
91. 水调歌头 …… 176

92. 临江仙 …… 176	127. 菩萨蛮 …… 178	163. 渔父 …… 181
93. 浣溪沙 …… 176	128. 定风波·重阳 …… 178	164. 渔父 …… 181
94. 临江仙 …… 176	129. 水龙吟·史 …… 178	165. 渔父 …… 181
95. 菩萨蛮 …… 176	130. 菩萨蛮·回文夏 …… 178	166. 渔父 …… 181
96. 满庭芳 …… 176	131. 菩萨蛮·回文秋 …… 178	167. 调笑令 …… 181
97. 蝶恋花·佳人 …… 176	132. 菩萨蛮·回文冬 …… 179	168. 浣溪沙·渔父 …… 181
98. 南乡子 …… 177	133. 菩萨蛮·回文春 …… 179	169. 蝶恋花 …… 181
99. 临江仙 …… 177	134. 菩萨蛮 …… 179	170. 少年游 …… 181
100. 蝶恋花 …… 177	135. 菩萨蛮·回文 …… 179	171. 哨遍·寄李太白 …… 181
101. 蝶恋花·送潘大临 …… 177	137. 南乡子 …… 179	172. 渔家傲 …… 181
102. 浣溪沙 …… 177	138. 水龙吟 …… 179	173. 定风波 …… 181
103. 浣溪沙 …… 177	139. 虞美人 …… 179	174. 满庭芳 …… 181
104. 浣溪沙 …… 177	140. 南乡子 …… 179	175. 念奴娇·赤壁怀古 …… 181
105. 浣溪沙 …… 177	141. 满江红 …… 179	176. 念奴娇·中秋 …… 181
106. 浣溪沙·自度 …… 177	142. 菩萨蛮·回文 …… 179	177. 醉蓬莱·重九上君猷 …… 181
107. 浣溪沙 …… 177	143. 瑶池燕 …… 179	178. 定风波 …… 182
108. 浣溪沙 …… 177	144. 浣溪沙 …… 179	179. 水龙吟 …… 182
109. 又 …… 177	145. 浣溪沙 …… 179	180. 浣溪沙 …… 182
110. 永遇乐·燕子楼 …… 177	146. 浣溪沙 …… 179	181. 减字木兰花 …… 182
111. 南乡子·自述 …… 177	147. 浣溪沙 …… 179	182. 减字木兰花 …… 182
112. 阳关曲 …… 177	148. 浣溪沙 …… 180	183. 减字木兰花 …… 182
113. 南歌子·有感 …… 177	149. 江神子 …… 180	184. 减字木兰花 …… 182
114. 雨中花慢 …… 177	150. 浪淘沙 …… 180	185. 醉翁操 …… 182
115. 江神子 …… 178	151. 少年游 …… 180	186. 减字木兰花·自度曲 …… 182
116. 江神子·恨别 …… 178	152. 水龙吟 …… 180	187. 洞仙歌 …… 182
117. 减字木兰花·送别 …… 178	153. 定风波·咏红梅 …… 180	188. 减字木兰花 …… 182
118. 木兰花令 …… 178	154. 水调歌头 …… 180	189. 西江月·茶词 …… 182
119. 木兰花令 …… 178	155. 江神子 …… 180	190. 菩萨蛮 …… 182
120. 南歌子 …… 178	156. 满江红 …… 180	191. 皂罗特髻 …… 182
121. 双荷叶·即秦楼月 …… 178	157. 南歌子 …… 180	192. 玉楼春 …… 182
122. 渔家傲·七夕 …… 178	158. 南歌子 …… 180	193. 临江仙 …… 182
123. 临江仙 …… 178	159. 南歌子 …… 180	194. 满庭芳 …… 182
124. 卜算子 …… 178	160. 定风波 …… 180	195. 好事近·寄东坡 …… 183
125. 南歌子·感旧 …… 178	161. 浣溪沙 …… 180	196. 鹧鸪天 …… 183
126. 菩萨蛮·新月 …… 178	162. 西江月 …… 180	197. 西江月·重九 …… 183

198. 十拍子 …… 183	233. 满江红 …… 185	266. 西江月 …… 187
199. 临江仙 …… 183	234. 渔家傲 …… 185	267. 西江月·坐客见和复次韵 … 187
200. 水调歌头·快哉亭作 …… 183	235. 南乡子 …… 185	268. 西江月·再用前韵戏曹子方 …… 187
201. 南歌子 …… 183	236. 如梦令 …… 185	
202. 减字木兰花·烛 …… 183	237. 如梦令 …… 185	269. 木兰花令 …… 187
203. 满庭芳 …… 183	238. 定风波·南海归赠王定国侍人寓娘 …… 185	270. 虞美人 …… 187
204. 阮郎归 …… 183		271. 八声甘州 …… 187
205. 西江月 …… 183	239. 苏幕遮 …… 185	272. 西江月·送别 …… 187
206. 减字木兰花 …… 183	240. 哨遍·春词 …… 185	273. 定风波 …… 187
207. 渔家傲·寄毛润之 …… 183	241. 西江月 …… 185	274. 临江仙 …… 187
208. 水龙吟·永雁 …… 183	242. 乌夜啼·寄远 …… 186	275. 减字木兰花·送别 …… 187
209. 临江仙 …… 183	243. 浣溪沙·九月九日二首 …… 186	276. 蝶恋花 …… 187
210. 浣溪沙·寄东坡 …… 184	244. 浣溪沙·和前韵 …… 186	277. 临江仙 …… 187
211. 浣溪沙 …… 184	245. 点绛唇·己巳重九和苏坚 …… 186	278. 临江仙 …… 187
212. 菩萨蛮 …… 184	246. 行香子·茶词 …… 186	279. 又 …… 188
213. 南歌子 …… 184	247. 临江仙·登望湖楼 …… 186	280. 浣溪沙 …… 188
214. 西江月·平山堂 …… 184	248. 占春芳 …… 186	281. 木兰花令 …… 188
215. 浣溪沙 …… 184	249. 南歌子·晚春 …… 186	282. 减字木兰花 …… 188
216. 虞美人·寄宋 …… 184	250. 南歌子 …… 186	283. 浣溪沙 …… 188
217. 如梦令 …… 184	251. 南歌子 …… 186	284. 减字木兰花 …… 188
218. 如梦令 …… 184	252. 鹊桥仙·七夕 …… 186	285. 生查子·诉别 …… 188
219. 浣溪沙 …… 184	253. 南歌子·八月十八日观湖潮 …… 186	286. 青玉案·和贺方回韵送伯固归吴中故居 …… 188
220. 行香子 …… 184		
221. 满庭芳·寄苏堤春晓 …… 184	254. 点绛唇·庚子重九 …… 186	287. 行香子·寓意 …… 188
222. 水龙吟 …… 184	255. 点绛唇 …… 186	288. 渔家傲 …… 188
223. 浣溪沙 …… 184	256. 好事近 …… 186	289. 戚氏 …… 188
224. 如梦令 …… 184	257. 南歌子 …… 186	290. 归朝欢 …… 188
225. 南乡子 …… 184	258. 点绛唇 …… 186	291. 木兰花令 …… 188
226. 木兰花令 …… 184	259. 南歌子 …… 186	292. 浣溪沙 …… 188
227. 满庭芳 …… 184	260. 南歌子·暮春 …… 186	293. 浣溪沙 …… 188
228. 南乡子·赠田叔通家舞鬟 …… 185	261. 减字木兰花 …… 187	294. 浣溪沙 …… 189
229. 蝶恋花 …… 185	262. 浣溪沙·寄郭雅卿 …… 187	295. 阮郎归 …… 189
230. 蝶恋花 …… 185	263. 浣溪沙·和前韵 …… 187	296. 西江月·咏梅 …… 189
231. 浣溪沙·感旧 …… 185	264. 浣溪沙 …… 187	297. 减字木兰花·荔枝 …… 189
232. 蝶恋花·寄刘伶字伯伦 …… 185	265. 减字木兰花 …… 187	298. 㑳人娇·赠朝云 …… 189

299. 浣溪沙·端午 …………… 189	318. 减字木兰花·立春 ………… 190	337. 减字木兰花·花 …………… 191
300. 浣溪沙·端午 …………… 189	319. 踏青游 ……………………… 190	338. 减字木兰花 ………………… 191
301. 南歌子 ……………………… 189	320. 减字木兰花 ………………… 190	339. 点绛唇 ……………………… 191
302. 行香子·秋兴 …………… 189	321. 鹧鸪天 ……………………… 190	340. 点绛唇 ……………………… 191
303. 南乡子·双荔枝 ………… 189	322. 蝶恋花 ……………………… 190	341. 点绛唇 ……………………… 191
304. 贺新郎 ……………………… 189	323. 西江月 ……………………… 190	342. 虞美人 ……………………… 191
305. 谒金门 ……………………… 189	324. 定风波·感旧 …………… 190	343. 虞美人 ……………………… 191
306. 临江仙 ……………………… 189	325. 南乡子·集句 …………… 190	344. 虞美人 ……………………… 191
307. 三部乐 ……………………… 189	326. 南乡子 ……………………… 190	345. 诉衷情 ……………………… 191
308. 雨中花慢 …………………… 189	327. 南乡子 ……………………… 190	346. 翻香令 ……………………… 191
309. 西江月 ……………………… 189	328. 菩萨蛮 ……………………… 191	347. 桃源忆故人·暮春 ……… 192
310. 减字木兰花·赠小鬟琵琶 … 190	329. 菩萨蛮·咏足 …………… 191	348. 鹧鸪天·佳人 …………… 192
311. 浣溪沙·寄东坡春情 …… 190	330. 菩萨蛮 ……………………… 191	349. 西江月·佳人 …………… 192
312. 浣溪沙·寄东坡春情 …… 190	331. 浣溪沙 ……………………… 191	350. 醉落魄 ……………………… 192
313. 谒金门·秋感 …………… 190	332. 浣溪沙 ……………………… 191	351. 减字木兰花 ………………… 192
314. 西江月 ……………………… 190	333. 浣溪沙·春情 …………… 191	352. 沁园春 ……………………… 192
315. 好事近 ……………………… 190	334. 江城子·格律长城 ……… 191	353. 踏莎行 ……………………… 192
316. 谒金门 ……………………… 190	335. 蝶恋花 ……………………… 191	354. 南乡子·有感 …………… 192
317. 千秋岁·老子《礼记·曲礼上》 ……………………………… 190	336. 蝶恋花 ……………………… 191	355. 浣溪沙·下南洋 ………… 192

北宋·郭熙
早春图

集一
思前贤

集一 思前贤

1. 龚日昇

柳梢青·一九四九年十二月十九日

七十年前,中华家国,共了山川。上下千年,今今古古,作匹夫天。王王帝帝无宜。以农夫,共了先贤。达者乾坤,已清南北,改作方圆。

2. 陈若水

沁园春·寿游侍郎

拂袖归来,两袖清风,一世一名。四品从五品,何言三品,当中日月,草木枯荣。民计民生,以民为主,自以先贤达者行。天下路,自前行步步步成英。　方圆格律成城。一日日,又余日日耕。退休更日日,朝朝暮暮,辛辛苦苦,慰藉人情。万里长城,砖头垒垒,一千七百万砖城。我一千七百万字数,诗字长城。

3. 胡翼龙

宴清都

九九重阳九,隋炀岸,处处柳杨杨柳。扬州一半。吴越一半,运河如酒。黄花茱萸太守。一叶落,千人千口,一飘零,千百度否。三否,二否,一否。不否。当此西风,何否。莫以归根论否。天高地厚。飞落落飞先后。三关渭泾海口。过泗水,秦淮无首。问始皇,王气金陵,金陵虎阜。

徴招

梅花落了梅花落,春寒在春寒了。这一半春寒,已见飞鸿早。运河流水色,草多少,群芳多少。一半扬州,十年心事,已闻啼鸟。　杨柳半河边,船娘问,杜仲好茶花好。十八女儿红,有情泼方好。黄花空自好。向谁问,船头杨小这船尾,九瓣难招,不待萧郎老。

夜飞鹊

庐陵翼龙客,自号蒙泉,名伯两宴清都。徴招八声甘州赋,洞仙歌里书儒。满庭芳草路,少年游日月,三载姑苏。霓裳中序第一声,进士殊途。　夜飞鹊,西江月因物踏莎行,过了东吴。长是南歌子间,长相思里,已马驱向光贤箸,自行行,达者周瑜。一琴音,学子知者人稀,流水一半江湖。

长相思·题甘楼

一甘楼,半甘楼,一半甘州一半楼。荒沙大漠流。　一漠流,半漠流,一半沙鸣一半丘。骆驼作渡舟。

4. 刘之才

兰陵王

运河客,来去阡阡陌陌。江南水,江北向南,水调歌头易苏帛。秦淮六渎泽。朝暮商船一脉。商女曲,六朝紫金,三两人家两三择。　相隔。后庭石后庭树空正,河水河伯,相思何入相思魄。故年郎李白,不得回首,清平乐里一长驿,夜郎战争戟。　太伯。莫非莫,此莫非王土,运河陈迹。隋炀当下江河沙。两岸皆杨柳,繁舟巾帼,萧娘知道,莫莫莫莫莫莫。

解连环

兰陵王节,以玲珑四犯,弄梅花雪。信早梅寒里迎春,已处处声声慢中初拙。时有香来,以疏影,如姿如绝,贺新郎客袖,素粉素英,向女儿说。　冰肌玉身艳杰。以藏盖一半,明月明灭。着素妆窥得红颜,怯怯向东邻,镜中殷切。桃李群芳,各结子,嫦娥圆缺,折三三两两,当下不可多折。

5. 萧汉杰

卖花声·春雨

一水一波澜,春雨春寒。梅花落里上云端,暮暮朝朝处处,早晚香残。红色玉泥丹,共以共阑。芳芬一世久汗漫。作得人间香不散,作得斯潘。

浪淘沙

一水浪淘沙,一路天涯。春去春雨到人家,半色半香争日月,蝶恋香花。日日见桑麻,你我他她。民间处处豆和瓜。子子匹夫应有责,夕照长霞。

6. 罗椅

八声甘州·孤山寒食

问今今古古,五千年,记取介子推。晋耳苦同行,无当共贵,远去天台。一火绵山林木,母子不徘徊,已见清明草,细雨来来。　寒食孤山山下,以梅妻鹤子,养养栽栽,当人情如此,和靖不须。见书生,何言禁火,叹状朿,二十载成才,君知否,侍郎郎中县令衙台。

更漏子

柳梢青,柳梢细。世世无无世世。颜玉玉,色其暮朝藏彩霓。　不争势,不争丽,不是不非不辍。从日月,任东西,有蝉夏末啼。

7. 徐霖

长相思

问短亭,问长亭,八十长亭草色青。似脱三字行星。　湘灵,二湘灵,鼓瑟苍梧鼓瑟零。九嶷顺洽听。

8. 朱埴

画堂春

相思字字是相思,知君字字君知。已迟枕上已迟时,百态千姿。　月色明明灭灭,诗诗赋赋词词。一心一字一相思,一字君知。

9. 张绍文

酹江月·淮城感兴

问吴寻越,问长安何在,潼关有约。万里黄河行万里,五十天中如诺。泾渭千年,隋唐论没,当以梅花落。运河流水,如香如色如若。　胜似万里长城,玉关烽火,未可平安博。满地干戈未载,毕竟中原飞鹊。未便凌空,飘然直下,不可山河错。临流长啸,四头昏昏噩噩。

沁园春·为叔父云溪主人寿

二十人家,六十人家,八十一家。以云溪作主,佩文诗韵,耕耘日月,忆取桑麻。我本农家,关东创业,祖父爹娘子女花。应五代,又南南北北,各自为家。　平生海角天涯。见沧浪挚天一柱霞,见椰林风西,南洋草木,繁繁大大,正正斜斜。寿寿人人,人人寿寿,我自行行,我自嗟,何来去,自来来去去,不你无他。

10. 杨缵

八六子·牡丹次白雪韵

问残红,已梅花落,自香香在其中。只化作红泥当下,不分南北,东西一半西东。　牡丹国色相逢,温柔芙蓉临水,婷婷玉立临风。武曌不知情,立春之日,不分姐妹,与群芳共成丛。已近荼蘼女子,自然当下由衷。月朦胧,夜朦胧,始终始终。

一枝春·除夕

白雪阳春,一梅花一半东君之路。声声爆竹,处处有儿童步。行行取笑,醉翁间,杜康分付。何不饮,寻得就冷,不与上林相顾。　乡里水仙已暮,以玲珑,自得萧娘风度。幽幽郁郁,艳艳柳杨不顾。风云且住,子夜已住三更住,人当下,古古今今,古今可数。

被花恼·自度

人人事事事人人,多少是非多少。叶叶枝枝一根老。年年岁岁春秋见得,夏夏冬冬了。花草草,草花花,在人间在人间好。　天下一东风,唤起群芳共瑶草。人间一半,一半人间,处处同花草。以千红万紫四时情,自年岁,迟迟不花恼。黄帝日,此此如如人不老。

11. 史铸

瑞鹧鸪　咏桃花菊

九九秋英九九黄,桃花作得菊花香。重阳付之千年品,崔生一见误甲章。十易天机天十易。炎凉有主有炎凉。三三五五三三五,屈子羲之共我乡。

12. 林洪

恋绣衾

一水东流一水平。总无平,总是平平。近近是,遥遥见,一平平,平也无平。人生一半如流水,一平平,一一不平。有一点当下,有一平,还有不平。

13. 吴大有　字有大

点绛唇

大有人人,人人有大人上路。不分朝暮,太学书生数。　江上旗亭,去去应回顾,何回顾。有前行步,当以当回顾。

14. 金淑柔

浪淘沙

一泾半一长亭,一半长亭。湘灵鼓瑟

二湘灵。竹泪斑斑竹泪，草木青青。一半一浮萍，一半浮萍，泾泾渭渭泾泾。浊见黄河黄见浊，畔畔町町。

15. 陈人杰

沁园春·天问

一半穷通，一半精工，不是不通。见江源江尾，波波折折，弯弯曲曲，色色空空。去去来来，朝朝暮暮，古古今今只向东。高低见，不回头日月，一半云风。　　不平总是由衷。问郭秦，苏秦六国功，而张仪一国，纵横当下，元之不以，未道袁宏。东野何迷，斯文寂寞，了了韩公了了公。知音者，有先贤达士，一代诗翁。

又·守岁

岁岁归归，岁岁何归。一世一闻。以入城作市，守门问户，经纶处处草木菲菲。一半长安，长安一半，一半明皇一半妃。今古见，古今所何见，是是非非。　　明皇羯鼓依依，不与者安安史史诽。若帝王不帝，民情不民，人心自得，日日春晖。半东梨园，长生殿上，一半桑田一半威。人间道，与轩辕同享，日月同辉。

又

步步荆州，望岳阳楼，一目一忧。问滕王阁赋，古今绝句，惊人满座，见少年头。黄鹤楼前，已羞太白，芳草萋萋鹦鹉洲。金陵去，凤凰台上寄，已过千秋。　　无言大禹无谋。傅夏启，中原九鼎州。以商周秦汉隋唐宋代元明清代，逐帝王侯。社稷江山，江山社稷，且与钱缪四十州。荆州水，自天门直下，几度回头。

又

山不穷人，水不穷人，日月与人。以秋冬春夏，四时已轶，三光循序，六郡经纶。草木山川，鱼虫水海，鸟兽分疆玉宇新。天下见，以平章所以，一半天津。　　三皇五帝风尘。已当下，诗经言志仁。汉赋枚乘楚，唐诗五万，宋词两万，二千诗人，一千词人。文明当下，古古今今自可循。唐诗也，宋词承此也，正正冠中。

又

一线东吴，一线盐官，一线一潮。一线潮头见，长蛇一线，长龙一线，一线云霄。万马千军，惊天动地，一半钱塘一半消。天重地，地挚天瀑布，日月逍遥。　　大公似作渔樵。龙宫里，灵霄殿上罃。踏平东海水，踏平吴越，踏平北国，踏平南朝。不问夫差，何言勾践，五霸春秋五霸遥。何五霸，是英雄自得，一代天骄。

又

剑剑书书，业业功功，一世一名。见婵娟一剑英雄已尽，书生自醉，不事枯荣。最是江南，繁华草木，一半阴时一半晴。同里岸，共运河水月，处处盈盈。　　渔樵自得闲情。且不是，辛辛苦苦营，以家家国国，门门第第，宗宗祖祖，世代精英。足迹成城，成城成迹，步步行行步步行。天下路，同人间日月，自我耘耕。

又·忧

去也忧忧，来也忧忧，一世一忧。在岳阳楼上，忧家忧国，忧民忧己，进也忧忧，退也忧忧。忧何是，是心中有是，事事忧忧。　　忧忧不是忧忧。日月在，祈民日月忧。有高山流水，阳春白雪，梅花落尽，天地忧忧。莫以无知，无知莫以。入得书门，入得忧。忧自得，以忧忧自得，自得忧忧。

又·西湖

战战和和，北北南南，不是不平。见西湖水色，三潭印月，一波三折，柳浪闻莺。一半孤山，孤山一半，和靖先生和靖名。何知也，五单于一位，内外相倾。　　先生就是先生。林和靖，梅梅鹤鹤情。见阴山草木，黄河流水，长城内外，自在枯荣。一半中原，中原一半，逐鹿中原逐鹿行。男儿好，是男儿好好，众志成城。

又·惠觉寺

一法如空，万法如空，法不二门。自抱园守一，一心惠觉，一心悟九九乾坤。自在如来，观音自在，步步慈悲步步魂。文殊佛，普贤和地藏，寄与慈根。　　佛门自度人门，纳子见，溪山俯仰蕴。以清清净净，安安定定，性性本本，了了黄昏。一半人生，人生一半，已尽空空色色尊。三千界，五百罗汉客，子子孙孙。

又·姑苏

一载姑苏，二载姑苏，半越半吴。半花花草草，杨杨柳柳，莲莲水水，客客儒儒。百里江湖，江湖百里，一半淞江一五湖。湖州一又三分无锡，六在姑苏。　　黄天荡里飞鬼，共日月同天地，匹夫。以匹夫有责，无言上下，无言左右，自作天柱。古古今今，今今古古，进退三千年税衢。应我在，筑阳澄别墅，三载姑苏。

又·自语

不得途穷，不得自名，不可不行。以余公六十，公余八十，方圆格律筑佩文城。二千诗人，全唐诗里，五万首诗词纵横。千词客，二万首词作，以此枯荣。今今古古耘耕，十三万六千首可惊。已一人得道，三千五百诗词作者，我自行行。独自人生，人生独自，国国家家国国英。同日月，共阴晴草木，布布荆荆。

16. 毛珝

浣溪沙·桂

粒粒枝头粒粒黄，香香远近自香香。黄粱一半作黄粱。　李贺吟穷吟李贺。吴刚未了未吴刚。寒凉自度自寒凉。

踏莎行

少少多多，多多少少，人间未了人间了。空空色色色空空，行行止止行行早。老老人人，人人老老，花花草草花花草。年年岁岁岁年年，枯荣自在经纶好。

17. 张矩

应天长·苏堤春晓平湖秋月

一湖一水，西子泯尘，苏堤春晓杨柳。一半是东坡见乐天，一半守平如镜，空自首。白居易，向钱塘口篱疏密，上下江流，进退知否？　官官作父母，古古今今当与世无朽。觅得一湖秋月，杭州遇重九。东坡句元白口，五百载问东都守。一达者，一半先贤，当下人友。

又·断桥残雪　雷峰夕照

断桥白雪，残而不残，云烟当下杨柳。一路向孤山望，青蛇白蛇守。林和靖妻子友。草木见，进钱塘口。问西子，不问西湖，是范蠡否。　雷峰夕照久。一半黄昏，应作一年酒（一九八六年全国饮酒一西湖）。不得杜康无绝，刘伶未回首，何醒醉，无有否。已见得，是稼轩叟北固问，不问瓜洲，言酒言酒。

又·曲院风荷　花港观鱼

风荷曲院，花港观鱼，西湖西子杨柳。六合塔前塔后，瀛洲杜康酒。钱塘水，流海口。五百里，富春江右，一湾里，一半杭州，一半成阜。　鳞鳞可知否。处处莲莲，天地天厚。水水一同同一，涵涵文太守。凌波去，回故友。四面望，以苋分莠。素女静，水色河桥，玉立久久。

又·南屏晚钟　柳浪闻莺

翠堤对晚，南屏晚钟，汀兰蘋芷杨柳。袖手一僧三持，禅房世成友。如来客，心自守，一世界，度三千叟。且听得，柳浪闻莺，处处听否。　清明节前后，已是云云，寒食雨经久。向背是纷纷雨，云云似无有。江南岸，同里阜。乞火去，去来何负，三两日，两落云沉，天祭知否。

又·三潭印月　两峰插云

雨中问雨，楼外见楼。西湖西子杨柳。有是两峰云里，三潭月明后。芙蓉水，明镜薮。杜仲缘，以芙蓉守。已知道，少多多情，小小酥手。　英雄不回首。小小婵娟，浑与不名久。已自作英雄酒。空醒醉空受。长亭路，成老叟。一日日，一天天走。见彼此，世世人人，何以长寿。

梅子黄时雨

同里江村，小桥碧玉生，朝暮朝暮。富土富姑苏。小家风度。鸥路。鸟相寻相互语。一梅成子黄时雨。清明雨。已是雨云，云雨云雨。　如故。江南如故。以月晴一半，花草无数。见得运河舟，船娘相顾。吴以夫差连六浽，又隋炀帝扬州路。江都误。运河运河相住。

18. 吴申

七娘子

重阳九九黄花路，年年岁岁朝朝暮暮。兄兄弟弟，茱萸分付。潇湘落雁兼葭渡。　南南北北人人步，黄河万里黄河故。如雾中原，中原如雾，潼关渭渭泾泾注。

19. 姚勉

沁园春·太学

吕尚周官，六典隋唐，举试一先。一状元伊始，隋阳以品，官官吏吏，试以当然，选进用退，文书舞剑，比比评评达着贤。天下子，世上桥一路，岁岁年年。　功名造化源泉，独一处，知书达理宜。有匹夫之见，帝王之见，君王之见，暂如桑田。太学成全，成全太学，一试天门一试天。人生见，不是人生见，岁岁年年。

贺新郎·京学

二人生路。一人生，一人一路。一人之路。上学知书知父母，学步邯郸学步。

如此是，官官相护。独木桥中桥独木。过天门，九品县丞住。青文绿紫绯顾。身名只是身名误。不身名，身名不是，是身名误。大禹传家传于启，夏夏商商分付。民子子，王朝王住。子养君臣君作主，读书生，学得诗词赋。何太白，夜郎数。

霜天晓角

吴吴楚楚，一水江南去。三峡只须官渡。高唐客，瑶姬女。　一半巫山与，半奎门不与，暮西朝云云雨，向宋玉，寄情语。

水调歌头·寿自己

一路重杨柳，一路去来程。长亭数到三十，暗自暗心惊。读学身名读学，利禄励功利禄，不忍匹夫情。自以余公事，再以公余行。　佩文韵，工格律，以诗成。人生三万天日二万日诗盟。十三万六千首，四十年中日月，日日续平生。不饮杯杯酒，步步向前行。

沁园春·寄姚勉　字成一

寿寿人人，酒酒人人，一年一春。见梅花三弄，高山流水，梅花落了，化作红尘。自是香香，香香自是，古古今今玉洁身。朝天望，对地应自许，四秩经纶。　人人寿寿珍珍，一寿字，千词已见频，一江山社稷，成功成一，胜千寿贺只是天伦。醉醉醒醒，醒醒醉醉，如此如因如彼嗔。东坡去，太白先已去，二世亡秦。

又·寿

一寿皇王，一寿仁臣，一寿一人。寿父母兄弟，邻邻客客，官官吏吏，子子亲亲。万首宋词，千首以寿，一半无题一半沦。天下误，寿寿和酒酒，一半红尘。　秦亡自是亡秦，这寿酒，长安一路民，自如田如子，如天如地，贫贫富富，富富贫贫。富可无言，贫人不饮，寿者无须寿者因。由今古，由得由自己，事事仁仁。

又·诗词盛典

一路山川，一路江河，一路九州。一长亭一路，短亭一路，亭亭二十，一路无忧。步步无休，无休步步，处处人间处处修。余公是，这公余也是，自著春秋。　春秋吕氏春秋，佩文韵，方圆格律求。以诗词诗韵，平韵总计二千五百，三千仄韵，帷幄运筹，以此工精，工精以此，李白王维居易羞。之问见，又佺期见，唐宋千舟。

声声慢·和徐同年梅

阳春白雪，白雪春阳。身上一半衣妆。一半藏娇，红艳一半疏香。东君曾是有意，一群芳，一半群芳。只见得，情情约约暖暖凉凉。　冰洁玉清三友，纯可得，何言薄薄衣裳。白白肌肌，暂暂体体新娘。谁言牡丹无赖，立春节，自作轻狂，一分色，输颜弄玉凤凰。

柳梢青·忆西湖

西子西湖，吴吴越越，越越吴吴。雨雨云云，云云雨雨，一半姑苏。儿儿女女腴腴何不问，青蛇作奴。谁言丈夫，刘郎已得，已得罗敷。

贺新郎·忆别

止止行行路。自行行，朝朝暮暮。自行行步。十里长亭长十里，一百长亭如故。四五品，平生平住。一半人生人一半，有余公，也有公余数。余可数，以余度。　爱因斯坦常言付，善余公，公余也善，向天飞鹭，久炽时时时久积，自得平生不误。五十日，黄河分付。西自河源东到海，曲弯弯，曲曲弯弯，湾水水，水湾赋。

20. 陈允平

摸鱼儿　西湖送春

一西湖，半云半雨，苏堤春晓朝暮。运河且向孤山问，鹤不飞，梅先住。君可顾。子子妻妻，共与乾坤度。年年似故。见万物扶苏，东君分付。岁岁去来数。　人知老，知老平章赋。知今知古知数。黄河万里黄河路。五十日河源注。同海遇。此是平生，彼是平生悟。平生不误。我见得经纶，方圆格律，来去作鸥鹭。

秋田犬彼特

人生八十自不怜，秋田彼特一情连。生生息息同行止，去去来来独自眠。

木兰花慢

已人生八十，知六十退休前。过万壑千岩，郎中五品，泉水涓涓。山川，自今自古，不依然。认得米家船。非是依然处处，是非处处依然。　桑田。沧海桑田。寻旧跡，十经年。比海阔天空，比肩齐子，已到胸前。丹田。天涯海角，不依然。非是不依然。记取当时旧事，误人却是依然。

绛都春　（旧上声韵　今改平声）

清明细雨，自以应乞火，一暖一寒。半雾半烟。黄河泾渭有波澜。梅花落了江南岸，却疏香到长安。向春秋问，潼关老子，伊尹芝兰。　一半天台一半，运河应一半，处处青丹。燕子已来，天堂无语筑巢坛。山川不远江湖畔，见绯恋作红恋。已知杨柳，垂垂二十四兰。

《词谱》曰：此平韵体创自陈充平，宋元人无如此者，前后阙第六句，两仄韵用本部三声叶《诗词盛典》取佩文诗韵。

倦寻芳

一朝一暮，杨柳杨扬，数了还数。草草花花，如说依然如诉。望长亭，曾分付，待寻柱子当此树。已重逢，莫因循过了，同心同度。　　一叶叶，枝枝叶叶，同是同根，同朝同暮。彼此依依，彼此只依依顾。叶叶枝枝成亿数。春秋一半春秋误，待君来，对春芳，见得云雨。

月上海棠

来来去去千千酒。成败见，荣荣辱辱酒。名利千般，谁道事事人人酒。最是寿，是有是无是酒。　　生儿生女自生酒，问道问官问是酒。何悲何欢，下第上官酒。婚婚宴宴，古古今今一酒。

疏影（疏影　暗香，白石自度曲也）

朝朝暮暮，有工余日月，工余朝暮。工作之前，工作之中，工作之后朝暮。余公也是公余后，退休者，余余朝暮。总有余，知者成余，贤者达人成度。　　若以人生八十，三万天日日，如日如数。每日诗词，每日五首分付。生生息息朝还暮。补缺欠，作人生步，共全唐全宋归来，七万首诗词赋。

暗香

朝朝暮暮。数朝朝暮暮，多余多渡。八十人生，三万天天下之路。多少行行止止，又多少自行行步。正事少，旁事多多，善于治分付。　　是故，是不故。是达者无疆，足迹无数，匹夫苦苦。独木成林独成树。百年经千百度。自见得，三光云雨。共天时，同地利，以独砺蠡。

汉宫春

一半情怀，一半人生路，一半秦川。周公志以养马，一半桑田。和和战战，战争王，和以求圆。百姓度，生生息息，年年岁岁年年。　　回首陈章旧事，日月同草木，雨雨烟烟。穆公秦楼弄玉，萧史成然，风流已见，凤求凤，凤求凰怜。公不渡，渡河彼成然，谁言达者先贤。

八宝妆（实为新雁过妆楼。吴文英正体）

以叶秋鸣，风流在，飞飞落落情情。不归根也，原本别别行行。偶尔江上三两击，也当留下两三声。一年年，自然岁岁，一半枯荣。　　潘郎当时问客，玉女傅信使，不得阴晴。向人间事，牛郎织女盈盈。谁知鹊桥七夕，只当日，何终何始城，红尘在，一半红尘中，人人一生。

探春·苏堤春晓

上下苏堤，苏堤上下，谁知杨柳多少。色色青青，青青色色，多多莺莺啼鸟。何以杜鹃声，向田去，匹夫春晓。以河边早耕耘，学子在西泠好。　　六部桥前缥缈。分内外西湖，旗亭难了。隐约声声，酒囊饭袋，醉醉醒醒人老。唯有问天心，日日步，以天天早，日行行路迢迢，自然花草。

秋霁·平湖秋月

千顷琉璃，万里落斜阳，一片秋丽。鸿已回归，叶当飞尽，半湖水天门第。以微以细，落霞飞鹜高低际。独立鸥，居鹭举头，何以共秋霁。　　中秋一半，一半婵娟，广寒宫宫中，圆缺相济。望西湖，三潭印月，云云雾雾共成济。因笑一弦成一势。汉尽三国，三国归晋英雄，借东风误，误空城计。

百字令·断桥残雪

梅花落尽，半阳春白雪，一半春残。西湖百里杨柳岸，有东风助波澜。已有群花，桃桃李李，芳香到长安。断桥无断，冷香已在云端。　　子子妻妻孤山，林和靖去，当下一分寒。梅落梅香梅问子，鹤飞黄鹤姗姗。水水玉波，山山楼观，处处有峰恋。西湖深处，四时无不青丹。

扫花游·雷峰夕照

一西子水，色色半东无，不知多少。有花有草。自花花草草，不知多少。水水山山，落照雷锋落照。却知道，一越一无，遗事多少。　　践勾勾践了，又六淡夫羌，运河无晓，旧盟旧了。尽春秋五霸，范蠡人老，子胥三鞭，古古今今渺渺，一湖了，一沉浮，一人生了。

黄莺儿

柳浪闻莺，南屏钟晚。花港观鱼，曲院风荷六桥，分断西湖岸。花港观鱼，钟晚南屏，如来心经，问无馆。何以柳浪闻莺，曲院风荷畔。一春秋一夫差，越越无无，勾践云散。　　兴叹，

集一　思前贤

子胥楚三鞭，又范蠡商半。不知渔父，不道昭关，三阙九歌无断。西子一半西湖，自己回头看，两三千载沉浮，不见山川乱。

渡江云·三潭印月

瀛洲瀛水雾，三潭印月，一月一坛居。已三坛三度，成月其中，一月已三虚。三余三月，一坛园，卷卷舒舒。云起瑶月无浮起，天下一天书。　　天书。天书天读，这广寒宫，后羿结当庐。卓文君，相如桃李，圆缺无余。如知缺缺知如悔，经一箭无以三闾。从我矣，三潭不必相如。

波罗门引·西峰插云

峰峰屹屹，云云一半入峰峰，峰云一半云峰。共以波罗门引，暮鼓自晨钟。有西湖一动，一一波踪。　　西湖有客。有夕照，有云峰。且以形形影影，老态龙钟。风光何处佳人在，西湖西子封。抬望眼，水水相逢。

明月引

雨云云雨上兰桥，一春潮，半云霄。处处相思，处处凤凰箫。远远情人情近近，云不落，雨难消。人不遥。苗苗条条女儿娇。觅朝暮，寻暮朝。高唐犹在，瑶姬意，宋王难描。缺缺圆圆，今日十五幺。镜里明明明镜里，君见矣，不藏羞，蛮楚腰。

思佳客

一雨秋风一雨寒，波澜处处半波澜。圆圆缺缺弦弦，长安草木在长安。　　无日月，有青丹。诗诗画画各云端。归来已觉归来晚，九曲黄河十八湾。

又

见得秦楼一玉箫，穆公弄玉凤凰桥。婀娜不尽温柔度，何须金屋自藏娇。　　阳春见，竹枝消，巴人下里自逍遥，朝云暮雨媱姬女，一水高唐一水潮。

惜分飞

翡翠栏杆花草露。一半珍珠如雾。不可平分炉。言言语语何成误。　　未了东坡毛滂顾。眷伎知音度度。只惜分飞故。法曹不佳杭公住。

恋绣衾

重阳九九九重阳，绿茱萸，秋菊花黄。共日月，同年岁，与芝兰，君子四方。　　春秋一半春秋轶。向人前，当下芳香。听落叶，见飞杨，一声声，多少桃姜。

醉桃源

阳澄湖上一渔家，千年住船斜。长江万里浪淘沙，也同吴蒙纱。　　儿女小，领巾花。作青兰女娃，我建湖边别墅遮，悄悄弹琵琶。

朝中措

云云雨雨雨中晴，何以又清明。寒食书生乞火，小桃枝上莺声。　　无心准备，霏霏雾雾，一度轻鸣。杜宇有心田野，花花草草风情。

小重山

细雨霏霏细雨声。清明寒食节，近人情。阴晴一半半阴晴。荷塘里，风点隐莺鸣。　　谁见小桃英。红红藏不住，筑新城。红黄绿白紫丛生。东君远，梅花落时萌。

霜天晓角

朝朝暮暮。岁岁年年里。来去去来如此，梅花落，结桃李。　　已作书生矣。五千年历史。夏启称王称帝，王不就，匹夫耳。

糖多令

粤北半英雄。湘西一品穷。已声声，莫以由衷。百色山中山百色，兵厌诈，匪称熊。　　自古见其翁。如今可问童。百余年，一半童翁。一路人知人一路，见竹泪，二妃同。

柳梢青

菊作黄花，柳当先问，青已天涯。白雪阳春，阳春白雪，上月天涯。　　如今越吴无遮，六九也，无情是她。代代风流，三春之后，一二三花。

思佳客·冬柿

一树枝头一树红，西风半壁半西风。冬冬夏夏应分定，不见花开见雪隆。　　当有始，似无终。银花火月上元笼。三边走马三边客，一半冰凌一半宫。

渡江云

一年曾一度，一年一岁，一度一梅花。与暖寒三弄，暖自功成，一度一生涯。香香色色，以傲骨，玉作肌华。千万里，河边翠柳，白雪藏奇葩。堪嗟，东君先问，太乙从流，向群芳浣幼纱。自南北，千年自寿，万里胡笳。四时圆缺弦弦月，向水驿，不向簾葭，无可酒，阴山曲曲琵琶。

过秦楼

五十人生，人生六十，古今岁月悠悠。甲了一当然寿。岁岁夏冬天，岁岁春秋。记取岳阳楼。水东流，自是忧忧。是金陵春尽，长安春始，何十三州。草木知日月，长亭路，短亭何不尽，无止无休。时笑时讴度,任行行步步,不待封侯,凭一世书生,不妄无,匹夫小头。向尊问寿,萧史弄玉,应在秦楼。

西湖明月引

西湖明月引星英,两三轻,两三明。何以银河,牛女不闻声。隐约鹊桥当七夕,波万顷,水倾城,镜面平。王母不见秋水清。问莲蓬,子方成。此当知寿,仙翁车,不饮则名。牛郎问牛,织女有女情。岁岁年年曾日日,寿平平,寿声声,寿荣荣。

垂杨

春来一觉。已茵茵绿绿,花开多少。雨雨云云,柳杨杨柳东君早。年年岁岁长安道,短亭外,长亭缥缈。一年年朝日黄昏,日月何言老。　故是清明小小,任重重条条,以枯荣了。几度天涯,去来来去何飞鸟。年年不寿年年好。可自得,随随悄悄,杜鹃啼,自自耕耘,人不老。

风流子

何处最难忘,寒山寺,近在五湖乡。拾得鼓钟,度枫桥岸,春江花月,夜夜芬芳。竹枝里,有阳春白雪,柳舞女儿郎。兰烛伴归,剑池同望,女娃别馆,碧玉桥旁。　何事最难忘,姑苏月明否,六载嫌长。因凯利无成叶,总政俄霜,解体苏联,天涯下海,万通名命。不以文章。好在自身桃李,由自炎凉。

华胥引

西风飞叶,落叶沉霜,已朝已暮。未可归根,生生息息何是路。别有晓角霜天,向长空倾述。已是三秋,不知如此如故。
　　最远离根,以千枝度,年年月月,自然枯荣可数。何见杨杨柳柳,以风来风误,雪雪冰冰,秋冬春夏分付。

意难忘·书生　王　匹夫

朝朝暮暮,知亭又长亭,行行一路。知自古书生,不称王自误,匹夫情,凭许许。又农夫相妒。天地上,或作渔樵,朝堂苦度。　进士龙门一度,九品上县衙,有分有付,五品作郎中,三台何所顾。一文章,三界误。独木桥上步。何今古,古古今今,云云雾雾。

琐窗寒

下里巴人,阳春白雪,有云无雨。朝朝暮暮,去去来来,分付。一曲江,一成匹夫,一成天下谁王许。事事何事事,书生书是,作人人路。　应助成王路,又助农夫,以中正度。书生可叹,可叹书生,分付。总何时,书二书,一王自是成败路。匹夫田,责在人间,孔子唯王故。

早梅芳

白雪晴,阳春好,一半梅花早。一寒三暖,一暖三寒,弄三了。藏娇藏不住,自是蕾蕾小。以红苞绽绽,远近以香晓。　无肌明,傲骨藐,进退芬芳道。儿儿女女,觅觅寻寻作飞鸟。待梅花落了,化作红泥渺。自香香,不作归路草。

四园竹·围城

孤孤独独,日日未依依。一清明雨,寒食禁火,何以心扉。晋儿成王共苦,同甘是非,自知天地微微。　子推卢,书生时缺书生,成王不入心扉。作寇心扉不入,求以中庸,不匹夫荷锄日晖,草木色,城城自己围。

侧犯·次周美成韵

一形一影,一形一影何行影。回幸。似一帆灯光,入明镜,何然日月城,影影形形领。风月风水见,花花自光景。
　　冰肌玉骨,作梅花清静。香暗来,春春吴楚楚吴颖。过了清明寒食仲悭,何以东君,作群芳省。

荔枝香近·书生上不作王,下不领土,中也。

杜宇声声无止,春一路。唤取帝帝王王,天下风调雨。田田亩亩耕耘,作匹夫辛苦,当然有责,江山自如故。何以,日月里,作书生数。上不称王,下不以耕田住。梦里兰桥,步步文昌步朱户,　如去如来如度。

夜飞鹊·祖父是善人

人人送人人,别别离离。离离别别离离。来来去去迢迢路,期期不尽期期。行行有朝暮,短亭长亭外,处处相思。成成败败,居心会意,自从南,自道无迟。　荣辱进退先后,应记灞桥前,折柳南枝。何以重寻故地,年年岁岁,程序多移。兔葵燕麦,向春秋,四岳中麦。以南阳南吕,寒山拾得,步步慈悲。

花犯

一梅花,梅花三弄,梅花落时赋。作千年树。自暖暖寒寒,如本如数。香香色色,香香住。冰肌玉骨度。更不惜,年年岁岁,成泥香如故。　东君以此对群芳,蔷薇芍药者,丁香分付,桃李子,樱桃果,海棠重布。飞花处,牡丹也在，一万紫，五千红树雾。一日日，一春春去，一秋秋步步。

渡江云

离离原上草，朝朝暮暮，一岁一枯荣。去来人间，来去人间，自在不争名。阴晴云雨，向春风，玉玉萌萌，从夏夜，与虫虫度，山野自平平。　秋城。杨杨成子，作得精英，自可储冬情。见冰封，千川凌雪，余有余情。人间一半人间在，天下事，何易何更，兰芷见，生生息息生生。

玉楼春

花花草草何时了，人人事事知多少。古今时暮暮朝朝，今古时小小老老。　刘邦不尽刘邦道，项羽难成项羽好。何当渔父问何当，子虚霸王如飞鸟。

伤情怨

南枝春意小小，北雪冰封好。一弄梅花，此根心已晓。　寒寒暖暖渺渺，二弄时，干带枝到，玉骨冰姿，三弄开已早。

品令

云中一路，天下由飞鹜。与鲲鹏逐，向高低故，也向东西，不可以千百度。　云云雨雨，有朝暮，阴晴顾。长空长宇，千里千目，知然知数。万里黄河，五十日源头赋。

秋蕊香

一面桃花一面，何见已知何见。是崔护记得墙院，一岁春风已牵。　儿儿女女长生殿，三郎恋。宝钗落枕作家春，当下平生小燕。

宴桃源·寿

何以长亭杨柳，何以人间水酒。独向玉壶深，醒醉何言其寿。人寿，人寿，暮朝暮暮知否。

月中行

嫦娥不在广寒宫，何始不成终。玉兔桂树已行空，处处有飞虫。　婵娟已待弦圆缺，纤纤步，自便西东。东坡已倒醉时风，人在桂花中。

渔家傲

一酒人生人一酒，稼轩不住稼轩口，醉醉醒醒天下首。天下首，英雄已是垂杨柳。　九九重阳重九九，年年岁岁年年寿。太守文章文太守，文太守，何知日月何知否。

定风波·孔子遗书，孔子之学辅王也，为民是为王也。

书书剑剑能几何，多多多少少多多。孔子教人人自得，为国龙泉三尺剑斯磨。　君子待君君子待，民生唯此渡黄河。只道匹夫知鲁力，人力不须文教教田禾。

蝶恋花

一层云山云一层，一半东风，一半桃花面。不见刘郎何不见，云舒卷成云舒卷。　一线潮头潮一线，一半天宫，一半龙宫殿。溅溅钱塘钱溅溅，波清四散波涛恋。

又

一半孤山孤一半，鹤子梅妻，鹤鹤梅梅半。一半人间人一半，女儿一半男儿半。　不断断桥桥不断，落了梅花，白鹤何飞断，已断当然当已断，林和清

路孤山断。

红罗袄·筑阳澄渔民村，渔民搬离水船，我为民也。

独步姑苏去，孤客退休归。我自一精英，成公余日，祖余公月，无是无非。经年去，四顾人稀，空空报报词徽。别墅水泥船，上岸住，我自作民依。

少年逝·王与民　姜夔体同陈允平体

天涯塞北，昆嵛东海，凭自少年逝。八水长安，三江吴越，杨柳运河舟。长城万里长城战，今古战无休。王者为王，民求田土，人事一春秋。

又·东坡体

别离离别，长亭杨柳，天有半阴晴。人思人问，前前进进，行止止行行。一半业功身名误，当下半钟情。暖暖寒寒何寒暖，梅花弄，作书生。

还京乐

一天下，一半人间，一半行止路。问杨扬柳柳，问长亭驿，年年何顾，暮暮朝朝。以王者作王分付，将相列，才子佳人，朝堂相度。以民相误，只求其，衣食田园可住，依依别离役赋。书生孔子儒情，辅王朝，似为民固，不为民，实者实为王，王情所故。　古往今来是，禹傅夏禹可数。

绮寮怨

见牡丹梅花落，杜鹃啼数声。过乞火，过了清明，群芳会，作得精英。梨梨桃桃李李，千红始，万紫成碧城。日月同草木，繁荣见，一尽三寸生。　有雨有云有风。人知人情。萌萌不尽萌萌，一半春光，田园上，谷川惊。枝枝節

枝枝争，一岁里，是真菁。枯荣自然，枯荣自在也，何纵横。

丹凤吟

一半春光无赖，一半群芳，知梅花落。朝朝暮暮，寒暖暖寒相博。生生息息，四时成秩，万紫千红，榆钱无约。最是桃桃李李杏杏梨梨，海棠犹在如托。结子年年从此，一春一夏心绪索，日月耕耘者，以枯荣见者，自成功作。浔阳楼上，望不尽滕王阁。九派东流谁治水，上虞何时诺。问尧舜禹，王者王者错。

忆旧游

自朝朝暮暮，古古今今，去去来来。事事人人处，有花开花落，一半徘徊。成成也荣荣也，何一半天台。以岁岁年年，如同日日异，日月相催。 天涯未归客，塞北尚寻鸿，八水青苔。叹草荒人老，岁岁年年同，岁岁年年同，不定尘埃。人间不在天上，天下有崔嵬。自步步西安，西安路路，谁问坑灰。

拜星月慢

两岸星河，星河两岸，一半人情一半。织女牛郎，岁岁年年唤。却何以，玉女传信汉武，王母蟠桃不断。七夕人间，鹊桥飞渡难。 一星河，一半星河乱。一文昌，北斗三星散。天下世上人间，乞巧红娘馆。对孤灯，月下老人冠。黄花女，水水河河畔，一半草，一半芝兰，莫红尘兴叹。

倒犯

已暮暮朝朝，来来去去多少。花花草草，花花草，草花多少。人人事事，何以年年平生了。日日有公余，无以余公好。一平生，可多少。 人有八十，三万日夜，零零碎碎晓，有意是竟得，事成积，人当晓。已八十，诗词昭，佩文斋，当下方圆道。任地久天长，今古蓬莱岛，可人人不老。

解语花

林林木木，水水山山，应不分朝暮。不如如故。年年故，岁岁故，从不故。桑田不故，沧海当然从不故。人事人，人事人非，自不如如故。 如故何非如故，见江河东去，如是如故。江流东去，何如故，自有江楼如故，年年不故，流水去，江楼废故，今是今，明是明非，昨是昨当数。

过秦楼（与周邦彦，选冠子，别名过秦楼者不同。）

塞北三边，阴山南北，契丹中山海关，万里黄河下，八水入潼关。日月无还。不远雁门关，望西天，是玉门关，正楼兰沉沙，交河沉水，沉没阳关。 大漠沉大漠，骆驼岛，望蜃楼海市，藏月芽湾。当见沙丘在，自鸣鸣不止，不尽人寰。天竺在西行，有如来，有观音山，有慈悲步步，步步慈悲，曾是人间。

解蹀躞

娃馆西风吹尽，已满天飞羽，五湖寒冷，西施八龙府。本是越越吴吴，五霸勾践夫羌，作争王苦。 一今古，大禹傅王傅主，春秋越吴房。西施西子，雄兵百万数。子胥何以昭关，范蠡何以商途，有黄金缕。

蕙兰芳引

杨柳运河，一杨柳，落霞飞鹜。汴水一朝朝，同里岸三暮暮。五湖六续，环渤海，石天城固。水调歌头曲，当下人间云雨。 一半姑苏，钱塘南北，一半丝路。有下里巴人，有白雪情如故，阳春曲里，见得鸥鹭，作古今，当下是天堂住。

红林檎近

一半梅花落，余寒余更香。不待群芳色，柳边各低杨。六九立春令節，东君自在黄粱。似欲料理行妆，莲已入荷塘。 春在寒食雨，夏在水云乡。繁繁简简，风流草木西厢。以张生旧事，刘郎未尽，豫章何以何豫章。

满路花·孔子

离离别别情，缺缺园园遇。长亭长不止，迢迢路。人生不尽，进进前前步。 书生书所顾。上对皇王，以民作语酬许。儒家孔子，鲁鲁齐齐误，临终当遗嘱，书生路。 朝堂上下，生生忠忠付。此误谁所误，天若有情，匹夫当责天赋。

尉迟杯

长亭路，十里外，柳柳杨扬树。长亭不尽长亭，今日明日何步。随随昨日，随步步，天天付辛苦。问房谋，杜断文章，孔子多少分付。 回首不问农夫，日月向田家，社稷相度。自是农夫成儒子，儒子与王同住，作王奴，无为其子，不唯不，知其收税赋。国家言，一半儒书，自当造物普渡。

绕佛阁·论孔子于儒

王岐山出席纪念孔子诞国际学术研讨会暨国际儒学联合会第六届会员大会开幕式

一儒万路，儒自孔子，儒予生步，儒

集一　思前贤

作飞鹜。一儒孔子，驱车鲁齐故。教人识暮，知书达理，为治王国，以王分付。禹傅王夏，清明亦如数。　代代朝朝度，启夏周商秦汉误，隋唐宋元明清如古故。一代一儒生，皆与王住，养民何苦，叹古古今今，儒税儒赋，不兴科，不兴技误。

丁香结

儒学平生，半平生误，孔子曰儒生路，唯以成王步。治政者，一鲁方圆如故。事以王权而战，王家主，不与子步。江山天下，事事自古非王莫路。　如数。二千六百年，孔子儒书分付。岁岁年年，朝朝代代，以王朝固。谁念科技治国，改革开放赋，以儒书相伴，只为人民服务。

一寸金

有有无无，有有无无是无路。人以无处至，归无而去，共和共产，朝朝暮暮。最是高科技，当治国，国兴步步。人间事，古古今今，无产阶级是无诈。马克思言，恩格斯箸，从列宁飞鹜，最是毛泽东，无无有有，破除夏启，明清分付，建立新中国，无者度，如无如故。王朝止，儒不唯王，为人民服务。

西平乐慢

古古今今，二千五百年岁月，一王家。自夏商，元明清止，中华建立中华。七十载，观观止止，学学儒儒学学，无为治国，无为致富，不得齐家。科技兴财造物，今古事，故国浪淘沙。去来来去，朝朝代代，儒子儒书，一鲁倾斜。几度光贤几度，儒子唯王，

不可唯王不可，归酒新瓶，今已无王建国家。儒也儒是，非非是是，儒也非非，格律诗词，世界方圆，佛佛道道天涯。

南乡子·又

孔子一儒书，帝帝王王自不如。鲁鲁齐齐王鲁鲁，何如，自以唯王自以居。学者学无余，封建王朝已废除。文化傅承文化，书书，一半诗词一半初。

望江南

儒孔了，一半渡江舟，一半舟中舟一半，半舟文化半春秋。老子道家修。　临鲁路，未了帝王侯。自古江山江自古，东流逝水逝东流，一水一沉浮。

浣溪沙·孔子二千五百七十年

一世儒书一世船，二千五百载年年。辅王处处辅王田。七十年中华七十，无王自主自民权，民生处处已变天孔子改弦。

又

一半儒书一半泉，春秋一半百家宣。如来老子几千年。　一半经纶经一半，破除封建破除天，傅承文化化承傅。

点绛唇

十里长亭，长亭一半长亭路。以余公度，又以公余度。　一半人生，一半余公度，公余度，退休分付，一半人生步。

又

一半书生，书生一半，书生路。对天分付，对地还分付。　不天书生，不地书生度，诗词赋，可公余赋，亦可余公赋。

夜游宫

十里长亭十里，一千里，桃桃李李。处处花花草草是，古道边，未如此，不可以。　十个长亭视，自回首，黄河流水，五十天中到海止，已是我，已是他，已是你。

许衷情

重阳九九九重阳，一片菊花黄，君君子子君子，自度自炎凉。　随日月著平章。自天皇。此生三界此世三光，此路三湘。

一落索

虎丘剑池娃馆，姑苏一半。五湖一半洞庭山，元龟头渚，湖州畔。　杨柳运河两岸，群芳不乱。梅花共了水仙香，立春后，清明叹。

迎春乐·一树五亿叶

枝枝叶叶知多少，根根本本，干干老。一根根是干百枝百分枝，百余梢。　鲜鲜分分分鲜了，每梢上，何枯何槁，五十叶，春秋了，岁岁知多少。

虞美人

江流万里江楼老，日月知多少。波波浪浪一潮潮，水水难平水水自遥遥。　江源万里江源老，万里黄河老。弯弯曲曲入云霄，五十天中到海雨潇潇。

醉桃源

杨扬柳柳运河边，萧娘已上船。芦芦苇苇隐婵娟，衣衫未著全。　人不语，玉容宣。轻轻半水烟。春春夏夏未分田，江南应自妍。

凤来朝

一半桃花面，一春风，一心一见。是

13

三郎有约,长生殿。最好是,已相恋。不是宫宫院院,在温柔乡中自便,隐隐处,如何倦。草木问,莫飞燕。

垂丝钓·虎跳峡　壶口

飞鸿落羽,衡阳才半乡土。一半春秋,青海乡土。时序主,北北南南数。河源宇,万里黄河浦。　长江一水,如倾万里如舞。虎跳峡竖,直作潇湘西。壶口波涛虎,同行伍,五十天海滏。

芳草渡

芳草渡,与芳草分飞,杨程一路。已过相思树,桃桃李李春雨。去去来来苦。归来时相许,结子也,花开花落,岁岁何顾。　一春种子,万粒秋收儿女数。去来去,归来又去,双栖旧庭户。丈夫子父,且自得,一家分付,且见得,只以如来普渡。

琴调相思引

金谷缘珠锦萧香,湘灵鼓瑟九嶷长。晋人天远,苍梧久垂芳。　西子貂蝉吴汉重,昭君何以玉环肠。沉鱼落雁,闭月羞花堂。

21. 胡仲弓

谒金门

崔护见只是桃花一面。云卷云舒云又卷,如郎如女倩。　一草一花一院,三日三春三旬。百草百花千百恋,春郎春女羡。

22. 施岳

曲游春·清明湖上

一半孤山路,一半苏堤路,如芳如住。一半瀛洲,一半湖外水,许仙当步。一半闻莺误。一半是,六桥分渡。一半云一半天光,船去又船来顾。可数。朝朝暮暮,一词一东坡,堤上千注。乘月归来,正梨花一树,海棠烟幕。一半清明雨。一半是,后庭花度。一半草,一半山光,水中影鹭。

步月

问柳章台,问滕王阁,问其花落花开。岳阳楼上,黄鹤下相催。汉江外,高山流水,一曲曲,何去何来。知音在,知音不在,山上一春梅。　尘埃。红雾绕,子期已不在,江水无回,伯牙何在,孤自独徘徊。古今是,相知彼此,彼此问,人子人才。秦亡也,秦灭未冷问秦灭。

23. 薛梦桂

三姝媚

春朝朝暮暮,近清明,云雨雨云云雨。一半阴晴,一半枯荣处。雾烟烟雾。乞火书窗,已重始,上人生路。记取绵山,王不同生帝难同住。　何以前行前步,自去也,龙门上,龙门顾,不是龙门,不是龙门度,九品分付。十载长亭杨柳,十年朝堂炉,五载郎中,独木桥中寸度。

24. 潘希白

大有　九日

九九重阳,九重阳九,九重阳,重九。至尊生,黄花一片元首。茱萸一半思兄弟,一半寄,平章朋友。岁月一半春秋,长亭一半杨柳。　登高处,知老叟。远上是天空,是人间守。何见东坡,赤壁是非人口,陆口镇中流水,东风向,周郎时候。凤难魇,见得连营,何言陆口。

25. 文及翁

贺新郎·西湖

不尽西湖水,纳江山,包容社稷,在瀛洲里,一半瀛洲同草岸。印月三潭彼此。问杜仲,山茶花美。小小尖尖荷自立,已青青,不与浮萍比,梅子色,有桃李。　余生自上澄清轨,向中流,何人击楫,与磻溪遇,傅岩可起。国事家人人国事,自是忧忧而已。共日月,冈枯荣矣。记取长安流八水,似西湖不与阴山视,天下路,不终始。

26. 李珏

击梧桐·别西湖社友

杨柳西湖路,杨柳岸,杨柳苏堤行步。不过西泠叶,回头是,一半孤山老树。梅花一半,黄昏一半,归鹤鸥鸥鹭鹭。不唱阳关曲,春江花月宜,瀛洲分付。　鱼有钱塘,云云雨雨,越越吴吴相遇。草木长安暮。泾渭水,常向临安倾许。吴越何颜吴越,富春江水,已向东流注,一杭州,重寻时候,离别飞骛。

27. 钟过

步蟾宫

潮潮汐汐潮潮涨,一朝暮,高低方向。东西南北自东西,一日月,人间俯仰。　涛涛不绝涛涛浪,此平生,思思量量,行行止止行行,这"催雪"曲儿休唱。

28. 谭方平

水调歌头

水调歌头唱，杨柳到杨州。人生一世来去，一岁一春秋。一半身名利禄，一半行行止止，一事帝王侯，何以隋炀帛，当下运河舟。 一千载，成一事，一风流。书生一事当下一事一沉浮，如此书生足矣，如此书生足矣，别无太它求。十万书生事，事事可神州。

29. 马廷鸾

水调歌头·隐括楚词答朱石甫

孔学一半汨罗水，一半九歌声。三闾一语千言，五五楚人鸣。何以书生问道，半是唯王为止，半是唯身名，匹匹夫夫贵，不必一书生。 古今事，天下路，总尤半。黄河万里东去自主自相倾，九曲东西南北，十八湾中秋水，处处可耘耕，何以书生问，孔子误文英。

齐天乐·端午

疏疏点点黄梅雨，谁唱九歌重五。贾谊长沙，张仪楚鄂，今古依然今古。如龙似虎。六国一苏秦，各维其主。纵纵横横，以诗书容作飞羽。苍梧湘灵鼓瑟，九嶷当舜治，却何言大禹，夏王称祖。一子为王，千夫不指，处处书生相辅。莫非王土，以社稷江山，立王家谱，何以书生，似长钟暮鼓。

30. 李仁本

桂殿秋

元极对，十易空。二合为一不异同，一分为二玉宇风，不到衡阳不落鸿。

又

寻桂子，广寒宫。弦弦一半弦弦空。嫦娥不在婵娟在，雨雨云云一半中。

31. 谢枋得

风流子·骊山词

天下一三郎，开元去天宝半斜阳。玉环百草羞，一花孤立，出水芙蓉，无力垂芳。一半由君胡羯鼓，一半舞霓裳。一半曲江，半华清水，在温汤里，身上明皇。 骊骊山山路，军难发，孤自待月西厢。蜀雨霖铃，重寻旧日香囊。力士和荔子，长生殿上，不玄宗约，成太上皇。今古教人，帝王王帝何妨。

32. 莫起炎

满江红·半

一半阴阳，天地界，阴阳一半。日月见，明阳成半，暗阴成半。一物自然分向背，分分合合无成半。一树生，岁岁自枯荣，何分半。 向阳处，成一半，向背处，成一半，自分分合合，半成半。叶叶枝枝枝叶叶，根根合一何成半，一半分，一半合时看，难分半。

33. 牟巘

木兰花慢

五湖天下水，三界外，一前川。一半洞庭山，姑苏一半，沧浪涓涓。涓涓剑池百步虎丘，一半运河船。花落花开岁岁，水流水止年年年。 年年。岁岁年年。吴不尽，越相连，一半在江东，五百二千年。日犹如此，二月啼鹃。啼鹃。闲门闭户，隐林泉。都在小桥边。碧玉春春旧事，一儿一女桑田。

千秋岁

杨扬柳柳，柳柳杨扬久。山川岭，江河口。人间人自在，夏末蝉鸣首。同日月，共云共雨长亭守。 见得书生友，一为君王绶，一唯是，身名否。以书生可叹，孔子重重九。春去也，夏来也，又秋冬后。

水调歌头

三界三生路，一步一前川。人人日月来去，处处自经年。草木枯荣自在，朝暮阴晴自在，沧海易桑田。一半江河水，一半雨云天。 书生问，书生见，几方圆，儒儒孔子天下事鲁事周旋，孔子为王不已，孔子为名不已，孔子一人泉。孔子为民也，孔子对天宣。

34. 徐理

瑞鹤仙

年年多少，三百六十日，岁岁多少。年年岁岁，去来来去，暮朝朝暮，人人老老。草草花花草草。似唐尧，何大禹，当下一王道。 代代朝朝，光朝为夏，继商周晓，春秋战国，一秦汉，隋唐如昭，书生向此，为王为几时了。便身名业绩，为民服务好。

35. 吴季子

醉蓬莱

笑人生一路，人事年年。只如杨柳。人自垂垂，以隋隋称口。赖有多情，不以生事，达者先贤守。岁岁登高，年年望远，物华知否。 事自殷勤俯仰，仍把紫菊茱黄，作重阳九。明岁黄花，自以文章久。来岁今朝，八十人后，再度重阳九，会与天公，作诗词赋，度人间首。

36. 何梦桂

声声慢

人间一寿，好是王母瑶池，天下同酒。七十人稀，大江到东洋后。黄河水流万里，一中原，九州杨柳。尚记得，逐长城，问陆游出缘酥手。 儿女女儿相守。谁父母，可知同否。笑问秦皇，一寿王朝传代，似大禹传家世，夏商周，万岁人口。天未老，见江山，人老也朽。

意难忘

月在荷塘，半清华一半，一半芳香。芙蓉初出水，未了未身藏。珠玉滴，却轻妆。心中有丝黄。夜深深，红灯一盏，闪闪光光。 婷婷玉立箫娘，向吴宫换羽，不见周郎。知音知有意，不见不难忘。此个事，有衷肠。处处又何妨。一二三，以天以地，一半平章。

玉漏迟

运河杨柳岸，扬州一路，姑苏春早。且以梅花三弄，梅花芊草。到了清明细雨，已一半菜黄花老。寒食了，书窗取火，莺声啼晓。 杜宇不住声声，一半到田家，立春多少。已见耕牛，背上两三飞鸟。自是云云雾雾，但见得，苍烟落照何渺渺。一隙一红多少。

采桑子·寄清华董亦姝

清华新雅书院。前往步步前行路，新雅知儒。新雅知儒，女子清华董亦姝。
　　方圆格律方圆度，一半殊途。一半殊途，步步慈悲步步驱。

又·有问建国

对日匹夫有责。清华日月清华路，教子殊途。教子殊途，一责人间一匹夫。

秦皇当下长城磊，六淡江苏，水调歌头帛易都。

大江东去

自语造民居，让渔民从水泥船上移居，平生处处，匹夫行，日月长亭朝暮。八十年来从不止，回首邯郸无误，五品郎中，万梅千菊，芝兰翠竹数。 自言自语，可得公余分付。 何以沧海桑田，见阳澄湖上，渔民之苦。水泥船上天日共，居与阳澄水住。五品郎中，为民一事，别墅村中住。人生一事，人生如此知足。

传言玉女

塘宫玉女，到汉武承华殿，七月七日，有王母约见，王子登也，玉女传言回面，千家灯火，荷香已遍。 织女牛郎，上鹊桥，乞巧院。儿儿女女，自潘潘倩倩，同时今日，王母自当相眷，人间可是，燕飞飞燕。

最高楼

年年七十，又八十年年。二十载，退休船。虎丘剑池沧浪水，不饮酒，五湖眠。以诗词，成格律，作方圆。 何道黄河流万里，到尾从头五十天。自如此，七千天。全唐诗和全宋词，七万诗词三千员，我一人，日十首，著全篇。

37. 赵必忬

摸鱼儿

对黄花，一年一度，重阳何以朝暮。茱萸采得茱萸寄，知道天机如故。当可数。一半是春秋，一半春秋路。春当播注，秋当自收赋，一春秋步。岁岁可分劼。
　　知九九，路路条条路路，行行步步相渡。前前后后前前望，莫俯仰高低误。知识误，知识是非知，一事同民住，为人民务，毕竟是，江山人在，从社稷分付。

38. 林自然

西江月

一半儒生一半，儒生一半儒生。身名一半一身名，一梦黄粱一梦。 止止行行止止，行行止止行行，酷声一半一酷声，入翁请君入瓮。

39. 奚湙

长相思慢

缺缺圆圆，圆圆缺缺，分别分别倾情。相思一半，一半相思，相互一半成惊。处处重明，在温柔乡里，共渡卿卿。妹妹兄兄，在高唐，宋玉低鸣。 自当是瑶姬，悄悄朝元暮雨，共处同生。桃桃李李，当自成蹊，有志方成。梅花玉柳，自纤纤，无系红缨，以轻狂所任，何以相思，是相思盟。

宴瑶池

暮朝朝暮，一朝朝暮暮，朝暮朝暮。玉石丹炉丹玉石，神仙路神仙步。神仙不是，人已是，如来普渡。上元银录玄玄，两仪分象一天路。 瑶池王母桃李树，铺宫玉女自可传书许。刘阮乡思，不得不心田，自然相住。人间人见，神不见，神间不误。洞云依约开时，神人皆可悟。

芳草

一湖山，三分天下，三分如雨如云。四分惊落日，长桥芳草外，客斯文。红尘已半，一半春，一半东君。应自有，归林宿鸟，细语纷纭。芳芬。群花开后，牡丹杨柳，独印萍裙，小荷尖尖脚，空空朝天勤。何以薰海棠方结果，已自垂，左右听闻。只玉兔，金乌不改，日月耕耘。

40. 赵闻礼

鱼淤春水

鱼淤春水里，桃李东风红不已。与群芳色，片片落尘浮蕊。自得鳞鳞相缀止，各自沉浮争子美。闲彼此闲，此闲闲比。 形影途途徒徒，同上同行下比，生生息息生生，桃桃李李，不问龙门知自己。鱼遇龙门似一矢。人间去也，我他何你。

千秋岁

杨杨柳柳，一路何回首。拂拂荡荡根根守。自前川驿社，处处皆朋友，直道是，重阳九九重阳九。 直到江河口，直与宫廷手。人不老，情浑久。同年年岁岁，共巷中居后，叶落也，天高地厚谁知否。

踏莎行

一半桃花，桃花一半，桃花开遍桃花岸。桃花结子落桃花，桃花落满桃花畔。 一半船娘，船娘一半。船娘悄悄船娘叹，船娘二八一船娘，船娘昨日船娘乱。

41. 叶阊

摸鱼儿

採荷莲，一年一度。萧娘孤自分付。无人晓得无人语，消得从容微步。何自顾，已将内衣脱，织女牛郎故，披衣可住。知多少风流，可藏深处，有备有如许。 舟小小，叶叶朝云暮雨，黄昏最是相渡，轻轻浴浴轻轻见，自是玉肌如素，丰腴度。何人岸边窥，是以惊鸥鹭。离船十步，十里也，如长亭路，无以相如赋。

42. 杜良臣

三姝媚

梅花三弄曲，还闻梅花落，一半香尘。一半人间，一半立春时，处处新新。一半红颜，红一半，风物撩人。留下芳芬当晚，啼莺杜宇思春。 桃李甘棠梨杏，百果以花陈，一半天津。 玉满沧洲，共运河杨柳，草木成珍，十二桥上，箫不止，重斯经纶，一代秦皇汉武，长城质彬。

43. 曹备逯

惜余妍·二色木香

同根二色，同母两娇妍，芳艳如玉。叶叶玲珑，枝枝不藏新绿。芳芳色色华华，荼蘼素，风流自东。盈盈，一半己，香香郁郁相促。殊途同归一半，如大小二乔，楚楚蜀蜀。一半春秋，一半靓身肌触。门高唐三峡，朝里云，暮中续，相如赋彼此，红红绿绿。

宴山亭·玉绣球赋

玉玉绣球，团团簇簇，碧绿藏妍相遇。桃桃李李、杏杏梨梨，柳柳杨杨如度。雨雨风风，传粉羽，留连朝暮。 如故，自是非非依春如故。唐昌仙宫风流，上真共天尊，虚虚步步。丛丛棠棠，一半方圆，一半朝云暮雨。鼍鼓霓裳，

如今也，三郎知遇。知遇，梨园里，相倾相诉。

44. 郑雪严

水调歌头·寿

草木枯荣度寿，日月去来裁。年年岁岁今日，早晚待人陪。六十江南江北，七十京城京外，八十自徘徊。一半人生路，一半自相催。 平生问，三万日，一冬梅。梅花三弄寒暖六九立春台。十三万诗词赋，自以佩文格律，已是状元魁。老下南洋去，不是不知回。

45. 赵汝茪

恋绣衾

柳丝落落万千条，繁不住、枝头玉霄。水中宵，一半雪月，一半花，一半小桥。 箫箫不断扬州路，琼花开，女儿藏娇。待荼蘼来时还隐，却难分、同色妖娆。

梅花引

梅梅雪雪半生寒，一衣单，半衣单，玉色肌肤，傲骨自青丹，群芳百草东君令，香留在，梅花落，箓玉冠。半恋，一恋。杜宇欢。起波澜静波澜，水天姗姗。萧裙儿，宽了还宽。直教桃桃李李结子残，暮雨朝云君在处，当夜月，上秦楼共人端。

摘红英

梅花落。群芳约。花花草草何求索。桃桃笑，梨梨小。一点相思，满塘生草。 愁愁切，年年说，归来一宿何分别。云多少，雨多少，朝朝暮暮，无休无了。

梦江南

春已晚，夏早一樱桃。一半江流江一半，波澜留待作秋涛。风雨不云高。闲日少，磨尽历公豪。五十天中江到海，二千岁月取葡萄，濯足净衣袍。

46. 谭宣子

西窗烛

春春夏夏，夏夏秋秋，秋秋冬冬如路。四时，秩由朝暮。腊月一梅花，冬春分付。自立春，一半梅兰，芳草萎萎似故。 山茶树，半陪荷莲，芙蓉出，生子蓬蓬自诉。且寻桂子重阳度，竹菊在，黄花三秋遍布。杜牧知，一半江南只有湖州一顾。

侧犯

暮云暮雨，一春却在杨州住。何故。正是半琼花，柳杨树，寻桥二十四，一半箫声误。何误，误了解一隋炀，运河路。 今今古古，何以长城度，南北数，契丹城，蒙汉满人步，一半扶余，一朝鲜附，大漠楼兰，以交河照。

春声碎

何别别离离，脉脉情情如水，倾倾诉诉，依依附附，我我卿卿视。长亭外，去来十里行，何一步，何三止。 刘郎见桃李，一夜应承结子，何须十月，至少五回归，见花蕊，知彼此。来去鼓瑟湘灵，一日月苍梧仔。

长相思

去路遥，来路遥，碧玉小家有小桥。秦楼有玉箫。 穆公箫，弄玉箫，箫史凤凰箫里调。谁言有暮朝。

鸣梭

纺绨机上度鸣梭，经纬何度过。东西南北，织女牛郎两岸星河，七夕人间何事，应以鹊桥歌。当以厮磨，纵横天下波。

不知知不不磋砣，年年应不多。今时今日，玉女传书汉武王娥，只在堋宫温梦，谁ñ夜如何。阿妹阿哥，女儿成女婆。

47. 薛燧

南乡子

月色半重楼，楼上轻烟满月钩。楚樟秦郎吴残咏，回头。杜十娘情已带愁。

日日有归舟，岁岁相思玉臂韦，不可君来春去也，休休，既是鸳鸯共水游。

48. 杨韶父

伊州三台令

村村水水云云，月月香香不分。见得一衣裙。是谁家，何意文君。 三三两两相思，去去来来殷勤。入木已三分。待东风，千耘万耘。

49. 史深

花心动

一半荷花，自红红白白，作芙蓉国。半敛半开，离了衣裙，别了水中浮力。独蓬杨首承天望，不归去，採莲人匿。夕阳里，已黄昏，女儿浴前颜色。 荷叶云烟云翼，珠露水，藏娇后藏娇忆，昨日此时，有个牛郎，欲取女儿衣饰。一心一意相思恋，何不及，无声无息，可直得。多情自家社稷。

华胥引

冬冬春夏，一叶知秋。柳杨杨柳，六九河边，黄黄绿绿离别手。长短亭外休休。不可多回首。一日三竿，一垂桶，一垂柳。 一叶知秋，一九九，九重阳九。寻根不得，枝枝根根不守，承得西风关爱，信天游成叟。见得人间，四时四秋知否。

50. 曾栋

浣溪沙

短短长长一短桥，云云雨雨半云霄。石头城外问江潮。 燕子矶头燕子，归归落落不遥遥。知君不误凤凰箫。

51. 江开

杏花天

谢娘约了重阳九，一天下，黄花杨柳。一手竹菊茱萸手，一路朋朋友友。 已见得，天高地厚，相思在，情情长久，四无人时人自守，知否如何知否。

52. 戴平之

鹧鸪天 为人民服务

一半阴时一半晴，两三水月两三明。长亭十里长亭路，步步人生步步行。 三界事，百枯荣。秋冬春夏四时生，儒家孔子儒家问，只事王朝只事名。

53. 王口口

汉宫春·九日登丰乐楼 寄孔子

九日重阳。已黄花满地，四面芬芳。年年成寻桂子，日月成章。方圆格律，佩文斋，九九花黄。今岁好，昨明岁伴，以春秋自同堂。孔子儒书省事，对鲁王对鲁，误万年长。为王不为子女，自作猖狂。身名利禄，对邦人，不及黄粱。休笑矣，为民一事，三千子弟，三千金碧辉煌。

54. 程武

小重山

一越钱缪十三州，三吴天下十三州。黄河天下十三州。寰海内，束手十三州。朱紫尽风流，禹传华华夏夏列诸侯，直呼万岁十三州，何九鼎，孔子十三州。

55. 王月山

齐天乐

金陵城下金陵路，年年后庭玉树。一半台城，六朝一半，胭脂井里何诉。和风细雨，上下二千年，如何如故。一半儒书，书生一半，对王度。身名利禄功业，事王家土地，由王分付。万里河山，莫非王土，日月阴晴几度。民生是苦。官官吏吏作，夏商周误，误了春秋，误了齐鲁树。

56. 王万之

踏莎行

草草花花，多多少少。年年岁岁应无了。枯荣一半一枯荣，**繁繁简简天伦好**。

事事人人，多多少少。人人小小人人老，时时事事总无平，平生一路平生道。

57. 钱亠孙

踏沙行

止止行行，行行止止，年年岁岁何行止。书生读学作书生，王朝世界王朝子。彼此身名，身名彼此，为民口上真为已，一言孔子一言归，平生事鲁为王砥。

58. 陈璧

踏莎行

孔子成言，成言孔子，二千年外多桃李。今闻遗嘱遗言明，无成对鲁无王止。禹启王朝，成王历史，儒生只作王家矢，匹夫之责匹夫行，人民自主人民是。

59. 赵时奠

多丽　西湖

一西湖，白堤春暖闻莺。六桥横，内湖湖外，瀛洲与一水平。白居易，一城太守，求深浅，同富春行，竹篦修成，钱塘比照，一门一口一湖情。水高低，湖高一寸，淹没田亩耘耕。若低时，禾苗已旱，难结子，同共民生。代代朝朝，官官吏吏，人间造物可繁荣。书孔子，儒生儒道，非是铸王城，科技改千年封建，何以笑书生。

恋绣衾·乡

江南水色几千重。五女山，章樾令踪。二百载，县城立，知苏州。八封从容。词诗格律方圆在，一吕家，西关梦逢。古今问，童翁说，建新城，何以故乡。

60. 向希伊

浪淘沙

一度一春秋，一岁春秋。春秋不是不春秋。吕氏春秋春吕氏，一度春秋。草木自春秋，日月春秋。春秋造物造春秋。若是书生书若是，物物春秋。

61. 萧元之

渡江云·寄隋炀帝

运河杨柳岸，丛丛苇甸，慢慢起平沙。以商船来往，五百年中处处落人家。梅花三弄，梅花落，已始春华。杜仲碧，群芳竞色，尖尖小荷芽。堪嗟。芙蓉出水，採女风流，共夕阳玉娃。寻桂子，姑苏盛泽，帛锦丝纱。重阳九九茱萸月，西湖水，深舣兼葭，回首处，隋炀一片黄花。

62. 陈成之

小重山·寄孔夫子

不自身名不自裁，书生书孔子，鲁人哀。禹传夏启几人才。商周见，先自道家来。不下杏坛催，皆言王所立，有天猜，何王未可何民哉，春去也，秋后满苍苔。

63. 王师锡

如梦令·读孔子遗言

竹上一层楼宇，竹下一层浮浦。半水半姑苏，半去半来无主。无主，无主，原本人间无主。

64. 赵时行

望江南

三载客，人在小长洲。何以中南海水阔，江山日月自浮舟，别岸别潮头。

65. 郭口口

菩萨蛮

运河六澉江南岸，夫羌留下隋炀畔。一步一人间，三吴三去还。天堂天不断，何故何兴叹。玉在玉门关，扬州杨水湾。

66. 王大简

更漏子

柳丝长,春雨细,不见门门第第。花露露,草萋萋,对清明俯低。 云济济,向天际。一半人间佳丽。寻觅觅,踏青黄,向东不向西。

67. 刘菊房

蓦山溪

相思一半,一半相思断。杜宇一声声,连草木,心情都乱。人间一半,是一半人间。男儿半,女儿半,别了如何半? 一天一半,一夜还成半。一半一难行,另一半,合时不半。合时不半。二合一时情,天也半,地还半,只要轻轻唤。

68. 杜龙沙

斗鸡回

清明寒食,何以求潇洒,摆阔衫,飞天马。虎豹相门,斗鸡宫野社。 年年岁岁年年,应是温文尔雅。八水流,潼关下,不问阴山,任黄河若惹。

雨霖铃

阳春白雪,又梅花落,已是轻别。群芳共了桃李,青莲脚脚尖尖殷切。一路长亭一路,高山流水绝。念去去,何以同情结。一宵结了一结,十五结,作情人节。不可经年,应是良长,作回家结。便纵有,一半方圆,也缺圆圆缺。

69. 王苍

诉衷情

衷情一半诉衷情,一半是思情。红娘一半明月,一半是莺莺,西厢路,夜无平怯心生,温柔乡里,自可平平,不可平平。

70. 宋德广

阮郎归

西厢一月过楼西,红娘人影低。莺莺有约望辛夷,人心齐不齐。西子问,范蠡犀,夫羌不再题。吴娃馆里舞裳霓,似君来去栖。

71. 李好古

谒金门

花如雨,雨雨花花如雨。雨雨花花朝又暮,朝朝何暮暮。 本是云云雨雨,雨雨云云如雨,雨雨花花云云雨,瑶姬三峡雨。

72. 黄廷琦

解连环

小寒时节,大寒时节也,似冰如雪。五九梅,六九河边,问杨柳,严冬退时凛冽。时暖香来,正三弄,东君如说。以疏疏影影,素粉玉英,旖脆清绝。 阳春胜如白雪。有梅花落了,明月圆缺。杜宇生,留待长洲,二千载姑苏,一千秋杰,千载梅花,日日里,东西山洁。以芳芳共与,千古绝千古绝。

忆旧游

一长亭一路,一古今,平生一天涯。见擎天一柱,问天空海阔,雪月风花。海南百里琼岛,沧海逐平沙。叹木槿炎凉,朝朝暮暮,共了人家。 长安瀍桥上,自柳柳杨杨,谁折何斜。葵麦秦川外,有离巢孤燕,飞过桑麻。故人不必回首,成步自成华,三载下吴台,方圆格律归时他。

73. 陈坦之

塞翁吟

塞塞翁翁问,主主客客相闻,同草木,共斯文。你牧我耕耘,花花草草人间住,十里百里芳芬,朝夕见,去来勤,一雨一天云。 君君。扶余国匈奴鞑靼蒙古帐,阿拉立群。接燕越,秦川养马,已周始,速战功勋。昭穆公文。菖蒲渐老,子子成城,合合分分。

柳梢青

春在桃花,刘郎已去,春在梨花。小小苏娘,运河杨柳,碧玉人家。 太湖四围平沙,洞庭树,东西互遮。水色三吴,风光一越,采女兼葭。

74. 张艾

夜飞鹊

年年数朝暮,去去来来,留下古古今今。周郎赤壁东坡赋,东风才是知音。连营陆口锁,凤雏曾水镜,徐庶知深。何言吴蜀,借东风,试论衣襟。 分合合分天下,刘备与孙权,魏晋人心。长江空间城往事,千军百万,城里弹琴,老弱残卒,自萧然,千户难寻,是谁知,司马兵家,何以束手相擒。

绕佛阁

四方一路,三万日步,天下飞鹫。来去如故。夜长昼短,天天可相数。梅花一度,三弄过后,经历春户。人间普渡,观音当主,慈悲自然住。 如去是如来,步步慈悲行步步,人自作人,心经心普渡。自在菩萨灯,光照云雾,历辛如苦,一遇一金刚,则已分付,一人间,半间无误。

75. 徐口

真珠帘

山山水水江南路,已三三,正是清明云雨。近了兰亭,寒食竟归何故。曲水流舶当自悯,问几时,鸢台朝暮。何顾,以忧人忧已,忧人是误。 是误,儒冠多误,这儒冠,事事唯王唯步。孔子教儒冠,鲁王成飞鸯。无以终舌留遗嘱,教弟子相承相度。分付。孔丘兴七鲁,一衣风雨。

76. 施翠岩

桂枝香

香风如雾,正桂花芬芳,一树千树。步步寻来桂子,作中秋故。嫦娥后羿吴刚住,广寒宫,半对蟾兔。月高云淡,人间离合,如倾如诉。 念九九,重阳可度。 十五日黄花,宋王何赋。古古今今彼此,以兴亡数。高山流水知音去,伯牙无以子期顾,星河两岸,牛郎织女,在人间遇。

77. 续雪谷

南歌子

一水波暖,三吴半柳纤,小家碧玉小桥边。只以温柔乡色,作香莲。 日日江流去,云云落翠田。春风已入半前川,今夜一心情事,月方圆。

78. 荣樵仲

水调歌头

草木何求岁,日月不思年。功名利禄天下,孔子遗言篇。向鲁何言向鲁,成事成王成已,上下二千年。六周春秋尽,未以改桑田。 王天下,民土地,半商泉。工工业业生息,社会社方圆,维徐朝朝代代,才子佳人事政,历史自然迁。服务人民也,换代改朝天。

79. 陆象泽

贺新凉·送灵山冯可久通守浔阳

一步浔阳路,半匡庐,滕王阁上,九汇如故。牯岭鄱阳青两色,五叠泉边水雾。日月里,人人艰注。一半峰光峰半半,总无平,纵纵横横付。千万里,万千树。 官官吏吏庐山误。问三台,会知五品。向郎中误,四品翻成翻六品,紫紫绯绯不顾何一缘,青衣青步。不可庐山何不可,一重天,处处风云雨,知草木,对烟雾。

80. 鞠华翁

绮寮怨·月下残棋

北北南南南北,战和和战平。十六子,不守空城,兵和卒,步步前行。鸿沟分开两岸,楚人水,汉界刘项明。以项庄舞剑,鸿门宴,垓下何柳营。 一度一雄一英,咸阳何处,坑灰已冷儒名。向未央宫,秦皇去,李斯惊,亡秦是秦亡政,一二世,半官情。指鹿为马,虞姬帐下剑,渔父声。

81. 曾晞颜

好事近

客路客思归,杨柳树,长亭尾。湿沼泽,丛芦苇。独鸿声声莹。 长亭消尽少年侬,文道作文玮,书剑剑书讲讲。几年光如儿。

82. 朱子厚

谒金门

东坡语,赤壁大江东去。一火周郎何不与,东风何借处。 陆口溪流惊楚,诸葛风鸣知欤,徐庶连营兵马嘶,东风应借处。

83. 刘辰翁

望江南

江南暮,云雨不宜居,如昨如今如隔日,湿衣不可读诗书,常忆盼晴初。

又

江南暮,春雨不须晴。桑叶微微丝丝作茧,声声一半一无声,蚕在待时成。

双调望江南

春悄悄,春雨作春烟,春水已浮杨柳叶,隋炀留下运河船,碧玉小桥边。 姑苏岸,同里采桑前。人到扬州知女懒,波在雨云光。

南乡子　乙酉九日

一步一辽东,一路一生一去鸿。祖父胶州思创业,关东。劈地开山作乃翁。日立日无终,月照月明月有通。行善医农行善跡,关东,遍地黄花一大同。

又

一步一辽东，一路一生一去鸿。步步京城京步步，郎中，四品郎中五品中。制书制英雄，国务院中国务工。一半平生平一半，西东，自是农家自是冯。

浪淘沙

一叶一秋声，一叶堪惊。枝枝干干与根生。独我随风随世界，一叶难平。
一叶一飞鸣，一叶无成。阴晴日月可枯荣，不得寻根寻不得，一叶难平。

又

一度一秋寒，一度秋寒。泾泾渭渭满波澜。八水长安长八水，忘了临安。
一子一儒冠，一子儒冠。杏坛一半杏坛官。孔子勤王勤自己，忘了长安。

如梦令·题四美人画

落雁沉鱼谁问，闭月羞花何郡。女自女儿身，国事国家成训。成训，一半男儿应拼。

又

败败成成天下，寇寇王王春夏。一女一人家，一子一雄文雅。文雅，文雅，正史文雅荒野。

江城子·西湖感怀

西湖一半一西湖。半江都，一江都。以运河居，物有有无无。一半隋炀杨柳岸，千载后，自扶苏。
儒冠不成不冠儒，鲁王辜，鲁王辜。孔子王途，孔子半王途。半是王途王自己，天下路，莫王图。

点绛唇

一别关山，关山一别关山别，向阳关别，不唱阳关别。别玉门关，向玉门关别，黄昏别，玉门关别，海市蜃楼别。

又

白雪阳春，阳春白雪阳春雪。见高山雪，下里巴人雪。下里巴人，下里巴人雪，巴人雪，以巴人雪，白雪阳春雪。

又

两去阳关，阳关三叠阳关路，玉门关步，回首人间故。过了阳关，大漠胡杨树，枝权数，自朝阳住，一半英雄误。

浣溪沙·三三 五五 九九

五五汨罗五五文，三三袂袂三三云。人间留下半芳芬，九九重阳重九九，黄花满地目醺醺，耕耘日月自耕耘。

又

一半羲之一半文，三闻天问九歌君。重阳九九菊花薰。九九三三三五五，人间正道是耕耘，清明细雨细纷纷。

摊破浣溪沙

去去来来步步行，弦弦月月月弦明。寒寒白白寒寒白，玉时英。暮暮朝朝朝暮暮，书书剑剑剑书城。孔子勤王勤自己，一冠惊。

霜天晓角

阳春白雪，月下何明灭。短桥月，长桥月，情不绝，情难绝。角伎师儿别，何与王生别，自入西湖同穴，全自个，永无啜。

又

庐山面目，北北南南木。峰岭向东西逐。黄黄菊，藏娇屋。洞口仙人宿，玉女传信独。今日王母如约，汉武渎，此情蓄。

又

窗含百竹，剑剑书书目，休误道，儒冠鹜。长亭步，久成渎。孔子留言复，事王成鲁肃，夏夏商周天下，一王鲁，子求睦。

卜算子·元宵

上下上元宵，应火应灯好。一步天宫一步潮，其乐知多少。玉女玉条条，春日春光晓，一度心中一度娇，心外心中草。

菩萨蛮·秋兴

人生一半长亭路，长亭一半人生路。日日日扶苏，阴晴阴雨吴。天涯应是路，海角难成路。一步一殊途，三生三界孤。

又

行行止止行行路，朝朝暮暮朝朝暮。一世一知书，樵渔樵是鱼。儒冠儒是误，何子何人度。事鲁事王余，郎中郎赐居。

好事近

一路一人家，草草花花天下。雨雨云云分佈，不如分春夏。天涯不问不天涯。阡陌是田野，日月桑麻相许，女儿温文雅。

集一 思前贤

谒金门·海棠

桃李树，结子心中如诉。不似海棠从不顾，光垂垂不误。 李李桃桃一路，如是待寻崔护。自以情情分付，红杏墙外炉。

长相思

半日晴，半日晴，一两啼莺一两声，云烟几不平。 草也明，花也明，最是儿儿女女明。明明是隐情。

忆秦娥

穆公绝，秦娥不在秦楼缺。秦楼缺，勤楼十丈。满秦楼雪。 八百里路秦川雪，周王养马何人杰。何人杰，凤凰箫史，弄玉箫咽。

又

人离别，秦楼一半秦川雪，秦川雪，穆公圆缺。秦楼弄玉箫声绝。箫声绝，凤凰箫史，凤凰如说。

又

何灯节，烧灯三日收灯节。收灯节，元宵十五，以弦圆缺。 秦川老子秦楼雪，穆公弄玉相分别。相分别，凤凰箫史，凤凰箫说。

西江月

北北南南四处，春春夏夏秋秋冬，运河汴水自开封，性性情情性性性。 寺寺僧僧寺寺，钟钟鼓鼓钟钟。中庸一半一中庸，正正方方正正。

84. 刘辰翁

清平乐

霓裳羯鼓，天上人间舞。已是开元天宝主，立下梨园今古。 书书剑剑书书，当初不似当初，汗汗胡胡汗汗，云云卷卷舒舒。

归国遥（韦庄正体，双调43字，上21字下22字各4句4仄韵。）

一朝暮，雨带落花花带雨，留下半红无数，春情千百度。 三月一扬州路，已群芳不妒，共是了清明住，已如如已故。

昭君怨

蜀蜀恩恩怨怨，汗汗胡胡远远。一半一阴山，玉门关。 一寸心思一寸，万万千千万万。足是共天颜，共人间。

浣溪沙

点点阴山点点秋，幽幽落叶落幽幽。回头不可不回头，直下潼关关内外，三门峡水一风流。九州逐鹿逐九州。

减字木兰花

阡阡陌陌，暮暮朝朝都是客。万里黄河，五十天中作海波。 思思泽泽，世世清清还白白，米米禾禾，步步慈悲步步歌。

又

三三五五，五五三三三五五，一半知儒，一半知儒一半儒。 儒冠不主，不主儒冠儒不主。孔子王儒，未鲁王儒未鲁儒。

又

夕阳西下，四野风声风四野，一两人家，水水流流泛白沙。 秦砖汉瓦，万里长城冬又夏，一半风华，野草儒冠野草花。

山花子·春暮

人生不可不天涯，海角何为博浪沙。四十郎中郎五品，自回家。 春夏秋冬曾一路，梅花三弄落梅花，落下芬芳香似故，共桑麻。

柳梢青

一半思量，思量一半，一半衷肠。一半肌香，肌香一半，一半黄粱。 分分别别刘郎，独步问、桃花夕阳。一半风流，风流一半，一半余长。

南歌子

一曲南歌子，南歌子一声。可怜不尽可怜情，半是思情思半是盈盈。 碧玉姑苏女，姑苏碧玉明。兰兰布卦袖中英，人间天堂姑苏自倾城。

朝中措

清明一半雨云空，水色有无中，一半杨杨柳柳，运河一半春风。 洞庭山上，太湖船下，草木方隆。少小人间老大，童童世上翁翁。

太常引

谁言万事转头空，一去不相通。一路一英雄，立一志、三生一虫。 一行无止，一人孤去，凭一人西东。如箭如弓。向日立，重去道中。

玉楼春

重阳九九重阳好，黄花一黄花道。天机处处是天机，人人事事人人晓。 皇城步步皇城老，十万诗词诗未了，立足清华清立足，前行七十八年小。

乌夜啼

声声不尽声声，绿珠声，曲曲歌歌金谷，石崇声。 男儿性，女儿性，半无声，一半平生之半,半无声。

摸鱼儿

蓦山溪,半高低,水调歌头杨柳,一东西。 更漏子,是桃李,向辛夷。黄鹤楼前鹦鹉,草萋萋。

行香子·和北客问梅

同里江村,梅雪无垠。春来处,有色无痕。故人不见,白雪封门,问虎丘僧,寒山寺,满慈恩。 人间行素,暗里藏娇。薄女儿衫,是女儿魂。洞庭山妆,沧浪亭温,五湖烟里,三吴雾,嫁黄昏。

又

妆净无尘,月满初春,一寒中,留半暖身。根根心在,辛苦精神,已得冠巾,玉衣织,掛珠珍。 如是璘璘,含粉璘璘,一层层,一半天真。几时三弄,有个闲人,木在门中,有女儿情,女儿意,女儿亲。

品令·闻莺

望湖楼右,湖光外,一湖疏柳。湖上此处闻莺久。白堤未断,云在西泠首。 谁记曲江题名后,一声方知否,自然天下人人口。立春春立,情到重阳九。

鹊桥仙·一半

春雨一半,春云一半,一半春心一半。江南一半一江南,女一半,男儿一半。 姑苏一半,杭州一半,一半天堂一半。运河一半一河蚕,水一半,隋炀一半。

一剪梅·古今诗

事事人人不可期。一半春时,一半秋时。春秋一半四时知。早看南枝,晚看南枝。 步步慈悲步步思。 步步诗诗,步步词词。唐唐宋宋古今司,古也师师,今也师师。

夜飞鹊

河桥两河桥,一半牛郎,留一半给刘郎。人间天上一半,人间天上河旁。谁分聚离合,总悲欢难度,乱了心肠。人人会意,纵王母玉女传章。 书汉武塘宫路,成七夕黄粱。乞巧重温故梦,长生殿上,同暖同凉。一儿一女,一方向,各与芳香。莫徘徊良久,人生早晚,生息三章。

疏影

白堤已别,以水碑,犹记断桥残雪。未断桥梁,何断桥梁,情断不如分别。孤山一半孤山老,以梅妻,不妻情结。鹤子飞,一去迢迢,早是归心已折。 迟望湖楼上问,早知碧碧水,如见已说。不待归来,却笑归来,身世优优拙拙。守门约得西湖色,六桥外,瀛洲明灭。草木荣,倾入三潭,重与一波三折。

摘红英

梅花约,梨花雪。桃桃李李杏花雪。寒食节,清明节,元元本本祭忆时节。 从天说,从地说,宗宗祖祖同相悦。分也绝,离也绝。不同天下,相思不绝。

千秋岁

人多人少,岁岁年年草。立春见,枯荣早。路行行止止,步步长亭道。杨柳树,垂垂拂拂无言好。 五品郎中小,四品何人晓。平生处,飞天鸟。替先贤制造,达者诗词老。春去也,春也,了如了了。

促拍丑奴儿·除夕

送岁可慈悲,得慈悲,步步慈悲。记得年年今夕夜,江南江北,山东山西,两仪三思。 七十八九时,十三万首唐宋诗,平生三万日夜数,今辰昨夕,今昨分得,昨为今师。

最高楼

梅是雪,雪是玉梅英。处处以云成。东厢老树应然折,南枝傲骨已生情。隐红红藏玉玉,态盈盈。 有谁见,妆妆随自碎,又谁怜,作得故人琼。以疏影,作香城。唤起芳群白主。阳春白雪与人声,已催催,是促促,已春生。

桂枝香·自述

一生朝暮,三万日进退,行行步步。公事公办尽力,辛辛苦苦。年年岁岁何知付,隋人处,诗诗赋赋。迢迢路路,任其自然,匹匹夫夫。 江边见,鸥鸥鹭鹭。万里作农工,如来一度。二十四桥,三峡向楚官渡。陈仓暗度修栈道,何一儒,一冠成故。人间俯仰,风云上下,方圆分付。

临江仙

太白诗仙诗太白,人生斗酒人生。金龟换酒见精英,知章知日月,镜水镜湖情。 一半青莲青一半,何知道夜郎行。长安路上总无平,当涂当水月,渭水渭清平。

又·李白与杜甫

斗酒诗仙诗斗酒,酒酒诗诗情情。饮中留下八仙名。诗由诗杜甫,子美子平生。 不知何诗何饮酒,不知何酒诗成。醒醒醉醉已难行。醒人醒不得，醉者醉无声。

又·探梅

步步幽幽何步步，三吴一半三吴。门门半开半姑苏，东桥东碧玉，小户小家奴。　一径溪溪流一径，梅花隐隐扶苏。藏娇未了有还无。情人情自在，念得念奴孤。

又

一路梅花梅一路，黄昏一半黄昏。如何不见小儿孙，人言人有语，玉女玉开门。　我是如来如我是，乾坤一半乾坤。慈恩步步步慈恩。非寻非不问，是主是江村。

又

不易人生人不易，难难一半难难。难时不易不时难。难时难不易，不易不时难。　一水波澜波一水，波澜一半波澜。波波不是不澜澜，波澜波不止，一水一波澜。

鹧鸪天·九日

九九重阳九九阳，黄花遍地遍黄花。天机自在天机在，达者先贤自柳杨。　耕日月，度炎凉。生生息息久低昂，平生三万三千日，一半诗词一半香。

又

旧日桃符旧日迎，新年除夕立春生。阳春白雪梅花弄，白雪阳春处处声。　黄金缕，竹枝鸣。长春佳节四时荣，人人见得人人见，岁岁年年物物萌。

青玉案

三春一日花千树。一雨半梅花路。隔岸葱葱杨柳树。不分南北，不分朝暮，不以梅花误。　不是前度刘郎数，已是桃花问崔护。不住此心心不住。已知来去，已知倾诉，夏已多云雨。

踏莎行

暮暮春春，春春暮暮。花花子子花花树。荣荣一半一荣荣，年年岁岁年年故。　路路迢迢，迢迢路路。行行止止行行行步。少年不向老年情，春春夏夏秋冬顾。

烛影摇红

一半南楼，南楼一半南楼雨。滕王阁望岳阳楼，黄鹤楼前路。已误儒冠已误，问其忧，为谁忧顾。几回见得，大禹传臣，家国分付。　烛影摇红，形形影影形形误。非非是是非非，孔子王王住。未鲁平生未鲁，匹夫心，匹夫自护。花开花落，古古古古，几千百度。

念奴娇

念奴声里，四座静，力士明皇如故。未去梨园留一曲，一半人间不误，曲在人心，人心曲在，不在金钱路。九流三教，如来如去如住。　自是古古今今，以诗经日月，行云行雨。鹍鸪关关，风雅颂，天地七弦当数。记取汨罗，源明弦已弃，燕歌分付。陈王何赋，建安留下词赋。

乳燕飞·赤壁

赤壁梅花落，曲古今，周郎已去，诸葛无约。白雪阳春公何许，不误横江飞鹤。陆口镇，东风可托。既生瑜何生亮传。长江流，千年万里，东坡求索。风雏庵前徐庶客，且以连营夜泊。尚知得，穿江谷壑，水水火火随东风，曹孟德，百万千军错，吴蜀魏，几谋略。

高阳台

李李桃桃，桃桃李李，花花草草三春。一半红黄，一半绿紫香尘。清明一半纷纷雨，一半衣，一半冠巾。古今君，自我思身，祖上经纶。　荒山十里何分别，相邻相界，另代思亲。共处清明，阴阳共度天轮。自以少小中年路，老人寻，晋晋秦秦。已同行，一半同生，一半同人。

声声慢

春春绿绿，绿绿春春。青青绿绿修竹。白雪阳春，又下里巴人曲。高山流水不问，黄鹤楼，楚音寻蜀。三峡外，以巫山一水，向天门瞩。　雨雨云云相续。黄金缕，多情不尽灯烛，夜夜相思，明日落红成玉，香尘皆无去处，广寒宫，桂子不足。玉兔在，何以独束。

汉宫春

柳柳杨杨，又杨杨柳柳，繁运河舟。荷风乱点燕子，一两浮鸥。船娘不问，君可语，意欲何求。后百里，金陵白下，前行百里扬州。　四首前前后后，已知羞不禁，不禁知羞。心中难平难柳，水水风流。波波浮动，目目落，一半低头。忽一动，飞鸥已去，依依自自由由。

洞仙歌

花花草草，骨骨肌肌好。最是珍珠露方早。欲芳时，处处草也纤纤，花也弱，处处情情晓晓。　叶叶枝叶叶，似不声声，已自疏疏展辰晓，开开又敞敞。近已三春，可结子，无羞无了，但见得，雨雨又云云，不见得，风流暗中多少。

齐天乐·蝉

一蝉一树登高处,声远近时有顾。赋赋吟吟,吟吟赋赋,不止难言不住。经云经雨,退翼退方鸣,如倾如诉。振振情情,枝枝顶顶在分布。　　居高自是向低,以声声上下,声声低度,再度居高,无高阅世,只对黄昏不误,余音己已苦。见已去秋风,明年一路,一路明年,一生重分付。

江城梅花引·辛巳洪都上元

声声未了一声声,已情情,又情情。辛巳烛明,灯下上元城。一半玉肌梅花色,半白雪,阳春半,共与荣。　　上上下下总不定,是此行,是彼性,正公公正。为我多情,我也为多情,花易飘零花易了,留香在,一多情,半少情。

兰陵王

一阡陌,北北南南九脉。江湖上,朝暮暮朝,谁作黄天荡中客,英雄立当石。何白,恩恩泽泽。兴亡事,莫非王土,周以周时周太伯。　　松柏,叶成碧,一山一峰岭,何以无择。儒冠儒错儒无错。匹夫当有责。过事回首,饥寒无以可交迫,以民已民择。　　改革,已收获,孔子知文章,杏坛书迹,无须王鲁王觑。大禹夏王启,与民心隔。谁人知道,一帛帛,一帛帛。

归朝欢

别岸离舟三两树,一鹭一鸥来去住。江亭一半一江亭,朝朝暮暮多情顾。不是一条路。相思不尽相思苦,且回首,灞桥折柳,尽是利名误。　　长是巴山巴水雨,不是长安临安故,高唐不是不高唐,新娘梦里新郎数。此如何步步。应知日月夜知度。有归期,归期独处,一任归期足。

大圣歌

云有奇云,雨无奇雨,一川当过。有八水,有长安城,还有一潼关路,天下多多。几雄中原曾逐鹿,三门峡,黄河泾渭波,临安日,一阳同日照,仙桂婆婆。　　天下事,不如意不常七八,无奈何,阴山一木,万里黄河,一半干戈。失马塞翁,江东木槿,八月钱塘有九歌。谁多磨,见枯荣草木,日月穿梭。

宝鼎现·上元　北宋状元宰相吕蒙正"破窑赋"

三三五五,五五三三,元宵三五。鼓钟寺,僧僧钟鼓。天上人间何以主,不知者,不知其物化,次第追随大宇。见往来,燕子鸿鹄,帝帝王王无数。　　物物事事人人取,一儒冠,一半渔父,知子胥,何知天下,何以乌江知项羽。帝王也,道　〔今今古古,大禹传家今古〕。莫视王,王非莫视,民得民生民主。　　杜甫长安,闻李白,知章金缕。作翰林侍奉,何夜郎成落羽,政无圃,鲁王谁府,孔子谁人树。子弟儒,以儒是可,不可儒冠王伍。

祝英台近

雨细细,云淡淡,二月运河路,柳柳杨杨,黄绿色分误。四分黄五分黄,不知分付。知碧玉,到河边住。　　小桥渡,兰衫短袖兰衫,情色不藏住。白皙肌肤,留下共朝暮,过寒食又清明,以青团数。已糯糯,一年如故。

忆旧游

忆山村故土,杨杨柳柳,途与羊牛。以诗书挂角,同行同止,共渡春秋,黄榜进士在此,牧进士点头。邯郸学步一世如牛。北京钢铁院,学府林立处,骞六年留,不听鸾不见,五一有春游。问帝王侯。颐和园内慈禧,光绪玉兰洲,一皇去行来,儒冠儒见如浮舟。

唐多令

一月在长洲,三吴问九流。更何人,几问春秋,天地不知兴废事,两千载,一行舟。　　叫落女墙头,铜驼无恙休。洞庭山,向五湖楼,不在西施娃馆见,连六续,运河修。

又

一度一苏州,三吴三教流。不养马,素养浮舟。五霸何年何事留,修六续,载一舟。　　万弩落潮头,千胥成草洲。算虚名,不了闲愁,方有儒冠方有误,都不似少年游。

虞美人·咏牡丹

红红绿绿扬州白,紫紫姑苏客,黄黄壶口似黄河。一半泪罗一半楚人歌。　　春风一路春风陌,步步江南泽。几时武曌几时婆,偏在寒冬旨令牡丹多。

又

天香国色天香客,紫紫红红白。心中已存一千波,壶口学成秦晋一黄河。　　丝丝帛帛丝丝帛,脉脉情情脉。广寒宫里一嫦娥,袖展衣舒带带作婆娑。

又·送客

楼台云里楼台雨,不在楼台住。楼台学得似东吴,雨雨云云一半作烟雾。

江湖一半江湖路,一半江湖度。五湖不尽五湖途,一半淞江一半太湖吴。

又·寄李后主

春花秋月何时了,往事知多少。江流不尽一江潮。涨涨朝朝暮暮又消消。花花草草知多少。处处闻啼鸟。兴兴废废夏商朝,见得秦楼不见凤凰箫。

又

唐标铁柱唐人镇,不及鞭长信。宋挥玉斧宋人均,一半江南一半运河春。兴兴废废何其君,大禹王朝认。儒冠误此误斯民,事鲁事君事已不身民。

恋绣衾·牡丹

牡丹国色香不消,入深宫,独自藏娇。问武曌,高宗女,易唐周,媚娘李暨。三冬六九长安问,腊梅花玉骨独标。寄一点春信,国花姿,姿态妖娆。

花犯·梅花

见红泥,梅花三弄,梅花落,香度。以香如故,柳六九河边,寒暖相互。年年岁岁年年住,阳春白雪路。共日月,同行同素,东君隋步步。 冰肌傲骨玉肤肤,心中有自主,如今如故。根望旧,南枝近,朝天分付。寒风在,叶先寄存,待尔后,光大杨子顾。以正数,一枝完正,人生如此树。

酹江月

东坡玉骨,菊渊明,三万日辰翁路。兰竹竹兰,君子赋,绝域高台信步。一立心中,千年古跡,都是人间度。春来百草,千芳不以争妒。沈园不记放翁,以梅花自述,芳香如故。腊腊春春寒暖见,序序时时分付,岁岁年年,河边水下,草木先知数,向阳日照,枯荣如明如住。

又

朝朝暮暮,行不止,总是风尘一路。谁问短亭,长亭驿,柳柳杨杨树树。我亦何然,他当独自,问人间步步。东坡赤壁,误知周郎一误,事无知者当误,是东风诸葛,曹营不顾。陆口江流穿谷久,凤离庵前风雨,水镜先生,徐庶庞统,何以孔明数,大江东去,江山如彼如故。

满江红

一半扬州,二十四桥何朝暮。二分无赖琼花素,白黄分付。一半春芳春一半,箫声直过重阳渡。这隋阳留下好头胪,谁知数。 禹立夏,商周步。王朝路,斯民故。匹夫何一责,全今如故。四千年中封建误,应成一半儒冠误。这儒冠,一半这儒冠,儒冠误。

八声甘州

八声声,八韵八甘州,九州九州头。记苍梧治水,湘灵鼓瑟,尧舜人忧。留下民间富庶,公社社公酬。禹夏商周过,立帝王谋。 何事儒冠,从孔子,王朝王事,事已封侯。叹内家帖子,传吕氏春秋。六国秦,又如秦汉,晋隋唐,文化不以江流。东流水,西流政治,孔子儒求。

又·寄读孔子遗言

立儒书,二千六百年,古今一先贤。以潼关老子,其三二一,一二三玄。留下今今古古,留下治云烟。老子无为道,孔子儒田。儒致儒冠,儒鲁国,儒王儒已,误匹夫边。弟子传弟子,逾上下千年。以去来,不如兴废, 一儒冠之礼二千年。人声断,云天下不断,岁月如前。

水龙吟·又

秦秦晋晋秦秦,吴吴越越吴吴故。长城万里,黄河万里,朝朝暮暮。禹夏商周,秦皇汉武,中原分布。自燕燕赵赵,齐齐鲁鲁,三国尽,隋唐故。 试举状元如度,以隋规,唐人儒路。长安市巷,铜驼金马,鸟衣玉树。四圣楼台,三千弟子,已儒冠住。误匹夫之责,江湖上下已观青布。

又·和中甫九日

清清淡淡清清,中中正正中中九。九州九鼎,九流九派,九尊九九。九界殊荣,九天天下,九方九九。九五应成至,重阳九九。秋之九,黄花九。 一度人生重九,自春秋,梅花三九,河边六九,立春杨柳,立春是九,一半人间,人生生息,阳阳九九。九九加一九,黄牛遍地走重阳九。

宴春台·燕春台

八十年来,一生朝暮,来来去去来来。有有无无,一生一息天台。少年初学成才,到中年,四品不催。身名何是,身名不是,终待重猜。 人生三界,一界称王,匹夫一界,中儒冠界。儒冠一界,王民之外为媒。好自徘徊,以先贤,达者相裁。鲁王哉,孔子何成,谁问坑灰。

内家娇·寄李清照

人间天下路,人间事,天下少年郎。淑玉有泉香,数石石鱼鱼,杨杨柳柳,以垂以拂,自然低昂。风流处,作花间婉约,处处溢芬芳。一字千金,三生似玉,古今今古,明清之光。钱郎,谢红叶,生当金石,意密词娘。济南泉城畔,九九黄粱,一半红尘,华亭一半,长安一半,一半天章。自得方圆格律,上易安堂。

六丑·春感

一朝朝暮暮,一日日,三春三度。立春水仙,梅花三弄住。一半风雨,只在东君处,以群芳色,李李桃桃故。琼花伊始荼蘼度,杜宇声声,声声不误。尖尖小荷分付,见浮萍碧绿,如玉如数。兰亭一步,永和三友路。曲水流殇,旧情尽注。鹅肥池瘦烟雾,以文心玉琢,陌头阡树。青鸾近,向秦楼赋。却因甚,玉女传书,以七夕王母遇。今如梦,丝帛花雨。 已百顾,更忆长安巷,临安北固。

百字令

少微星小,以剑气横空,书儒见老。一南一北风雨,一东一西哉飞鸟。临下安高,渭泾流水,六合一江道。钱塘八月,甲申五星照。 国与兴民与田,上天下地,尔中儒冠晓,事已斯民王所事,见得花花草木,洛社忧君,行窝忧已,以此匹夫笑。几公可鉴,民以税赋而了。

莺啼序·感怀孔子遗言

何一人生路,何一人生步步。孔子曰,儒以儒冠,王王鲁鲁如度,何一斯民斯一主,儒冠成了儒冠误。成败兴亡事,只以一王民故。 一国一家,一王一民,何以江山顾。一儒冠,一半儒冠,向彼此王民度,事王家,且以民家,唱《竹枝》,王前词句。向王也,一半民生,为王为护。 经禹传夏,上至一皇王,下斯民住。以中者儒冠分布。封侯三台可数,七品县衙,天涯海角,唐标铁柱频回顾。一壮士,有荆轲一注,田横吊,是为王,是为民,并不是,儒冠故。 蔺相如日,回避廉颇,六国纵横幕,合纵连横彼此,六国苏秦,一秦张仪,春秋何付。日月沉浮,枯荣草木,英雄常以英雄误,问斯王,不问斯民误。五千岁月归来,古古今今,一民生路。

沁园春·又

我是何人,我是诗人,第二人,诗十万余首,词三万首,平生所遇,八十秋春。见得人间,人间见得,七十年中七十轮,为人民服务公以政,自此经纶。 人民只有人民,天下主,今今古古见,旧王朝已尽,社会主义,人民做主,地事天钧,世界中华,中华世界,人类共同体是真,天无尽,这海洋无尽,环宇成邻。

又

一半民生,一半官生,一半一生。九岁知诗句,少年学步,青年读书,步入京城,五品郎中,十年故步,四品郎中四品名,三万日八十年里路,未了平生。 公余有了余情,以格律,方圆日月耕。以公余诗句,余公时句,年年岁岁,日月经营。五万唐诗,二千诗客。全宋词二万首城千三百作者留著作,我一人平。

法驾导引

平生路,平生一大千。先是少年应学步,背诗之后鲜全篇。知太白诗仙。 何醒醉,何斗酒经年,何以金龟曾换酒,渭泾无分不耕田,终了夜郎天。

又

余公路,公余六十年。无以有家无有贤,有无达者有无然。八十可耕田。 何太白,明月在窗前。蜀道蚕丛鱼凫在,黄鹤飞去凤凰边,三山二水迁。

水调歌头

明月何时有,举首望中秋。圆圆缺缺圆圆缺,不断一风流。陆口江东赤壁,凤离周郎诸葛,一蜀一吴舟。何以东风借,只是火攻求。惊徐庶,曹公误,未应酬。连营百里平踏万里十三州,若以东风预见,三国无非归晋,重布一春秋,往矣如今矣,又水调歌头。

又

水调歌头唱,世立运河舟。隋炀帛易杨柳,六续水扬州,万里长城万里,万里黄河万里,逐战逐春秋。不以匈奴界,未以契丹求。 何兴废,何今古,几沉浮。头胪好在天下文化水平底,自以山山水水,自以和和战战,自以匹夫酬。一半人间路,一半向商谋。

又·中秋

寂寂嫦娥水,淡淡四方流。寻来桂子天下香气满中州。后羿深知故惜,于此瓜瓜果果,只向女儿酬。作得团圆节,不可不消愁。 广寒月,圆缺见,去来舟。园园一之后二十九天羞。只可弦弦上下,不可舒舒展袖,不可自风流,不守星河岸,七夕有人求。

又·重阳

九九重阳九,九九九重阳。先贤达者

因此，最忆故家乡。人自从无而至，人又从无而去，生息自爷娘。以此登高望，有者一生杨。当书剑，知日月，作天章。兄兄弟弟离合一世一衷肠。采寄茱萸所念，见得黄花一片，一半对炎凉。柳柳杨杨见，万里几亭长。

又·本觉寺

本觉何无本，本觉有当初，人生日月多少，处处不多余，步步慈悲步步，步步慈悲步步，步步几当初，步步何多少，日月共荷锄。金刚在，心经在，半儒书。不儒不可天下不可不知书。自以知书达理，自己知书知己，不必问三闾，如去如来路，胜似帝王居。

又·可选堂

未了秦时月，自在汉时秋。王朝大禹传夏，直到大清头。三五千年上下，一半儒冠一半，只事帝王侯。或以樵渔去，浪遏一飞舟。去来问，古今见，利名求。何为何事何已何以问羊牛。所去所从所见，是国是家是已，不止过沧洲。日月江流见，草木见江楼。

又·人类共同体，向天，向海，向人

造物非儒事，十象是玄空。三千弟子天下，日月望飞鸿。天地方圆草木，九脉山川南北，一水一西东。万里长城垒，万古战和雄。农工化，工农化，现人中。第三次浪潮末了来去已兴隆。联合国，欧盟共，一路人间一带，人类共同体，人类共同体，世界可大同。

金缕曲

叶叶重阳羽，菊花路，路路千程，春耕玉宇，粒粒田禾沧海问，风风日月雨雨，四轶是，三三五五。不可兰亭汨罗问，一长沙，湘灵鼓瑟舞。流行泪，沧梧浦。故人不以前人苦，漫道是，向黄金缕。今今古古。谁问唐尧舜禹者，一夏王朝由禹。叹止也，何言社稷，一笑江山曾一笑，已人人，自以天为主，鸿沟暮，垓下伍。

又

不笑先贤路，邯郸步，八十年中，慈悲步步，步步慈悲从步步，朝朝暮暮不住，日月里，天天地地，已是人人时时见，一周公，文王拘演易，天极制，天机度。吕氏春秋春吕氏，只道是，以经纶故。方圆社稷，今古江山王者主，何与斯民分付。孔孟者，三千弟子，武略文韬自顾，以房谋，杜断人间度，儒冠误，官儒误。

又·词律辞典 《金缕曲》一体，杜秋娘《金缕曲》

一鸿一雁南北飞，一年一度两回归。雁门关外衡阳岸，草木枯荣何翠微。

贺新郎·寄莫内兄 阎启英 人类共同体

莫内欧盟路，一人间，人间一半，一英雄步。联合国中联合国，合合分分数数。戴高乐，邱吉尔，如何如故。斯大林和罗斯福，以和平，二战功成住，天下事，从分付。第三次浪潮人间度，一工农，工农化二，信息代三，人类重新人类组，以共同体共度。你他我，重分重布，你有他时他有我，中华步，一带和一路，今古事，古今鹭。

又

一步中华路，一中华，中华一带，一中华故。上下三千年历史，一度中华一度，以六国，春秋相数，诸子百家家国界，是非间，国国家家误，何以界，几何固。儒冠不以儒冠住，一金融人间历史，以资源布，人类同生同息务，以天下人所遇，中有见，华人华赋，数字银行成货币，再从零人类重起步，天下路，去来步。

摸鱼儿·和柳山悟和尚

一春秋，一年一度。龙山何在何数。僧僧寺寺如来主，今古年年今古。杨柳浦，以柳柳杨杨，暮暮朝朝宇。瞳瞳鼓鼓。金刚又心经，色空空色，自以三如五。天下事，天下莫非王土。如王不学无虞，君冠不以儒冠度，以此农何斧。和尚圃，应可作田家，日月春风雨，秋收金缕。毕竟是，禅房禅甫，何止一渔父。

又

问人间，情为何物。少年生死相许。中年海角天涯数，八十老何相顾。圆缺路，离合步。是中更有多鸥鹭。河边向鹭，不鲜有人间，黄河万里，万里长城误。曾知遇，且望龙门烟雾，长安城曲江雨。长亭十里长亭外，千里不知何数。天不妒，地不妒，人人所见人人妒。辛辛苦苦，若留下行踪，向前跬步，回首不停步。

又·又一体（双调116字，上57字3叶韵4仄韵，下59字 2叶韵5仄韵）

一华一夏，千年又千年，岁岁年年。黄河万里一长城，达士多少先贤，问先贤，达士晚，何为末而何为本，儒书芳苑，学步邯郸学知田，子粒春秋

草木畹。梁台上,去来返,儒冠误儒冠,何谓前川。为王为已几为民,不知谁肇谁阮。一神仙,念民主民生,二千年已鲧,唐尧何畚,只有人间匹夫然,再作东菀对西菀。

又

一慈悲,一慈悲路。慈悲行路行步。慈悲路路慈悲步,步步慈悲如路,空色故。一步一人间,一步人间雨,长亭一树。一柳柳杨杨,朝朝暮暮,飞落作飞鹭。 长亭路,十里长亭一路,黄河万里如数,五十天里应临海,天下路人生步。何不赋。一主一如来,一去心经住。瞳瞳一度,鼓鼓还一度,瞳瞳鼓鼓,天竺可超度。

金缕曲·守岁

步步京城路,一京城,辉煌金碧,满银花树,最是天安门广场,纪念碑前独步。五千载,三千年误。自是王朝阳所误,至明清,也有儒冠误,非是误,是非误。 中华人民共和国,以人民,当家作主,富强如度,共建人类共同体,立为人民服务,五千载,三千年赋,历史,三千年历史,是中华,再建中华路。朝暮数,暮朝数。

又·金缕衣

劝君莫换金缕妆,劝君须惜杜秋娘。是非非是何非是,帝帝王王何是王。

意难忘·元宵雨

细雨元宵,作云中灯市,路上昭昭。无珍珠影动,小女小伞摇。星点点,闪银桥,金马碧鸡潮。半空中,嫦娥一念,玉屋藏娇。 人人一半苗条,已移宫换羽,有穆公谣。秦楼秦弄玉,萧史凤凰箫。此个事,可逍遥。 八百里秦川养马灯,飞天白马,直上云霄。

大酺·春寒

雨雨云云,烟烟雨雨,一半不分朝暮。清明时节雨,二日前寒食,书生何顾,乞火归来,寒侵枕帐,自然无一暖度。头冷手冷处,又身冷足冷,最难书素。十载十年情,龙门不远,曲江难付。行人不归路。不归也,步步行步步。已十里,长亭十里,千里长安,百长亭,是人生路。未得平阳客,斩楼兰,云中飞鹭。问箫何,张良故,鸿沟垓下,四面楚歌如数,何以儒冠有误。

谒金门·雨

清明雨,岁岁清明烟雨,处处书生寒食雨,窗前多冷雨。 雨雨云云雨雨,云雨雨云云雨,雨雨平生平雨雨,风调和顺雨。

临江仙

一半人生人一半,无知还是无知。迟迟早早又迟迟。三生三界路,一半一乡思。 少小邯郸曾学步,中年是是非非,当然老大老人时,和成和世界,自得自诗词。

水调歌头·遊洞严

十洞千严洞,百里半云平。沟沟谷谷林木,一路一川声。不见猿啼远近,未得莺鸣上下,自在自然惊。天大人何小,地厚物丛生。 山成岭,峰举首,木枯荣。桑田沧海今古一日一日阴睛,尽在不言不语,不隐当初不现,变化自无声。沧海桑田事,一日一耘耕。

绮寮怨

一世三生如此,一心何不平,一步步,一路长亭。何为一,一一长亭,三万天中一一,天天一,一一成一生。一一如,一二三元,天尊一,始一终一城。是一子,非一名,人人一一,时时一一连城。一始成行,一终止,一余情,知非一非知一,第一是一相倾,从从一行。谁知一,一一是明。

85. 吴蒙庵

失调名

忽忽早醒。

86. 颜奎

醉太平

黄河水清,黄河不清。源头之水清清,入中原不清。 清则不清,不清可清。清清浊浊清清,是人情事情。

归平遥

春风一路,春花还一路,五湖舟五湖路,见群芳一路。 东西洞庭山路,见江湖一路,丝绸一带一路,一人间一路。

87. 尹济翁

木兰花慢·寄朱子西

一清明细雨,一细雨,一离情。折柳一心惊。枝枝叶叶,珠玉相倾。相倾一身柳泪,一身寒气一度难行。一半人生一半,如今何以如行。 如行。步步请缨。人来去,客逢迎。一短亭,又一长亭,彼彼此此纵横。情情。运河流水,又长城垒石,玉山明。古古今今古古,枯荣自是枯荣。

集一 思前贤

玉蝴蝶

雨雨云云不断,朝朝暮暮。剑剑书书。木木林林,自是密密疏疏。人间事,兴亡成败,古今见云卷云舒。帝王居,寇人何去,民自多余。 何余,民生民主为民服务,何以三闻。误了儒冠,儒冠误了一当初。三千年中,帝王将相一人如。匹夫闻,农工工业,现代樵渔。

一萼红·感旧

一梅花,一梅花三弄,寒暖暖寒情。处处梅花,梅花落了,香香色色荣荣,共记取,立春前后,六九河边,柳也争荣。野老林泉,故王台榭,万物生萌。 一曲阳春白雪,下里巴人曲,曲曲倾城。鹦鹉洲前,知音台上,高山流水声声,人类共知同行止,我你他,他你我,同盟。道得同盟处处,处处同盟。

88. 郑楷

诉衷情

元元宋宋一元元,一代一朝垣。边边界界边界,一度一王喧。 谁向禹,夏轩辕,契丹藩。古今今古,何以王田,治者当言。

89. 赵淇

谒金门

何以为国,自知其家。元宋路,宋宋元元何路。宋以农田农子住。元以牛马度。 宋宋元元已故,鞑靼化人分付。国国家家分别误,强人强不固。

90. 张磐

浣溪沙

宋宋元元一代生,边边界界半无成。何人玉斧革囊行。 人类共同成体制,盟盟合合合盟盟,互相之中互相荣。

91. 张林

唐多令

一岁一枯荣,一年一世生。一精英,一半阴晴。社稷江山何社稷,隋唐宋,元明清。 水逝水无平,山留山有英。与人人,纵纵横横,你是他时他是我,名可改,本难更。

92. 曹良史

江城子 人类共同体

一年草木一枯荣,半阴晴,一阴晴,一半春生,一半是秋生,一半春秋何一半,同日月,共纵横。 盟盟云中盟盟,内盟盟,外盟盟,见得欧盟,见得亚东盟,联合国中联合国,何结盟,不称盟。

93. 赵与仁

琴调相思引·人类共同体

一带联盟一带盟,共同发展共同荣。开发区设,数字货币城,你中有我我中你,故故友友不分明,分分明明,分分不分明。

西江月·人类共同体

事事分明事事,分明是是分明。分明之处不分明,自主方方正正。 世界金融历史,金融世界民生,地球村里作华城,世界金融如政。

又

政府当然政府,民间不是民间。民间政府两归还,对立方求统一。 一事相牵一世,海关不是海关,你中有我有他班,乙甲不分乙甲。

94. 陈逢辰

乌夜啼·人类共同体

回人不是回人,是回人,世界三分之一,是回人。贸易战,金融战,是回人,共建油池亿吨,主多人。

又

回人不同回人,有华人。美国石油美国,世界人,石油储,马来储,地球人。结算数字货币,共同人。

95. 史介翁

菩萨蛮·人类共同体

百年世界金融史,石油二战分油市。货币此因成,美元由美行。 石油亿吨始,一半中华止,设在马来城,数字货币城。

96. 何光大

谒金门·人类共同体

回人地,世界回人之地,共建石油池此地,共需方此地,美国公司此地,利益共享之地,一地和平和一地,银行应此地。

97. 应陆孙

霓裳中序第一·人类共同体

二顾石油城一石四鸟。回人两亿数,二十亿顿石油数,此生产,人间如故。进口石油中,我中华四分之一数,一马六甲咽喉故,安全数。共回人建,移在马来路。 重顾,离中东,美油储,其三共遇，根源非产地住，不是伊斯兰，他中有我我中有你固。汉满美回同建渡，马来去，石油城建，五得其利足。

98. 王亿之

高阳台

合合分分，分分合合，共同建石油村，储在彭享，中东产在王孙，中日用户四亿吨。一亚洲，半美欧门。半中华，一半中华，结算油根。 世贸佔得三分重，银行应值得货币成魂。 世界是部金融史，治乾坤。欧美共同回人建，中日中，自是鹏鲲。四百万桶日流量，三亿元吞。

99. 王茂孙

高阳台·人类共同体

合合分分，分分合合，十分不是三分。合里重分，分里有合，何分。你中有我成今古，我中有你古今君，一风云。共建芬芬，共建芬芳。 故友友故谁难分。分成分表里，表里无分。是是分分，非非是是分分，总有一点难分得，是人心，不可重分。共同赢，有合无分，有和无分。

100. 朱屛孙

真珠帘·人类共同体

分分合合分分路，合分时，事在人为成度。你我他她，官也它民行步。总有三思和两顾。 彼此观，阴晴相互。相互，是时时相互，相相互互。 不住。儒冠多误，一儒冠，不以儒冠多误。步步一江湖，有夕阳鸥鹭，飞落重新重分佈，万物影，重新分佈。分度，

度中分中度，合分高度。

101. 郑斗焕

新荷叶

一半江湖，江湖一半江湖。有有无无，无无有有无无。生生息息，三载故，越越吴吴。运河杨柳，教人记取江都。一半天堂，姑苏一半姑苏。六续夫差，夫差六渡荒芜。隋炀汴下，帛杨柳，水调曲，胜似坑儒。匹夫所见，千年留下殊途。

102. 蜀中伎

市桥柳·送行

本意是，无无有有。一半作水边杨柳，垂垂下红酥手，送君心，问君可知否。莫以是非杯里酒，是男儿，当要去来回首，有蜀语，巫山云，有高唐，一人一口。

103. 周容

小重山

一半吴越十三州，天堂杨柳运河舟。向前向后可回头。文化水，税赋帝王侯。绯紫尽风流，殿前卿相，七品难酬，一青一绿六典求。李林甫一品度三秋。

104. 张涅

祝英台近

草深深，花足足，玉立后庭树。岁岁年年，朝暮又朝暮。不知云卷云舒，夜来风雨，应已故，不如故。莫相数，生生息息生生，都是去来顾。玉老田荒，心思自分付。不非不是人心，与谁相住，终不似，以当初误。

105. 周密

木兰花慢·西湖十景

一苏堤春晓，半平湖秋月明。又花港观鱼，断桥残雪，柳浪闻莺。声鸣。雷峰夕照，曲院风荷一片红缨。南屏晚钟渡岸，三潭印月秋晴。 盈盈。小小荆荆。西子去，范蠡迎。一古今何以儿儿女女，五霸纵横。人情，对春秋志，任金垒馨竭玉山倾。留下人生去日，西湖一枕行程。

采桑子·己亥冬雪

三更枣树英成就，一帜银龙，一帜银龙，宝玉庭中宝玉封。新妆已就天云色，出水芙蓉，出水芙蓉，清气昆仑世界踪。

东风第一枝·早春赋体

六角冰花，三山一路。五湖不见朝暮。洞庭山上东西，一夜芙蓉玉树。凌云入境，始见得，倾关倾城。谢家女，未鲜江山，误了雁归人惊。 茫茫也，苍苍也住，天地间，不留风故。南南北北东东西西，上下左右如雾。人间重度，无足迹，无行无顾。可天际，春已同来，一见灞桥云雨。

楚宫春·为落花度无射宫

君心慎独，一书一诗余，十步苍竹。一剑一舒，无语楼兰之木。沙与胡杨分度，一大漠，重阳黄菊。半壁交河，向古今，回首英雄，几何无射宫馥。知得沉香亭恶，闻鞨鼓，观已霓裳流毓。金谷缘珠，何以昭君怨误，问石崇何所欲，这富贵，无须追逐。绛蜡良宵，社稷知，天秩天机，可取春华如菽。

三犯渡江云·自述

平生三万里,长空雁影,南北落寒沙,是春行也罢,也罢秋行,不知是归家。衡阳犹缘,青海岸,玉照霜华。一年年,年年岁岁,见得浪淘沙。 堪嗟。儒冠一半,天涯海角,又海角天涯。海南岛,南洋丛林,袖薄笼纱。诗词自是经年步。三万日,春已香葭,三弄见,东君自度梅花。

露华

一云上下,也有舒有卷,天下殊容。以高万里,无边无界开封。次第四相守,一半吴,同雨相逢,鸥鹭翼,飞飞落落,作五洲踪。 会稽越人知梦,百里共姑苏,烟雨云峰。运河两岸,天堂鼓鼓瞳瞳。以其见,来来往往,农土农地生农。华夏人间,见得虎龙。

萧鸾风花犯

岳阳楼,湘灵鼓瑟,苍梧浦兰芷。竹边清水。妃自倚东风,芳思如此。人生一志何如此,东流九派唯。漫见得,自西东去,由高低所以。 山山水水曲弯多,高低处,谷谷峰峰淮汜。湾湾曲,千波折,止行行止。终不改,向东海矣。见桃李,暗自成溪始。何岳簏,江江汉汉,九嶷尧舜祀。

探春慢

一夏三春,一秋三夏,四秋一冬时候,一路长亭,长亭杨柳,景物不须因旧。知学步邯郸,十万里,与风云就。尽教宽尽春衫,自得为文章瘦。当以少年如绣,苦力致中年,老年石漱。竹菊梅兰,临书试剑,还念青莲江曲。何以醉长安,竟点缀,夜郎山岫。回首当涂,人生不如如右。

瑶花慢

桃花一路,一路梨花,小杏三春路。梅花三弄,梅花落,步步群芳步步。水仙初起,立春见,东风相度。又牡丹,红紫蔷薇,百花朝朝暮暮。 扬州十里扬州,浩洁一琼花,如世如度,昙花一现,人世上,一半人间分付,传玉女,与汉武,墉宫如数。 已见得,一品瑶花,王母因之成赋。

玉京秋

杨柳折,天光可回照,上东山结。暮暮知朝,我从这里,经天经列。回到西方东土,夕阳红,回故乡说。轻离别,一经轻别,二经轻别。 自是人生轻别,总须行,离离别别。十里长亭,长行千里,风云霜雪,落叶寻根,已不得。何以西风东绝。楚吴切,明月弦弦缺缺。

夜行船

老老无言鱼小小,人生路,不知多少。万里鸿飞,一飞万里,同万里江河了。何万里,长江万里,黄河万里,江河了。万里长城,了无无了,人世几多少。

采绿吟

日月分明照,见逝水,草木高低。东西日月,草花花木,流水东西。四时相秩序,阴晴里,共同与自萎萎。月弦弦,弦弦月,无无然自门第。 天下不空明,由风度,依依然自高低。咫尺有天涯,万里有灵犀。见梅花,红色香泥,年年也,年年共辛黄。儒冠客,民是是民,鸿飞鹭啼。

曲游春

不与东君见,却与东君语,春已如雾,百草群芳,遍佈天下路,紫红相互,可与人人住。数十里,一长亭度。驿社赴,达者先人,谁与五湖倾诉。 已故。 三千年数。大禹夏传王,南固北固。不固如何,一王亡自己,几由分付,不与民生住。王是王非误。奈所倾,人人相妒,未以社稷共荣,怎生领悟。

南楼令(曲)

西子一昭君,貂蝉汉日曛。莫愁人,小小相闻。社稷问江山犹在,当女子,作功勋。 今古半风云,今古多少裙。女儿身,芳信无分。不问去年明日事,今日里,苦耕耘。

秋霁

水月苍苍,草木也苍苍,一俯一仰。见得炎凉,今来古往,寒山拾得方丈。瞳瞳鼓鼓,两仪元极成四象。问上国求得,五湖江上黄天荡。 长亭驻驿,跬步临风,柳柳杨杨,日月同享。南北路,东四步步,秋冬春夏各云奘。以步步慈悲孟昶。已立春节,春雨处处春联,岁岁年年,何来何往。

一枝春

一半巫山,一高唐,一半朝云暮雨。人间如故。莫战战和和数。长江万里,已知道,三十日度,东到海,西自江源,白帝自然官渡。夔门不锁无误,十二峰前望,如云如雨。瑶姬一夜,宋玉与襄王顾。三三峡峡,过江陵,下天门路,天下水,天下东流,去来一赋。

绿盖舞风轻·白莲赋

玉立一荷塘，玉立婷婷，婷婷玉人好。红白生香蓬蓬十子，色色多少。色色空空，一心里，芳心皆晓，不开迟，不分东风，同以萍蓼。 渺渺，影影形形，又水水波波，夏夏蝉鸟。雨露珍珠，自方圆，点点滴滴小小。闪闪明明，却留下，人间之道，以幽期，时秋自身藏娇。

眼儿媚

阳澄湖上一渔村，沙草半黄昏。一月千秋 水泥船上，几代儿孙。 三年一度姑苏路，五品郎中门。与民别墅，二百十栋，步步慈恩。

注：造阳澄湖渔村别墅，渔民从水泥船搬上岸居也。

拜星月慢

一叶知秋，秋知秋叶，如落如飞如见。最是随风，以寻根寻倦。与人间，去去来来生息，五里十里，亭亭何见，芳草天涯，北南何飞燕。 故家乡，月满梨花院，一明皇，半度长生殿。自道开元天宝，已霓裳开遍，几王心，又几民心面。儒冠问，弟弟兄兄宴。作天上，云卷云舒，不愁安史遗。

长亭怨慢

一大禹，传华夏主，是处皇家，自立门户。及至商周，二千年百载如古。古人多矣，谁得似，如龙虎。六国纵横时，合战国，分春秋宇。 三五。以苏秦所见，又以张仪瞳鼓。文章上了怎得了，百家分付。第一是，跃过龙门，又第一，平生自主，再第一，人生老矣，当知渔父。

月边娇

明月婵娟，见得月边娇，人间多少。广寒桂子，何人取得，见得一宫花草。后羿嫦娥，谁顾得，吴刚知晓。牛郎牛在，织女问，人情分好。 少年韦曲疏狂，已刘郎去，迹踪难了。凤凰台上，秦楼月下，萧史弄玉何道。穆公已老。一路是，长亭长吴，登高俯仰，一语三生早。

梅花引

半梅花，一梅花，一半梅花三弄华。暖寒霞，暖寒斜。知六九时，河边杨柳芽。 梅花落了阳春雪，高山流水无须折。半人家，一人家，家在日边，不遮遮不遮。

倚风娇近

何以声声，一声声黄金缕。一风情，一风情舞。倾国又倾城，玉立玉婷婷，约约纤纤，一半姿身如羽。 出水芙蓉，白雪阳春树。后庭芳菲如主。雾雾云云女儿妩。成花谱，一身上下天香数。

夜行船

九九重阳重九九，长亭路，柳杨杨柳，五九河边，立春六九，当是八九加九。 加一九，黄牛回首。梅花落，以春香守。白雪阳春，甘棠生子，还似天高地厚。

扫花游

来来去去，又去去来来，不分朝暮。烟烟雾雾，又鸥鸥鹭鹭，云云雨雨。一半姑苏，一半杭州，一路，运河注千年一运河，天堂相度。 春秋已几许，赵秦筑长城，汉武如故，战和不顾，只有儒冠子弟，以儒冠误。一半坑灰，

一半昭君分付。人间住，向重关，已三叠度。

龙吟曲

山山水水云烟，前前后后长亭路。为家为国，家家国国，何思何故。万里淘沙，百年分布，一生何误。自邯郸学步，京城陋巷，丹青主，如来渡。 花草年年相顾，有阴晴，有和风雨。东山落叶，西山生雾，不苟分付。四品郎中，为民一事，三台何苦，共君臣日月，同天钟鼓，同甘共苦。

闻鹊喜·吴山观涛

林一木，一目书窗千竹。一兰一梅还一菊，一心一香馥。 独木成林无独，独树成根归凤。独自朝天云雨沐，一君知一独。

吴山青

吴山青，吴水清，一半相容一半灵，枯荣一草亭。 云无心，竹无心，一半无心一半心，一根结古今。

柳梢青

玉轸短长。金芽文武，紫院清幽。洗净红妆效颦西子不负心修。 玄玄上下元由，尽道得，真真回头。处处芳香，芳香处处任自风流。

又

雪雪霜霜，清清净净，玉玉光光。角角棱棱花花羽羽，柳柳杨杨。 天天地地荒荒，静静落，无声不香。一一相逢，乾坤一一，一一衷肠。

南楼令（曲）

云雨一南楼，滕王阁上楼。岳阳楼，黄鹤楼。一水大江东未了，留不住，

数春秋。 钱缪十三州，禹传分九州到天涯，何以崖州，不是杜陵人不是，同日月，共神州。

明月引

人生一路一逍遥，短长亭，长短桥。何以姑苏何以会稽娇。小家碧玉小家苗，云淡淡，雨潇潇，情招招。 八月秋高秋月潮。上齐天，共云霄，下征潭阔，江涛溃，此路波招。锦色瑶瑶，水水共天娇。一线风光成一线，盐官镇，钱塘岸，钱塘潮。

徽招·九日登高

重阳九九重阳九，重阳九，重阳九，九九九重阳，九重阳重九。九重阳九九。九重九，九重阳九，九重阳九。 九九。禹九州，制九鼎，人间制天尊九。十地一黄花，以天机为九。明年今日九，帝畿见，九重阳九，十三万首律诗词，九九重阳九。

夜合花

李李桃桃，梨梨杏杏，云云雨雨阴晴。沉浮日月，枯荣草木枯荣。春水浊，秋水清，一黄粱，梦里难明。学邯郸步，行行止止，止止行行。 谁问万里长城，问黄河万里，五十天程。弯弯曲曲，南南北北营营。壶口岸，达东营。是长征，非是平平，以人生见，山山立立，水水倾倾。

杏花天·自述

一生一世难真笑，三万日，分分多少。少年学步邯郸早，五品郎中草草。 儒冠路，儒冠杳杳。长短路，短长桥好。十三万首诗词老，九九黄花知晓。

四字令

月月弦弦，缺缺圆圆，明明灭灭难全。东西南北天。 一源一泉，半桥半船。春江花月夜烟，下里巴人田。

夷则商国香慢

玉玉明明，朴朴何朴朴，隐隐声声。秦秦楚楚何问，内内英英。雨雨云云雨雨，历波见，一味斯鸣。相如何相见，四避廉颇，归赵方惊。 玉不磨不器，人无雕难成。 一代成瑛。山山水水，天天地地共生。木木林林木木，五百载，三千年成，楼兰应无语，大漠纵横。远近纵横。

一萼红·登蓬莱阁

一蓬莱，万里东海守，一海一洋洲。一半瑶台，灵霄一半，一半日月沉浮。可面壁，何须面壁，不远处，天地共春秋。野草林泉，八仙故里，王母云楼。 步步烟台故郡，海涛声不止，一两飞鸥。玉树婷婷，天光处处，始皇已有寻舟，一万岁，如今二世，秦亡秦，百岁已难求。徐福何来何去，未鲜人忧。

献仙音·吊雪香亭梅

白雪阳春，阳春白雪。明月月明圆缺。上下弦弦，藏藏隐隐，梅花三弄谁说，梅花落，人重别，依依情不绝。 一殷切，向东君，群芳百草，浮萍向青莲，水水波折。 影影映形形，出泥处，清清洁洁。荷以莲藕，作芙蓉，采女情切，与孤山相问，依鹤数声相咽。

探芳讯

问多少，草草和花花，多多少少。去年是多少，今年是多少。年年岁岁多少，岁岁年年老。一枯荣，一度枯荣，已来去了。 人事有多少，正无止无休，不知多少。一半风尘，一半是多少。分明不是分明是，梦里分明少。醒来空，何以多多少少。

少年游

江山日月少年遊，何以问春秋。水调歌头，杨杨柳柳，共运河舟。 隋炀易帛千年去，多少去来舟，如今留下，古今留下，作老人遊。

朝中措

云云雨雨雨雨云云，云雨不难分。雨雨云云雨雨，分分断断难分。 吴吴越越，儿儿女女，花草香薰。尚有第三花在，只著兰花衣裙。

浣溪沙

蚕已三眠柳不眠，婵娟一半上秋千。衣裙上下作神仙。 过了墙头花不见，回头未以作方圆，情情意意已难全。

106. 林式之

酹江月

寒山寒寺，一枫桥，留下瞳瞳鼓鼓，拾得寒山寒拾得，一故姑苏一故。五湖云根，六续水色，百里千年浦。洞庭山上，剑池外虎丘数。 勾践共与夫差，吴吴越越，北北南南罟。莫以兰亭文莫以，且是不问渔父，子胥范蠡，先贤达士尘海何自主。声声不尽，应不尽黄金缕。

107. 王奕

八声甘州·寄李太白

太白何以一醉当涂，呼之不醒夫。沉

香亭沉香故，一一诗儒。晋宋隋唐而下，旁若若旁无，何媚永王璘，由夜郎驱。记得蜀山蜀道，欲先贤大义，达者渔凫。况蚕丛栈道，逝者不斯萼。问中原，陈仓暗渡，望九州，钱镠自江湖。天堂见，运河当一水，诗可殊途。

南乡子·和辛稼轩多景楼

三十里瓜洲，五百年前多景楼。第一金陵金第一，悠悠。第二风光北固流。何以第三求，醉醉醒醒不甘休，诸葛周郎徐庶客，思谋，赤壁东风陆口舟。

临江仙·赴扬州平山堂

第一扬州非第一，金陵六国春秋。兴亡一半帝王州，江山江岸草，社稷社家修。 第二扬州非第二，隋炀水调歌头。 杨杨柳柳帛丝绸。天堂水客，运载运河舟。

婆罗门引

生生息息，圆圆缺缺共婵娟。少年又中年。碍以盈盈宝鉴，多少去来悬，最是公难解，长任中天。 忙东问贤。何以达时前。 一半霓裳云烟，一半桑田。忙中有闲，达里有天，不知天上仙。猴山鹤，自语无眠。

唐多令·登淮安倚天楼

祖邈子房寻，子房祖邈文。不知君，何不知君。一半英雄一半，半雨雨，一云云。 一合一难勋，三分三不贲。一兴亡，一半兴亡，社稷江山谁社稷，匹夫见，匹夫闻。

沁园春王肯堂·醉白楼

一句诗词，一路人生，一步古今。杜康庄上客，刘伶自醉。金龟换酒，醉白楼吟。一半文华，文华一半，此处

如何此处寻。天下路，一半天下路，何以无寻。 醒醒醉醉寻寻，已见得，当涂捞月寻。永王璘不语，知章不语，八仙不语，杜甫知音。下里巴人，阳春白雪，醉醒醒醒可知音。天一半，地厚还一半，一半知音。

西河·金陵怀古

金陵地，石头城里何记。六朝兴废见台城，栖霞山寺。江涛寂寞问江城，流流止止边际。 秦淮水，紫金置，莫愁湖上相思。罗敷问道问罗敷，一书不寄。夜深月过女墙来，嫦娥借此心意。 凤凰台上忆下，状元楼，王谢非赐，巷口鸟衣无识，已寻常，百姓人家，不必再说兴亡，斜阳次。

108. 蒲寿宬

渔父词（张志和体）

淞江一水五湖归，鸥鹭朝朝暮暮飞。云落落，雨霏霏，半心草木半心扉。

又

鲈鲈蟹蟹脍莼边，三寸心思两寸田。一同里，五湖船。不上渔舟不月圆。

又·李煜体

一半阴晴情一半，桃李无言一半船。一崔护，一婵娟。不可无眠不可眠。

又·顾敻体

运河船，杨柳岸。云云雨雨阴晴乱。这一半，那一半，鹭鹭鸥鸥已断。 运河边，桥水畔。花花草草分开看。男儿手，女儿腕，白雪阳春不乱。

欸乃词·赠渔父刘四

太湖西，太湖东，刘四太湖渔父行。

刘邦项羽未成问，子胥昭关刘四声。

109. 吴龙翰

喜迁莺

小雨后，落花天。心里一秋千。杏红墙外问婵娟，邻里客声怜。 心上有心先暖，温柔乡里已满。夕阳一半一方圆，身下有源泉。

110. 朱嗣发

摸鱼儿

一二三，生是何物。两仪分得相许。南南北北东西路，岁岁岁岁步步。何一度，何一暮。是中更有分离苦。求名有悟，取利也相求，人人事事，次次为谁顾。 多歧路，十易多多分布，无心无十无故，有心有十有何误。云雨雨云云雨。云也顾，雨也顾，人人十十人人度。今今古古，十是十非也，来来去去，无十十无度。

111. 陈达叟

更漏子

短长亭，长短路。短短长长步步。来去剑，去来书。卷云云卷舒。 千朝暮，万朝暮。暮暮朝朝暮暮。年岁数，数年余，数中日月初。

112. 文天祥

齐天乐

吉安进士第一名，枢密轶真州令。泛海温州，官拜右丞，兵败江西军政。囚于燕邢。四十七年中，以人为镜。自古人生，不知谁不死其证。 留其丹心纵横，汉青看汉，气节不辱天性。

斗印黄金，端平立步，不以柔情天命。征途百姓，水中火中生，肝胆难净。彼此平生，自中中正正。

酹江月

庐山牯岭，鄱阳色，不禁明明灭灭。空翠晴岚浮汊漫，五老峰中白雪。五叠飞泉，猿啼危嶂，何自吞鸣咽。江西不老，地灵尚有人杰，嗟嗟一叶孤舟，天倾千落，万里江河折。逝水君山连浙闽，仰首旌旗对天说。仙人洞口，纵横草木，雨洗清川洁，一望兼听，重挥玉斧胡撇。

沁园春

一半胡笳，一半琵琶，一半曲川。日月如曲水，年年岁岁，朝朝代代，浸浸民田。久治难安，难安久治，不治何安个治大。大下事，枳久难久治，胡马飞天。 长江水自源泉，青海岸，无遥湿地边，处处成沼泽，长江万里，黄河万里，处处源泉。处处源泉，源泉处处，万万千千万万年，人间见，古今今古见，一度方圆。

又·寄文天祥

一代留芳，十代留芳，百代一芳。一人生一代，刚阳一代，衷肠一代，一代忠良。一代兴亡，兴亡一代，一代人生一代王。天地间，自方方四四，四四方方。 仪仪表表堂堂，何生死，来来去去疆。这良臣自古，良民自古，良治自古，自古天章。自古丹青，丹青自古，自古无无自古乡，谁见得，这杨杨柳柳，柳柳杨杨。

113. 邓剡

唐多令·海南岛

万里浪淘沙，千年海水崖。半椰林，三岛琼花。一柱擎天擎宇宙，潮上岸，沙回家。 自在自豪华，南洋不是华。见兴亡，问道朝霞，只有东来西去日，独来往，总无遮。

114. 刘鉴

贺新郎

日日何朝暮，去来间，行行止止，步平生路。一度人间人一度，一半长安一度。六郡府，九州当数。玉斧挥南挥玉斧，空江山，不室千年误。元己入，宋无住。 南迁未了南迁故，半兴亡，兴亡一半，不丹青数。 一降高悬悬不主，死死生生一树，独一木，无心无付。不取临安临不取，一人间，一半人间路。无一半，已无路。

115. 臞翁

满江红

宋宋元元，一元宋，兴亡一度。临安市，不长安市，两安难度。一半求安求一半，无须度也无须度，宋之亡，亡宋自身故，良臣故。 岳飞去，秦桧住，莫须有，和人误。举金戈铁马，踏平无数，社稷江山何社稷，应当付与英雄路。莫醉醒，已醉已稼轩，金兵妒。

116. 王冾

糖多令

一宋一兴亡，三山二水长。问临安，何以天章。不事中原中不是，应已老，

梦黄粱。 不是故家乡，无疑日月光。得过时，且过仓皇。曲断大晟词乐府，燕山外，零丁洋。

117. 汪梦斗

南乡子

南望一温州，北望中原问九州，一半临安临一半，悠悠，不问江山不问愁。逝水逝江流，逝水无言逝水舟。楼外楼中楼外见，休休，大半江山大半休。

人月园

江山社稷江山社，春夏秋冬流。年年岁岁，朝朝暮暮，水水舟舟。临安日日，长安月月，不以何求。一年三百六十日，不思不回头。

金缕曲

一金一缕金缕香，杜鹃杜宇杜秋娘。自君知子知君子，八十人生无断肠。

118. 彭元逊

平韵满江红

一半江山，半社稷，江半半山。长安外，黄河直下，淹没潼关。一半三门峡外谷，泾泾渭渭助其颜。可问谁，九曲一东流，十八弯。 何问禹，立夏班。称王后，作皇关。言者为民主，事者朝般，独我江山为独我，顺顺便便与民闲，又怎知，宋以宋之亡，应不还。

子夜歌

一人生，一生一路，数不尽平生步。左一步，右也一步。跬步作朝前路。思也有思，行其无数，最是阳关路。上楼兰，寻得交河，回首故园，大漠已深何顾。 一千里，沙鸣有语，总是

有云无雨，胡姬佳人，秦川美女，遮遮掩掩误，不当分老少，何分男女寒暑。今古风流，以人间事，作玉门关赋。待他年，当以巫山，暮云朝雨。

月下笛

花草江南，草花花草，草花多少。花花草草，不知花草多少。临安不了长安了何以燕山未了。家家国国中原回首，无止无了。 春夏秋冬四秋，草花共枯荣，月来华表，三宫花草，有则则有飞鸟。一年一岁阴晴里，自作花花草草。农夫外，以耕耘朝暮衣食花草。

玉女迎春慢·柳

元日新春，逢人日，日里是梅花雨。六九河边已暮。唤得群芳无数。东君辛苦。只怕是，踏青人误。先黄颜色，常缘已青，枝已千度。 垂垂拂拂垂垂，丝丝顾顾，似烟如雾。为惜长桥一路，不住盈盈不住，可留郎住。玉手误，折无无误，不下章台，是白雪阳春付。

119. 方衡

齐天乐

运河一半江南路，年年半云半雾。一半钱塘，扬州一半，一半天堂朝暮。风风雨雨，有水调歌州，如来如度，万里长城，与之相比有何误。 运河矣平矣，水文文化化，富裕之路。万里长城，英雄战战，消得斜阳几度，桑田何述。这战战和和，作人间苦。古古今今，废兴应几数。

120. 郭居安

声声慢

朝朝暮暮，暮暮朝朝，来来去去遥遥。雨雨云云，云云雨雨霄霄。条条路路步步，一舟舟，二桥桥。一路上，潮潮汐汐，汐汐潮潮。 前前行行止止，杨柳树，垂垂拂拂摇摇。叶叶根根，本本木木苗苗。西东南北相籍，已春秋，不问渔桥。立春也，古今路，近尔不遥。

121. 赵从橐

摸鱼儿

一庭前，一云一雨，香霏霏后庭树，一朝一暮三秋水，一谷一川如诉。天日数，社稷江山，草木乾坤住。闲庭信步。任万物氤氲，原来形色，象里半烟雾。 阳春曲，还与群芳共渡。高山流水分付。兰梅竹菊同君子，金缕曲中思步。由北固，铁马金陵，直向长安成。黄河可渡，五十日中流，从原到海，惊得大江鹭。

122. 廖莹中

个侬

广陵多无赖，个侬女，罗罗诗付。宫婢隋炀，横波应是，以吴语，个侬相遇。花自知名，花香无语，草自萋萋，草珠如露。草草花花，草花如度。小碧玉，姑苏姑数。一小桥边，小家边，轻轻回顾。休问望宋墙高，窥韩一路。 朝朝暮暮，杨柳岸，荷塘微雨。云里烟烟，雨里玉珠，一处处，千金纤步。只两三天，清明寒食，采净捣青团，兰衫素素。白皙胫胫，向胸前住。红酥手，周旋倾护。一半香钩，竟无端，以横波务，多少欲望藏娇，隋炀已误。

123. 丁察院

万年欢

百草群芳，见梅花落里，一半春光。十里长亭，千步柳柳杨杨。见得溪流倒影，山垂山底，水却浮杨，浑山水，浑水山姿，两成碧绿家乡。 山山水水易感，作文文化化，胜似黄粱。庾岭龙吟无绝，一半天香，武后衣袍赐与，佥期之间已回肠，隋炀帝，留下运河，留下天堂。

124. 黄右曹

卜算子

水净短桥家，日照长亭路。十里杨杨柳柳云，十里姑苏雨。 日日夕阳斜，步步前行数。八十年中十万诗，以佩文如故。

125. 翁溪园

踏莎行

草草花花，多多少少，来来去去，年年了。朝朝暮暮自枯荣，人间自主人间好。 落落虫虫，飞飞鸟鸟。天空玉宇乾坤老。生生息息生生好。

126. 倪君奭

夜行船·无

年少年中年已老，一人生，人生何好。自以无来，从无而去，无是无非无了。 早早回头回早早，善公余，以成就晓。主业庸庸庸庸辅业，无有有无何道。

127. 杨佥判

一剪梅·宋如何 元如何

十载襄樊十载戈。不见渔歌，不见渔歌。胡匈楚霸卖青娥。此半消磨，彼半消磨。一半英雄一半河，醒不渡河，醉不渡河，醒醒醉醉不凌波，官也如何，民也如何。

128. 萧某

沁园春 讥陈伯大 御史

伯仲分明，仲伯分明。不是不明。以分明见地，分明就是，分明不是，不是分明。子子妻妻，妻妻子子，已是分明不是明。还纳妾，又组姬女色，不系红缨。 钱钱彼此荣荣。军令状，年年细柳营。 以民生民脂，民膏民役，民田民赋，民不聊生。凋瘵生民，既脧民心，士籍何知一令行，天下事，如此下事，宋元明清。

129. 赵文

阮郎归·梨花

梨花一树白梨花，无遮是不遮。女儿身上女儿家，自然日月华。 晴守旧，月琵琶。昭君弹завершен已嗟，群英自得浣溪沙，河中玉影斜。

望海潮

运河杨柳，江湖草木，江南浚钱塘。三尺小桥，千年古刹，青莲碧玉身旁，小女小家乡。一涛成霜雪，两岸村庄，朱紫珠玑，鸥鸥鹭鹭半成行。 虎丘勾践炎凉，剑池曾尝胆，短短长长，西子范蠡，吴宫歌舞，娃馆越语枯霜。五霸五湖心。见来见去去，一半兴亡。今日江山昨日，明日也圆方。

法驾导引

心经好，心经好。空空色色消。自度如来如自度。逍遥之处不逍遥，处处是逍遥。

凤凰台上忆吹箫·寄李清照

别别离离，离离别别。圆圆缺缺圆圆，缺缺圆圆见，上下弦弦。狭狭宽宽渡渡，多少月，多少弦弦。临头是，中途十五，十六成圆。 年年。这回是也，三叠一阳关，漱玉流泉。婉间花间在，文化桑田，见得窗前流水，应净化，一半前川。人间是，人生自然，一半青莲。

玉烛新

知杨杨柳柳，问柳柳杨杨。立春如阜。梅花落了，梅花落，白雪阳春谁守。长亭一路，又过短桥空回首。书剑日，一半知音，高山流水相友。 生生息息生生，步儒冠，故人知。荆轲口，桃花色，却是玄都观久，刘郎已去，过了十年何知否，谁知否，胡笛多情，汉家少有。

花犯

玉婷婷，芙蓉出水，身姿有多好。已蓬壶早。碧玉作浮萍，叶叶多少，已藏采女轻舟小，惊心惊不了。只露水，手扶难稳，波波相互搅。 湘娥以此化幽芳，陈王望，洛水凌云如藐。留一影，如花也，女儿分晓，西阳下，夕光最好。采莲也，一误一飞鸟。他已在，窥情窥玉，人情人不老。

130. 赵功可

八声甘州·燕山雪花

一燕山，万里一晴川，一山一方圆。一阳春白雪，群峰诸岭，海雨山泉。山海关前一路，如北载河烟，下里巴人曲，沧海桑田。齐鲁东边，辽吉北，西和绥靖，有热河边。内外关内外，里七外八传。长白山，又兴安岭，黑龙江，谁已见帝王船。关东汉，山东大汉，大半云天。

曲遊春

千里燕山雪，万山阳春色，衣岭衣树。北国风光，已初心可及，如妆如素，先作梅花度。应已是，一寒相住，又三暖分佈，梅花三弄如故。春春一半不误。 远近如云如雾，望水色山光，何何何顾。历历前行，曾知曾一路，无须知遇，已笑相如赋。杜牧已，司空见惯，来去去去湖州，分分付付。

绮寮怨

一半清明寒食，运河杨柳青。六溪色，沿小桥边，轻舟岸，十里长亭。姑苏萋萋草色，微微雨，乱湿罗带馨。成泽同里路，吴宫闸点点池水萍。 几度以丝以绸，姑苏成帛，钱塘不问刘伶。一曲天堂，苏杭去，细聆听。依依诺侬侬语，夜夜雨，不零丁，春情小家，阳春白雪度，藏后庭。

131. 汪宗臣

水调歌头

水调歌头起，六溪运河船。三吴水水低下，不及路边泉。一半江苏一半，一半长洲一半，处处雨云烟。自以夫差治，舜禹九嶷川 。运河水，杨柳岸，运河船。运河两岸芦苇满青莲。最是蓬壶结子，伴以芙蓉出水，玉立女儿鲜，留下心中苦，日月在心田。

132. 刘壎

湘灵瑟

竹泪清清，湘灵处处鸣。鼓瑟盈盈。泣瑶倾。苍梧水，娥皇英，相思几回嘤嘤。心上久不平。

醉思仙·原不是醉思仙　以正体之

运河流，过三山二水，六潢千秋。六朝金陵岸，北固瓜洲。儒冠误，临安市，渭壖沪，何去何留。问故人，不可居易也，不可轻浮。　天际云舒卷，行行不见回头。玉宇飞天马，自在风流。吴问楚，楚归秦，便分路，登岳阳楼。一忧字，进亦忧，退亦忧，是何忧。

太常引·送丁灰君

甘棠结子满南丰，春已去，入簧宫。十八女儿红。见杨柳，长亭远风。　文文化化，今今古古，方与圆之中。人事人精工，以行止，处处功功。

西湖明月引

江村同里雨潇潇。半寒潮，一春尧。百里长洲，何日凤凰箫。弄玉秦楼萧史曲，过天际，问秦川，穆公娇。　长亭万里路迢迢，柳杨枝，杨柳条。折了情丝，断何断，一意难消。二千年外，岁岁有秋宵，回归江湖沧浪水，退思园，人寒山，月枫桥。

意难忘

见得黄黄，六九河边杨，先以初黄。梅花三弄也，暗影共疏香。寒已尽，勉为强。四秩各炎凉。水已温，鸭先知晓，作故家乡。　温柔乡里故乡。以移宫换羽，未了周郎。梅花落已去，留下久芬芳。些个事，一衷肠。不说

又何妨。三万日，平身一路，不减年光。

133. 王清观

太常引

何非何是太常妻，周泽两三笄。白石与清溪，更谁问，恒斋范蠡。　知草木，见阴晴故，方自有高低。居世不谐圭，西是东东是西。

134. 熊则轩

满庭芳·自六十退休

一半人生，人生一半。六十一半人生。退休前后，分作半人生。前半邯郸学步，龙门过，读学成名，何多少，诗词格律，一步一邹英。　郎中，从四品，儒冠半冕，一半皇城。以诗词日月，補齐官生。六十退休以后，全日立，日日耘耕。平身步，方圆格律，第一守诗名。

135. 阮槃溪

大江乘

冠官十任，只一事，一一民民了了。误学邯郸三两步，见得衙门生草。格律生香，方圆作量，淡饭粗茶好。问候何苦，自饥只要民饱。　九品三台七品，长亭万里，柳柳杨杨道。无止无休空少。回首见得父老，清风左右，日月东西，道此如官好。且来典宪，中书还二十四考。

136. 危西麓

风流子

何小小池塘，风波里，处处一昭阳。读书练剑忙，自离家去，上长亭路，共柳同杨。不免有人儒冠误，不免有

人昌。可说可休，可当荣辱，可当先贤，达士风光。　平生何时了，黄河水，五十日到海洋。数得一生，一生日日炎凉，自在何自在，辛辛苦苦，月当承日疏影天香，三弄梅花，白雪阳春红妆。

137. 汪元量

金人捧露盘·越册越王台

越王山，越王水，越王台。越人见，一月徘徊。弦弦上下，圆圆缺缺共崔嵬。梅花早早岭前报，不必成催。　东君问，群芳见，青芳草，一春回。　杜宇问，应否同开。花花草草，不须待到作尘埃，先先自在先先在，似女儿腮。

琴调相思引·越上赏花

不是梅花三弄迟，南枝一半一南枝，立春之后，无处看先姿。　只与东君成约空，且待群芳争艳时，留香留影，花里作谁师。

唐多令·吴江中秋

莎草问长洲，吴江拍岸流，一半风，一半高楼。一半人间落叶休。上半楼，又下半楼。　人在运河舟，见黄花遍地，似中秋，不似中秋，缺缺圆圆何不尽，明日去，今日留。

忆王孙·吴江

黄河万里九徘徊，一半吴宫一半苔。六九南枝有腊梅，立春来，见得江流不见回。

凤鸾双舞

人生路，如来日日，昨今明日数。玄道老子，无三二一，以天尊量，与天

同渡。何今古,儒生一儒,儒冠半住,二千六百九十六年,人间天上,孔丘分付。 一儒普渡,以诗经,权乘汉赋,以唐诗著,宋词也如故。元曲千章,何文化,可字字行行数。儒步,一误者儒冠误。

柳梢青

一半平湖,平湖一半,水水山山。水水浮山,山山沉水,上下天关。 山南水北等闲,应记取,风流天山,万里黄河,只须五十日到海湾。

138. 王学文

摸鱼儿·寄辛稼轩

小朝廷,小朝廷暮,如非如是如故。丧权辱国英雄少,何况落红无数。春不住,夏不住,秋也无住,冬无住,岁年不住。却一醉稼轩,一英雄住,一醉不知住。 英雄事,不作英雄是误。辛弃疾也何误,金人面前难临阵,却酒金陵北固。长江渡。君不见,金兀珠以垂鞭数。中原最苦。何见一长城,斜阳落照醒醉几分付。

139. 王清惠

满江红

一半江南,四面望,江南一半,半三月,半兰亭序,半钱塘岸。一半人间人一半,社稷一半社稷半。半人间,一人一人间,谁知半。 天一半地一半,阴阳半,乾坤半,是非非半半,是非半非半。若把临安分一半,半南半北中分半,宋朝廷,一遇一居安,非非半。

140. 章丽贞

长相思

阴山秋,越山秋,万里黄河何不流,长江不尽流。 胡也秋,宋也秋,一半心中心上秋,南冠问九州。

141. 袁正真

长相思

南高峰,北高峰,北北南南南北峰。西施西子农。 小芙蓉,大芙蓉,玉立亭亭先自容,红红不见踪。

142. 金德淑

望江南

千万里, 积雪满燕山,万里长城横玉带,不锁中原山海关。人在蓟门关。 韩赵魏,晋楚去无还。五女宫中化素颜,湘灵鼓瑟泪斑斑,泾渭水弯弯。

143. 连妙淑

望江南

山重重,水水也重重,水水山山又重重,不见黄河何九龙。别路不相逢。 可牧草,未必可耕辰。未了平民平未了,和和战战分未了,从是不相从。

144. 黄静淑

望江南

君去也,夜入蓟门西。燕赵黄河流不尽枯荣草木自高低。何以向天齐。 幽州虎,步步近昌黎。料得江南人已到,人心永空一河堤,家家国不栖。

145. 陶明淑

望江南

关山外,月影月生寒。永空河边永空,波澜不尽不波澜,回首望长安。 江南岸,万里在云端。有谓人间人有谓。残荷落雨雨落残,黄粱近邯郸。

146. 柳华淑

望江南

燕山笛,已向梦中鸣。本在荒原寻常牧,何然到此故声声。处处已难平。 胡汉客,自以人长情,战战和和战战,人生不是不人生,夜夜待天明。

147. 杨慧淑

望江南

江北路,白雪半黄昏。万里关山关不锁。天门北斗问天门,何以小儿孙。 江北客,处处半荒垠。别有黄金如粪土,多情与女作贞婚,自主自乾坤。

148. 华清淑

望江南

燕边雪,六角不称圆。漫漫飞飞塞外天。一半衣妆一半烟,抖抖落寒然。 深宫女,了不一方圆。万里行程行万里,燕山过了望阴山,莫以是天山。

149. 梅顺淑

望江南

风吹雪,五月有胡箔。莫道燕山燕不落,森林浅处有人家。香得小梅花。炊烟起,落日已两斜。步步难成难步步,女儿露了女儿华,何以你我他。

150. 吴昭淑

望江南

今夜短，明日太天长。十里行程行百里，人人不力断心肠。儿女厌红妆。 弹琴手，以冻半冰僵。妾妾江山谁妾妾，英雄不见见女郎，当以守文昌。

151. 周容淑

望江南

儿不见，见得女儿妆。万里长城长万里，如今只见一孟姜。幽燕雪成疆。 歌舞尽，书画已故厢。不得临安临不得，不称玉斧不称王，未了误钱塘。

152. 吴淑真

霜天晓角

阳春白雪，白雪阳春别。何下里巴人见，明月色，有圆缺。 一树梨花洁，玉人何不说，王生师儿相去，净慈寺，情无绝。

153. 张琼英

满江红·赴南京夷山驿

一半英雄，已不是，英雄一半。一半是，醉醒醒醉，半醒醒半。可叹稼轩应可叹，金陵北国瓜洲乱。驿长亭，不见一冠官，江山断。 女儿躲，南儿散。塞北路，江南岸，见长城万里，向长城叹。万里黄河黄万里，弯弯曲曲湾湾畔，二千年，已古古今今，谁儒冠。

154. 詹玉

多丽

夕阳归，漫天一片金黄。半轻风，枝叶叶商量。净无尘，十天始落，已可数，半著秋妆。玉露初冷，成成果果，温柔乡里有柔乡，女儿肠。初心初晓，暖意已舒张。瑶台上，寻来桂子，已自香香。 已关情，人人不止，宋窥窥宋余商。半东邻，半明月夜，一半暗，一半明光。约得来宵，窗前五尺，明光不灭不空床，可共意，可同容得，问短短长长。人总是，长桥短桥，月月风光。

渡江云

清明寒食近，阡阡陌陌，一半渡江云。作成青团子，何以姑苏，碧玉小家君。纷纷微雨，半如烟，半上衣裙。何贴身，湿衣裙者，珠玉作香薰。 芬芬。衣难遮体，忘了初心，只顾女儿勤。小桃红，成蹊桃李，无主无闻。红红素手红红色，应白皙从项颈分。波不空，露露雾雾雯雯。

庆清朝慢

秋秋冬冬，春春夏夏，年年岁岁年年。临安近，长安远，一半云烟。去去来来去去，前川何以问前川。长城内外千万里，无以方圆。 胡不汉，胡已汉，以元作天下，月缺月弦。中原杨杨柳柳，本来无边，万里黄河万里，广寒宫，缺缺圆圆。人间路，汉胡处处，胡汉同天。

155. 王沂孙

花犯

水仙花，玲珑剔透，心中自明灭。一阳春洁，半白雪姚黄，自立春节。浓浓品位香香绝，情情向人说。一晓色，一春之色，一年多少哲。 条条叶叶条条，凌步路，只见陈王先折。知碧玉，知瑶草，以梅香切。书房角，向阳点缀，已应是，女儿见，只与月圆缺。一两日，华清池馆，长生殿上别。

露华（仄声韵）

桃桃李李，拂槛露华浓，结子心蕊，一半东风，一半成蹊如水。日日草木前川，李白夜郎青紫。曾记与，翰林伺奉，永王璘指。 酒虫自是人虫，一千首诗词，何以成美。蚕丛知道，鱼凫暗渡何止，黄河之水天中来，白是人惊视芳艳冷，何如彼何又此。

又·平声韵

一生太白，蜀道之难矣，难上青天，黄河云水，天上来，自源泉。太白自当吟出，有书生，以文采传。更是得，英才再度，一半先贤。 达者直呼旧句，赋予一成情，重寄方圆。惊涛骇浪，三门峡外千川。壶口晋秦云雨，化作烟，万里云烟，回首处，潼关渭泾一弦。

无闷·寄李白

天以天高，地以地厚，自以人才人数。一路一惊心，一惊心步。处处惊心惊故。可一笑，醉长安何顾，可一见，因以金龟换酒，以明皇误。 何误，千首诗，一岁度，每日三首如数。夜郎自大，不可不素，流落当涂成雾。劝酒计，三年千日数日五首，第一唐家，胜居易四千数。

一萼红

一长桥，一短桥，几许，不尽一生情，不问娥皇，女英不问，竹泪已自成声，

已自得，湘灵鼓瑟，向苍梧，何以九
嶷惊，是二妃鸣。人间何以，功业成城。
南北东西南北，低高高低水引导行行。
自以西原，东流自以，行行万里行行。
五十日江流到海，人百岁，三万余天生，
往返三百余回，舜以荣荣。

扫花游

顶峰一树，一树自高高。朝阳先到，
有多有少。夕阳还晚去，少多多少。
自以高高，比似低低可好，怎知道，
谷底一松，应及多少。 还见花与草，
处处自生生，去来春晓，一萌一了。
以枯荣自在，不依人老，岁岁年年，
去去来来香香。见飞鸟，杜鹃鸣，数
声多少。

156. 王沂孙

八六子

一扬州，运河杨柳，莲塘六淀莲塘，
两岸二水山路，六朝何处风光。
台城留省，梁朝梁武君主，
天下自然草木，如来普度炎凉，步步
一慈悲，
以心经主，色空空，色受想行识，朝
朝暮暮朝朝暮暮，
来来去去阳光，已和祥，苏杭已成天堂。

金盏子

问雁栖湖，问雁门关，作衡阳远，百
里雁荡山，
何家故，安倍雁丘无返。已有去还还，
以秋去湘苑，
春青海，年岁岁年，一年一往一返。
只有早无晚，向南北，生生息息阪。
双双不非独独，元好问，留下雁丘清婉，

上下一半人间，儿儿女女骞，时时问，
中日为伊，昏君堰堰。

青房并蒂莲

运河舟，两岸无杨柳，无以春秋，过
了金陵，草木满瓜洲。
荷香里鸳鸯浦，采菱歌，惊起眼鸥，
已帆船，一般身光，
沐浴声里有温柔。芙蓉出水玉立，相
互互相见各自羞羞。
一心上，心心楚楚染染忧忧。空令五
湖夕照，也成入，
三十六宫楼，似镜明，以水光色，两
悠悠，

淡黄柳·寄张华堂兄

梅梅鹤鹤，飞鹤梅花落，一半孤山和
靖约一半西湖西子，
勾践夫差五湖博，望辽郭，况香旧红萼，
古今问去来，
索，以农工，信息人间诺，四是阳光，
海洋分，剥天下香新再拓。

157. 黄公绍

潇湘神

望湖楼，望湖楼，望湖楼上望湖舟。
核武和从何自主，前行一尺入初。

又

一湖舟，半湖舟，山光水色共春秋，
云里云外云卷尽，山山水水有沉浮。

望江南

思晴好，一般是阴晴。一半云云云一半，
微微细雨清清，不戴斗笠行。

思情好

细十步小村桥。未了吴江吴未了，潮

潮汐汐汐潮潮。日月自逍遥。

明月棹孤舟

桂子生未生不少，沉香若木沉香老。
八月中秋，钱塘一日，不问木樨还早，
处处晴空晴已好，千万里，无云月熙，
一步相思，三声未了，时有清香已到。

158. 彭履道

凤凰台上忆吹箫

一步秦淮秦淮一步，秦皇一半秦皇。
一半坑灰冷，一半文章。一半金陵二水，
天一半，半紫金光。
惊刘项，何从二世，二世秦七。王王。
禹传夏启，商周已春秋，战国分疆。
古古今今问春雨春秋霜，万里黄河流水，
和白雪，一半天芒，阳春曲，长城北南，
再问秦皇。

鹧鸪天

一半清华一半情，淡黄柳色淡黄生。
方江有约华堂主，步步鹧鸪步步鸣。
冬至雪，雅书城，初心人类共枯荣。
自无来处从无去，一半人间一半盟。

159. 韦居安

摸鱼儿

对黄花，一年一度，重阳重九重数。
人人事事时时务，消的人间朝暮，公
外路，三万日平生，
每日诗词赋，七八首数，十三万首余，
等闲分付，不是等闲步。
重九九，九九重，阳不误。登高望远
如故，
山山草木何风雨，日月去来，知遇，
飞白鹭，飞去一边，见得同飞鹭，

黄花何语，毕竟是，京城京巷，孤以配文句。

160. 柴元彪

唱金缕

春已飞春鸟，一声声，曲曲阳春，白雪春晓，一半阳春元宵闹处处鳌山逢岛。

上元节，宫灯多少，点点魁星魁北斗，一口开，一半文昌好，

龙凤舞，去来消。望紫薇，银河两岸，参参相照，借地栽花南阳县，

吕氏春秋正好，问不韦，同姜尚老，渭水直钩垂不钓，鼓刀岸，文王相面了。

江山策，日月草。

海棠春

阳关不是登高路，是一数，是千千度，

不问不楼兰，只凤交河暮，

古壁沉衰，夕阳西步，已是无人分付，

何似玉门关。玉在玉分故。

161. 东冈

百字令

云云月月，以弦上弦下，长空相逐。

十五圆时圆一日，蒲蒲．

林林成木，独木成林，根根本本，林成木独。风云雨雪十，

何离十何十。吴人吴锁吴门，楚关楚客，

渔父不知谷，刘项未知前后路，

一半乌江飞六。秦自亡秦，也须刘项，

六国亡六独。

苏秦锁见，张仪所事骞叔。

162. 范晞文

意难忘

天涯海角，沧海桑田，只十八载，水陆变迁。

海阔天空，字当日只齐肩，经十载，对丹田，华一柱擎天，

北海星南洋，落月，中土青莲。四时四铁无全，不秋冬春夏，

雨旱分年。时从时序界，政治政明宜，同个事，无同乾，

定义做方圆。不须问，只分此解，岁岁啼娟。

163. 叶李

失调名赠贾似道

人多少，事多少。

来来去去知多少，真真伪伪复何如，是是非非多不少。

有多少，无多少，花花草草知多少，

正正邪邪人生道，短短长长难似少。

164. 梁栋

一萼红·问东君

已是梅花落，风雨小桃红，杨柳何冯，黄黄绿绿，招梯烟雨蒙蒙。

小桥外，长亭十里，短亭外，官驿已成空，

留下题词，匙匙字字，色色空空。

兴叹扬州，十里运河天下水，老小诗翁，一半残塘，

天堂一半，应见南北西东，帛赢得，苏杭故里，江南岸，

今古看归鸿，谁忆隋炀，不知不忆吴宫。

165. 莫仓

卜算子·阳澄湖渔民寸

路路一姑苏，步步千朝暮，一度阳澄一度吴，造墅为民住，

告别水泥船，解去渔家苦，水上人家陆上居，是吕长春度。

166. 姚云文

玲珑玉·半闲堂赋春雪

春早春迟，半迟造，已上南枝，梅花三弄，又梅花落时知。

白雪阳春白雪，共高山流水，百态千姿，相思，依君心。

持是不持，草草花花草草，是司空见惯，先入慈悲，步步慈悲，

一慈悲，步步慈悲，洞庭闲情闲路，不闲处，刁刁玉玉，玉玉师师，

一白雪，一阳春，四象两仪。

紫萸香慢

近重阳，茱萸香慢，九云紫气东去，已黄花天下，京都住主帝，铁荣，

自是登高多威，见东西南北，不可倾城。以天高，又以天厚作人生，

任俯仰，九衷九情。清清一半明明，无有处，有无平。不非非是是。

来来去去，前事难平。正史难正，野史无野集，实难成。

一年年，一天天去，最难知道，何向背何营，心上一声。

如梦令

一半梅花三弄，百鸟林中成风，一半一人间，百草百花如梦。

如梦，如梦，处处黄粱如梦。

167. 赵必嶫

风流子

荷叶小池塘，粼粼闪闪，玉碎作斜阳，半斤又半银。

有明还灭，纳云藏娇，亭榭西厢，采女为及成私语，未必是红娘。

好花水中，与芙蓉立，共同形影，色色香香。

风流风云里，风光里，风华一半新妆，最是有情，蓬蓬结子伊乡，

两两三匆匆，成双作对，以心留下，暗自衷肠。

天使教人，刹时厮见何妨。

意难忘·过庐陵

魏紫姚黄，牡丹开已遍，老却潘郎，逢年应一度，春暖野花香，

茵百草，纳千凉。岁岁一衷肠，自枯荣，阴晴日月，

自在纷芳，谁言帝帝王，见移官换羽，四野农朗，精工精一事，做的嫁衣裳。

此个事，见虫良，欲欲试何妨，小滩头，行行影影，也似严光。

夏日燕黉堂

一人生，一路应一曲，误了身名，功业几一半，一半竞输赢。

山中五品无官位，见乔木，独立精英，簇丛丛落落，枯荣岁月，来去萌萌。

方面皆无声，啼鸟啼不止，无语无惊，几何上下，栖岸玉泉生。

与人处，尽不与人不与人，常以耕耘，步步三万日，以黄河水，五千天盟。

浣溪沙

一半相思一半愁，红楼一半一生忧。

事儿云中云已就，西先流。

去去来来心已懒，梦中一见梦中羞，当时彼此已悠悠，自知自。

168. 黎廷瑞

大江东去，赴项羽庙，抗灰无冷，楚将军，鞭虎驱龙而起，

八百江东儿女应，核下英雄何以，知玄鸿门，鸿沟道隘，四面楚国亦。

张良韩信，萧何都姓刘庆。吴江渔夫鸟骓，无须之别立。

任凭兵垒，霸业休休心不尽，豪气江东流水，古往今来，刘刘项项，

尽与秦皇指，兴亡成败，民生名族无止。

水调歌头

腰缠十万贯，上下半扬州。夫差六渎，已是杨柳运河舟，

十二楼中琴瑟，二十四桥明月，金缕已午休，以娃馆西子，

小小在秦楼。一碧玉，小桥上，半何求，瘦西湖畔，一水一路含山流，

富贵身名岁月，一半生愁一半，一半无忧一半度春秋。

一半忠君事，一半济民酬。

朝中惜

温柔乡里自温柔，柳系一轻舟，玉立萧娘玉立，三言两语春秋，

波波流动，香香散溢，情也堪羞，去去不堪回首，斜阳点点头头。

一剪梅

小小黄花九九秋，此也悠悠，彼也悠悠，

诗词格律十三州，花十三周，草十三州，

作的儒生八十秋，方也当留园，也当留，

十三万六千首修，与世沉浮，与世沉浮。

秦楼月

明烛烛，方知小小花如玉。花如玉，小小姑苏，清清无俗。

衣衫薄薄无妆东，丘丘堃堃自相促。

自相促，山山水水秦秦蜀。

又

幽香绝，阳春一半半白雪，半白雪，月何圆缺，总是圆缺。

一自邯郸学步始，儒冠有误总离别，总离别，对谁当说，对谁难说。

169. 李震

贺新郎

何背长亭路，一长亭，长亭进退，步长亭路，一半长亭长短路，不尽朝朝暮暮，

去暮暮，回朝朝度，一半人生生一半，驿行行，不与人处，与人相顾，何处与人何处与，

不妒人人不妒，不与人，与人何故，不与高低应不与。一人生，一半人生路，生也路，息还路。

170. 陈纪

倦寻芳

已寒食过，纷纷自，如烟如露还如雾。

五湖舟，洞庭山四回，

杏花村数，问桃李，阳春白雪，下里巴人，凭运河渡，十里扬州，

从不断荼蘼路，留下珍珠留下故，年年如此年年住。

这江南，这姑苏，这一天赋。

171. 仇远

台城路
金陵一半台城路，千年不分朝暮，六朝兴亡，一代今古，紫金山上玉树，秦淮普渡，又虎踞龙盘，瓜州北固，凤凰台前。

糖多令
无有得，儒不得不得儒，问儒书，不问书儒，见得儒书，问刘朗，已是丈夫。总是桃花千百树，也不是，就玄都。

如梦令
不尽西窗细雨，未了东邻钻苦，犹自开诗经，处处关关如数。何数，何数，一树栖鸦如故。

渡江云
运河南北岸，杨杨柳柳，两岸净平沙，似阳春白雪，下里巴人，
仰卧女儿家，香香色色，一半莲，一半桑麻。最见得，船头付柳，船尾苇藏娃。
堪嗟，荷塘深处，玉立婷婷，已芙蓉日下必叶韵，借采莲，借芦草阳，借夕阳斜。
黄昏一半黄昏好，温柔乡，半蒹葭。云一半，应从一半荷花。

眼儿媚
玄都不问不玄都，桃作寺僧图，无无有有，因因果果，有有无无，刘郎自得刘郎路，
进退自称儒，风云十载，桑田沧海，步步殊途。

南乡子
一叶五湖舟，越越吴吴水拍浮，鹭鹭鸥鸥飞不定，长洲西西云云伴客楼。
白雪曲难休，一半阳春一半由。

玉蝴蝶
重阳重九重阳，一片菊花黄，四野自然香，时机自短长。
房源隋日月，格律守低昂，留下一文章，帝髻天下扬。

玉蝴蝶
九九重阳九九，黄花满地，满地黄花，暮暮朝朝，叶叶处处经霜，
自然是，西风见老，月见冷，宋玉悲凉。半山乡，一秋留住，四野天光。
秋香，咸阳一梦，中山千载，家国兴亡，古古今今，过邯郸后忆黄粱，半身名，
半儒冠误，三万日，留的文章，记衷肠，十三万首，柳柳扬扬。

塞翁吟
一叶桑蚕哺，十日半寸春阴。小碧玉一千金，白手著兰襟，
双双流流双双浪，玉手不主相侵，丝束束，茧沉沉，自以自知音，寻寻小桥外，
花花草草，如小小，多多一心，以露水，珍珠作伴，胜如是，错落衣裳，
儿儿女女，女女儿儿，古古今今。

忆旧游
见花花草草，草草花花，暮暮朝朝，一百三夏日，一百秋啸，自枯自荣谁主，
小弱小苗条，也戚戚开开，开开戚戚，而露云消。逍遥，以生息，在温柔乡里，
暗自藏娇，见芙蓉出水，叹刘郎十载，

相如琴招，旧巢已有新燕，是魂断兰桥。自一路红尘，梅花落了小桃。

小秦王
岸岸堤堤一白沙，春春夏夏半红花，情情意意船娘语，一半舱头一半家。

八拍蛮
八拍亦腰蛮似柳，千情上下上红楼，九九重阳重九九，春秋日月日春秋。

好女儿
赵赵吴吴，水水湖湖，古今多草木，多云雨，运河一江湖，
朝朝暮暮，一路江都。何以小桥流水，姑苏巷，会稽奴，虎丘孙子剑池如故，夫差一度，吴宫留数，勾践殊途。

桃园忆故人
桃园洞口桃园路，秦汉人人步步，古古今今何故，不可衣住，
风风雨雨烟烟雾，隐隐藏藏度度，世外世中世数，说得儒冠误。

忆闷令
柳柳扬扬杨柳，九重阳春重九，黄花遍地黄花，何折茱萸首，
别别离离久，以诗词相守，一书信，一半相思，明月相知否。

极相思
花花草草，话花草草花花，山川一半，江河一半，一半田家，
寒食清明都见得，共四野，你我他她，阴晴日月，枯荣自然，海角天涯。

燕归来
三弄曲，无言诗，多少是相思，春风已到燕来迟，梅落半南枝，

梅花落，阳春时，黄金缕，竹枝词，
声声已到玉人期。明月照孤姿。

睡花阴令

朝朝暮暮，处处一团烟雾，寒食日，
以清明故，是纷纷细雨，
绵山处处，湿草路，之推河数。同晋耳，
只须同苦，莫儒冠有误。

望仙楼

一半春晚，一半草，一半茵茵方好，
飞去飞来飞鸟，花花南枝早。
荠荠菁菁苦菜，苗苗洋洋成道，春意
春情多少，只是先生老。

爱月夜眠迟

小市元宵，似人声约约隐隐寻寻，最
是儿女，情情意意，留来门岁之心。
池塘一半婵娟，明月照人，另一半留阴，
以屏山翠叠，藏得知音。
红娘款曲西厢，莹莹摇步影，子当吟，
邻墙花影动也，
张生始得，恰是衣襟，波波映映沈沈，
轻轻抚抚瑶琴，月夜眠，
迟迟久久，古古今今。

清商怨

多多何以少少，处处夜无了，一半秦楼，
箫声留下少。
穆公弄玉约道，萧史曲，似花如草，
妇女相闻，何多何以少。

醉公子

一半钱塘路，一半江湖步，六度六姑苏，
三吴三界儒，如来如去度，观音观日数，
雨雨在江东，声声听念奴。

阳台怨

一生成一路，行止行行步，只是朝前

不止行，随的人生故，
何上下高低，以左右相形顾，两手足
常易物，一生前进数。

八犯玉交枝

沧海桑田，天涯海角，以一柱擎天故，
波浪朝天潮万里，海海洋洋无数，
天空天度，海阔凭海相渡，成城天海
成城雾，是天大，天天相顾，是海大，
人人相顾，是海大，人人相渡，天海
海天相互，相依相赋，不知是海是天，
不知是路漫漫，只是何故。何大，鲲
鹏朝暮，一人间一人间付，
一半是阳光，齐风海海阳阳度。

荐金蕉

重阳九九重阳信，一半黄花讯，茱萸
枫叶已经论，地主天机，格律方怨人。

雪狮儿

西湖一半，孤山一半，知西湖路，未
向孤山，回首始知多误，
如何是步，子不在，贤妻分付，谁不得，
梅花三弄，冬春相度。
傲影疏香一注，已全然，以百态千姿付，
六九河边，柳柳春春同住，
梅花落里，也不改，香香如故，和靖数，
共枕不分朝暮。

越山青

一日迟，半日迟，步步慈悲步步迟，
心经以心迟，早知知晚知知，
固守天恩固守知，当初已当知。

两同心

一笑千金，半俯两心，曾不语，也曾
相顾，同一日，已共知音。
自时时，心有灵犀，意有瑶琴。一千金，

一人心，古古今今，
一半分，两三合著，争知我，秋上人心，
九重九，遍地黄花，独木成林。

瑶花慢

飞飞落落，柳柳扬扬，密密疏疏约约，
飘飘洒洒，已覆盖，
素锁凌烟高阁，向孤山问，子衣否，
妻衣新作，以淑气，
寒里藏姬，傲骨沉香如若，短桥一半
长桥，水流无波，
黑白相传，长亭十里，长十里，五里
短亭飞雀，
短短长长短短，一统色，如无如漠，已
回分，不是三分，入木梅花成萼。

凤凰阁

已潇潇洒洒，飞飞落落，下藏片片花萼，
白雪藏娇，白雪，
意淡情薄，直一半，香华不却，扬州
无赖，以此琼花故作，
五分相似五分错，春在也，有冬君，
白白郭郭，只一夜，归还院落。

172. 张淑芳

更漏子

九溪坞，五云岭，一半作秋来景。三
江水，五湖情，月明月不明。张淑芳，
渔家女，未纳理宗与。贾似道，妾成居，
胡扬汉柳余。

满路花

理宗选妃日，贾似道先折，梅花三弄
后，阳春结，张淑芳也，渔家女白雪。
寒衣应不胜，已自遥香，似道以妾私窃。

孤灯落照，月色何明灭。上下弦弦狭，寒宫绝，娥眉新得，杨柳新塘别。别业遁跡也，木棉后尼，九溪五云兮说。

173. 王易简

齐天乐

向残瞳晓关山路，长亭短人生步。一半风尘，春秋一半。花落花开相渡。朝朝暮暮，云来云来前后何时故。处处人生，与人天地可相数。平生三万日也，四时相守，一天一天兮付。步步慈恩，慈恩频频，心以心经心度。如来普渡，一冬一梅得，以观音往，日月东西，一情一意赋。

174. 冯应瑞

天香

草草花花，花花草草，花花草草多少。河谷山川，山川河谷，野野村村多少。长亭十里，短五里，多多少少。处处人间处处，宫建院苑多少。岁岁年年多少，共枯荣，不分多少。总总春来秋云，一年终了，春雨秋风自待，只见得，明年又多少，见得枯荣，枯荣多少。

175. 唐艺孙

桂枝香·赋蟹

阳澄湖岸，正是渔村船，泽泽畔畔。可向昆山可问，水天参半。归帆已在残阳里，一黄昏，风消云散。已秋风起，蟹虫脚痒，横行难断。八月里，莼鲈脍晏。巴鲜将军出，红虫应断，战火何当立也，漫嗟兴叹。江南一餐莼鲈脍，胜如娃馆女儿腕。阳春白雪，红红白白，

将军征冠。

176. 吕同老

桂枝香

一蝉高树，鸣远近，由高处朝低步，从退声声。宋玉不知其故。以情进进依声退，自高高，向高高树，玉书难寄海天辽阔，向长亭暮。一吟里，三秋不住，与中秋，不重阳误，薄翼明明，谁见云来如雾，行行止止行行止，以进退，从人生路，长亭十里，短亭五里，如泣如诉。

177. 李居仁

水龙吟

莲莲白白莲莲，荷荷叶叶荷荷故，芙蓉出水，婷婷玉立，肌肤不顾，无视人间羞羞涩涩，如藏如附。最是凭采女，当遮小伞，藏不住，偏藏住。掩耳盗铃兮付，露全身，何言全露。形形色色，姿姿态态，烟烟雾雾。白白莲莲，莲莲白白，互相相互。这人间本是，司空见惯是司空妒。

178. 唐珏

水龙吟

莲莲处处莲莲，蓬蓬处处蓬蓬暮。池塘一半，荷花一半，烟烟雾雾。采女摇船惊鸥惊鹭。蓬蓬如数。十二三颗子，心心已苦，心已苦，心心苦。采女全然无顾，水余温，女儿兮付，多余臆念，多余心绪，多余所顾。一目惊鸿，荷深处，有人偷渡，若中郎不语，牛郎不语与牛郎住。

179. 赵汝钠

水龙吟

荷塘月色荷塘，寒宫桂子寒宫误。嫦娥一半，吴刚一半，弦弦不顾。一路东西，半年南北，从来如路。总圆圆缺缺，唯唯十五，圆一日，弦弦数。十五荷塘如故，以中秋，供人间住。方圆自得，婵娟何妒，人情已付。步步心心，心心步步，如同如渡，月月当如此，年年如此以方圆度。

180. 曹穉孙

贺新郎·赴江心

一石江心雨，半江山，江石一石，似云如雾。万里江流江万里，两岸晴沙分布。千万载，如今如故，日日江流江日日，一江楼，不见江流住。来去水，自朝暮。江源自以江源注，以千泉，源源不断，有三江路，一路川川相聚，小大由云合故，已万里，朝东倾诉。步步东流东入海，以波涛，不以人情误，同日月共风雨。

181. 林横舟

大江词

一蓂弦月，自圆圆缺缺，明明灭灭。一半阳春阳三弄，三弄三层白雪。暖暖寒寒，寒寒暖暖，玉肌疏香洁，一时成身，以衣作被成杰。长是古古今今，东君自与，立下长春篇。在怀柔乡里缓举，且以群芳相列。自以伊周，声名吕尚，且作周公说。文王有拘，元元极极学说。

集一 思前贤

182. 杨舜举

浣溪沙·钱塘有感

一半钱塘人间一半邦,一半富春江。书窗不尽读书窗。一鹤飞天一鹤万双,雁侣自成双,雁丘已见雁丘桩。

183. 危复之

永遇乐

事事人人,人人事事,多少多少。古古今今,今今古古,瞬息知多少。谁书正史,谁书野史,邪正邪多少。秦始皇,隋炀帝也,功功业业多少。长城万里,运河千载,大漠风沙多少,一半天堂,天堂一半,花草知多少。成成败败,荣荣辱辱,院院宫宫多少。兴亡云,人心所向,几多几少。

184. 罗志仁

扬州慢·宝王台

危壁残垣,秦砖汉瓦,不成问宝王台。有谁知飞燕几何几徘徊,去载见,巢巢枝叶,随风落尽,先自成尘。已空天露地,过今年不香栽。惊心相见,半兴亡,踪迹寒梅,有白雪阳春,无双亭上,孤日难回。不欲扬州骑鹤,长亭外,未见坑灰,古今在今古,年年春去秋来。

185. 曾寅孙

减字木兰花

桃花一面,一面桃花曾一面。半车云端,不向刘郎不向冠。桃花不见,不见桃花何不见,不向儒官,见得玄都观里官。

186. 沈钦

甘州

崔国辅体,一半甘州路,甘州一半心。已甘州一咱,心古古今今天。

187. 刘沆

甘州

步步甘州外,甘州步步中。步中三界向,三界步中空。

188. 止禅师

卜算子

一半见阴晴,一半从朝暮。步步慈悲步步驱,步步慈悲步。一半自枯荣,一半如来度。自在观音自在儒,日月天天数。

189. 蒋捷

女冠子·温庭筠体

夕阳西下,已过春春夏夏,一人家,出水芙蓉近,红红白白花。阳春同白雪,玉树女儿华,十日蓬结子,共兼葭。

大圣乐·元极

千卷奇云,一舒微雨。半凉初过。三百日,十年三一十零六百五十日。元极天科,四千八百年前整数,方论,武丁成祖河,商汤始,继盘庚小乙,妇好婆婆。仪仪象象十十,以星座,同人间厮磨。几太平无事,击让鼓腹,对酒当歌,庶富安居,功名天赋,争奈由时多。东方索,整数留下了,无理数么。

金钱子

月月明明,大半是,圆心只有小半。多缺少圆圆,人孤独,平生也是多半。何以不向天公,只兴兴叹叹。求儒冠。利禄身名云来,齐眉举案。记取杏坛苦,千万卷,形影总不断,坑灰冷,书未了,人衣短,林林总总输输。自从进退方圆,不了风云散。楼兰尽,大漠处处荒丘,怎道吴馆。

春夏两相期

一冬冬,一春春见。春春夏夏相见。一二三春,四五六夏,如面。梅花落了有梅香,唤起群芳桃梨面,告别东君,红尘官下,共荷花甸。云舒万里云卷,出水芙蓉立,映长生殿。付与当年,同羯鼓霓裳院。梨园十丈五俣门,白雪阳春华清宴。慢拍调莺,急鼓催鸢,作莲花扇。

尾犯

夜雨问空阶,孤驿有声,离索萧索。十八长亭,已丹青如若。泾渭去,钱塘去,宋江河,无人自作。于零丁处,问文天祥,不向幽州却。闻丞相与我,别后寡信轻诺。记得当时,铁马金弋约,不可以,临安城外,渡海波,风涛肆虐,再同回首,一半长亭平生搏。

探芳信·菊

见杨柳,一水运河舟,扬州知否。已秋香黄花,重阳几重九。茱萸采得渊明向,自以文章守。一年年,岁岁年年,已然白手,江左向江右,以项项刘刘,未央宫阜。故苑尘果,几天高地厚。项庄舞剑张良去,往事堪回首。一长城,一运河,何所有。

梅花引

杨杨柳柳运河舟，一河流，一河楼。同里吴江，知盛泽风流。六渎连波秦水岸，过芦苇，已清清，向扬州。一舟一舟一一去，花也逝，草也逝。花花草草，一岁岁，年年空留。日日黄昏，夜夜月弦礼。只有无人无去处，今白雪，上梅花，可藏羞。

一剪梅·过吴江

一半吴江一半桥，一半波波，一半潮潮。秋娘渡日娘娇。一半摇摇，一半迢迢。碧玉姑苏碧玉箫，一半芭蕉，一半渔樵。心中一半一云霄，情也迢迢，意也迢迢。

白苎

近清明，已寒食，云低雨落，书生乞火小女青团有约。两三声，两三形影已如若。沟壑，采青青，集绿绿，绯衣郎诺。心中心上，桃李成蹊有约。知一时，女儿儿女红红箬。见昨，点烛窗边，待来光见，邻里邻家可托。一度一轻烟，善为方略，孤知独觉，不当邻女说，暗中求索。个里心思，且见其情，如此如若，异异同同，白苎春衫薄。

步蟾宫·木犀

桃桃李李桃桃李李，红兰白，海天成紫。阳光颜色海洋颜，共混合，作人类子。第三浪潮应无止，四浪潮，阳光且与海洋城，这人类，寻来桂子。

粉蝶儿·残春

不是残春，残春不是春路，向东君，是非归路。是非非，非是是，如今如故。一春春，一夏夏，同心住。如来普渡，

寒寒暖暖无数，一花开，一花相顾，古今今古继，是枯荣步。自枯荣，冬春夏秋如故。

翠羽吟

一古今，半古今，传古古今今。已是己非，以光光以作人心。半规成成败败，规半荣辱衣襟，一半人，一人间半，民民子子寻寻。田地田舍半田林，农村农社，只要甘霖。匹匹夫夫有责，天下税赋，渊明何弃琴。一春一夏秋冬，处处是帝王者。自莫非王土，天下见，谁作飞禽翠羽何寻一金，陈涉吴广刘项吟。江东已老，渔父何辞，大禹夏任。

探春令·寄赵佶

江山一半，是江山半，非江山半。柳杨俱在江河岸。地也半，天还半。枝枝叶叶分一半，只须根不断。记去年，不记来年，只顾眼前，大晟乐府胡音乱。

秋夜雨·秋夜

长亭古驿秋声绝，山山顶顶霜雪。十年如此别，一步步，谁知圆缺。阳春白雪巴人向，下里听，人语初歇，小烛明又灭。落影里，胡笳如咽。

又

圆圆缺缺圆圆缺，明明灭灭明灭。长亭长十进而，又十里，无踪无辙。春春夏夏秋秋步，九九冬，听胡笛咽，社驿人已绝，门外见，三尺白雪。

少年游

枫林已透夕阳红，苍烟落照中。一步寒山，三呼拾得，画竹作西东，江湖步步江湖水，天平馆娃宫。勾践夫差，剑池虎丘，以石点头同。

柳梢青

海角晴沙，天涯树，琼岛人家。海阔天空，空天阔海，浪浪花花。行人不到天涯，海角处，残阳半差，天外南洋，马来半岛，见夕阳斜。

霜天晓角

晓角霜天，见西湖小船，直教人生死许，同日月，昔婵娟。丹田荷最鲜。师儿王生怜。长桥月，短桥月，须知得是青莲。

190. 陈德武

望海潮·钱塘怀古

孙何杭圬，门严柳七。布衣楚楚歌涯。名伎曲声，朱帘翠幕，参差雪月风华。浙水照晴沙。以钱塘八月，一线潮哗。天降珠玑，万丈瀑布蒹葭。清佳处处清佳，有三秋桂子，十里荷花。千水富春，百度人家。翁翁老小娃娃。以你我他她，羯鼓霓裳曲，上下人家。一半江山一半，好去见桑麻。

水调歌头

六渎钱塘水，六渎运河舟。夫差六渎成治，未得运河酬。柳柳杨杨柳柳，帛帛丝丝帛帛，水水向低流。炀帝头胪好，八百岁春秋。长城在，秦皇去，汉家修。长城万里南北五十日，沉浮，一半潼关一半，一半阴山一半，一半自沧洲，留下人间战，以此帝王侯。

醉春风

处处清明雨，幽幽杨柳雾。江南一路一江南，路，路，路。向剑池泉向三吴水，虎丘如故，步步行人步，草草花花露。五湖百里五湖舟，往，往，往。

碧玉桥边，小家碧玉，以人心误。

西江月

北雨云浮北西，西江月落西江，衡阳归雁自成双，一半人间向往。国国家家国国邦邦户户邦邦，书窗一半一书窗，误了儒冠方丈。

惜余春慢·第四次浪漫

一半书窗，书窗一半，何以十尺幽竹。令姿潘岳，太素何郎，梅以一兰三菊。隋炀运河柳杨，唐诗初盛，宋词及逐，五千年，上下文化岁月，初心社会。公夏断，已别耳目，牛羊放牧，东西自成肉谷。东西日月，南北冰川，一刻千金难赎，轩辕社稷未止，声声已起，整数反复，待移根，无理数中，海海阳光飞鹜。

望远行·寄李璟

一半人生一半情，朱扉朝暮自阴晴。难成梦境梦难成。盟盟无了又盟盟，卿卿我我卿卿。自传心思自传声。黄金台上骤然惊，擎天一柱自然倾。

望远行·寄柳永

朝朝暮暮，已来云，一半人情多少，一钱塘宋布布衣衣，门禁自然难晓。十里荷花，已是三秋桂子，一线潮头渺渺。向杭州，歌媛声中已好。人道，文化化人化化，过小桥，垂鞭了了。一代宋词唐诗一代，黄鹤楼前飞鸟，只以知音留下，凤凰台上，李白金陵未老。第一诗崔颢，晴川方早。

一剪梅·九日

九九重阳九九香，草也霜霜，木也霜霜。枫枫叶叶已霜霜，独自花黄，孤自花黄。

同伴茱萸也经霜，志在霜霜，身在霜霜，一心天日一心肠，年也辉煌，去也辉煌。

鹧鸪天·咏菊

一半天机一半霜，三生一半一天香。年年一度年年度，九九重阳九九阳。皇帝侧，帝畿乡。城隍自在自城隍，经霜始自经霜志，达者精英达者杨。

191. 张炎

柳浪已闻莺，半西湖，倒映苏堤春晓。红了一山茶，荷尖角，浮萍知多知少。六桥六浦，瀛洲藏住扁舟小，回首寻三潭印月，只可待秋中了。和云流落空山，水上上，水下下不分了。混得一湖山，孤山晃，梅梅鹤鹤无老。余情绵绵，向林和靖如今早，前度去都观里见，经十载，刘郎少。

凄凉犯

湖湖泊泊，秦淮水，汉汉六渎漠漠。高低岸草，高低西色，隐藏水雀，花花萼萼，雨雨云云烟淡薄。小舟轻，芦苇深处，直的可求索。念及夫差治，处处浔浔，不多行乐，隋炀在否，以丝帛，作杨柳约。可下扬州，有荷有莲应可托，运河路，水调歌头，可再拓。

国香

不是知音，是知音不是，自在音琴。伯牙高山流水，独抱孤心向子期分日月，以蓬篙，共阅山林。云烟与草木，已是声声，树密花深。见阳春白雪，下里巴人曲，古古今今。以梅花落，春江花月夜寻，肯信群芳百翠，尚依依，一度千金。身魂只留下，短雏谁操，五七弦琴。

渡江云

清明寒食近，阡阡陌陌，不禁柳杨烟。过唯亭同里，红紫长洲，杜宇运河船。清明寒食，雨纷纷，满了心田。知亚男，捣青青艾，精细小团团。清泉，轻流轻下，露露悬悬，一滴一圆圆，半阴晴，成蹊桃李，春已生怜，欣欣结子欣欣欲，丹凤下，红药阶前。香不尽，嫦娥作得婵娟。

凤凰台上忆吹箫·寄李清照

别别离离，离离别别，离离别别离离。漱玉泉边水，步步慈悲。步步慈悲步步，多少步，多少慈悲，慈悲步，慈悲步步，步步慈悲。垂垂。杨杨柳柳，杨柳自垂垂。也自随随，一念金陵路，临了安危。惟有长安八水，唐宋也，不得何为。长安去，临安已无，已了愁眉。

一萼红

问孤山，鹤鹤梅梅见，何以白堤边。春晓莺啼，望湖楼下，杨柳烟水云泉。是两子，纷松鼠细雨，过寒食，衣袖总如悬。三日清明，霏霏一半，上五湖船。吴越，吴吴越越，共山山水水，共了春天。一半梅花，群芳一半，香雪洋里同眠。只赢得，东邻一客，西邻客，今古作婵娟，幸好如今，未弦不见方圆。

月下笛

一越朝云，三吴暮雨，会稽如数，姑苏不数。女儿儿女相渡。西施已鲜夫差故，已胜似，范蠡分付。在吴娃吴馆，萧娘一半，一半花妒。玉树，临风顾。见玉树临风有佳人误。鸥盟何住。钱塘流水已注，富春六渎南浔汇，自处处，清清渡渡，杭州半，半苏州，人与人千百度。

新雁过妆楼·赋菊

寻得木樨，寻桂子，寻到九九重阳，一寻无已，寻得遍地花黄，不以茱萸寻不得，两三月里满秋香。一芳扬，一芳处处，孤自经霜。渊明篱前独树，不及英不及行止炎凉，四野苍苍，三秋萧萧辉煌。堂堂正正草木，四时年年四妆。同天地，共阴晴不语只有衷肠。

瑶台聚八仙

有雨春潮，人不渡，天外未了云霄。自来自去，何以不得逍遥。朝暮朝朝各进退，鸥鸥鹭鹭自相招，任风飘。江村半夜，水落烟消。一线推推排排山岸，万波涌涌上，浊浪成桥，直可登天，天地两处渔樵。当年钱塘八月，六合吴江波六桥，玄真子，共以天水，意气器器。

梅子黄时雨

同里江村，太湖百里，朝暮朝暮。一带一轻舟，宅带桥树。回首相看如已故，不知不必何时误，江湖路处处水烟，如泽如雾。谁渡，如何分付，小舱舱水上小，无奈自往。你我只同行，倾盆风雨，人到何时何不顾，最愁人时人难许，心心鹜，有情有情知足。

西子妆慢

水色西湖，西湖水色，半雨半云半雾，天光一半入湖平，作凌波占苏堤路。行行步步，一桥带，湖中步步不知归，否否前前瞩如烟如露。儒冠误，一半绵山，一半寒食顾，耳同身苦不同福，介子推，作深林树。清明细雨，已禁火，书窗一赋，见孤山，鹤子梅妻似故。

湘月·第四浪潮·人类共同体

行行止止，见天天地地，乾坤彼此。三四白鸥三四点，物象去无，成紫七色阳光，洋洋洒洒人类同共比。人间第四浪潮如此。如此。听罢阳春白雪，高山流水，下里巴人始，人类从土地走来，工业化后成纪。日月方长，信息时代，海洋阳光是人类共同体，如彼一半如此。

斗婵娟

春花多少。寻芳见，处处荣宁百晓，杨杨柳柳条条碧，细女腰纤小。宽玉带，双额淡扫，兰衫短佩波波纡。白腕红酥手边草，不可知归去，又暗约明明更好，谁可先到。心绪不宝若丝，悬悬念念，林深路细人杳，卿卿我我已先情似乎成飞鸟。这小小，姑苏藏娇。西施诸暨吴宫了，向山贱，夫差道，天下乘去，范蠡一笑。

春从天上来

一半渔村，一半江湖路，同里黄昏，碧玉姑苏，小桥流水，桥在向水流痕，谁见钱塘来去，都见得，雨雾分门。一慈恩，步步慈恩步，当自儿孙。乾坤以南以北更可以东西，一半寒温，如去如来，不非不是，温柔乡里消魂。自是初心初就，华胥国，八千年根，祖先根，上下三千载何以轩辕。

华胥引·华夏华胥国世界第一国

庖牺亡母，华胥亡名，《三皇本纪》、《列子》如书《清真集里》留智识。人类人社人居，黄帝游于治。怡怡然然，太皞扶而余治。自此中华，大禹夏，以王朝次，商周秦。

浣溪沙·华胥国

其国无帅长，自然而已，其民无嗜欲，不知乐生，不知恶死，故无天航，不知亲己，不知疏物，故无爱憎，不知背道，不知向顺，故无利害。姜夔词语。一国之原一国家，自然而已自然华。人群你我及他她。
无帅无长无嗜欲，无视无己也无邪。无疏无近也无遮。

南楼令·人类共同体自华而华

独木自成林，孤根已入心。八千年，华胥知音。且自无私无处见，伏羲氏，女娲箴。何以作古今，三皇五帝荫。一中华，华夏廿霖，自此华人华自此，天低落，水浮沉。

清波引（调始于姜夔自度曲）

江云江雨，一舟渡，一帆一羽。有行无柱。野草野花浦。足迹行踪见，自居朝前来云。古人云自华胥，如今曰，帝王主。三千年舞，已成自，长自夏禹。智人知宇，以无而无数。其有居中也，自是沧浪渔父。况有一引清波，是黄金缕。

霜叶飞（又名斗婵娟）

去来多少，行多少，行行无止无了。一生多少可无知，步步慈悲好。只记得，从无来了，第一声里人间虽，第一步行走，第一语英游，以儒冠利名好。见得换羽移商，不芬尘远，以千金付残照，世中物物情最多，叹自得少少。只一叶，梅花落了，归无归有何多少。待唤起清魂，又回无了，一身何了。

潇潇雨·华胥人类共同体

听湘灵鼓瑟，对苍梧，竹泪已光惊。以无私治水，华胥国度，公社长鸣。尧舜以清制清，以明还治明，岁岁年年见，无无是情。记取华胥一国，世界第一名，一雪尘缨，自人间第一，世界第一声，以东西，又南北，环球环人，得似故乡城，人类城，以华胥在世界枯荣。

瑶台聚八仙

微水涓涓，流且远，山山各各源泉。不知何意，多在第二峰边。三叠成潭成碧玉，装入无数岭峦川。路线线，一步石径，千载云天。人生左右观天，上下丹田，俯仰云烟。峭壁刀削，松涛起伏经年，三年千日万里，五十天黄河到海渊。行行路，日日在足前，自得方圆。

数花风·姜夔语

何以太乙，自得人间第一。长亭十里短亭逸，古道依然为秩。风流叶瑟，自我是，如何笑得。过程步步，唯日何难何日。孤城玉树佳人质。寻驿竹枝声远，须寻筚篥。且忘去，华胥无帅。

露华

五湖百里，六渎千里水，一路三吴。低低水水，洞庭山下姑苏。具得运河杨柳，小桃鬈，小杏肌肤。船女手，深深入入，白白褊褊。长城运河相比，可记取隋炀，应好头胪。姑苏碧玉，扬州碧玉，江湖，六国帝王谁主，已六宫，三百官奴，秦更是，何言自可匹夫。

南乡子

一月半孤山，西鹤千梅五渎颜，诸暨无余西子浣，何还，不以夫差不得闲。一水半湾湾，两子千妻五渎班，汐汐潮潮汐汐，鹧鹕。落落飞飞水浒关。

南楼令

一别一天涯，半逢半杏花。已难忘，一曲琵琶。曝君已去何须怨，小碧玉，问谁家。以水浪淘沙，华胥归我他，向西湖，五湖烟霞。说与和靖休放鹤，二三月，落梅花。

壶中天

西秦一树。已是分水岭，风风雨雨，独江南江北见，秦路不是秦路。华胥故国，中华一国，不知人类数，山屹招陷，水清显淡朝暮。如今归国当传，新国独立，已不当如故。客里应须谈世事，新老老新相许。美美非非，欧欧亚亚，大洋洲分付。呼声一立，联合国外再数。

月下笛

夏末初秋，初秋夏末，柳杨杨杨垂垂首首。向长亭，可知否，行行止止行行止，是利禄，功名左右。过韦娘画舫，王郎桃叶，问秦淮友。久久。江河口，五十江源，天高地厚。天高地厚，东流归海可守。江流万里江流走，五十日，人生不久，日日夜夜坚持，三万天成老叟。

惜红衣·赠伎双波

一半双波，双波一半，一波三折。小小蛮腰，声声曲中说。阳春白雪，花一度，身姿芳绝。芳绝，只鲜送情，已如梅如雪。翩翩起舞，换羽移功，婵娟共欢悦。藏娇不得，一扇半遮别。已是司空见惯，只以长安城折，莫两峰倾动，明月不须明灭。

红情

暗香疏影，白石梅已采姜夔情幸。易云红衣，绿意泉边旧八境。不见依然不语，何见得，几回空省。看荷花，荷叶芙蓉，玉立带蓬领。清境，一侧屏，白白中红红，俏如红杏。心中隐颖，三十六宫女静，十三桥边月落，无数情情无数警。铺叶叶，波浪里，何以项颈。

绿意

圆圆小小，扬扬自大好。荷萍无少，片片池塘，万叶千株，只须以风百了，翻翻覆覆天地改，且不说，颜色曾葆。这水平，色色形形露露珠珠应晓。见得芙蓉出水，又何见，绿蓬心中已老。子子重生，衣袖丝丝待会欺了飞鸟。苦苦心心苦苦，这两界，三生一岛。且远望，匹练波涛，映照共与萍藻。

夜飞鹊

看看一中秋，一度方圆。寻得桂子莲莲，一重阳九九重阳见，黄花遍地前川。嫦娥知后羿，以丰丰盛盛，同忆婵娟。人间儿女，学风流，彼此成全。弦月月弦弦月，今古古今情，岁岁年年，长是中秋一月，明明白白，分别分怜。已当知己，自萧然，自自成然。望天时，河淡星稀，何以一半琴弦。

采桑子

圆圆缺缺何圆缺，一日圆圆，十日弦弦。缺缺圆圆自缺圆。人生路上人生步路路前前，步步前前，缺缺圆圆总是前。

卜算子·清华大学新雅诗社

世界一中华，世界知华夏，自古华胥

古国家，诗在清华社，已在万年前，人类同天下，只有华胥只有华。共共同同华。

浣溪沙

寄清华大学新雅，书院新雅冬至节，书社和张华堂兄，人类共同体。古古今今天七尺田，人间远近八千年。清源万里万源泉。

一带功成功一路，伏羲土地女娲天。华胥国里自方圆。

新雁进妆楼

九九黄花，黄花九，黄花遍地黄花。采荣英寄，兄弟是弟兄家，少小离家成老大，故乡不在故人家。故人家，故人不在，不故人家。人生人老八十，七十何六，十岁岁年华，七千余日，唐诗好宋词佳。唐诗是天是地，这今古三千年豆瓜。成经曲，自作文传统，重阳九华。

忆王孙·华胥国

一半华胥一半无，不是人间不是奴，只作当时一国都，一殊途，未越其中也未儒。

长相思

一短亭，半长亭，五里难行十里亭，心思一苦丁。一星星，半星星，一半星星一半灵，黄粱作玉玲。

南楼令

西子静中平，柳杨自不声，白堤边，何以闻莺。不是如初林和靖，问落鹤，待梅英。自古水难平，行行无止行，一黄河，万里流程。五十天中东流水，自河源到东营。

浣溪沙

昨日兰田一器成，华胥立国半家盟，今今古古已人生。自此人间人类此中华文化已精英，八千岁月八千荣。

又

世界三成世界潮，工农信息度人桥。三千岁月古人遥。独有华胥华万戴，共同体里古云霄。阳光与共共海洋潇。

淡黄柳·人类共同体

寄清华大学张华堂副秘书长教授。以阳光加海洋色语清华之紫色，第四次浪潮也。

梅梅鹤鹤，飞鹤梅花落。一半孤山和靖约，一半西湖西子，勾践天差五湖博。望辽阔，沉香旧红尊。古今向，去来索。以农（第一次浪潮）工（第二次浪潮）信息（第三次浪潮）人间诺。四是阳光海洋获天下重新开拓。

一枝春

一竹横枝，一兰成就菊，枯荣一路春秋步，四牧四时分付。东风已是，向梅说，自光春数，君子赋。香已归来，傲影入新相。如此已然如故，问孤山遗老，和潸去雾。梅妻鹤子，独领一春云雨。融融向暖，共花草，柳杨榕树，桃李杏，问及群芳，作千百度。

朝中措

清明时节雨霏霏，回首雁难归。李李桃桃冷冷，成蹊是是非非。刘郎十载，金龟换酒，李白布衣。直得夜郎一醉，当涂月下人稀。

采桑子

清明雨里清明柳，已自青青。已自青青，一半人心一半灵。浮萍水面浮萍绿，汤了池汀，满了池汀，自在生机自在庭。

阮郎归

姑苏寒食问清明，纷纷细西惊，两三尖叶一时生，如今以叶萌。三界事，五湖英，钱塘碧玉情。运河流水运河平，天堂留一名。

风入松

人生路路一人生，步步一人生，人生路路知多少，步多少，步步难明，步上难明步步，难明步步难明。前行路路步前往，少　步难成，多多一步多多步，自方成，自在方成。一步人生一步，行行不止行行。

忆王孙·忆吴

黄河万里九徘徊，一半吴宫一半苔。六九南枝有腊梅。立春来见得江流不见回。

长亭怨

任横笛，玉门关暮，海市蜃楼，半阳关雾。不断楼兰却河与亡何故。是江山数。谁曾记，钱塘细雨。十载相逢，应一笑，两行之路。同住。见珊瑚海树，大漠里胡杨雾，沙鸣此雾。却不是，作江南雾。江南也，同里三吴，会稽西，无非烟雾，这大漠江南，去去来来何度。

珍珠令

桃花扇里金缕曲，颜如玉，只劝道，风中轻烛。人步一人生，草花春已绿。自与群芳群自与，四时许，以三光促。光促。黄一叶飞花，春中不属。

好事近

客路客无归,行止止行无数。梦里五湖云雨,洞庭山中树。三吴同里十三州,如此何如故,来去去来朝暮,叹年光如故。

思佳客

雨雨云云一小家,莺莺燕燕半天涯。照君一曲阴山路,宋玉三章官渡花。今古事,古今华。黄河流水曲琵琶。凄凄鹦鹉芳草色,回首人间你我他。

渔歌子·寄黄帝

一仰朝天一问天,三吴俯首五千年。同日月,共婵娟,华胥国里几思方圆。

又

万古千年万古华,三千年里半人家,传禹夏,自胥华。华胥国中已中华。

又

沧沧浪浪濯尘缨,严濑磻溪水流清,多少事,古今情,今人不及古人明。

又

江云一半落孤村,不以樵渔不以蕴。三界晚,一黄昏,飞天白鹭问乾坤。

一剪梅

一叶孤舟一水痕,半入江门,已入江门。无根水色水无根,不是乾坤也是乾坤。万里之行小子孙,步步慈恩,路路慈恩。年年岁岁望鹏鲲,日日黄昏,日月黄昏。

南乡子

水水一桥分,半见江村半见云。落叶飞扬南乡子,纷纷。小岛南洋小岛闻。夕照上衣裙,朝暮梅花独自薰。浮香随水随思云,思君梦里黄粱梦里君。

清平乐

江湖步步,步步江湖路,雨雨云云云云雾,一度姑苏一度。江湖不是江湖,江湖确是江湖,五百年中今古,华胥国里华胥。

杨柳青

柳柳杨杨花花草草,田野芬芳,亭短路长。遇山遇水,何抑何扬。故乡不是家乡,三十载,三千载阳,圆圆方方。浮沉进退,俯仰低昂。

南歌子

西南歌子,三声白雪情。春江花月夜方明,自得高山流水去无平。下里巴人问秦楼御街行,梅花落一春荣,只有金缕曲里有人生。

尾犯(尾犯词律辞典四体皆仄,唯此体平声和之。)

白雪半春知。独与一梅,藏隐相家。古树逢时,自然自慈悲。已是寒中三弄,暗浮香、杨杨奇奇。华岁无谢,玉肌冰骨,向上已千枝。百花群中立,且南向,且北微滋,老子光师,不分不成期,且只有、孤山倦客,鹤子去,梅妻旧时。回首处,柳浪闻莺,人苦思。

华胥引(双调八十六字,上片44字9句4仄韵,下片42字8句4仄韵。黄钟,周邦彦正体。)

华胥家国,家国华胥。共同玉宇,原始云社,当无帅主无欲蛊。无嗜无已无私,且无君无辅,日月当空,共甘共力同苦。彼此中华自人人,万年成古,初心世界,乾坤阴阳鼻主。人类共同体建,此时当光数,彼此相形,自无

黄帝今古。

192. 韩信同

沁园春

一路来君一路春风,一路紫英。启明东向遍长庚西问。七星北斗六郡昌平。弱水沙黎,黄花九九,处处人生处处荣。天下见云云来来客,俱是书城。邯郸学步平生。三万日,黄河万里行。五十天行程,河源到海,湾湾曲曲,物物萌萌。八省中原齐齐鲁鲁,燕赵秦韩魏晋荆,田亩上,自今今古古,代代农耕。

193. 王炎午

沁园春

别号梅边,住在庐陵,一太学生。自临安已陷,谒文天群,毁家荡产,资助军行,幕府天群,天群被执,午作生文祭励惊。人一世,一去家国志,自以身倾。玉孙七宝车荣,子弟声,家家国国鸣。天既无完卵,人生不必,人生何必,不可求荣,不必求荣,求名不必,不得江山不得生,儒冠在,以儒生为本,一代书生。

194. 徐瑞

点绛唇

草草花花,花花草草草花花草,草花花草,碧玉裙边好。一半相思,一半相思晓。牛郎小,小牛郎,情意知多少。

195. 王去疾

菩萨蛮

三吴不尽三吴路,江湖来了江湖步。

一日一姑苏，三生三界儒。如来如去度，行止行朝暮。处处有殊途，时时无丈夫。

196. 刘将孙

踏莎行

一半西湖，西湖一半，杨杨柳柳桃花岸。小家碧玉小桥边，来来去去人无断。散散香香，香香散散，梅花落了梨花畔，群芳暗自己成蹊，女儿不免心中乱。

八声甘州·九日登高

九日登高，远远河山。一度一清秋。气爽天空阔，阳关天叠，夕照当楼。海市蜃楼一半，物象自难休。见得黄河水，有语东流。已是楼兰国去，已没交河水，自思何收。叹年年踪迹，一事一淹留。多少路，多多少少步，几回，不可不回头，无归也，行行止止，俱在前头。

金缕曲

你我他是矣，一人间，醉醒多少，一人成几，已是千杯千客在，白首不曾相记。便一笑，何曾可寄。不向稼轩已醉否，北固休，只叹金山寺，僧已苦，有谁比。何人自以书儒始，剑书里，亦闲亦静，渔樵不治，半见英雄英雄半，长安望，临安又置。汉晋唐虞一淮泗，以鲁连，犹未知亡界。况铁马金戈始。

六州歌头

宋挥玉斧，百岁已成空。元口下，革囊跨，已称雄，这临安以一丘一壑，求生也，求全也，草木里，望飞鸿，一水西来，他日，自西东，已半西东。

几何回归见，宋不宋由衷，宋朝终，微宗多事，大晟府，音书客，宋词工。不晓得醒醉里，酒颜红。叹风云日月，龙伯唉，渺难穷。凡三惑，应供我释然融，只是醒醒醉醉，把行藏，付与清风，几家家国国，不六院三宫，唯一雕虫。

197. 陈恕可

桂枝香

食蟹第一人，过昆山巴解庙

西风半度，一吴一五湖，阳澄湖路，村树成霜，蟹脚痒时不顾，横行霸道如飞去，向昆山，应八月数，将军巴鲜。

198. 陈深

虞美人

风花雪月值多少，一半平生了，山山水水路和桥，去去来来风雨半云霄，年年岁岁枯荣早，最是田边草，寒寒暖暖自逍遥，自有生机自有普天朝。

199. 刘铉

乌夜啼

黄昏一半红红，太匆匆，已是夕阳东照，上高空。一岭影，一江屏，一朦胧，直到人人归去，也由衷。

200. 梁明夫

贺新郎

只要留君住，要留君，留君不住，要留君住，自在人生人自在，步步前行步，左一步，右也一步，步步行行成步步，向前行，左右分分步，平也步，不平步，留君不可留君住不留君，留君已住，是留君误，不以君心君不以，路路儒生路路，一

日日，三千年数，在以八千年在数，是华胥，已是中华故，中一字，一华付。

201. 梅坡

千秋岁引·上岳阳楼

滕王阁泊，一拍秋声向黄鹤，湘湘赣赣楚天过，飞鸿不问何辽厂，凤凰台，广楼月，严滩漠。鹦鹉洲头知音略。一半天门荆州索，可惜忧人总闲却，初心古古今今语，何须误我秦楼约，秦楼约思量后，今明昨。

202. 徐观国

暮山溪·儒冠

儒冠不误，不是儒冠误，不是不儒冠，一书生，儒冠不误，
儒观半误，误在误身名，唯王误，唯孔唯君误，唯民不误，唯父母不误，此是子来源，第一步，第一声数，人间第一，第一始平生，东也步，西还步，不是儒冠误。

203. 某邑伎

阮郎归

波波水水，桃桃李李，细细纤纤腰细细。阳春白雪藏娇色，已见得，有红有紫，三分何止，正眉斜视，暗影里，心思旁指，夜窗反映竹烛光，一双眼，明明彼此。

204. 俞克成

蝶恋花

半草池塘何半草，一半浮萍，一半青莲好。出水芙蓉应不少，亭亭玉立红身好。

见得蜻蜓飞落了，上下沉浮，自是情情早。未老莲蓬未老，心中有得空心小。

205. 胡浩然

万年欢

年岁年年，自朝朝暮暮，来去长亭，十里杨柳之路，花草风云雪雨。

有多少，思量如数，长亭路，短短长长，十里五里无数，匙辞驿壁留言，作君子子，

回首回顾，怅望归期，前行自然如故，止止行行步步，只明日还当朝暮，前行在，

达者重寻，暮朝朝暮朝暮。

东风齐著力

除夕三冬，三阳已转，暗度年年华，河边杨柳，六九一梅花。

处处声声灯竹，春应立，自入人家，冬君予，阳春白雪，草草生芽。

最是日偏斜，情夕照，福山寿海应加，红光普照，日色似流霞。

自有儿童贺喜，银翁笑，到了天涯，人间是，人间是是，你我他她。

送入我门来

应已三阳，门神傲立，春梅一夕先开，暗影疏香，送入我门来。

须知今岁今岁今去，似觉得明年明日催，处处声声灯竹，何以章台。

无已贪贪富富，贤贤愚愚共渡，一步天台，一岁天台，荣辱不须猜。

任其富贵身名禄，寿君臣寿已寿才，有东风一日，上天天下，自作崔嵬。

206. 宋丰之

小重山

半入黄粱半入乡，学生同步步，学担当，身边处处有爷娘。

一路路，一处处衷肠。八十故家乡，故家乡八十，

柳成杨，子孙教子成行，思去处，不是故家乡。

207. 孙夫人

风中柳

一半芳容，一半郎烦恼，自春来，花花草草，以身柳丝，伴旁边，

都好，与郎情，白雪羞道，不睡不醒，雨雨云云多少，不去那，

身名杳杳，悲欢离合，却园总难了，莫辜负，十年人老。

208. 陈若晦

满庭芳·遨大条赋

五洞深深，千峰峻峻，

一谭一水明明，闪光沉色，入底始平平。水里山中你我，留不住，草木去英。

山河水，清流也已，有流有清清，青鸾飞白鹤，

露珠半冷，欲滴方倾，已无枝无叶，自以成城。点缀琼瑶玉碎，光闪处，皇帝昼惊。

华胥国，人间彼此，彼此共人生。

209. 徐一初

摸鱼儿

对黄花一年一度，重阳今在何处，书生不道儒冠误，消得从容渔父，花草圃。

三万日平生，日日行龙虎，天天如数。黄河自何源，东流到海，五十日古，何往事，

万里黄河浦浦。征鸿处处飞羽。登高俯仰京畿客，以格律方圆主。诗作主，十三万诗词，

一半人生宇，人生钟鼓。毕竟是，如天如地，如子共风雨。

210. 吴叔

声声慢

山峰山谷，水底水城。

211. 陈彦章妻

沁园春

不是牛郎，不是刘郎，却是我郎。是夫夫与我，奴奴与你。

青衫一半，一半身旁，一半温床，温床一半，一半乘龙一半乡，

天下路，半分寒暑日，同度炎凉，勋勋业业长长，不得不，家家国国章。

这门门户户，其妻子子，山河草木，柳柳杨杨。自视东山，西雍人物，

一半离愁一半肠。回首处，以同行同止，同度炎凉。

212. 郑文妻

忆秦娥

情深深，意深深，柳杨成阴。同成阴，杨柳叶，已结同心。知意上有知音，

羞羞不问作千金，作千金，女儿如此，共了如今。

213. 刘鼎臣妻

鹧鸪天·剪彩花送夫省城

小屋藏娇小屋娇，自家渡口七尺桥。郎郎女女多由此，路路人生路路遥花剪彩，送夫标，龙门一半在云霄。圆圆缺缺多圆缺，别别离离似水潮。

214. 张任国

柳梢青

白雪阳春，阳春白雪，下里巴人，柳梢青曲，梅花三弄，金缕红尘。
高山流水天伦，忆梦令，天香汉秦。渔父家风，无愁可解，踏沙行身。

215. 福建士子

卜算子

你是过桥人，我是桥头柳，见得纤纤见得春，见得多回首，一叶一天伦，三界三生守，只待归来只待秦，九九重阳九。

216. 钟辰翁

水调歌头

一子动功业，千子建江山，天涯海角南北，西去玉门关，一诺参军参战，半世半生书剑，彼此共天颜，以从容尊俎，留的去名还。
古今事，古今路，过留关，英雄俯仰天下不可醉醒闲。
去来征鸿落羽，朝暮山河晋土，不忘祝朝班。匹匹夫夫见，九曲九河弯。

217. 萧仲昺

沁园春

五马南来，一马长安，一足不前，自官官宴宴殿殿，琴琴瑟瑟坤坤乾乾。柳七姜夔，大晟乐府，一代词家，一代船，何彼岸，金九珠喝令立马无鞭。
三秋桂子婵娟，杨柳岸，钱塘八月烟，记宋辉玉斧，边疆界宝，唐标铁柱，已去何年，元跨革囊，挥军去矣，半在人间半在天，军马见，兵贵神速去，日月天边。

218. 石麟

贺新凉·句

横舟竹下冯青鹿。

金缕曲

一半长亭柳，一长亭、行十里路，不须回首，行得三生如一日，知得天高厚。只见得、草花先后，一半枯荣应自在，有繁华、朽萎四时守，江河岸众人口。
功名八秩三生久不归来，陶芦蒋径，竹兰为友，岁岁重阳重岁岁，以年年、以老成南叟。莫对此，可知否？

219. 黄通判

满江红·句

半壁江南，一壁寿，英雄一酒江山事，一长亭柳，半长亭柳。

220. 高子芳

念奴娇·句

山河依旧，不依旧，不得长安今古，不得临安今古旧，留下元人可守。

221. 萧仲

沁园春·句

寿寿人人，酒酒人人，一宋一平。

222. 熊德修

洞仙歌·句

洞仙洞裔，接武浮丘映，佩玉常琚天下尘世。

223. 范飞

满江红·句

寿转黄钟，尧冥尚，零星一叶，挥玉斧，当年此日，未生三叠。

224. 程和仲

沁园春·句

一段文章，三千功德，一半身名不寿中。

225. 咏槐

贺新郎

今日功名乘机会，笑谈间，且醉稼轩酒。

226. 陈梦协

渡江云·句

祝快活年，应天长远，不是长安，不是临安原。

227. 刘清之

鹧鸪天·句

浮瑞霭，庆真仙

228. 王绍

菩萨蛮·句

后年逢七十，今岁瞻南极。

229. 程节斋

清平乐·句

吾家三母，相继自为寿，管领诸郎百怀洒，

水调歌头（苏轼体）

何以匹夫问，一日一中天，不寻天上宫阙，心上半桑田，
以臂连拳三石，夜扫阴山九魄，宠辱莫须有，功业未秋贤。
一生事无所见，已千年。不应有恨，明月也向别时圆，如去如来，如客。
陌陌阡阡，日月不须全，不可临安久，当自长安宜。

230. 张仲殊

步蟾宫·句

人人寿寿知多少，一南宋，临安已了，金人元跨革囊成，
一败处依然寿老，英雄醒醉英雄，有宴宫，酒中何晓，
临安不似不长安，酒寿也，宋人元道。

231. 吴氏

好事近·句

客路客无归，南宋宋南朝暮，已不是长安路，也是临安路。
亡家亡国又亡祖，谁与寿人住，当醉无醒无度，叹如今如故。

232. 吴编修

八声甘州

送江山，何处是江山，楼兰玉门关，
有黄河万里，长城万里，
一脉阴山，穆满当时西狩，八骏试朝班，

百里秦川外，半壁维艰，
胡笛声中进退，离西安而去，下杭州湾。
不见垂鞭者，何以在云间。
望神州，元元宋宋，宋元元，一半一开怀，明人者，明人一介，一介天颜。

233. 赵龙图

念奴娇

江山云大，社稷小，一隅临安临了。
宋宋元元何一路，
去去来来谁晓。是是成王，成王不是，一半人间老，金戈铁鸟。
冰河成败多少。已自古往今来，以朝朝代代，人人如无道。
苟且心田，匹夫从日月，匹夫谁晓，
改朝换，田园荒度野生草。

234. 竹木亭长

沁园春·自序·句

虽然是，只壮心一点，犹自依然。

235. 杨樵云

满庭芳·句

只道塘空，万形千影，依依却却是川云。

小楼连苑

南枝一一半斜无，阳春白雪，如桃李。
是谁剪取，一蕾三玉，
轻藏红蕊，是是非非，如何不及，女儿知美，又河边见得，春风不禁，
柳纤细，运河水，只有相思如梦，道无情，却是情始，梅花三弄，
如今已暖，一心彼此，暗香浮动，傲骨疏影，不分彼此，待东君见地。
群芳百艳，小杏生子。

236. 刘应雄

木兰花慢

一人生一路，三界水一心田。见万里黄河，从源到海，行自滔天，山川自今自古，
自依然，五十日程全，如是年年日日，以三万日方圆。方圆，自得方圆，以格律，
作方圆，有了一康熙，佩文音韵，字句精研，光贤，闭门弟子，已相传都在状元边，记得如今旧秩，作诗自律源泉。

237. 曾隶

锁窗寒

雨雨云云，云云雨雨，暮朝朝暮，烟烟雾雾，露露珠珠如故。
一运河，水边丽人，向扬州去曾相住。
十二桥上问，琼花摇荡，
把风流误。人被多情苦，一半相思，几何几许。纷纷落落，
湿了兰衫成顾，一胸前，突现不平，跃跃欲试成客数，女儿身，
彼此交情，且莫儒冠误。

238. 黄水村

解连环·春梦

以群芳托，东君无不可，有梅花落，纵妙手，能解连环，
不能解思情，自难成约，似有难言，确相见，有无相索，
借取三两步，我要渡河，你要知略，
丁洲渐生杜若，作姑苏碧玉，
小桥如若，一小家，同理三英，一步

一江村,莫作飞鹊。水已春回。
以你我,入琼花尊,以平生,对天对地,
如今似作。

239. 姜个翁

霓裳中序第一

长亭旅寓客,柳柳杨杨问阡陌,一半
运河丝帛,半壁江南,
以天堂泽,春秋太伯,不寻不知何交迫,
可念我,行行如此,
一地一天迹。龟石,当年品格,以第一,
人间经策,徐葩自由收获。
无止儒冠,不休松柏,灵犀留未得,
朝堂外,民生易革。江山事,
以忧当国,社稷始开拓。

240. 彭芳远

满江红

一路关山,一路望,芦花雪深,长亭外,
天地云断,冷气衣襟,
流水高山应一曲,三叠阳关落余音,
白雪情,非是作阳春,无处寻。
江山路,晴又阴,声韵改,已人心,
自郎中事尽,四品方谏。牛背斜阳载
诗韵。
十三万首付瑶琴,数岁月,应记度天机,
成古今。

241. 戴山隐

满江红·南宋

万水千山,长安望,临安之路,胡笛响,
对长江贤,难钱塘步,扬柳岸,
三秋桂子故,叹无鞭,以革囊分付,
独个是心怀一江山,华胥度。
何南宋,区区数,何只凭,唐家煦,

无人处无人,有志方赋,不会是,
都那些子事,甚凭底,海角天涯误,
已到头,终究是今古,听风雨。

242. 李裕翁

一江南,半江南路,中原南北谁顾,
黄河万里黄河去,一宋是男留住,
源到海,五十日,潼关泾渭三门故,
无鞭一度,向万里长江,直通大理,
元跨革囊路,英雄也,人类华胥自许,
弯弓如是如故,临安城下临安曲,
不以国家为务,家国误,无家国,如
何以国家分付,兴亡如故,日月又东四,
民生自顾,草木历风雨。

243. 龙端是

忆旧逝

看唐唐宋宋 ,三百年中,朝代云霄,
帝帝王王去,自成成败败,
兴废寥寥,一朝一代来去,来去似逍遥,
如此江山,江山如此,
潮涨潮消,民生又民在,也年年岁岁,
路路昭昭,步步求生息,
步步成草木,四秋禾苗,不认岸边鸥鹭,
朝暮度村桥,不识这兵家。
谁当将帅谁日昭。

244. 萧东父

齐天乐

山山水水江流去,花花草草树树,一
半人间,人间一半,一半朝朝暮暮,
风风雨雨,一岁一枯荣,自然想度,
四轶中原,中原四轶尚如故,唐诗东
土文化,宋词元曲赋,日月当路,夏
从商周,秦砖汉互,三国应归晋布,

隋唐风雨,宋方逐华胥,古今分付,
过往何来,柳杨杨柳树。

245. 王从叔

秋蕊香

乍暖还寒书院,白雪梅花如面,清风
习习云书卷,人懒人情人倦,三言两
语千姿倩,小巢燕,只须金屋藏娇见,
施以红颜疏见。

246. 吴元可

扬州慢

一半临安,长安一半,江山一半江山,
见江山草木,草木半江山。
自胡马飞天之后,无鞭一令,已无兴废,
破碎江山。半黄昏,伴夕阳落,
何以江山。三秋桂子,到香残,日月
江山,纵豆蔻钱塘,杨杨柳柳,
不胜江山,二十四桥扔在,琼花色,
不是江山,念瘦西湖岸,年年问故江山。

247. 李太吉

恋绣衾

花花草草满院春,以青莲,满满北塘。
小石径,幽幽处,且停步,孤独一方。
怜怜惜惜低首顾,已成双,在叶下藏。
我已羞,未成颜、且临影,应换薄妆。

248. 黄子行

西江月·和苏轼重九

九九重阳九九,风流天下风流。
黄花遍地十三州,今日诗词回首。
一半天机太守,三千弟子诗楼。
已春已夏已冬秋,自以京畿知否。

西湖月

弦弦月月弦弦，总缺缺圆圆圆，不分朝暮。去来来去，东西一一路不难分付。人人知十五，也十六，形成圆缺树。一箓箓，叶叶弦弦，上下短长相顾。君君子子君君，自止止行行，度知知度。少年风向，中年日月，老年如故。扬州何逊在，二十四桥婵娟一路，这运下，留下天堂，月明当数。

249. 龙紫蓬

齐天乐·题滕王阁

滕王阁上滕王客，垂垂壁壁垂垂帛，会萃名家，名家会萃，不及平身阡陌。王勃太伯，以故郡南昌，洪都伊府，独鹜翻飞，地灵人杰一天泽。

无穷落霞孤迹，有思荒宇宙，璋凤阙，孟尝高洁册。兴上诗咏，步越关山，西京烽火，秋水长天如白。人间干戈，易老冯唐，自安贫匮。

250. 萧允之

渡江云

隋炀连六渎，运河杨柳，两岸泛平沙，过扬州百里，百里姑苏，百里会稽涯。天堂一半，一半，一半女儿花。千百里，阡阡陌陌，处处通桑麻。

风华，金陵北固，盛泽南丝，见临安日下，台城外，三吴故巷，王谢人家。二十四桥明月，箫声里，夕照红霞。来去见，同时海角天涯。

251. 段宏章

洞仙歌·荼蘼

园园十六，已满扬州雪。已是嫦娥遍施洁，广寒宫中色，染额人归，留得个，处处香香不绝。

晴霜晴自注，淡淡幽幽，何何藏娇已情悦。白凤知龙根，自虹盘，铺天下，飞琼千结。杜宇啼，江外已三春，结子与开花，几何明灭。

252. 刘贵翁

满庭芳·萍

薄薄轻轻，浮浮落落，一根一半依依。只园无缺，且且小盈归。以水敷敷贴贴，波与共，上下心扉。心扉里，青青碧碧，玉女玉裙闱。

东家东沼色，西邻西水，处处薇薇。且与荷莲共济，一半天机。也有人间侍女，观珠玉，落落珍时。原来是，蜻蜓独立，倩影是非非。

253. 黄霁宇

水龙吟·青丝木香

青丝一握青丝，珠珠玉玉香怀里。窥窥翠翠，妆妆薄薄，红红蕊蕊。一半苍虬，珠衣一半，蝶飞峰止。以三生富贵，垂垂晓露，处处红红紫紫。

已是春风如水，向东君，群芳正美，桃桃李李，暗成溪见，芳心已织。自问何时，以黄金缕，骞修为理。以人间正气，神情淡雅作来生矣。

254. 刘天迪

凤栖梧·舞酒伎

自有纤腰自似柳，一半香波，三春半回首，百态千姿千百口，向人欲展红酥手。

白雪阳春狼见友，下里巴人自取所守，羞羞涩涩何须走。

255. 张半湖

扫花游·

歌歌舞舞，又曲曲声声，诗词声里。几人彼此，自文文化化，人间桃李。酒市旗亭，阁榭青楼金缕。半云雨，以一叶匙怨，一半钟鼓。

春夏秋冬数，又送去楼来，迎送飞羽，缺园不主。最阳关三叠，古今今古，以为传承，比作情情也苦。已来去，且行行，一人之主。

256. 刘景翔

如梦令

一半姑苏云雨，一半杭州云雨，一半在巫山，一半妖姬朝暮，朝暮，朝暮，一半亦非云雨。

又

一半青衣如故，一半缘衣故，一半向绯衣，一向紫衣如故。如故，如故，如是儒冠如故。

257. 周伯阳

春从天上来·寄吴激

一曲琵琶，不尽会宁声，海角天涯。此老姬曲，旧籍无华，留下梨园奇葩。向当时遗谱，一度华纱。一半长安，临安一半，不及中原人家，以黄河万里，天水下，一半桑麻。记黄骅，车此知徐福，东海无迹。太平乐府，山绝芒，以故人他，星开元，也如天宅也，霓裳金霞。

258. 尹公远

尉迟杯

临安路，八月潮，一半长安步，江南半壁江南，明日相思何故。英雄饮酒，醉北固，民生不分付。望苏杭，万里长江，竞垂鞭南渡。

回首古古今今，有败败成成，日月故数，废废兴兴田桑苦，荣儒冠已误。半金陵，台城一半，六朝去，人间千百度，自华胥，启夏商周，帝王朝代何住。

259. 李子骥

摸鱼儿

一灯花，向明还灭，广寒宫中圆缺。相承日月相承继，影影行行无无绝，何已说，近一寸，长长十文身影绝。烟烟结结，夜夜自明明，朝天对地，点点也关切。

知依处，暖暖寒寒相结，花间明月相别。风风雨雨常相误，只静静清清悦。优者杰，书生对，文章一半文章拙。心心彻彻，明月一人生，成成就就，业业一明哲。

260. 刘应几

忆旧逝

已人生八十，八十年，终生忆旧游。少年曾学步，已邯郸步步，一半春秋。向南向北天下，行遍十三州。四五品郎中，中年独木桥筹谋。

中南海中路，北望五龙亭，何以轻舟。葵麦桑田旧事，大话连篇处，玄奘西游。自行万里无止，留步步诗修，十三首满九州。

261. 周孚先

鹧鸪天·闻雁

木落山空北五州，冰天雪地度三秋。湘灵鼓瑟苍梧竹，一半衡阳一半洲。

南北问，去来修。双双独独芦苇留，青青海海初心在，岁岁年年日月浮。

262. 彭泰翁

拜星月慢·祠壁宫姬控弦可念

一半文章，三宫团扇，曲曲声声舞舞，雨雨云云，可无宾垂主，媚娥媚娥。自自鸳鸳呖呖，惹得玉消书府，窃窃藏娇，作者琴相捶。

半阳春，白雪天相数。风流处，自以诗词谱。苗苗送入人间，已传承今古。多情不以丹青筝，身行在，迷了儒冠，作黄金几缕。

263. 曾允元

月下笛·人的一生三万日，长城一千七百万块砖。

万里黄河，长江万里，一江源故。云云雨雨，分得源泉北南路。长长万里长长路，五十日，到海不误。问人生长短，三万日夜，如此如故。

朝暮，天天步，自源到海可六百次度。文章不付，少年时日良苦，每天千字三万日，三千万字当字数，千七百万砖长城，相比相量可住。

264. 朱元夫

沁园春

白雪阳春，下里巴人，一半玉英。春江花月夜，黄金缕曲。梅花落里，处处琴声。唱晚渔舟，高山流水，鹦鹉洲头水不平。今古事，去来来去见，几问弥衡。

晴川历历枯荣，一汉水，知音台上鸣。以子期不遇，伯牙独去，人间彼此，黄鹤楼情，见得龟蛇，长江不锁，一路东流，一路行，千万载，逝水如斯也，可见人生。

265. 邵桂子

百字令

三年草木，一半运河路，江南朝暮。柳柳杨杨花两岸，荷满池光池树。百里钱塘，千舟来去，处处扬州度。船娘一曲，江南花草相住。

楚楚头尾吴吴，有青云直上，玉阶徐步，莫以儒冠老夫子，寒窗清明可数，乞火灯明，人生人度，无可无知故，身名三顾，苍生指望霖雨。

266. 彭子翔

临江仙

佛说如来如去客，江流日月江楼。千秋不尽又千秋，三千三三世界，一水一长洲。

七个明朝方九日，年年岁岁悠悠。人生一半一回头，观音观自己，问逝问沉浮。

267. 百兰

雨中花·建桥

江岸龟蛇，一东流水，总是细雨霏霏。雾雾烟烟满，草木薇薇。波波浪浪推逐，孤鹜低鹭齐飞，南南北北，天垫汉漫，桥枕相依。

集一　思前贤

汉阳黄鹤，知音台上，汉口武昌玉叽。鹦鹉洲，成三镇属，上天人归。处处荷香扑面，纤纤女儿楚衣，一江今渡，春风自矜，何以成机。

268. 丁持正

碧桃春

三年一树半黄粱，千情小米香。长安道士问刘郎。何以凤求凰。

花已落，子无芳。无归不去故家乡，碧桃春日长。

269. 李石才

一箩金

长亭十里长亭柳，陶冶三生，步步前行走。暮雨朝云儒白首。春春一半秋秋叟。

一霎风狂和雨骤，草草花花，伏地问何有。明日抬头承地厚，红红碧碧知残否。

270. 魏顺之

水调歌头

一半人间事，一半去来行。成成败败成败，辱辱也荣荣。路路东西南北，步步冬春秋夏，处处一平生。一半人间事，一半去来行。

隋唐问，今古事，帝王名。三千年里三世九界三生，佛佛道道，上下沉浮进退，介石介枯荣。一半人间事，一半去来行。

271. 伍梅城

最高楼·自述

郎中客，八十老无闲。五叠唱阳关。

利名缰锁无非我，诗词格律一天颜。不归休，十三万首诗班。

以吕望，一周这般。问师旷，一音万山。华胥今古有胡蛮，长城南北万千里，合兮分兮苦登攀。八千年，天上月，在人间。

272. 丁凡仲

贺新郎

一半江南路，半江南，江南一半，几多云雾。一半临安临一半，一半长安北顾。只一目，何须何顾。曲曲词词语词曲曲，贺新郎、柳七姜夔赋，天子府，大晟住。

人间一半人间数，一王朝，六朝已去，故无故故。一半兴亡兴一半，莫以分分付付。日月里，桑田朝暮。帝帝王王来也去。以民生、处处民生步。天下事，去来渡。

273. 禅峰

百字谣·寄后羿

中秋一月，正当空瑞气，圆不缺。后羿维持瓜果籽，何以豪豪乐。应是嫦娥，当情悔色，偷药非名節。吴刚伐斧，无寻桂子不绝。

好是玉兔千年，朗朗暮暮，弦弦同不绝。影影形形常自顾，人间处处如雪。枕玉凉时，空床照得，好事心难说。小蛮弱柳，樊素小口分别。

274. 刘润谷

西江月·女

两目明明月月，一身柳柳条条，波波浪浪自潮潮，何故回头笑笑。

步步婀娜步步，摇摇摆摆摇摇。形形影影半云消。留下香风多少。

275. 游稚仙

浣溪沙·女

两目深潭两目情，一含日月一含荣。桃花带了杏花明。

隐隐何须何隐隐，姿姿态态已分成，藏藏不住是娇行。

276. 李田湖

沁园春

九鼎中华，六郡中华，一路一华。自华胥故国，华复土地，华人世界，华夏人家。万年华胥。万年中华，儒儒道道，信仰如来信仰华。人类学，从无来到无，海角天涯。

地球小口人家，问玛雅，罗马希腊遮，印度和埃及，欧欧美美，非口亚亚，外处中华，你中有我，我中有你，上下三千年里差。同命运，世界同日月，古自中华。

277. 黄诚之

满江红·民主

一路星光，半五山岳，百长亭一步。九鼎玄，十三州数。俯仰人间人俯仰，唐标然柱唐标效，宋挥玉斧故宋挥临，元囊故。

叹今古，兴七数。日月在，枯荣树，问人间草木，约乾坤住。自以华胥千万载，三千年里三千误。以帝王，处处以儒冠，付分付。

278. 熊子默

洞仙歌

花开草榭，处处多离别，十四弦弦月圆缺，春秋冬夏也，不见人归，难得个，一半霜霜雪雪。

孤身孤似影，独见幽芳，还比嫦娥对天说。桂子桂香成，向黄花，菊成色，重阳殷切，八十年，天下是天机，步步自行行，自然优绝。

279. 陈惟喆

水调歌头

一任郎中史，五品待春秋。黄河万里东去，九曲不回头。五十尺口水路，直到东营入海，自在自无休。步步人生路，处处以诗留。

成天地，成柱石，砥中流。三千年里今古藏古今修，世界华胥世界，胜似江山夏启，社稷无须帅主，不欲亦无修，命运共同体，不以未来愁。

280. 欧阳朝阳

摸鱼儿

一长亭，一长路，长亭朝暮朝暮。长亭独桥中去，且小小心心度。前也顾。后也顾。行行止止无停步。多闻不妒，少语少倾肠，周围左右，客主客分付。

独止独行独树，成也故，败也顾，成成败败成如故，青云平步，平步是青不，一生如故，一世也如故。

281. 碧虚

贺新郎

一贺新郎府，半人间，三生日月，未分渔父。过了龙门天下路，见得龙口虎虎，以草木，龙飞凤舞。不以临安临世界，忆长安，也忆契丹父。支那误，问飞羽。

今今古古今今古，八千年华胥已去，以华胥祖。原始人中原始国国社社民自主。无帅主，人间人主。大禹傅家傅夏主，五千年，误了人间谱。无世界，再天宇。

282. 彭正大

琐窗寒

细雨清明，清明细雨，暮朝朝暮。烟烟露露，滴滴珠珠云雾，一运河，半苍半茫，柳杨杨柳柳重重树。隐隐寻寻浦口，何情何故，女儿分付。

空被多情苦，处处船娘，似乎不妒。纷纷不住，自以罪罪相许。这三吴，三越不平，以吴以越吴越数。一苏杭，一半天堂，一半隋炀故。

283. 叶巽斋

感皇恩

小小运河亭，杨杨柳。一问三吴一吴叟，长城万里，不比运河杨柳。自垂垂下，垂杨柳。

战战和和，朋朋友友，古古今今可知否。帝王无主，无以儒冠相守，民生民不生，可回首。

284. 铁笔翁

庆长春·句

酒酒泯泯自醒醒醉醉，不知何思。世事天输都不问，只要昏昏睡。见得稼轩，何言北固，不著英雄事。垂鞭金主，元跨革囊，几人所见元志。

不以海角天涯，中原逐鹿，一笑人间异。三百红尘三百日，一酒成仙成一寄。万里江山，江山万里，且以夜郎至，谁知太白，当涂何以一睡。

285. 刘学颜

七天乐·句

歌歌舞舞昇平路，元元宋朝分付。

286. 江史君

好事近·句

顺宋朝天，一半方圆一半。

287. 徐架阁

最高楼·句

年高六十，言七十人稀。

288. 立斋

沁园春·句

八十精英，九十贞刚，名身洁清。

289. 黄革

酹江月·句

垂垂杨柳，风来常回首，作诗词叟。

290. 陈潜心

百字令·句

梅花三弄，一知音，呕尽天涯何故。

291. 罗子衍

三登乐

食货三登，三考陡，余三年食。以进业，一登业帙。再登平，余六年食，三登泰平。二十七岁，九年余食。
然后王德流洽，礼成道圆。以东流，兴来乐职。对江山，向日月，一生心臆。生生不尽，人人息息。

292. 刘公子

虞美人·句

人人寿寿知多少，去去来来老。长江后浪作高潮，一半人间一半在云霄。

293. 三槐

百子谣·句

书书剑剑，作英雄，醒醒三生如酒。

294. 程东湾

沁园春

毓联辉，宿鹜虚名，一步一英。见三春草木，千章太守，一世诗词一世生。天下路，步步行步步，自我布荆。幺余自有余情。五十日，黄河到海行。此生三万日，长城万里，一千七百万砖长城。草稿诗词，诗词成稿，一座长城字字城。平生也，一诗词盛典，一座长城。

295. 张倅

百字谣·句

书书剑剑，勋勋又业业，一元半宋。

296. 胡德芳

水调歌·句

我亦运河北水，自注残塘南下，一路一长年。长亭寻草木，蓂叶对弦半，以此作婵娟。

297. 赵金宰

声声慢·句

醒醒醉醉醉醒醒，成败宋宋元元。

298. 张宰

满庭芳·句

宋宋元元元宋宋，萎缩小小朝廷，文天祥也，留下一丹青。寿寿人人寿寿，何充作，一宋词名。

299. 梁大年

满江红·句

宋宋元元，一朝代，元元宋宋，且只以，一兴亡问，是何无用。

水调歌头·句

一寿人寿寿，半宋半风流。契丹平步天下，饮马大江洲。一语垂鞭之志，柳柳杨杨柳柳，桂子已清秋。

300. 鼓峰

烛影摇红

一半东风，桃花一半东风见。东风问道满桃花，处处桃花面。似明皇长生殿，已当月，相知相恋，一舒三卷，结子心中，怀前飞燕。
杏花红，过墙向深宫院，阡阡陌陌有书生，正少年行遍。只在今年今情，始终约向傅桃花扇。一群蜂蝶，半树梨花，蓬莱家眷。

301. 程霁岩

水龙吟

人人寿时人人，生生息息生生妒。元元宋宋和和战战，如何不数，士士民民官官史史，如何如故。见临安一路，长安一路，长短路，兴亡路。
醉醉醒醒朝朝暮暮，半江山，半江山误，谁言社稷，桑麻田亩，四时风雨，纸醉金迷，笙歌当许，稼轩何住，不扬戈跃马，何人寿国，何人分付。

302. 翠微翁

水调歌头·贺赵可父·七月初六

蓂荚才开六，七夕已明天。王母玉女传信，一日自千年。乞巧人间子女，有意心中计挂，一念一源泉，二八深情在，以此作琴弦。
望星汉，南北岸，月无弦，牛郎只待桥鹊织女待云边。已在星河两面，惜惜相相惜惜，夜夜已如怜。缺缺圆圆见，独自作婵娟。

303. 菊翁

朝中措·友人

诗书院落读诗书，水色半多余，日月耕耘不止，朋朋友友荷锄。
埙篪伯仲，冯唐正少，不尚樵渔。苦苦辛辛苦苦，汨罗见得三闾。

304. 赵金判

水龙吟·句

人人寿寿人人，年年岁岁年年路，元元宋宋，生生息息，朝朝暮暮。一子无言，改朝换代，升平歌渡。叫你来我去，年庚六十，应步步，何如故。

305. 李慧之

沁园春·句

六十人生，七十人生，八十半生，可

成年九十，还言百步，君王万岁，一路昌平。不问临安，长安已远，草木阴晴草木荣。江南岸，莫垂鞭渡口，隔角方城。

冯唐已老精英。望北国，稼轩醒醉行。有文天祥也，丹青正气，何寿诞，但求正气，步步英明。一路幽州，幽州一路，一半元元宋宋情，今古问，寿寿无名。

留晚香·最高楼

长江水，分润半中华。万里待人家，南南北北多林木，年年岁岁泽芳花。借荆州，还日月，共桑麻。

一日青衫，半生五车。金印玉章，是非正邪。事其道，寿其纱。梅妻鹤子孤山下，朝堂旷野作官衙。是人生，非富贵，你我他。

306. 杨守

八声甘州·句

问长安消息有还无，不言问临安，寿寿还寿寿，元元宋宋，水口渡波澜。

307. 草夫人

满江红·句

寿寿人人，日月去，人人寿寿。汉武在，王母当在，玉女当酒。宋宋元元何宋宋，元元宋宋元元柳。见醉醒，北固问稼轩，何人首。

308. 游慈

多丽·句

人生寿，一生寿寿年年。寿人生，当然一日，一日不是当然。隔江南，不求何寿寿当年。当是长安，以兴亡见，以当成败共前川，宋元易。文天祥在，正气千千年。何言寿，荣荣辱辱，成败相传。

又何必，昭君无怨，共度汉胡高天。一琵琶，以声曲曲，砌蛩收响悄林蝶。不可言，浔阳司马，司空见惯绮筵边。六十也，人生七八，何八十惊天。经春夏，秋冬继续，元宋谁宣。

309. 静山

摸鱼儿

一人生，一人生路，一人生向前步。当然左右。

方成跬，右左可成步。成一步，成步步，朝前左右分开步。人生一路，在独木桥中，侧身而过，不止不停步。

长亭路，柳柳杨杨步步。思前思后思付，思进思退思行止，思变亦三思故。思亦顾，思成顾，思其处处思其务。如来如度，直正丹青，人人朝暮，日日也朝暮。

水龙吟·送人归江西

江东来自江西，长江源自江源地。长江万里第一湾中溃溃，虎跃峡空，飞流倾泻，如天如肆。已无航鸟至，云烟结伴，风东激，曾如寄。

万里江流如醉，任风流，何醒何醉。稼轩北国，岳飞贺兰，李纲不忌。一代英雄，，立长江岸，有垂鞭志。自今今古古，元人有跨革囊之志。

310. 刘守

满江红·刘守解任

去了归来，归去来，人生一路。一官场，一人间也，一长亭故。归去来兮，归去矣，归去问，归来归去归朝暮。六十年，七八十年终，平生数。

以少小，曾学步，乃家国，勋功度，以长安日月，作临安誓。自以年华应自以，郎中一任郎中务，断楼兰，渭水向阳关，平生付。

311. 逸民

江城子·中秋忆举场

秀才进士一家扬。半科张，状元郎。一跃龙门，步步品黄粱。十载寒窗灯火梦，三千日，作文章。

家家国国自圆方，九州霜，五湖泱。一半长城，一半运河乡。日月当然同日月，当草木，作钱塘。

312. 无何有翁

江城子·和

书书剑剑一文章，一黄粱，半黄粱。小米初成，小米已香香。一半人生人生一半，无自短，有方长。

天涯海角共家乡，一家乡，半家乡，一半皇城，一半戍边疆，一半英雄何一半，西北望，射天狼。

313. 任翔龙

沁园春

一介书生，一介儒冠，一介匹夫。以匹夫有责，匹夫之事，匹夫成众，立国身躯。容以江南，行当塞北，一半三边,一半吴,天下事,以军军事事,守备皇都。

朝朝代代沉浮,一呼者,千人共乃呼,陈涉吴广也,刘刘项项,坑灰未冷,谁问罗敷。谁得西施,明皇念奴,留下人间大丈夫。同日月,作人间草木,一半江湖。

314. 程梅斋

西江月·造浮桥匠

鲁鲁班班鲁鲁,班班鲁鲁班班。桥梁造就造归还,见见精精见见,

闭闭关关闭闭,关关闭闭关关,桥梁通处见天颜,细细雕雕面面。

315. 刘省斋

沁园春·赠较弓会诸友

十子成名,十子成英,一子一弓。以桑弧蓬矢,胸怀磊落,弛张洞晓,志古期同。以步驱鲸,由身慷慨,茫茫经经万丈虹。行藏者,向将军李广,射虎称雄。

天机自得穷通,以俯仰、风云已半空。问仪仪象象,武丁妇好,军前卜易,虎豹阿皮熊。臂力千斤,浮云沉鼎,二万胡兵二万虫,自空云自空功。天下事,已不分南北,也不西东。

316. 刘仁父

踏莎行·赠傀儡人刘师傅

影影行行,无无面面,声声不是身身见。隔墙有耳有人傀,只须作傀平分眷。

有木劳劳无衣羡羡,牵牵挂挂凭丝线。人前人后不人寻,明皇未了长生殿。

317. 刘南翁

如梦令·春

去路不同来路,一夏一冬朝暮问白雪阳春,不问群芳何妒。何妒,三弄梅花如故。

318. 勿翁

贺新郎·端午

五月知重五,一汨罗,半江上下,已惊锣鼓。几几舟舟几几,舞舞帆帆舞舞。日月下人间无主,不唱九歌谁不唱,近长沙,不近三闾府,天下事,有今古。

潇湘一半湘灵浦,一湘灵,湘灵鼓瑟。作苍梧雨,竹泪斑斑斑竹泪,古古今今古古。一万载,三千年祖。自以华胥华自以,夏商周,大禹传家谱,天下事,似今古。

319. 李君行

沁园春·刘山春新居

户下思洲,户外思川,十步一泉。独木成林树,两峰相对,半溪曲折,白石蜿蜒。木槿花红,朝开暮谢,一半成心一半眠。梅鹤问,枣树三十载,早退休年。

东城已是皇天。自格律,诗词格律韵,以康熙大帝,佩文诗韵,十三万首,已得方圆。自得方圆,方圆自得,一半人间一半天。今古见,以天机今古,不作神仙。

320. 赋梅

齐天乐

渔池不必鱼游路,鱼儿不分朝暮。自在沉浮,沉浮自在。食米相争无顾,相逢未遇,已摆尾摇头,向人分付,对主人来,不惊不惧不相误。

云云是非雾雾,有孤旁边一树,不仅是根根,叶枝相附,与水生荣,以同生共渡。

321. 易少夫人

临江仙

一半甘泉甘一半,三千弟子三千。人无读学不知年。只书知道理,达士达光贤。

不误儒冠儒不误,川川一水川川,年年岁岁名岁年,流清流不腐,月荚月弦弦。

322. 胡平仲

减字木兰花

阳春白雪,玉宇藏娇藏不绝。步步慈悲,不是人间不是为。

圆圆缺缺,不灭明明不灭。处处窥窥,一半苗条一半姿。

323. 曹遇

宴桃源·游西湖

西湖一半白莲花,孤谁故家。荷香十里问天涯,轻舟碧叶霞。

柔水色,夕阳斜。晴光明白沙,芙蓉出水已无遮,疑当采女娃。

西江月

二八婵娟二八,娃娃二八。广寒宫里不人家,只有人间相约。

一半池塘一半,荷花一半荷花。,夕阳回照夕阳斜,水水人人香香。

324. 白君瑞

风入松·寄故人

三冬不见雪花飞,一雁一思归。梅花三弄梅花落。半金缕已入心扉。白雪阳春一曲,阳春白雪依依。

故人故步故春晖,百草已微微。微微百草微微见,已同色、与雁同归。下里巴人下里,何须是是非非。

325. 贾应

水调歌头

北宋挥金斧,南宋小朝庭。临安四面花草,处处回睛青。不顾长安里巷,不顾黄河流域,不顾故园丁。醉醉醒醒唱唱,寿寿宴宴听。成何败,荣何辱,世何宁。燕山赵构南北望尽几飘零。委委区区缩缩,曲曲歌歌舞舞,夜夜暗三星。见得垂鞭志,一马踏浮萍。

326. 杨元亨

沁园春

孰是人间,孰是江山,一地一天。大禹传夏启,皇皇帝帝,朝朝代代,三五千年。见得商周,秦秦汉汉,三国归晋合权,隋唐宋,几临安寿宴,醒醉随愿。

江山当稷方圆,只见得、方方不是圆,是天皇老子,官官吏吏,莫非王土,处处桑田,桑田处处,一水长流一水川。今古问,毛泽东思想,民主坤乾。

327. 林实之

八声甘州

一人生一路,一人生、无止止行行,有行行止止,前途并进。当自枯荣。半度多阳天外,应一度动名。何以江湖步,留下琼英。

是论情情蓬莱,际会云龙事,平里难平。是非三公非,一主一人成。赤松石,风花雪月,弦月弦月月弦清。嫦娥道,算无今古一半人生。

328. 刘源

水调歌头

万里长江水,万里一黄河,东流万里归,万里一涛波。后浪推行前浪,汐汐潮潮日日,逝者逝先科。曲曲何无止,折折不蹉跎。

江南岸,河北岭,百湾禾。南北东西来去一路一斯磨,岁岁年年岁岁,暮暮朝朝暮暮,万里共嫦娥,万里同源水,万里今古歌。

329. 沈明叔

水调歌头

古古今今问去去来来行。书书剑剑书剑,一世一英名,日月江山社稷,社稷江山日月,草木自枯荣。暮暮朝朝步,苦苦辛辛成。

天机运,人品俱,是前程。华胥园里无帅主琼英,人自无来也,人自无去也,人自一纵横。有有无无界,是是非非明。

330. 寇寺丞

点绛唇

一半江湖,江湖一半江湖主。羽飞飞羽,日月成今古。一半江湖,一半风云雨。同天宇,不同官府,草木山河土。

331. 苏小小

减字木兰花

苏苏小小,草草花花草草。一半春潮,一半秦楼弄玉箫。

情情娇娇,窈窕身姿多窈窕。以小蛮腰,半向刘郎半向娇。

332. 李秀兰

减字木兰花

花花草草,岁岁年年人已老。近近遥遥,不尽相思不尽窰。多多少少,意意情情难了了。一水春潮,一月寒心夜夜消。

333. 胡夫人

采桑子

离离别别弦圆缺,一半星河,江岸星河,望远多多近不多。

青梅小小黄时别,一半厮磨,夜月厮磨。空枕空床空女嫁。

334. 窦妇人

失调名

烟水茫茫,梅子青青总待黄。

335. 王娇姿

失调名

过了春光，一寸心思一寸肠。

336. 洛阳女

御街行

秦淮一半桃花扇，朝暮东风面。杨杨柳柳运河边，日月六朝宫殿，石头城外，金陵巷里，王谢栖来燕。

今今古古何相见，留下秦皇昀。十年犹唱后庭花，只有云舒云卷。几仪俯仰，舜韶六乐，三世乾坤院。

337. 丁义叟

渔家傲

十里清塘初半暮，芙蓉出水身含露。采女舟边藏不住。荷叶误，无边玉体还无顾。女女花花花女女，书生忘了书生路。步步驱驱驱步步，何所故，黄昏自作黄昏树。

338. 刘氏

苏幕遮·闺情

暮暮朝朝，朝朝暮暮。别别离离，一半相思路。山间斜阳云间雨，芳草多情，只有长亭误。

去云，来雨雨。枕枕床床，作得婵娟住。月以广寒宫色度，相就相依，不再分分步。

339. 吴奕

升平乐

十里金陵，石头城下，阴阴雨雨晴晴。林下依稀，光明日月，梁梁武武台城。

桑桑柘柘，向三吴，故国轻鸣。曾建邺，秣陵天下事，三国倾倾。

唐宗又元明见，女儿知爱国，当自纵横。何后庭花，金尊满泛，醒醒醉醉无声。稼轩玉碎，寿朝廷，时宴时惊。唐瀡世，可陶陶歌舞，一乐升平。

340. 杨太尉

选冠子

雨雨云云林林木木，一岁一年朝暮。黄河万里，万里长城，何万里长江路，柳柳杨扬，荷花桂子。胡以垂鞭相炉。叹燕山荒语，泾渭流水，已长安故。

挥玉斧，不忘当年，黄袍加身，社稷江山重数。犹轩载揽，泷节严持，谈笑人间分付。如此家山，不临安国。触日汨流无住，问英雄，何在何去，阴山一步。

341. 李子申

绿头鸭

几人人，去来日月无因。以何分，四时草木，以冬夏又秋春。古如今，暮朝处处，一岁岁，老人身。碌碌无为，行行止止，一重山路一重尘，有成败，以荣当辱，进退制经纶。对明月，三思作怔，西问东邻。

晋公馆，梗踪萍迹，一流半渍江滨，一黄河，已留一半曲曲弯，湾作天论。过潼关，回声壶口，三门峡外九濑濑。断肠也，中原情味，燕赵已胡氏。胡飞久，移灯向壁，不必冠巾。

342. 间丘次杲

朝中措

江流一去半平沙，杨柳共人家，处处荷塘处处，三秋桂子黄花。

扁舟送目，鸥鹭鹭，水水蒹葭。渔父不知何问，夕阳只昭天涯。

343. 危昂霄

眼儿媚

萧萧江里雨潇潇，岸上许多桥。云云雾雾烟烟露露，水水迢迢。

清明寒食江南渡，处处不藏娇。小家碧玉，小桥流水，小女苗条。

344. 万某

水调歌头

英雄是，空色色，色空空，醒醒醉醉何以醒醉一英雄。

345. 蔡士裕

金缕曲

一唐一宋金缕衣，以诗词别不回归。杜秋娘以金陵曲，莫贺新郎空此非。

浦湘曲

人人老，岁岁年年老老。年年岁岁无老，去来不在心中老。朝朝暮朝多少。

应无了，一世一世了，事事终无了。一生无了，不休不休无止无止，日月不知老。

346. 覃怀高

水调歌头·游武夷

日日阴晴水，草木武夷山。天溪瀑布留下，溅溅一潭湾。林林木木，石石峰峰石石，一半在云环。一半在山岩，一半作雄关。
涌波浪，风雨激，白龙潜。秦秦汉汉如此一来一僧班。且以如来如去，也以观音难止，不可一生闲。苦苦辛辛日，百度是人间。

347. 巴州守

水调歌头

水调歌头唱，元凟运河流。钱塘千里天下，左右十三州。一半苏州一半，一半杭州一半，一半作扬州。杨柳莲花色，桂子问清秋。
天堂路，江南水，万商州。江都一路桥岸碧玉不知羞。一半情波一半，一半姿身一半，一半送情眸。一半江流水，一半作江楼。

348. 江无口

一半英雄，醒醉寿，英雄一半。何宴宴，何君何主，几几兴叹。日月空空空去去，金邻水月秦淮岸，渡瓜洲，北固石云天，何霄汉。李纲举，韩军唤，岳飞战，放翁冠。莫醒醒醉醉，作英雄半。一半人间人一半，江山社稷江山乱。莫垂鞭，我在也呼声，江河断。

349. 无名氏

头盏曲

黄菊方开，九九重阳九九米。

洞庭春色

白雪飘飘，暗传天信，已近阳春。见梅花三弄，群芳欲语，纤纤草草，忽有红尘。露露烟烟同桃李，似潇潇玉女初试新。新妆试，有藏娇惹色，疏影柔人。
梅花落后点点，点点是，芳非天津。已清明寒食，微风细雨，杜牧村云，独自天论，小杏东君多留意，过墙问郎不守本分，红颜处，接梅花形影，共得阳春。

十月梅

枫林霜叶，一红百红，自作天工。不问东君，半枝心里蒙笼。朝阳与日相好，多色色，自空空。孤标不语，一弄疏情，二弄成宫。
三弄香风带寒融，应已笑，群芳似作涠虫。已上高楼，洋洋身独成雄。严冬自是无主，三六九，杨柳西东，从今伊始，自立春时，应待飞鸿。

金盏倒垂莲

三九寒冬，一层层霜挂，处处云英。应是东君，试举待阳明。且教以梅花弄，与日暖，自得阴晴，知九经九阳春，白雪成城。
河边杨杨柳柳，五九和六九，一半芳情。暖暖寒寒，万物始枯荣。陌上见春来也，已只见天下尘红，香气无了芳身，色色空空。

望远行（平声韵 李璟体）

白雪阳春处处，高山流水自长清。黄金缕曲已倾城，河傅三十体殊荣。
辽阳月，牧陵情。凤凰台上凤凰鸣，秦楼明月向西行，征人归时二毛生。

又（仄声韵.柳永体）

朝朝暮暮，自来去，日月东西无步。白雪阳春，下里巴人，一曲黄金缕误。杜十娘声，成成败败，永无少年，风分雨雨。望远行，阡陌春秋可相度。

何颜。川谷川流川注，一万年，如今如数。五十日也，黄河到海，草木自然分付，不及年岁枯荣，不及结子，曲曲弯弯如故。是原原本本，路前前路。

折红梅

陇上三冬雪，六九杨柳，一色河边。梅花傲骨望，玄春三弄，立春成年，南枝玉宜。一半月，一半婵娟。有寒有芳，红里娇妍。向东君指令，一领当先。
天香一度，似蓬阙贵妃，不到前川。却藏得，露红露白，心里心外呈鲜。江南驿侠，岭上住，望海成田。只多赋予，庚岭当然。又须寄与，多感多情，道此人间始，一岁方圆。

又·仄声韵

一冬三冬路，山林白雪，如来如故。独红梅，自守岁寒，年年伊始相度，天天可数。三弄也，当冰当步。以心对付，先以南枝，九阳入冰姿，暖之身住。
朝朝暮暮，一冰一霜寒，一心三注，以根深，以寒暖易，仪成象成垂佈。江南先住，江北去，长安相顾。对月更好，白雪阳春，以高山流水，作相如赋。

满庭芳

一半文章，文章一半，处处一半华堂。天香一半自天香。一半天香一半，天一半，地也天香，经天地，经空日月，一半黄粱。
风光荣草木，苍梧竹泪，细雨潇湘，独岳阳楼上，忧者思杨。岳麓书书院院，千百载，去来文房，三闻在，长沙贾赋，天下一文章。

瑶台月

一衣白雪，满千山，平平如铺阡陌。严冬腊月，四九五九相易。见香梅，已上南枝，红颜处，藏娇如客。已六九，河边石。向杨柳，水边泽。寒寒暖暖应无足迹。

以傲骨，三弄红白，品品形形多格。和衣寻芳月，如丝如帛。且系住，一树梅花，莫莫莫，随春随脉。且留下，琼花魄，结子用，以心笔，曹操解渴，章台交迫。

尽夜乐

黄粱梦里曾相遇，便只合，三五步。书生十载寒窗，只是龙门一路，朝暮儒冠儒朝暮，已见得，曲江分付。直以好天光，已半是风雨。

春春夏夏秋冬数，一花今，一花故，年年岁岁长安，以三台相住。妾妾妻妻拥左右，更别有，几吴姬炉，遍地是黄金，醒来小米度。

春雪间早梅

阳春白雪春，白雪落尽是阳春，白雪阳春阳春雪，声声曲曲一天因。摩诘"阳关曲"里，寇准"阳关引"秦。苏赋陶潜句，归去来向人，当之"哨遍"来去新。自度暮频。

刘几之"梅花曲"须知造化，两个逼天真。初王安石诗句箸，浩荡逸气自精神。腊月梅花傲骨，浮香十步相邻。其形形影影，态姿似女儿身。六花自得梅花落，香香玉玉尘。

婆罗门

天高地厚，南枝早得岭南春。分付是，玉女相邻。访访寻寻探探，梅门五湖人。入香雪海里，处处逢春。

洞庭东山，洞庭西山相邻，处处浮浮隐隐，桃李濒濒色色香香，远远相闻相近新，两山外，云落红尘。

踏春游

寒食清明，气火寻来芳草。已处处，青青多少。女儿行，作珠玉，衣衫小小，心情好，露身维肖维妙。行过上阳春早，一步天涯，惊得两栖飞鸟。这摇落，心思难了。野丛中，藏水露，蓬山窈窕。相似道，你我他她已晚，云云雨雨渺渺。

月上海棠

重阳重九重阳九，十里长亭问杨柳。天下满黄花，已独自垂垂首。年年也岁岁，岁岁枯荣不洒。

沉浮进退何田首，自以三思做三友，易者易相承，十三万诗词守，三万日，每日平均五首。

眼儿媚

长安明月曲江滨，居易状元人。寻来顾况，离离原上，草木新新。

年年一枯荣，春云夏来茵，野火不尽，春风重来，一半天输。

相见欢

月圆缺人间，总弯弯。上下弦弦上下，渡关山。

以日落广寒班，日日增增减减，向圆还。

捣练子

捣练子，问梅枝。莫待梅花落尽迟，自以红尘香不住，严冬三弄立香时。

又

捣练子，拾余芳。白雪梅花白雪妆，悄悄藏娇藏玉体，明明隐隐是红娘。

又

捣练子，问红梅，白雪阳春半作媒。嫁与东君须自早，群芳有妒去来回。

又

捣练子，拾余香。竹竹兰兰菊色杨，莫以人间人莫以，重阳九九向天黄。

又

捣练子，问知音。暖暖寒寒一寸心，三弄香香，梅花落是是香篦。

鹧鸪天

白雪梅花白雪春，空空色色色空身。香香不断年年继，岁岁年年处处新。

三弄一红尘，芬芳不尽寒冬尽，去去来来去去人。

浣溪沙·寄岳飞

马上无言故将军，燕山射鹿羽纷纷。酒泉不见贺兰动。

古古今今今古古，儒冠一半一斯文，莫须有也莫须闻。

又·寄李耳

易易玄玄一道去，玄玄易易半半殊明。元元极极四方情。

一二三生无数尽，阴阳两界两枯荣。乾坤一味一纵横。

太常引·寄秦桧

书生一介一书生，无了结，状元名。

不到不人情。这一度，江流无平。
文文武武，左右两厢英，合力同心行。
莫须有，楼台自倾。

西地绵

不是藏娇金屋，白雪阳春馥。幽香远近向人心，小女何情独。
步步清清淑淑，共月夜，同含蓄。轻轻折取回玉堂，静可贴心腹。

踏歌·寄李白

白雪，半阳春，下里巴人别。踏歌声，蜀道天难绝。夜郎愁雨向当涂池。
了结，醉仙，杜甫因情说。青莲去，醉醉醒醒缺。一生九百首诗词诀。
应不饮，日月切，再续诗词杰，万首如今，胜似乾隆辙。人间留下太白节。

枕屏儿·寄吕长春诗词长城

岁岁年年，年年一朝一暮。一人生，三万日，天天一度。一度数，三五九首诗词赋，凭终了，不从止步。
万里长城，一千七百万砖，我诗二千万字，文稿者，长城已故。此生矣，学者也，是书生路。古今付，那人淡仟。

品令

暮朝朝暮，五十日，黄河路。东海自以江源步。一生倾注。相似人生故。
九曲十八弯可数，这湾湾如度。这中原一中原付。莫相误，人自朝前鹜。

庆金枝

新春接旧冬，腊梅绽，一枝容。一年一岁两无踪，总缺别，总相逢。
寒暖三弄香重重，月疏影，雪妆从。年华已佔初心封，女儿身，自中庸。

南乡子·寄辛弃疾

一语一神州，一醉一醒北国楼。一半金陵金一半，瓜洲，一酒江流一酒囚。
半世半悠悠，半战半和半不谋，一半人生人一半，休休，力主英雄力主忧。

戛金钗

三弄一梅花，春来何太早，三五九，六春光笑。柳在河边不可少。根叶里，四分先不了。
静影水鸭晓，寒中有暖道。东君笑，莫让花老，未得群芳都知道，四野处，独家方更好。

人月圆

池塘已有春消息，水暖野鸭知。一枝南向，阳春白雪，未彻寒寒时。
心思点点，东君未在，先为何迟。不分红黄，垂垂玉玉，步步恩慈。

忆人人

桃花一面，心中三面，无忍回头再见。小杏出墙有蛮时，明皇上帝长生殿。
飞飞鸳鸳，停停小燕，但在巢中相恋。莫须有时莫须寻，又只得，云舒云卷。

采桑子

梅花三弄梅花落，曲曲声声，不可知音不可情。
寒中如此寒中客，一半卿卿。一半卿卿，一半寒中一半荣。

武林春·武陵春也

已是梅花三弄后，梅花武陵春。岭上群芳袭故人，留得作者尘。
一曲江南梅花落，百草已茵茵。见得梅花见得身，不负一天伦。

鬓边华

一梅花白雪面，自玉立，藏娇偶见。半红蕾。香与精神。立春日舒舒卷卷。
如今云卷云舒，却总是，心心恋恋。向心上，谁觧相思，贵妃色，明皇一便。

玉交枝

一水波涛一水痕，西风落叶半无根。
欲归难去，相忆故家村。
每为江流江逝水，教人甚处不销魂。
以心惆怅，独自对黄昏。

喜团圆

今今古古，朗朗暮暮，草草花花。春夏枯荣，去来水月，一半人家。
别别离离，圆缺缺，溪水溪沙。行行止止，观音欢已，海角天涯。

愁倚栏

冰肌玉骨精神，作红尘。去岁严冬寒暖弄。不疑人。
白雪清霜天伦，经三九，又杨柳春，又以香风香别曲，有心珍。

二色宫桃

不与梅花三弄约，正一曲，听梅花落。
香以玉肌白雪人，阳春唱，以何相托。
年年傲骨凌高阁，一孤山问梅寻鹤。
只取乐，天一句诗，花开榭，是明今昨。

河传（柳永体）

杏花如面，桃桃李李，梨花如面。杨杨柳柳，一半运河歌倩。青莲生满甸。
不思不想长生殿，霓裳见，羯鼓华清院。只是劳劳行役，江南江傅，扬州杨柳汴。

七娘子

暗香浮动半黄昏，水月边，疏影冰肌衾。
形影形影，有波有信。一枝已得东君润。

风流了清波痕。再重来,处处多情认。北南南北,一秦一晋,以花心蕊姿身娠。

浪淘沙
小女照芳塘,未箸新妆。心心意意是黄粱,一步红娘红一步,自是西厢。
月过女儿墙,我是东厢,东厢对面是西厢,有约居心居有约,胜似黄粱。

惜双双
独独双双独独独,万花色,千花目目。竹映梅兰菊。九九重阳九九,情相逐。石崇缘珠倾不复。听丽质,何人知淑,对景忆金谷。任得你我耆,何林木。

落梅风
梅花三弄一梅花,梅花落里梅花。阳春白雪一枝华,女儿家。
高山流水知音去,春江水月奇葩。渔舟唱晚浪淘沙。运河洼。

古记
梅雪雪梅一半,杨柳河流江岸。今古一扬州,欸乃声声不断。兴叹。兴叹。见得有声飞燕。

调笑集句·巫山
巫山高高十二峰中已是,云想衣裳花想容。
桃李。总无止。春夏秋冬不止,。年年岁岁生多子。十二峰中已是,雪肌花貌参差是,雨雨云云仙子。

桃源·渔舟容易入春山,别有天地非人间
何误。桃源路,汉汉秦秦烟水住。渔舟洞口君留住。人度何故天度,云云起落成红雨,人面桃花如雾。

洛浦·凌波不过梗塘路．天非艳丽女非雾
非雾,花相住。暮雨朝云相相顾。凌波不过横塘路。半作妖姬步步,陈王何以心中数,宓妃如倾如许。

吴娘
素枝琼树一枝春,丹青难写是精神
云雨,相倾住。锦瑟华年谁与度。苍梧竹泪潇潇妒,一半湘灵如故。娥皇不语女英语,只向人间分付。

班女．九重春色醉仙桃,春娇满眼睡红绡
谁见,故宫院。记得明皇长生殿,芙蓉出水仙桃面,春娇满眼相恋。千金一笑只方便,帝帝王王倩倩。

南歌子
一曲歌子,三吴碧玉情。云中雾里水平平,影影形形相照半差生。
已在身边立,何须急欲倾,江中处处小鱼行。见得双双自在任郎成。

五彩结同心（此调有平声韵,仄声韵,今以两声韵）
清明寒食,细雨纷纷,青田捣湿衣裙。芳草萋采。周郎见,时傍笑语如君,回来当是情难禁,相思夜,怀自芳芬。谁知道,胸前起伏,梦中有雨无云。邻村不须音信,朝暮朝暮见。晋秦秦晋,丛里黄花隐,依依约约,相熟相倾相故吝。亦厮亦磨应相润。脉脉动,怜心如鬓。切莫个,珍珠露水,口口心心印印。

侍香金童
侍香金童,瑞兽应思量。玉殿无风烟直上,事事人人多希望。古古今今,不断明状。
是龙如凤思,独情孤意样。是非是,无联有三两。两两三三曾背向,象象仪仪,何求方丈。

归自谣
行路路,步步长亭长步。落霞孤鹜从无住。独木桥中桥独树。如来度,心中自主心中数。

杜韦娘
杜韦娘在,春风一曲春风误,见百草,千朵莲花色初去水,芙蓉如度。听梅花落了,阳春白雪,高山流水知音路。夏荷花,下里巴人,相倾互许。
夜寂寂,春江花月夜,渔舟唱晚竹枝数。一探女藏而清身露,且见得,芙蓉相妒,你灵犀,向了周郎,化作深情,悄悄相相互,褂衣衫,织女不顾,牛郎可住。

潇湘静
湘灵鼓瑟相灵久,月圆缺,一人回首。苍梧九派,四海行去,到海江河口。疏疏导通,卢姚见,人间杨柳风云歌曲,天天日月,三过户,二祀守。何以年年岁岁,自三光,五帝收绶人生大抵,离离合合,多是作杨柳,自度自年华,都莫问,何来先后,何去朝暮,来来去去,是无是否。

十月桃·诗稿字 如长城砖．诗词长城。
重阳九九,已寻来桂子,九九重阳。九九重阳,黄花遍花霜霜,步步留芳。九九重阳九九至尊堂。分付与,诗词格律圆方。如此十三万首,柳柳杨杨。
年年岁岁辛苦,三万日,彼此无疆。长城一千七百万砖,同字相量。

夏日宴皇黉

日方长，正西风落叶，瓜果呈香。葡萄表皮，有一层微霜，阳关三叠阳关外，一长亭，柳问胡杨。不见故，大漠沙鸣处，黄昏无限，蜃楼海市，万里风光。此景最难忘，望云边不尽，天下无疆，不见故家乡，幽州射鹿飞将去，见胡逃，成败何妨。对酒泉不醉，英雄扬首，霍卫炎凉。

卓牌儿

阳春一梅花，垂白雪，黄金缕。肌骨莹玉，细蕾绽放，芳芬如许，未成分羽。藏羞不藏娇，频向人，遮遮伏伏，如是俯仰，浮香溢传，幽期自当无主。约来共宇，且记得，高唐云雨。暮朝暮暮，瑶姬作何舞。宋玉无须知多少，自以深情若古。江浦，一半嘉陵主。

浣溪沙·忆南洋朝开暮谢木槿花

牧九初开木槿花，朝朝暮暮故人家。马来半岛在天涯，已亥方辞庚子在。年年岁岁自中华，今今古古浪淘沙。

归田乐·数

岁岁年年数，日月对行止数。三万日如数。一天一夜数了还数。事事人人几何数。高粱百日数。十七叶，高粱成熟数。一斤结子，万粒欣然数，归田乐所数。作农数，莫以司空见惯数。

玉珑璁

千花路，千香路。一春一月一云雾。三思度一杨三俯，止行行步。步步步。刘郎住，阮郎住。暮云暮雨朝还暮。巫山故，姜夔门故，十三峰中，花香如故。故故故。

眉峰碧

半破眉峰碧，酥手红尘迹。楚女腰肢已系帛，忸怩处，情情役。
五里短亭驿，一行百里陌。广寒宫中玉娥，婵娟已作心头客。

湘灵瑟

苍梧湘灵，潇潇斑斑竹青。细雨溟溟，一丁泠。
天心在，人心听。娥皇女英长町，今古断萤。

滴滴金·寄李白少

当初李白橄王诏。引来知夜郎道。翰林侍奉清清乐，不是青年小。
醉醉醒醒自无了，九百诗太少。误人多是误人多，酒误人多少。

结带巾·诗词盛典一长城

来和去，朝又暮。千七百万砖，长城方固。我千七百万言，诗词格律赋。结带巾，知今古，一衣还一带，五千年住当自以佩文韵，律词长城固。

金钱子

九九重阳，重九是黄花路。向天机，行行步步。一半人间，有归鸿归住，遍去天涯，夕阳遍在如来度。
步步慈悲，又步步慈悲故。过京都，过家乡暮。回首平生，自以诗词赋，独立山河。

何陰山外出金城，闻孤猿切切，何以朝暮。铁马燕山束，将军有令，此日临安如故，振旅如数。醉醉宴宴如故，越吴千军万萃，垂鞭不顾。贺兰山，莫须有英雄不止步。
归前阵，收后阵，同陪元帅柳营许。岁岁尔尔，将军沉醉如故。如故醉醉醒醒，如故如故。临安已作长安路，成败败成赋。孰见，一人不付，稼轩不付，何以分付。

驻马听

一夜萧郎，一年里，如鱼似水方长。星星月月，相怜相爱。隋风柳柳杨杨。以衷肠，以性灵，作故家乡。举首相思，万回千度，胜似黄粱。
升沉东西日月，夜夜难自萧娘。盼有君消息，无视牵强，父母兄兄弟弟，余意含在余行，悄悄问，最后方言，情里萧娘。

倾杯序

昔有王生，冠世文章，腾王阁中诗赋。出自胸怀寓目。遥望江东，今今古古如数。天下指点，九派流逝，一山河路。问去来，且闻兴废，不相住。
无止处，自江源到海处，东西万里，五十天路。子有人生，三二万五千余岁，可作如何分付。虫鼠蚁鸥，飞鹜。鸿鹄自为朝暮，
是天涯海角如此如来度。海如故，天如故。艿擎天一柱向天许，只知：海阔天高云雾沧海桑田，日月何数。唐标铁柱，宋挥玉斧，大理可步。
日日瓜洲北固，金陵六朝树，醉醒醒醉云雨，去来处处人间苦，田荒池野，鸟落虫蹄，物换星移，几度何度。宴中寿寿，自在官府，自然相护。这长江，一流重无误。

青门怨

离乡背井，翻山过岭。鸟落云飞，夜深人静。古古今今多情，月无明。

集一　思前贤

弦弦上下弦弦影。圆时省。明少暗多秉。
宋元元宋宋元，聊聊民生，不民生。

行长子

不是刘伶，自是刘伶，古今见，一刘
伶。见刘伶成，败也刘伶。一瓶无可，
千瓶也，似刘伶。
一一刘伶，万万刘伶。问刘伶，不问
刘伶。醒醒醉醉醉，学学刘伶。一杜康，
三孟德，几丹青。

愁倚栏令

东风去，北风来。一云开。腊月梅花
三弄曲，以香催。
自有东君作媒，群芳见，不可徘徊。
若以梅花落时猜，作尘埃。

红窗迥

一莲池，二霞友。三三四四，五垂杨柳。
入禅房，如是潼关，如来如去守。
青龙牙，白虎口，玉石金炉，自然云手。
当造化，已见天机，盛典成，重阳九。

长相思

一思量，二思量，一二三思进退光。
人间当易尝。四思量，五思量。折返
回头十思量，年年岁岁长。

风光好

柳蔭蔭，水深深。一层波纹几鸟禽乱
池心。
混迷竹木云根岸，何何半。古木今村
自村寻，有鸣琴。

朝中措

人生六十半归休，何为岳阳木女。匹
匹夫人潘鬓，阳春白雪春秋。
武陵源里，巢由路外，上运河舟。一
问隋阳载问，杨柳风落沉浮。

西江月

一月西江一月，西江一月西江。书窗
半闭半书窗，点绛春中点绛。
处处邦邦处处，邦邦处处邦邦。家家
国国自无双，陋巷长安陋。

西地绵

再过黄粱古驿，箸章台留客。梅花白雪，
长亭垂柳，不禁思帛。
且问隋阳风脉，以楼船为役。已通六淡，
头胪好好，如向书册。

如梦令·留客

我自无归留客，来去去来留客。同度
一人生，只在人间留客。
留客，留客，老少童翁留客。

醉蓬莱

叹人生六十，休退苏州，再闻重九。
向重阳回首。处处黄花，遍地茱萸，
自以天机守。二十年中，八千日月，
物华依旧，年年岁岁，佩文格律方圆，
每天十首。诗以全唐，宋以全词负，
来岁今朝，盛典三卷，
会与洲人，以唐行宋，平牌知否。

金明池（词律辞典载为秦观）

故苑金池，黄阡紫陌，柳絮杨花一路，
日月里，云云雨雨，已寒食，清明（必
两平）如数。作青团，采艾兰衫，应太短，
太窄红酥如露，且莫问人家，佳人门巷，
燕燕莺莺相住，
依向东君所许，只待一王孙，即时倾述。
情金缕，阳春白雪，下里巴人，心心度。
自春来，及物相思，及人尚猜疑，年
华何苦。已三弄梅花，梅花落了，无
奈之身如故。

鹧鸪天

杜韦娘声斗百花，多丽点降唇笛家。
登仙门外东湖月，法曲翻香苏幕遮。
醉落魄，浪淘沙，传言玉女在胥华。
东风无力风光好，一日和鸣，灼灼花。

剔银灯

今今古古今今，英明幕府。更秦汉，
李斯无主。君何也，指鹿为马。
何以风风雨雨，瞻前顾后，南寻北步，
不可道，是非渔父。
唱黄金缕，只醒醉，刘伶五伍。

壶中天·八十

人生七个古来稀，三万日天八十，已
是知时逢载凤。恰是诗词第一。
格律方圆，佩文诗韵，以日像南极。
成翁成子，十年十载甲乙。
唐诗好过宋词，文章太守，金玉相分秩。
且问无愁可解，问，五彩同心，同质，
一宋称词，三唐古迹，大理江山毕。
唐标铁柱，宋挥笔篥。

浣溪沙·冬

二九冰凌四九消，梅花三弄柳杨条，
立春六九见春潮。玉女传书传七夕，
上元己自上元宵。逍遥不是不逍遥。

折丹桂

弦弦上下由明箫，一旦一，声声圆缺。
阳春总是白雪说，月月见，总还不绝。
广寒宫里广寒切，问嫦娥，明明灭灭
月见，人间不得悲欢，便不作，豪豪
杰杰。

浣溪沙·第二次世界大战

一世和平一次摧，原来二战小男孩，
自然胖子自然载。原子弹生原子弹，

苏英美日德徘徊。来来去去见来来。

献仙桃

钱塘流水运河乡,两岸清风半柳杨。
尧舜九拟流九脉,二妃鼓瑟一潇湘。
汨罗五五长沙渡,玉女塘宫王母香。
古古今今古古,蟠桃献上八仙祥。

献天寿慢

细雨和风春已迟,是百花时。腊梅已下北方枝,天寿献人知。
上元灯火当初见,一半相思,寻寻觅觅,自相期,以寒暖,暮朝姿。

献天寿令

处处人心分隔,天涯咫尺云霄。江河春水一春潮。朝暮朝暮无消。
此祝年年灵灵寿,如此道,岁岁自骄,相从相逆自适要。瑶台永葆渔樵。

金盏子慢

草木人间,半人间草木,日月枯荣。
九重天下,五分云下,峰峰谷谷峥嵘。
社稷江山,自在纵纵横横。孔子儒儒鲁,潼关老子,一二三生。不平。分的输赢。
处处可听听得新声。秋蝉高处登枝顶,远鸣鸣,退行退顷,依然不止,云翼鼓鼓清清。
到根方复上,当然登高自我鲜明。

金盏子令

天涯海角,天无涯,海角天涯,,南洋北国,以江河万里,今古人家。
梨园子弟,今古台上,木槿开花一念奴,明皇留下,不以桑麻。

浣溪沙

柳柳杨杨柳柳杨,杨杨柳柳杨杨,运河两岸运河旁。　八月残塘寻桂子,重阳九月九重阳,隋炀易帛易隋炀。

又

少少多多少,多多少少多,黄河万里一黄河。
子子禾禾禾子,禾禾子子子禾,嫦娥月里月嫦娥。

又

九曲黄河十八弯,江苏六渎许湖南。阳关锁空玉门关。　不问梁朝梁武帝,金陵二水与三山,今古古古古今几人还。

又

九鼎中原九鼎州,黄河万里一东流。河源日月数春秋。　五十天中应入海,三千岁见总回头。无休曲折自无休。

350. 五羊仙

步虚子令

上元元上步虚虚,无极一当初。两仪四象,易阴杨易天书,弥绛节,五云店。
一玄一玄乾坤坐,今老子,古樵渔,是非是非,有无无有何知。一万载,五千余。

破字令

少少多多少,少少少,多多多,少花开花落自南枝,为东君一笑。
当然日月当然早,以阳光,见天涯老。
一人不得,多多少少,世人无了。

莫思归

一曲阳春五曲长,三声白雪半梅香。
高山流水知音在,下里巴人有黄粱。
莫以黄金缕,六幺南楼嫁时妆。

香山会

步朝朝暮暮,杨杨柳柳,去去来来谁吃酒,不饮人,也见得红酥手。不是杜康刘伶口。
相知已自当炉,文君见否。一琴娘帐外今付首。"知情有我","知情道(有)。"不饮时,情可久久"。

古阳关

渭城朝雨,净净浥清尘。一步步,草木寻寻,自今今。杨碧柳色色新,望大漠,草木寻寻,杨碧柳色色新。
阳关老,劝君更进一杯酒,化化草草。路路不见楼兰有白云,未得交河故今。
知多少,劝君更进一杯酒,只见得云阳关,玉门关外,古今无故人。五百载,西出阳关,古今无故人。

娇木笪

一半黄昏,天一半,天下已黄昏半。
夕照西下运河岸,
运河边,水上应不断。

又

柳柳杨杨,当帛易,都作钱塘岸。这运河作运河畔,见青莲,桂子才满贯。

又

万里长城,多少见。千七百万砖算,
盛典千七百万看,
数相同,稿字应不断。

甘露滴乔松

沙堤两岸,处处多杨柳,近江河口。
一半秋叶一半,重阳重九。这一日,是天候。九月初九,天高地厚,黄花茱萸,人间朋友,年年回首。
十三万首诗词,盛典一二三,人间谁

有。一经传得，作以文章太守。万里水，自东流。五十日，黄河到海，黄河万里，八十岁年知否。

351. 宋人话本小说中人物词

秦楼月

桃花面。明皇上得长生殿。长生殿，一声长叹，二声飞燕。
来来去去两不见。温柔乡里温柔恋。这华清水，如何舒卷。

352. 张师师

西江月·和柳永

柳柳杨杨柳柳，三秋桂子三秋，钱塘太守大大江江流，九九重阳九九。
曲曲歌歌舞舞，诗词日月沉浮，依依就就再传羞，伎伎音音留守。

353. 钱安安

西江月

曲曲词词曲曲，词词曲曲词词。其中奥妙谁人知，不是流传不是。
步步慈悲步步，慈悲步步慈悲，姿姿态态一师师，彼此情情彼此。

354. 窃杯女子

鹧鸪天·宣和六年元宵，放灯赐酒，一女子藏其金杯，徽宗命作词，以杯赐之。

一半元宵一半情，此灯更比彼灯荣。黄家已是皇家酒，留作儿夫作证明。
夜纺织，日耘耕，阴晴不可不阴晴，金杯已是深宫物，置于田家一两声。

北宋·宋徽宗赵佶
听琴图

聽琴圖

吟徵調商竈下桐
松間疑有入松風
興來寫得真三昧
付與時人正耳聾
臣京謹題

集二
读《画说宋词》

集二 读《画说宋词》

1. 苏幕遮

云霞中,大漠外,幕落荒沙,荒沙一天烟,千里万里三两家。

老人有心怀桑,八月花,半书生,半客商,半生天下,故乡好桑麻。

高山流水遇知音,忘却一半,故纵半芳华。

2. 渔家傲

秋草秋叶七色异,辽洞云天须留意,马头琴声人夜迟.

阴山暗暗游,人心思半升闭,胡笳十拍八百里,黄河九曲无人踪。

荒荒落落二月满地,无边际,三月依焦芳草地。

3. 点绛唇

山华江村,白雪明珠点绛草,和西碧草,烟雨半人云。

柳丝细,隋河茹茵,小桥边,暗流浮动,桃李清韵深。

4. 雨霖铃

天子去城,霓裳明衣,出水芙蓉,四时梨园子弟,请词曲一代玄宗,忽有安史之乱,留下天下惊,马嵬坡。

天子无天,春色无力,四回宫,剑门柠,旧驿亭。

雨霖铃,冷落楼道声,谁问长安何处,君西舟。

孤漏残阳,云品泣溜,留下海业切梦三更,天子无心,宫怀千种情。

吴江秋波五色林,舟舸咕洒三家村。

一韵长隔山川还,半生了休入云门。

5. 蝶恋花

江南八忆恋花情,暗香步书,草木沾光荣,窗外云低。

雨烟生,吴江春潮隋河平,一韵点心半洞庭,细波澌。

碧入五湖中,日下晚妆明,杨柳细中待晓晴。

6. 八声甘州

凭君子啸啸过甘州,大漠尘如烟,隔壁三千里,重锁玉门,残霞月度。

此二海市蜃楼,云华半阳关,唯有落日情,依旧人间,不须登高远望,平生眼下路,白此自兴叹,经四首,半部论语,读八回,人生终不还,应记级,不是黄沙,已是楼兰。

7. 望海潮

人间天堂,应物乐天,苏杭自古一家,清色齐君,隋河舟令,芳坪杨柳参差。

吴韵净湖沙,一衣带同里,富满天烟,小家碧玉,小桥流水,小人家,五湖西子哥色,

凭苏提春晓,千年梅花,丝竹有心,笛琴弄情,范蠡经商,人间普及豪华。

寒山落烟霞,问退思拙政,一人天下,只有三潭印月,种瓜得瓜。

8. 鹤冲天

矫首仰望,三秋书商爽,霜染五色林,一方向,四野纵。

潇僴清影冲天上,恣意排云畅,点点落落,曾记沙场点。

将晴空万里,任兵飞浮无疆,更有苍茫,放眼量,何以苍苍,

海备处,日月光,一年一姿狂,留当平生,八声甘州独唱。

9. 千秋岁

千秋千秋,千秋曲未休,华清池小小半楼,海棠芙蓉色,玉颜姿态羞,春草醉,雪月风花暗碧柳,帝王不早朝,江山云雨舟,

长生殿,情未收,自是身外物,皇玺任去留,人生,千秋千秋千千秋。

10. 浣溪沙

一鹤一杖一丝柳,半坡半坪半湖秋。

九脉风韵情幽,目间此水仅满去。

任真流时姿意流,江山维余黄鹤楼。

一群山外半临川,壑自里云珠玉间。

落红相府落红园,似曾相似燕归来。

花开花落漠衣闲,君来君去三生田。

81

11. 蝶恋花

一重黄花一重烟，孤行清韵，参秋露芒兰，半壁日色，半人间。

香暗玉门关，素肌疏影天地宽，冰花雪花，唤来百花妍。

有心无心问婵娟，今夕何年是何年。

12. 离亭燕

寒百半分落霞，秋色一泉芦花，八声甘州过玉门。

阳关夕辉西斜，云高雁飞断，留下荒落天涯，但见千里大漠。

当匙西庭响沙，万陵六朝旧高多，人情小户人家，人心花何满。

13. 玉楼春

玉颜疏影玉楼深，芳清暗香芳华陵，孤买一品联百媚。

苦寒三弄韵五音，洗雪洁冰半天下，鹤首行节四时春。

紫阳心中问杨柳，也无风骚也无尘。

14. 蝶恋花

姑苏洞庭，柳暗花明心无许，小家碧玉，小桥云中西。

姑苏城外，暗香处，馆娃宫中疏影路，红杏出墙，三月暮。

繁花尽情，也难留春住，五湖洞庭帆无数，不知取去是丽去。

15. 生查子

姑苏哺古梅，皖小生红宝，红姿沉香酗。

玉肌疏影秀，一年心一动，三弄寒依偎。

孤韵问雪花，清韵流去后。

16. 桂枝香·金陵怀古

六朝春秋，多阳还依旧，江古流，讹问南唐云烟。

参差杨柳，秦淮河上楼星，乌衣巷口琴瑟差。

一罔君臣，父华藻韵，国色难收，念后主，夜宴不休，叹息在管弦，家愁人愁。

荣辱兴叹，何以来？寸渔舟。

大宋江山南宋尽，西阴月下楼外楼，春秋春秋，依旧依旧，东流东流。

17. 西江月

也道空即是色，也道色即是空，也道孤影广寒宫。

锁住人间人情，但知婵娟有恨，但知洛神玉成。

但知无情却有情，何似南此西来。

18. 卜算子·送鲍浩然之浙东

云锁三江城，西消百只楼，衡阳未暖迟来雁，斑竹湘水流。

苍峡寻君子，巫山问闲愁，一年一度春秋，唯有情不休。

19. 水调歌头

黄河一万里，去流一天天。

昨日今天明日天，清流逐旧川，东方西方中原。

天下地上人间，奔波一口夸，何以三江源。

辞落幕，唤晓旦，半味全，中外古今，时时行行，

人有人前人后，人有人前人后，黄河应无宫，

应知始足下，今天是今天。

20. 江城子

生离死别已茫，一父一个爷娘，两片孤云，无处回故乡。

如是初忆不能见，日暮重，心忧伤，秋夜一半一半霜。

容客辞，易沧桑，年年东山，留下泪千行，一年一度一断肠。

父母在，不远翔。

21. 江城子

滕王阁外岳阳楼，洞庭水，湘江流，浔阳瑟瑟。

徐音千载愁，烟雨霏，旧城柳，半孤鹜。

半无忧，一年又一春秋，一江州，一飞舟，天下云云，

何欲何所求，高瞻远瞩忘封侯，凭宇宙过九州。

22. 定风波

重林晚色半声声，半碧一半云雨一半晴，一半曲折一半平，暮归燕山暗半城半横，香山落下半朦胧。

一度春明一秋明，一杯吟啸半盈行，半是西方半是东一生。

23. 蝶恋花

天涯无处无芳草，梅花流水疏影春末早柳柔，烟雨不觉晓。

杏蕾出情不了，心思上下莫道琴音，小洞庭约会路遥遥，黄昏依旧香杳杳．

24. 念奴娇

六朝都城，故国中之山秦谁陵，一明一清，一圆二乱了三桂自成。

去龙卸甲，旧宫何荡，年华已空空，
残阳危磊，天下多少女英。
独见八旗子弟，悄悄问北京，孝庄顺治，
一时间，康熙雍正乾隆。

25. 临江仙

临江仙，退思园，隋河万里平江流，
柳烟隐隐红楼，
一年春色玉影差，未语半回首。
幽草相思愁，岭川有月映，沽酒心中
暗啰袖，
素肌嫩芳沉香久，低首不自语，固步
黄昏后。

26. 永遇乐

大汉天子，贞观之治，清宫风云，秦
隋运河，宋元隆明，紧扣未了心
三皇五帝，商周故都，可叹草木深，
亡国候，七朝败藻，留下唐诗隋韵，
天下兴亡，英雄成败，常供泪沾衣巾，
冬雪凝露，春梅沉香，君子不出门，
潺潺江山，宫宫无依，但闻钟鼓蝉音，
玉门关，高楼旷野，落霞黄昏。

27. 满庭芳

江湖中人，离舟过客，周淑隔岸行林，
小桥流水，芳草半黄昏，谁弹八声甘州，
病中吟，正帆摧巾，江湖上，渔火点点，
疏西噫轻尘，出门自来去，反反复复，
熟知问津，只天涯路遥，觅觅寻寻，
小舟何时逝也，抬望眼落花无根，
啸啸满满，情未了，
归谁已纷纷。

28. 浣溪沙

半分春色两处愁，衣冠烟雨五湖舟，
隋河同里平江流，
洞庭东山似如故，卧薪尝胆问虎丘，
一情未了过九州。

29. 满庭芳

夕云暗下，江泽余光，寥廓暮色苍茫，
独临高阁，小胖盼窗，
一年一度留阳，遍四野空空旷，残荷声，
玉影扶苏，只怜水荒芜，
远望，不尽肠，易及易失，激怀惘怅，
用心问竹篱，秋霜菊黄，
隔壁呼洒张扬，何洒也会似轻狂，凭，
潇潇欲雨，吸取满庭芳。

30. 鹊桥仙

半桐半桂，一云一水，秋月色色广悬，
玉影树下，半心肠，故宫色一缺一圆，
何必当年熟必农年，嫦娥后羿出年，
但今日星今日，又何点星去年明年。

31. 踏莎行

上下千年纵横万里，唐人不著秦人史。
人间独木成林，云云雨雨。重重是是。
朝朝暮暮年年些，丹青自在人心止，
诗经论语楚人辞，唐诗汉赋文章子。

32. 八六子

十里亭，云云雨雨，一贪一宫一人生，
行行止止·行行，有墙有怨有情，
天有十里阴晴。

33. 锁铃囊

夕阳暮色歧路，各自西东，
不省年年，蹉跎岁月悲欢离合，
花落花开有声。
却相逢，纷明就是分明。

34. 卜算子

傲雪平玉成，清高一心空，芳兰之室
香不改，豪气大江东，
桥暗西子水，柳儋放鹤亭，自不君自
宁相似，留取日月明。

35. 踏莎行

隋河柳岸，八里吴江，十里板桥，八
里塘，
梅心消尽五湖儋，洞庭依旧三月香，
大庭广众，陋室小窗，一年一度一风光，
各暗霜雪，严寒折，春来依旧，领群芳。

36. 鹧鸪天

弱柳叽 岸边生落幕，未苍落霞红声草
茵茵，
初染成，雪月窥见小窗，春明动，伤
孤影，
不施胭脂姿色丰，塘下疑是醉芙蓉，
心思不空有无中。

37. 鹧鸪天

代无终鸟蒙终，多铎不成孝庄成，千
古忠八忠主子，宁为玉碎宁勿生。
一人间，万年宫，中流砥柱石无声，
心思未尽夜挑灯，半天落霞夕阳红。

38. 少年游

宫行无力，夜花撩发，寥寥一明清，
玉初寒芳心半凝，潦月问三更，
吕不知，天下何8.归鸟一倾城，
云展云舒，潮起潮落，不尽相思情。

39. 鹧鸪天

一点红尘一丝灰，半寒时节半烟云，
三声二暮瑟瑟韵。

淑玉泉边影相隋，陵放翁，沈园菲，小园相径犹徘徊。
江南云雨常铸就，心中清词酒一杯。

40. 鹧鸪天

一柳先黄一柳英，半春早日半春明。
秦淮岸边桃花扇，巷口鸟衣自不鸣，
寻八艳向身名。男儿不见女儿情，成功此去成功去，你在台湾我在情。

41. 燕山亭

山无水无云无雨无，何如可寻故宫，
落花流水，丹青文藻，一代家国消融，
可叹徽宗，更多少，凋零凋零，一豪任山大由云，
留下人情，亡宋离恨声，燕山，夕阳西斜，落江南唐后主，
二方词语春江如西如东，不问江山，留华章，也是先名，
生名与谁作新故旧梦。

42. 点绛唇

红杏出墙，女儿常思祝英台，淑玉有才，香经独徘徊，
黄昏可追，燕子来来末，煦风猎，故人心怀，桃李燕开。

43. 如梦令

荷重小舟无影，不见衣香鬓形，小塘晚来晴，
莲子深浅无声，无声无声，碧叶情义芙蓉。

44. 如梦令

夕阳暮色清华，袖留初春百花沉香香如校，

依旧山里人家，人家人家，玉姿疏影半斜。

45. 点绛唇

小谢江亭，黄昏有丝黄昏雨，春来春去，人间情千缕，
朝朝暮暮，留下相思绪，待窗外，碧瑛玉姿，相思金无主。

46. 一剪梅

与谁坐合一中秋，烟满烟湖，两满云舟，
明月心中半心休。
乡音未陵，雁字伊旧，不善古酒善高楼，天色更重，
心思更忧，国忧民忧天下忧，才下眉头，还正心头。

47. 醉花阴

雨晴夕阳一江红，影重半无声，
五湖色烟沉，浮云山光，泽华古西洞庭，
呼篱菊花秋霜雨明，寒凝冰雪玉心情，
不待桃花萱，依旧依旧暗香满江红。

48. 凤凰台上忆吹箫

秦淮河畔，乌衣巷口，折取新春旧柳，
纤纤复纤纤，小月如钩。
一丝一丝一丝，云水重，韵系江舟，
成浩湖，影疏一城，烟雨自流，
青楼小巷深，忽闻凤求凰，相思难忆，
光华杂春色，婀娜不休，
但是陛下寄前，池塘坪，崭露心头，
似人头，一年伊始，一年不留。

49. 武陵春

风花雪月水自流，日日闻江楼，只因头婿觅时侯，

留下许多愁，小荷尖尖初出水，春浮相思舟，
相思浮动相思舟，欲休不休还休。

50. 声声慢

一春一夏，一秋一冬，日日月月年年，
无常人间冷暖，一炎一寒。
梅花香自苦寒芙蓉，菊花相度，半柳色，半云烟，繁华过否凋零
枯荣来来去去，疏影中，山石松竹光澜。
浮华池塘，君子独是清泉。
曲桥流水碧玉，半壁园，细雨清轩这天下，生命息息无言。

51. 永遇乐

群山无限，浮光掠影，雨后夕阳，落霞千里，流波九折，尽以女儿
妆一水来去，半坪茵茵，余华柳村深巷，应依清，风花雪月，
梅竹菊兰草堂，西柚桃花，四时独云，暗香浮动，暗香疏傲不训，
静影次壁，孤鸟见自芳，三更五更，楼兰锁重，应是天色茫。

52. 小重山

一年一度问古君，春节立春后，春水深，腊梅暗香正沉，
斜影是，落红半衣襟，花重问红门，
践行明月亮待黄昏，
流落成泥作尘，还如故，依旧一年春。

53. 减字木兰花

君臣横去，国破家亡残阳斜，丹青字画，赵佳不忘临安家，
伊人桑麻，孤心步步，胡离下，咫尺天涯，蒲治无限廖声花。

54. 忆王孙

一禅寺院一禅门，半无宫色半无魂，
比育接种向乾坤，
忆王孙，云遮月时月无根。

55. 贺新郎

北远山高暮，一江云，千舟侧畔，古今如故，一半兴亡兴一半，处处时时误。
俯仰处，英雄之路，数达人生人放达，守江山，作得忠良数，经自此，匹夫步。
醒醒醉醉和分付，问卢川，靖康不主，李纲何顾，不得京城何所得，莫以还乡失误。
日月在，枯荣几度，剑剑书书剑剑，弃平生，也弃人间步，何自以，古今往。

56. 满江红

半生悲绪，满江红，就去刚肠，仰天啸，喷薄倾吐，
红斧正大江，贺兰山下黄河断，交河故城落啸，一马去，
空供少年行，尽炎凉，春善荣，秋生霞，为何为，扬抑扬，
渔樵田，未尽一枕黄粱，英雄白流英雄心，书生未酬书生狂，
三千年否讹见河两茫。

57. 小重山

落无无，心问秋虫，浮沉故里行，十里亭，黄昏未贵，
自孤灯，小富静，弦月半暗明，欲中皆虚名，何以无界外，
任光僧，落花流水寒无声，一声声，行著空半生。

58. 卜算子

一草半春荣，一木三光住。岁岁年年日月明，一度人间度。
处处烟生雨，水水花花任自流，谁可留春住。

59. 清平乐

两山梅花，玉湖落红霞，六月碧村满枇杷，玉色玉烟白沙，
小桥流水人家，寒泉清流江华，留下芳草四野，尽心染蝎茶。

60. 秦楼月

秦楼月，秦楼月，月色霜如雪，霜如雪，灞桥烟火，
玉门关别，楼兰未近交河说，交河说，向沙鸣处，多少豪杰。

61. 卜算子

百里石头城，万步姑苏草。未尽消磨问六朝，莫以台城小。
醒醉何时了。未了心思未了心，不可杨言道。

北宋·宋徽宗赵佶
柳鸦芦雁图

集三
读《中国古典
名著鉴赏》

集三 读《中国古典名著鉴赏》

1. 骤雨打新荷·和元好问

骤雨初歇,何处问家园。烟水红罗,亭亭玉立。

绿叶浮碧波。一点一点玉碎,半流半住半揣摩,

将相和,乱了珍珠,开了先河。

但向人间几何,尽浦萍芙蕖,花开花落,玉姿柳茵街色,云华岁月岁蹉跎,但凭觉,

天上日日月月,来往如梭。

2. 小桃红·姑苏洞庭山

五湖烟水半苍茫,西山梅暗香。小船昨夜宿吴乡。

杨柳巷,露水沾湿女儿妆。

依依回首,还点荷叶,玉洁藕丝长。

3. 小桃红·思乡

半杯浊酒半醒醉,家乡稻菽肥。

东山山影月徘徊,客不归。

一去关里几人回,江南二楼,

易水忆北,还见雁南飞。

4. 小桃红

万家灯火一春宵,半生半元朝,十里烛光半夜消,

月悄悄。唐人天下吴宫遥,云也飘飘,

雨也飘飘。

心事上眉梢。

5. 小桃红

小桥西岸一归舟,客心不可留。夕照满潭碧色秋,

半渡口,古村苍苍影未枯,云山依旧江湖自流,

行者意难休。

6. 小桃红

湖岸江山晚来晴,桃李暮色清。碧柳红杏满中庭,

小心听。旁落墙外有无声,燕子偷情,衔走人静,

还有一醉翁。

7. 阳春曲

一树梅花一树情,半山江湖半山明,暗香浮动人心情,

望小灯,采春早点行,三月烟花三月提,五湖云雨五湖西,

百花烂漫玉香梨,莺莺啼,中春馨成泥,十里柳暗玉影斜,

江南香雨暗千家,小桥流水碧人华,芙蓉花,山舟去天涯。

8. 沉醉东风

江花落满珍珠,碧草芳苏翠竹,一孤桥,半姑苏,

华尽依旧香如故,有心子问柳岸雨,无主有主无主。

9. 平湖乐

玉影轻薄客心船,半荷半蒂莲,小心只在碧色间。

桃花洞,东岸花重,西池水浅,有言不如无言。

10. 沉醉东风

飞宫南去寻湘柳,客心未满上高楼,黄花一地染,枫叶半地流,

姑苏还是旧时候,江湖心思不须愁,来时烟雨去时舟。

11. 蟾宫曲

大江砥柱中流,云需丞山,雨满江楼,草木朽荣,人生胜负。

年年春秋,西出长安问甘州,玉门阳关半杯酒,去去留留,岁月悠悠。

12. 蟾宫曲

夕阳西下草青青,玉影晚不归,眷恋飞莺,岸芷汀兰,鸳鸯栖息,

柳暗泽明,云雨初散晚来晴,心思未定问浮萍,有情无情,依依树下,唯恐孤灯。

13. 山坡羊

汉宫莲莲,霸潇潇,楚汉相争蜀栈道,半江渺,一线潮,

人生步步独木桥,胜无成败一念消,山,春色少,天,人未老。

14. 四块玉

一半小，一半山，一半云雨一半天，
两岸晴波两岸船，
水流桃花坞，花落小桥南，半人间。

15.（南吕）一枝花

阡陌柳阡丝，形影书万卷，错落半波光，
韵韵七琴弦，云雨如烟，
朦朦色，玉人院，伺晓花明不待深宫暗，
珠光明瑛瑛翡翠，人心慢草木姻缘，
（梁州）朝朝暮暮湘是泪，春花秋月
秦淮岸，留下梅花香，桃花扇，绵桥
私通，
碧户晓轩，黄昏如约梦，系客船，锁
清阁，寒宫娟，杨柳絮，情意绵绵，
长生殿前曲榭回廊月色。二十四桥玉
人箫声不断，三江五湖倩影琼花未残，
人人心弦恨春风，来去都是怨，玉姿
半透薄衫，豆蔻年华百花妍，
芙蓉客 流年，浣（尾）凭只见，一厢
明月一宵旦，半边心思半边泉，一江
春水流去都谁不见依依恶恶，半妆半
艳半色孤芳自赏一人间。

16. 一枝花

天下山川江湖，九州人间苏杭，东周
伯夷旧地，吴越虞姬故乡，云雨茫茫，
清韵八面四方，小家碧玉芳芳，小桥
流水过往，乌蓬只问邻客窗。

17. 梁州第七

千里隋河一同里，万家灯火半隋炀，
有平波清流竞帆扬，一小妹亭，一牧
鹤堂，
一苑荷莲，一湖花港，一春杨柳一春杏，

五夏芙蓉五夏光，三秋桂子三潭印月
凉，会稽山色掩棹梁。噫嘤，万顷华波，
一线钱塘，咫尺灵隐，虎跑飞来峰下，
心驰神往，萧甫百物集疏，
浙江儒冠商贾会合九流，富道皆商。
（尾）夜夜月色弄琴弦，户户殷私娘
娘腔，朝朝莺啼女儿妆，沈园沉香，
书屋沉香，不忘下南宋富家庄。

18. 梧叶儿

一朝缘，一夕缘，朝夕半人间，春一
半秋一半，
天一半，地一半，只在心间。

19. 沉醉东风

一半是寒窗花残，一半是月缺月圆。
一半是朝天宫，一半是江湖岸，
一半是书砚阳关，一半是孤归断桥，
一半是黄昏到晚。

20. 大德歌

紫禁城，故人东，立春雨水半晴明，
丙戌未书情，
丁亥草木生，江南芳草齐水平，梅花
暗香书案中。

21. 大德歌

杨柳岸，芳草涯，梅花半落桃李花，
不须问邻家，
红杏出墙露天华，玉树影姿东窗下，
黄昏只约夕阳斜。

22. 阳春曲

一春秋，一春秋，半江半楼半江楼，
此小只，向东流去，知音唯鹦鹉洲。

23. 天净沙

山青水青草青，虫鸣鸟鸣人鸣，杨柳
絮满空空，
心思不定，小桥东，小桃红。

24. 天净沙

云雨净浩无沙，玉女偷取荷，可怜空
心牵挂，
有我无他，丝丝莲莲斗天涯。

25. 天净沙

飞鸿旦辞芦花浮云朝问人家，不江沉
红江华，
波光粼粼，容心还望天涯。

26. 天净沙

千重万里重问，一村两村对深，落花
凝霜玉津，
浩素天下，华泽寒光衣中。

27. 沉醉东风

烟云落草当白鸿，苏雨归寒江孤舟，
露雪凝暗香，
春水逐清流，渔瞧翁开流九州，山川
泉潭半依焦，暗紫丁兰一春秋。

28. 庆东原

忘忧草，含笑花，一生事业半生华，
秦时长城汉时家，
唐标铁柱天涯，元跨革囊日西斜，千
古尽兴亡，朝夕问桑麻。

29. 乔木查

梧桐叶尽草堂清，水犹江南泽水明。
小园未凋杨柳暗，吴门玉砌广寒城。

集三 读《中国古典名著鉴赏》

30. 董秀英花月东墙记

花月东墙雪物春，嫩萍两岸半江云，
重门净日重颜色，细雨如丝锁秀邻。

31. 满庭芳

海阔天空，擎天一柱，天涯未成，天到此水冷。

何谓西东，天楼海渺渺，叠叠海接天，波涛洋风策仗问，

十里长亭，犹见一舟行。

32. 醉高歌

与城西城京城书生，人生半生，元朝故都苏门东，夕暮落霞犹红。

33. 醉高歌

十年寒窗常鸣，五湖豪泽广清，月依圆缺半阴明，山隧枯荣无声。

34. 雁儿落过得胜令

云中一半山，林下三两泉，寒峰待鸟鸣，
红日夕照闲，川各开花色，
朝暮钟碧留，春雨鹭百鸟，秋景问虫喧，
一斑可见天地间，应笑生死难。

35. 邯郸到生物黄粱梦

初学邯郸步未省黄梦，海石天地忘，粉黛花不荣，

樵渔自相悦，朝野无人情，云乱霸凌樵，月明归雁声，

四书草堂上，五经度泽明，隔江应相问，为何仗策行。

36. 四块玉

朝云里，暮雨中，一江巫山十二峰。
高峡扬一梦，无终，楚水流向东，吴水流向东，化作天地空。

37. 金字经

桥短策杖问，山深流泉新，石碧海川呼经纶，

听，依旧是故人，风雨津，夜夜流沾巾。

38. 天净沙

惠泽明水净沙，余光夕阳西斜，依然天上天下，三千年里，枯荣尽在人家。

39. 蟾宫曲

长安咸阳洛阳，泾渭分明几度炎凉。
火烧赤壁，草船借箭，云锁镇江，
三国鼎力，半壁河山，五百英雄魂魄飞扬，胜也沙场，败也沙场。千古流芳。

40. 清江印

隔江相呼两船东，草堂半清风，应暗约明月，
晓窗花草晴，问林泉有名何须名。

41. 破幽梦·孤雁·汉宫秋

42. 步步娇

汉宫乐，八声甘州一声扬，阴山下半秋凉，枫叶雪桥板霜，
塞外沙漠，二落三九天隶，胡骑声琴瑟悠扬，为何是女儿心安国志邦。

43. 殿前欢

一枕红沉里，旧衣裳，风烟朴朴中女儿妆，北国疆土谁人记得江南巷，
长安洛阳，相思苦旧镜里对花黄，萧瑟夜，只怕怨音犹长，凭记得，两千年里，
英雄志短望故乡。

44. 七兄弟

江山社稷本不论，曲帝王将相，只留下五陵旧土成飞扬，沙城西北雪花条条，

心绪难当，也是一年一度炎凉。

45. 后庭花

荷重一叶舟，花浮两玉流，空心问世界，实莲归闱楼，

半塘秋，半壁宋宗，一身元元未休。

46. 十二月过尧民歌

一夜雨草不青青，半晓华池塘明明，
三篇柳絮飞无情，
七八村落沉流红，吴江来去姑苏城，
同里桥问馆娃宫，
一婵莺高低不鸣，剑池会孰重孰轻，
五湖泽荒雨洞庭，
声声潇潇十三声，治治玉门生。

47. 叨叨令

（正宫）

山桥两岸夕阳下，草堂半壁珠光斜，
策仗望山云泉华，
暗林文潭忘还家，半葱葱半朦朦，一古木，一寒涯，
天外有天，樵渔不剩桑麻。

48. 鹦鹉曲

年年悄春不住，暗香流水香如故，
江湖扬帆不须问，
共惜岸上无路，桃李残芙蓉不妒，红杏出墙去，闻应雨潇，
闭门户，听梧桐朝朝暮暮。

49. 寿阳曲

烟缕缕心无主，云栖乡山细细雨，
广寒楼一望一却一许，叹人间只将随风去。

50. 金字经

梅花三五弄，玉门一半生，唱新阳关尽豪情，
情心在天山在，长城外云中月米明。

51. 蟾宫曲

芳草已满满天涯，江南云雨落书梅花，
暗香依旧，百媚争艳，水色明霞，
杨柳絮无牵挂无挂，小桥流水玉人家，
莺啼晴沙，东君未见，镜中光华。

52. 小梁州

53. 春

春雨鹭萝一枕香，江坪系柳杨，
梅花落красн旧池塘，陌夜妆惺松。
一江流水日月光，半山暖夜半山凉，
日夕暮，
故草堂，百花群芳，无力上东床。

54. 夏

玉湖深处一帆杨，雨岸竹篁，
出水芙蓉女儿妆，采莲子有心贴花黄，
红袖纤纤依斜阳，颉珍珠曲水流殇，
碧荷里五夏菱，小舟浮荡，心中玉娟香。

55. 秋

菊花开遍最安墙，落叶时光，八声甘州过西凉，酒泉香无色七黄粱。
夕照天山南楼望，人生江湖半钱塘，
玉门外，问衡阳，寒小芦当露天雁一行。

56. 冬

重学残冰玉桥霸，山路崎岖五巅透迤，
草木荒梅无声，三弄纳寒凉，
酒旗高慧锁门窗，一醉方休回故乡，
驿路短，客心长梦中还问，何时拜爷娘。

57. 清江引

清江引啄梅，梅花三弄半吴音，心中暗香沉，
霜雪净无根，疏影锁玉门，浮动三月九州春。

58. 寿阳曲

隋河水净无沙，吴江夕阳满落霞，
见苏桥旧地人家，小舟来去玉人花。

59. 寿阳曲

夕阳下，满江华，浮云缥缈暗天涯，
问天上宫阙玉人家，半仿佛西旋浣纱。

60. 殿前欢

问夕阳，问夕阳，空山莽苍苍，寒泽明，
浮云水茫茫，
人间暖凉，雁字来来两行，啸声扬，
楚汉争思霸王，
寥廓江天，人心在天王地荒。

61. 水仙子·咏江南

一池荷花半缔莲，两坪水榭三柳船，
凭玉壶不饮待客勉，
铭座未赐兴谁，轩浮云渗渗如烟，男儿心，
女婵娟珍珠深处方言，吴语江南。

62. 折桂令·中秋

如何如何如何，回时一年，春短秋多，
鹊桥无息，长天夜暗送秋波，
问织女牛郎阿哥，但凭得寒宫嫦娥，
桂影婆娑，清光玉臂，色满江河。

63. 萧何月下追韩信

成也萧何败也萧何，都是来去容，妄害事非多，此一时彼一时，
英雄只蹉跎，谁言楚汉两家国，不问千秋功过。

64. 醉太平

晴里虎丘，雨里江都，五霸争雄归念奴，吴越半东吴，
泪庭山上梅千树，吴隐寺中念万无，
人间只需一会除。

65. 金殿喜重重

重阳过后半重阳，城内长安雁两行，
秋堂落叶一秋堂，
黄河湖口天如水，燕暮蓟门月半霜，
昨夜芦花淮水岸，浮云小日过潇湘。

66. 一枝花

一剑半卷书，三水两江湖，窗前月徒明，
灯下影自孤。

67. 寨儿令

半无名，半无路，半推华就江湖情，
十年寒窗，一梦难成，
黄梁月，方明，石识儒生是儒生，桃灯看剑问五更，西塞阳关冷
东山吴江鸣，尽来潇潇行。

68. 折桂令

折桂寒宫徘徊，婵娟无声，塑望有怀，
一江山水，
两坪壁垒，三山心裁，来去金陵五百里，

留下东吴梳妆台,

舟帆去来,春秋散开,锁住楚人韵,玉波香东回。

69. 绿幺遍

一生一字婵,五湖五蕴元,半生读书,半生吟缘,

啸傲高山,风月清闲。樵渔僧人翰林院,桃花源里不种田。

70. 满庭芳

71. 渔父词

桃花源里无秦人,洞庭山上柳絮深,

五湖归舟江月尽,一蓑云雨客家心。

72. 天净沙

未尽暗香碧柳斜,春愁不许小人家,

心中有约无言石,明日水流办落花。

73. 折桂令

芦叶浦韦薄霜,办事胭脂,办事渗妆,寒潭一乌蓬,十里长亭。

夕霞茫茫,问水色,山色斜阳去江湖,客心自芳,归雁两行,才出阳关,未及衡阳。

74. 折桂令

一峰重重山云,半遮半掩,江湖泉林,桥岸古木,

石磊壁立,僧侣无门,高山流水清知音,梅花弄,

落红鸣琴,沉香春深,客心兴叹,绵绵无垠.

75. 清江引

一夜云雨花木生,心在草坪,东柳丝半无情,

旧约月三更,落红流尽草来明。

76. 塞鸿秋

一寸书香一寸阴,半加功名半禅门,无知尽索旧布衣襟,

宋翁犹觉忘人心,比比身外寻悠悠忘古今,玉得深处未赏深。

77. 楚天遥过清江引

旧川一归烟,故道半闲泉,草堂修论语,暗林化云烟,

柳絮重江湖,杨花浮君田,半生潇潇去,还问天地边。

78. 拔不断

玉门雪横阳雁,重阳村江寒霜断,依旧香年海人间,

只有心中江南坪,立春日见。

79. 山坡羊

泾渭分明,草木无情,殷商上地旧心情,灞桥短,秦王宫,唐时杨柳高蝉鸣,

不知何故问五陵。山也空空,水也空空。

80. 折桂令

讹折桂寒宫寒光,玉兔形影,婵娟无叹,半园半,缺半会

半晴半,半弦张,广袖扬渗渗出香,胭脂水,水色红妆,

一芬一芳,一暖一凉,孤桥楼上,独照高堂。

81. 人月圆

半依半旧半青瓜,人面桃花红,书生心中

一半杨柳,一半芙蓉,一丝黄昏,一夜心情,

一枕玉梦,而今长亭,夕阳西下,草木枯荣。

82. 醉太平

一叶扁舟,两只沙鸥,一水东去,东不流,

无止无休,三山相对,浮云云留,红杏出墙故城楼,

去武湖畔宫雨柳,千秋千秋。

83. 普天乐

馆娃宫,吴国城,卧薪尝胆,西施浣荣,

云雨一千里,山河两半生,春秋五霸有无中,

雨子西湖光落晚风,渺渺朦朦,朝朝暮暮。

84. 卖花声

江湖十年卖花声,吴越两荡醉芙蓉,西子晴雨湿红坪,

姑苏暗沙绣太平,一碧螺,两湖庭,小家碧玉,小桥东,

春丝明前采龙井,芙韵越音著华浓。

85. 卖花声

十年啸啸客心重,江湖男儿半生平,五湖细沙,有无平,

云雨两洞庭,细水胥城,姑苏依旧大江东。

86. 水仙子

一注春云一注心,半家碧玉半人家,昨夜暗香参深,

落红不见君,钱塘涨落未匀,松江坪,芳草邻,待分黄昏。

87. 水仙子·金陵怀古

六朝散尽后庭花，一国兴亡逐奢华，建都半陵半天下，
前年隋河人家，三山暮云招云，两恨日落日斜，心在天涯。

88. 殿前欢

一潮落尽一天涯，半生心事半年华，
暗香梅花不是问梅花，
人面向桃花，妆薄豆蔻花，但寄一梦，月落小家。

89. 殿前欢·客中

五菱烟落草芊芊，唐周过蛟安史乱，
蜀道艰难，不得剑门关，
夜深雨霖铃，晓初浮云山，江山江山驳驳斑斑。

90. 折桂令

一柒落雨夕霞，远远村堂，小小人家，
山山浮云，窗下碧池，
庭中艳华十里山水，一桑麻，半坪杨柳，九参浩洁天下，寒江钓雪，一舟梅花。

91. 天净沙

云浮旧山遥，雨沉古水条条，诺诺江湖渺，谁知梦里尽，暮暮朝朝。

92. 凭阑人·湖上

五湖渺渺沙鸥，一心淡淡半小舟，
彼岸小渡口，月明归寒流。

93. （南吕）一枝花

萧山半秋声，雨雨一说明，花港鱼观冷，断桥舟小横，

通出曲径，禅房语声松，草木本无情，夜阑香人心思重般若始终向人心。

94. （双调）清江引

吴水越水小鸟蓬舟，心锁烟雨楼，云萧两岸流，
帆云半壁秋，江天应人一沙鸥。

95. 普天乐·垂虹夜月

半落霞，一青松，天山苍苍，草堂空空，
半论语，一五经三千弟子列国城，
八百年春秋垂虹，殷高五霸春汉，隋唐守元明清，普天下始终始终。

96. 阳春曲·皇亭上泊

一舟去来约浮云，两岸柳丝繁客心，
草堂依旧问论语，江上小渔村。

97. 人月圆·甘露怀古

北国山上旧楼台，秋华衣缩开，瓜洲渔火万陵杨柳故人秦淮，
玄德青香古吴，西蜀孔明心怀，继往自来，王国鼎立吴抵在？

98. 蟾宫曲

女儿心中有心，春来春雨秋来，秋云若得若失，是推是依，
一浮一沉无可时，草色莹茵有约后，空无黄昏，半开院门，
半夜时分，月色半明，花影半深。

99. 水仙子·夜雨

洞庭寒叶洞庭秋，隋河孤舟隋河流，吴城夜雨吴城楼，纯菜会鲈芷洲，
五湖松江去留，一生一论语，三年半苏州，江南客来忧。

100. 后庭花·怀古

功名易水寒，利禄仗山川，一婵月明因，半生佛心缘，半论书生不闲，何以在人间。

101. 普天乐·遇美

梅香沉，桃面开，红杏出墙去，梨妆雪洁白，落花流水浮烟，
小家碧玉庭堂，寒窗夜雨去胶来，一球春萝月徘徊，
半着胭脂半施粉黛，半露心怀。

102. 塞鸿秋·浔阳即景

千里扬扬千里烟，九江浔阳九江岸，半生论语半生叹，十年江湖十年船，
客乡问蓟门，惊秋淮，秋鹭落霞澄江练。

103. 阳春曲

玉门晴沙小雪飞，灞桥薄霜寒烟雨，
夕阳芦花半翠微，
排云甸，明日衡扬归。

104. 朝天子

仕不登匡庐，人未免夕著，小声自然一辛苦，
跃上寒山百余，绝顶难处其途，半部论语，中原逐鹿，
江山属离做主，难得一糊涂，五车书，千年来去有无。

105. 人月圆

前朝后代人徘徊，月色去无来，一兴一亡一朝一暮，花落花开，
碧水有去，隋韵依依，旧时庭堂，书生误书，书香问弟，故人心怀。

106. 小桃红

杨花柳絮情绵绵,香波满西山,姑苏孤城外,梅花烟客家船,

吴语呢喃玉色帆,洞庭碧螺,五湖人间。

107. 一枝花·姑苏洞庭

雨山满落花,一城半烟雨,柳丝还浮荡,客心不作主,青草芊芊,春归春来去,祁是玉兰误,东君不语,谁告诉红绿住?

108. 后庭花·拟古

窗前夕照一残,院中红妆晚,柳丝一台城,

芳草半西苑,待相思,一夜梦中,湖心问君山。

109. 天香引

江都城,江都人间大江,东去南临此川话川,十里扬州梦不断,一园琼花露还寒,三十四桥月半圆,玉门箫弄七弦,瘦湖香泉,片片绿,点点红,玉数婵娟,芳草一地,舒光半澜,繁华尽朝朝暮暮,吴楚乡碧水江南。

110. 水仙子

一朝天朝一朝地,半家主人半家君,一夕落霞一夕昏,一时间一是非人,一日晴阴,唯有般若婵门,自当正冠巾,清明时烟雨风云。

111. 天净沙

塞雁行行断,半山阳关处处寒,沙净天水岸,泽浅月牙澜,泽明红蓼寒。

112. 迷青琐倩女离魂·相思

孤舟泊邻家明日问芦花秋,水清芦苇,寒雁宿年,沙一夜玉门,

半心寄天涯,留下相思泪,但待高阳峡。

113. 丁亥正月初九

留下相思泪,但待高阳峡,一夜梦玉门,半心寄天涯,

秋水清孤浦,寒雁半平沙,孤舟泊渔家,明日问芦花。

114. 凤栖梧·兰溪（曹冠）

一半兰溪分一半,杨柳垂岸。水水重无断。花草连天成霄汉,今古如此谁兴叹。举案齐眉人不见。何以刘郎,莫问桃花面。粉黛难明难粉黛,巢由曾以樵渔便。

115. 卜算子（曹组）

步步一行踪,步步条条路。步步慈恩步步书,步步当初故。岁月岁年年,三界三生度。卷卷舒舒卷卷舒。云里云中数。

116. 长相思（臣东甫）

一寻寻,再寻寻,去去来来不可寻,朝朝暮暮寻。妾有心,君有心,妾妾君君不变心,君心似妾心。

117. 金人捧露盘

草茵茵,花艳艳,晨新新。渭城外,清净风尘。楼兰渐远,玉门关外玉门春。向交河路,风尘朴朴风尘。长安市,咸阳巷,官如子,女相邻。只能一半献天伦。乾坤日月,人间朝暮自经纶。去来去去,一平生,天地人钧。

118. 一剪梅·舟过吴江（蒋捷）

十步江村十步桥。三步摇,千水迢迢。萧娘碧玉小家娇。藏也苗条,露也苗条。

夜月江南夜月宵,弦也逍遥,园也逍遥。年年岁岁有春潮,风也飘飘,雨也潇潇。

119. 卜算子（乐婉）

一步一人间,三界三生路。一日人生一气途,一二三相度。不是雁门关,不是衡阳暮,北北南南作念奴,草木何如故。

120. 月上瓜洲·南徐多景楼作（张辑）

江湖一叶江舟。半垂钩。草木连天连地,在沧洲。茫茫月,多景楼,自清秋。真钓鼓刀相见,过瓜洲。

121. 酒泉子（潘阆）

渭渭泾泾,不望咸阳城上日,刀刀鼓案问春秋,直钓不渔钩。禹传华夏王朝继,上下三千年月续。商周孔子向齐求,以鲁水云舟。

122. 八声甘州（柳永）

八声甘州,一曲阳关,十里百荒丘。已沙山移动,骆驼步步,海市蜃楼。不见楼兰不见,已了交河州。唯有胡杨木,岁岁春秋。步步西行西域,以玄奘去去,路路丝绸。以隋炀旧迹,骡马市无休。有佳人,红颜知己,识几回,几世几何求。由天地,古今今古,旷野风流。

123. 诉衷情（张先）

圆缺缺待相逢,一月一行踪。弦弦上

下弦里,故步故心封。相互忆,互相从。自相容。以相思路,就就依依,出水芙蓉。

124. 浣溪沙（晏殊）

两曲新词一曲回,三声旧步半声来。天台日月向天台。岁岁花开花落问,年年草木草徘徊,生生息息总相催。

125. 离亭燕（张昇）

一面桃花一面,云舒碧空云卷。何以长安刘郎问,十载皇城无见。步步是人间,江湖是非飞燕。天宝梨园香茜,开元半生宫院。谁信雨霖铃幸蜀,可向得长生殿。对羯鼓霓裳,华清半重云霞。

126. 木兰花（宋祁）

桃花一半梨花好,小杏枝头心意早。寒寒暖暖不寒寒,小小姑苏多小小。悲欢离合长道道,习剑知书知已老。从君一路一平生,草草花花花草草。

127. 浪淘沙（欧阳修）

万里浪淘沙,万里人家。万河万里到天涯。五十天中应到海,当自中华。腊月腊梅花,傲骨无斜。香香浮动色无遮,白雪阳春阳白雪,如我如她。

128. 浪淘沙（王安石）

一步一西东,色色空空,醒醒醉醉不英雄。去去来来去去去,老了成翁。已度已由衷,殊途殊同。飞鸿南北作飞鸿,见得衡阳多草木,青海芦丛。

129. 清平乐·春晚（王安国）

朝朝暮暮,去去来来路。不误人生人不误,如古如今如故。儒书一半书儒,匹夫一半匹夫。王土莫非王土,无无有有无无。

130. 卜算子（李之仪）

一水自江头,一水流江尾。五十天中到海流,处处生芦苇。处处见蒹葭,处处生芦卉。处处东西处舟,处处生文玮。

131. 鹧鸪天（苏轼）

九九重阳九九家,黄花遍地遍黄花。十二万首诗词客,格律方圆种豆瓜。耕日月,作桑麻。诗词盛典作奇葩。人间留下长城著,古古今今你我他。

132. 长相思（晏几道）

短相思,长相思,一半相思一半知,月明正此时。朝相思,暮相思,一半相思一半姿,依依就就时。

133. 虞美人·宜州见梅作（黄庭坚）

梅花三弄梅花落,下里巴人约,阳春白雪一阳春。已是春江花月夜天伦。高山流水高山清平乐,却上滕王阁。风尘朴朴半风尘,买剑买书买路买东邻。

134. 忆故人（王诜）

烛影摇红,一夜寒。总不断,人心乱。杨杨柳柳运河边,以此系船难。何以云沉雨散。见波澜,兴兴叹叹。有青莲岸,问了萧娘,行程未半。

135. 好事近·诗词盛典（秦观）

一绿五分黄,十里千云阡陌。已是方村天下,古今成诗客。长春总总是长春,处处以芳泽,格律方圆当正,始成功成册。

136. 梦江南（贺铸）

一寸桑丝一寸蚕,梦江南。清潭处处泛峰岚。一半心思心不定,女儿谙,阊门烟水玉观庵。问苏三。

137. 迷神引·贬玉溪对江山作（晁补之）

白玉溪边江山故,一路人生朝暮。阳春 曲,竹枝声住。已清平,红尘渡,似云雨。何以儒冠误。半生路。云卷云舒过,未行雨。剑剑书书,只向君王付。自以华胥,初心顾。且知大禹,夏成启,商周数,七千年,君臣路。君臣路,天下人民问,今古度,为人民服务,古今度。

138. 苏幕遮（周邦彦）

契丹城,胡人路。天下东西,不可同朝暮。天下如来去如去。天下阴晴,草木无同度。一江湖,三界步。海角天涯,日月江山付。半在江南江北误,不是长安,却是临安住。

139. 念奴娇（叶梦得）

长江万里,又黄河万里,年年桃李。到海从源应万里,五十天中行止。一路三江,川流而去,第一湾中芗。惊涛壶口,逐鹿中原历历。日日不竭东流,春秋草木,万里江河水。万里长城长万里,燕赵秦皇汉垒。嘉峪关前,山海关外,何去何来指。古今今古,因人因事因己。

140. 西江月（朱敦儒）

去去来来去去，来来去去来来。八千年里一徘徊。晦晦晴晴晦晦。白雪红梅白雪，红梅白雪红梅，年年岁岁催催，态态姿姿态态。

141. 一剪梅（李清照）

觅觅寻寻觅觅寻，水月深深。一半知音，一半知心，高山流水一名琴，一半知音，一半知心。冷冷清清冷冷衾，一半寒襟，一半霜霖。山中独木不成林。独木成林，根木成林。

142. 虞美人（陈与义）

枯荷少少枯荷了，自以霜雪少。年年岁岁一秋潮，一半风云一半问云霄。来来去去来来道，今日重来好，蓬蓬子子任天雕，傲首经天一半问云霄。

143. 小重山（岳飞）

一度人生一度鸣。山河千万情，问三更。莫须有也莫须行。何切切，日月有时明。白首一书名，古筝三两声。向前程，剑难成。来来去去一忠诚。何今古，一笑自枯荣。

144. 卜算子·咏梅（陆游）

白雪半阳春，白雪梅花落。白雪阳春白雪春，一半香尘约。不必问东君，已向群芳诺，化作红泥作故人，不自孤求索。

145. 昭君怨·咏荷上雨（杨万里）

一半莲蓬莲子，一半芙蓉如水。点点玉珠姿，入秋迟。一半芙蓉妹妹，一半莲蓬彼此。却是池荷细雨，只向心中圆始。动динам似相疑，总私窥。

146. 水调歌头·金山观月（张孝祥）

一水金山月，一水半瓜洲。金陵六朝今古，见得大江流。北固江山北固，燕子矶头燕子，石影照城头。建业东吴问，故国秣陵游。谁人问，三千里，一神州。宋挥玉斧天下归顺一王侯。自以黄袍加冕，自以平身百姓，五百半春秋。莫以兴亡叹，只笑老年头。

147. 破阵子（辛弃疾）

买剑买书买路，作人作事作程。三万天中成就计，日日辛辛苦苦营，步步了一生。万里黄河万里，弯弯曲曲前行。五十天中源到海，见得生前生后名，可留不饮明。

148. 水调歌头（杨炎正）

水调歌头唱，一路到扬州。三山自立天下。二水不回头。柳柳杨杨柳柳，暮暮朝朝暮暮，处处运河舟。已过千年数，五百又春秋。禹传夏，今古事，帝王侯。华胥国里无帅主无字无忧。自得无来无去，自得有来有去，公社以公求。人类共同体，彼此善人谋。

149. 唐多令（刘过）

一步岳阳楼，三声黄鹤楼。已知音自自忧忧，独在滕王阁上望，几草木，几春秋。同是大江流，弯弯过九州。禹传家，夏启商周。秦汉隋唐今古继，经日月，水沉浮。

150. 沁园春·忆黄山

三十六峰，三十六溪，三十六州。以峰峰自立，溪溪自负，处处沉浮，江水江青。江山草木，一半云中一半游。烟缕缕，雨霏霏，雾雾雾，不识春秋。当年黄帝浮丘，昼寝里，华胥以梦留。自无有有，无须帅主，无私己欲，无当嗜取，无谓何求。葛葛洲洲，源头白鹿安得灵方已早修，方圆在，作经纶自在，你我方舟。

151. 东风第一枝·咏春雪（史达祖）

三弄梅花，梅花三弄。不分何朝何暮。琼林第一南枝，早向人间一步。香香浮动，傲骨立，玉肌相住。且听得，白雪阳春，与下里巴人度。黄金缕，竹枝由诉，红白色，相含相顾。旧遊旧忆山阴，不止不行姑苏，寒中有暖，暖里有寒，春相互。只一夜，被被衣衣，俱是天公分付。

152. 满江红·赤壁怀古（戴复古）

古古今今，五千年，今今古古。几见得，自人间是，虎龙龙虎。一步英雄英一步，但求火字何求雨。以周郎，诸葛亮东风，惊飞羽。赤壁水，江河主，三叉口，东流浦。自分分合合，问黄金缕。社稷江山谁社稷，江山社稷江山主。古今事，见古古今今，听钟鼓。

153. 西河·和王潜斋韵（曹幽）

天下事，古今怎作如此。王朝由夏至商周，未然未已。少年气概总成尘，江山社稷谁是？今古是，古今是，成为王也败如水。绣春台上一登高，自当历史。一南一北一东西，中原逐鹿而已。不当正史野史里，匹夫声，犹在田里，但有雄心谁视。匹夫闻，大丈夫如轨。陈涉吴广今谁纪。

154. 水龙吟·采药径（葛长庚）

云云雾雾山山，朝朝暮暮朝朝暮。迷迷荡荡，烟烟露露，晴晴雨雨。物物丛丛，千千万万，如生如故。以冬虫夏草，灵芝白玉，天下药，公公数。水水溪溪成注，一涓涓，以高低许。泉泉石石，有流无阻，自然自度。品位齐之，涩醉甜棘，苦辛辛苦。已经门问断，簑衣草履，向深山步。

155. 南柯子（吴潜）

一水三月潭，千年五柳风。桃花源外半陶公，何以琴弦杨弃任西东。色色空空色，空空色色空。弦弦已尽已无同，天下人间天上几难终。

156. 山花子（刘辰翁）

不问神仙不问天，依依就就，半无眠。但入黄粱成一梦，自幽然。白雪阳春如白雪，巴人下里巴人天。草草花花三两处，尽人怜。

157. 花犯·水仙花（吴文英）

水仙花，葱葱碧绿，婷婷弱纤面，自然回见。一夜一中庭，已自香遍。以心以意长生殿，梅花三弄院，五六九，立春之日，才知情所恋。婵娟落下广寒幽，西施舞，月下貂蝉初变。听白雪，阳春羡，共梅香倦。冰弦泻，岸边晓燕，欲飞去，玉人不分眄。国色在，天香何在，群芳由此变。

158. 闻鹊喜·吴山观涛（周密）

云水路，落下七天飞雾。化作江涛龙虎斗，人间已步步。一线潮头飞顾，半倾龙宫虎丘，见得钱塘三百里，如此天堂故。

159. 沁园春·题潮阳张许二公庙（文天祥）

一世成名，十世佳名，半世太平。以张巡许远，二公日月，刚强自立，义节成英。见得潮阳，寻来豪杰，彼此无名彼此名。留史册，作古今垂目，正正卿卿。今今古古成城。各为主，为民八九声。这朝代代，儒冠有误，来来去去，还是书生，冷了坑灰，乱了刘项，不见鸿沟不见惊。谁留下，仪容古庙，再现平生。

160. 甘州（张炎）

问江南塞北作飞鸿，寞寞对春秋。向衡阳芦苇，青海湖岸，自得风流。已觉春潮已起，蒹葭上草洲。南北长空翼，何问来由。未得山盟海誓，却世双双度，上了心头。已经霜落叶，不误十三州。几年岁，雁门关外，一春秋，一去一来酬。年年路，岁岁步步，不止无休。

161. 绮罗香·红叶（王沂孙）

一叶枫丹，三山染遍，二水金陵庭树。处处形色，作得朝朝暮暮。六朝去，十里台城，问梁武，如何倾诉。此人间，天竺路遥，大千世界举前步。林林木木草草，无不年年易易，争妍如许。二月芳芬，分碧化艳一路，重认取，川谷山沟，皆普渡，以云成雨。共春秋，寻到天阳，赤红相似度。

北宋·王梦希
千里江山图

集四
读《中国皇帝全传》

集四 读《中国皇帝全传》

前　言

有荷马，无荷马，有无之心，有了古希腊荷马史诗伊利亚特和奥德赛。全诗一万五千六百九十三行，三十八万五千字，和一万二千一百一十行。

留下了古希腊上下两百年的神话和传说，成为欧洲文化取之不尽的源泉和传承。

一般看法，荷马是一位历史人物，约生活在公元九至八世纪。

华胥国三皇五帝，禹傅夏至商，已五六千年，至西周，公园前十一世纪至秦，公元前二百二十一年，自秦始皇至清溥仪，四万零二皇，已成上下三千年正史。

余今诗词盛典万首格律诗词，八万余行，再以千首浣溪沙附记述这一历史。

正史难成野史成，三千年里事无平。
皇王四百二章生，百万天中天百万。
人人事事久枯荣，今今古古去来情。

中国皇帝全传

六合一中央，千年半始皇。
联横成合纵，二世不称王。

1. 始皇嬴政

自禹千年第一皇，联横合纵半兴亡。
春秋战国两扶桑，以赵长城长万里。
坑儒孔壁亦留光，同文共轨已度量。

之二
自古三皇五帝王，由皇取帝朕天昌。
传之万世自荒唐，十五年中秦已尽。
秦嬴二世已兴亡，平民百姓子婴尝。

之三
一．吕不韦政治投资和秦始皇少年登位
不韦千金子楚偿，昭君质子误华阳。
投资政治国家商，六国联横连不就。
孤秦合纵四方扬，江山处处是三光。

之四
白起廉颇两国伤，邯郸一女赵姬娘。
原同个韦共东床，子楚方求生太子。
长平战去是华阳，十三嬴政赵秦王。

之五
二．初展雄才，肃清君权障碍
不韦方成繆毐成，四公子士四公名。
咸阳门上字相倾，吕氏春秋传吕氏。
法家自此半无生，颛顼皇帝始皇嬴。

之六
仲父无名繆毐盟，秦嬴有识始皇情。
茅焦二十七星鸣，彻底肃清清彻底。
君权确立正方成，雄才大略始皇名。

之七
三．踵武先王，完成统一大业
六国不疆一统王，秦雄变法自商鞅。
耕耕战战立平章，四塞风云之固镜。
三边自赵筑城墙，文才武干李斯堂。

之八
尉缭共服近虎狼，李斯上蔡过秦乡。
郎官不韦作官郎，郑国渠成分利弊。
韩非已取未成章，同窗互异各兴亡。

之九
一统秦嬴称始皇，离间六国各分王。
廉颇老将未成装，赵尽韩燕悲易水。
王翦伐楚魏齐梁，连横合纵作兴亡。

之十
四．全面改革，创立封建帝国
太尉承相御史名，三公以下九分卿。
中央集结一权倾，百姓民生成黔首。
方圆以六数生明，通渠水生郡兴瀛。

之十一
法律成规十五名，颁行统一度量衡。
黄金货币货居行，自此同文同轨道。
仓颉爱历博学行，秦人记取李斯嬴。

之十二
租赋田桑令役兵，匈奴北假镇边城。
临洮一望半疆名，碣石辽东辽真界。
天骄万里筑长城，灵渠新道古今荣。

之十三
五．残暴统治，造成怨声载道
六国图成六国亡，一阳嬴政一咸阳。
宫宫殿殿一阿房，虎虎狼狼狼狼虎虎。
坑灰不冷读书乡，李斯五马李斯扬。

之十四
周青议政已当官，淳于越位子臣梁。
坑灰不了没咸阳，楚有三家三户士。
秦荒道教祖龙亡，人心巷议怨声长。

之十五

六．秦始皇客逝沙丘与葬身骊山
道道仙仙在四方，生生死死求无疆。
韩终巧舌石生簧，欲得长生长欲得。
湘灵草木济天光，扶苏二世李斯亡。

之十六
见得临潼日月光，天下不取梦书香。
骊山十步坑儒荒，吕不韦时奇货易。
赵姬质子有猖狂，万人陪葬问秦皇。

2. 二世胡亥
二世胡亥少子皇，群臣鞋子扫无常。
秦嬴始乱始无成，法法儒儒儒儒法法。
沙丘政变赵高旁，三年已弃帝家王。

之二

一．沙丘政变
不孝沙丘不义兄，李斯已入赵高城。
扶苏在外事不明，自此秦皇秦不正。
丞相一任俱官盟，雀巢鸠佔一巢倾。

之三

二．朝野蹀血
五论蒙恬一李斯，赵高始作帝王时。
胡亥不问不相知，已是扶苏光自刎。
扬州销官老臣迟，朝朝野野血流司。

之四
蒙氏庭家尽斩枝，秦嬴骨肉也凌迟。
功臣自是自难维，法度无边无法度。
赵高指鹿为马欺，三年半载王婴时。

之五
二世兄兄弟弟离，咸阳腔血已成池。
杜邮碾死几人危，二十八名兄弟尽。
胡亥自得自难为，尸横遍地遍横尸。

之六
二世昏庸一界碑，赵高指鹿半朝池。
奸奸险险古今知，秦位扶苏比自己。

朝朝野野蹀血时，五十二年短秦司。

之七
督责书中见李斯，孤家独断寡人迟。
真真假假奏无宜，狱中难时难狱表。
赵高二世各孤之，留成五马五分尸。

之八
二世胡亥自可悲，三年独以赵高为。
君臣倒置是非移，不正成邪何不正。
朝堂指鹿已时迟，杜南黔首已谁知。

之九
二世秦嬴半子婴，年中岁月一朝倾。
千秋万代始皇名，五十二年天下统。
咸阳削立集权倾，中央自此如今行。

之十
水水山山一政名，长城万里百家兵。
文文化化半民生，禹夏成王成禹夏。
商周伊始黄嬴，三千年里自枯荣。

汉
半日刘邦一日凤，三吴项羽两江东。
鸿门宴上几称雄，垓下分封分不定。
咸阳以火未央宫，乌江子弟见渔公。

3. 高祖刘邦
赤帝方扬大泽乡，揭竿而起一陈王。
萧何吕后坐公堂，五彩祥云祥五彩。
沛公豪杰四方扬，行三字秀向咸阳。

之二
八百吴中子弟兵，三年战乱息平常。
刘邦项羽两弛张，莫以鸿门问项庄。
屠城甚过一咸阳，东归不问有张良。

之三
项伯沛公一汉王，中原逐鹿渡陈仓。
田荣反叛作齐王，士辱成雄韩信志。
申阳以降待封尝，灉水无流半逃亡。

之四
亚父知亡楚霸王，吴中子弟对荥阳。
成皋两易半兴亡，斗志何须多斗力。
因之十罪楚歌扬，大风起兮顾家乡。

之五
项羽弯弓一箭张，中胸数掐汉王藏。
三军对峙各兵粮，盖世无双禹雅自立。
乌江不尽水流长，虞姬已可卸红妆。

之六
一汉刘邦问七王，萧何韩信共张良。
关中自宦可称皇，记取鸿门垓下楚。
淮人以火了咸阳，风云上下自飞扬。

之七
政治承秦体制方，雄才吕后鸟弓藏。
成成废废一人偿，莫以萧何韩信问。
微山湖里寄张良，江山社稷是文章。

之八
一半民生一半皇，无当禹夏自沧桑。
农夫自主自炎凉，赋税皇家增减养。
军兵政治诸侯王，钱钱帛帛守边疆。

之九
一统皇权皇一统，争争战战已农伤。
兴兴废废苦辛尝，异姓侯王侯异姓。
疑疑信信久难量，钟离昧死百弓藏。

之十
个惑尤辟灭六王，误中有无有中误。
卢绾不免是同乡，一日同生同起义。
南征北战宦燕皇，陈豨去后自寻亡。

之十一
李布丁公将领扬，南宫阁道问张良。
同行异志久猖狂，隐患生疑生隐患。
匈奴已待汉家王，长陵六十二年亡。

4. 惠帝刘盈
太子无成天子成，商山四皓奉刘盈。

集四 读《中国皇帝全传》

垂簾吕后以权倾,一毙戚夫人惠帝。
仁人委弱政非情,君臣礼敬孝难明。
之二
十六成王九载行,田农五算半钱生。
生生息息始思荣,法利先秦黄老道。
匈奴自可以和成,慈民惠帝满粮城。

5. 文帝刘恒
不幸之中一幸王,刘恒薄氏半忧肠。
无遭吕后毒人伤,赵隐王名如意尽。
饥寒赐死共幽王,灵王绝后见天良。
之二
夜看苍龙盘玉肚,刘邦信以半天光。
刘恒以弃代成王,吕后专权专自己。
乌龟壳上大横扬(卜),周勃会以(占)天王。
之三
望外忧心智宋昌,长安诸吕已诛亡。
群峰以外刃成光,七子矛矛生值值。
根基步步探中张,高陵宝玺愿如偿。
之四
忡忡忧忧作柳阳,周勃政变后先亡。
陈平智取已丞相,自与民休生息见。
升平日月继文昌,温良俭让善旗张。
之五
魏尚云中太守郎,廉颇李牧赵功提。
忠臣直语一冯唐,贾谊长沙长异论。
鬼神信者误天良,除民祝诅正言堂。
之六
减役僵兵息自昌,兴农废祕祝时张。
知人法度法当量,遗诏长长长遗诏。
依山傍水物无伤,平平静静霸陵旁。

6. 景帝刘启
立汉之初几诸侯,削藩割疾始春秋。
吴王太子不沉舟,七国袁盎晁错误。

三公以此父无留,中中正正自难修。
之二

二治国安民,修养生息
立本农桑劝九州,生生息息国筹谋。
宽容税役共春秋,厚礼仁慈多续积。
成都学馆子民忧,文翁博士仲舒求。
之三
匹匹夫夫国栋梁,文文景景汉家昌。
朝朝代代是农桑,战战和和边不已。
兴兴废废一弛张,生生息息半兴亡。
之四
一介朝庭十介王,民民不已帝帝皇。
家家国国几人昌,帅主无须无帅主。
今今古古几弛张,天天地地不圆方。

7. 武帝刘彻
武帝雄才第五王,倡儒偃道拓边疆。
无为不是略成章,一统河心刘彻始。
中原逐鹿已辉煌,文文景景治方长。
之二
武帝园中有一方,藏娇金屋立三章。
儒学典籍秉中堂,卫绾书书书剑剑。
枚乘以赋教天王,安车代步蒲轮量。
之三
骑射匈奴文彩正,田连十里富人昌。
农民尤馑食难尝,锐意贤良多举荐。
长安笔试仲舒扬,尊儒卫绾任丞相。
之四
太后专权四野狙,初心武帝试锋芒。
为家海内百贤食,司马相如骑马迁。
时机造就造平章,宏图没黯士东方。
之五
老子言中太后狂,登基武帝挫难扬。
优游社稷向天方,一马东西南北去。
上林赋里自洋洋,精心上进待低昂。

之六
汲黯韩安国贤良,唐蒙压助以功扬。
公孙司马相如集,结集人才人结集。
田蚡罢黜百家庄,独尊儒术一朝堂。
之七
主父偃人一生荒,文章四海久难尝。
推思会里有扬长,太学兴成成国学。
人才自此学生堂,孝廉方正举察良。
之八
武帝误千钩与枝,独尊儒术少贤知。
巫蛊祸起以鬼疑,充沛精神何充沛。
雄才大略少年时,轮台悔过本农迟。

8. 昭帝刘弗陵
怪诞拳拳钩戈门,弗林字不小王孙。
临朝太后弄乾坤,喜大于悲婕妤死。
周公自是霍光村,初王八岁问辰昏。
之二
国事空空赋役多,千疮百孔政如河。
匡扶武帝逐千波,"罪已昭"行难自主。
人间处处度坎坷,霍光苏赋几人何。
之三

昭,圣闻周达
昭帝群臣认霍光,年当十四可称皇。
千君一代少年郎,政变无成无政变。
加冠治理作成王,加冠政治霍光尝。

9. 宣帝刘询
武帝曾孙隔代皇,多蹇命运历史伤。
坎坷步步始称王,不幸之中应万幸。
巫巫蛊蛊事登堂,囚徒五载犯人尝。
之二
邴吉同情病已当,刚刚直直直刚刚。
名君一代始成章,旧史掖庭张贺至。
书书学学以妻张,非非凡凡上中堂。

之三
一步登天一霍光，人间病已半朝堂。
磨难十八载成王，大典何须何大典。
皇家角斗角兴亡，君臣逐利逐炎凉。
之四
四代江山一代皇，刘家名下霍家王。
宫廷任自任弛张，吏吏官官官吏吏。
登峰造极作死伤，权归不了不知狂。
之五
立后君平张贺故，留为故剑立兴亡。
刘刘霍霍几呈强，逐步削权王一统。
图精病已肄朝纲，勾心斗角十年长。
之六
半在削藩半在王，中兴一世一农桑。
民生久战久荒凉，半在和亲一半。
匈奴自古自成疆，长城南北各兴亡。

10. 元帝刘奭

半在师儒半在名，哀鸿遍野几民生。
流离失所草无荣，暴敛贪官贪暴敛。
横横纵纵酷吏行，奸佞四面无道城。
之二
字字音音律律成，柔柔弱弱士名声。
王王帝帝事无明，"乱我家王家太子"。
先王自此了平生，风情一半一风情。

11. 成帝刘骜

世造皇孙一玉奴，宽仁博慎独尊儒。
无穿"弛道"绕宫途，四载河平则四载。
荒芜酒色酒无殊。
无家易学得臣辜。
之二
皇王未能外戚殊，中人（宦）有党士唯儒。
和边不响对匈奴，现代应安应现状。
无忧乐道乐时无，农民起义振京都。

12. 哀帝刘欣

十九刘欣作汉王，文辞法律尚书光。
诗经日月四时香，太子无生无太子。
藩王补继入朝纲，谦恭自是俭宫房。
之二
世系宗亲世系王，公权富贵佔农桑。
劳心治者力劳长，上下三千年上下。
华胥禹夏始秦皇，天天地地各炎凉。
之三
三世居权五将狂，中山秉政二丁王。
甘忠伪造两书尝，有日天宫历汉尽。
包元太平作经纶，何言丙受命中堂。
之四
社会矛矛盾盾扬，鬼神惑众自妖妄。
七年在住五丞相，完惧王家王莽立。
微言大义士难当，今文再授古经梁。

13. 平帝刘衎

乐乐和和一衎皇，登基九岁四年长。
江山不予少年郎，不是王家王莽篡。
同王不是不刘王，毒从岳父立朝堂。

14. 孺子刘婴

刘家孺子半称王，当权执政摄朝纲。
专行独断定公庄，十五年中如狱度。
刘婴王莽女孙堂，李松更始作丞相。

15. 新帝王莽

摄政居王践作名，虫蛇转世外戚成。
刘衎岳父毒其生，完惧田家田作姓。
政君为后太子情，王家首辅政朝横。
之二
古古今今有正邪，刘家尾大一王家。
沛公斩莽半泥沙，太后政君成帝许。
王家统领帝王瓜，皇戚不掉汉无涯。

之三
克以修身养性盟，王商叔父与官声。
皇戚近已可求成，永始元年成帝任。
恭身节让尚心清，家荣济世济家荣。
之四
淳于长官住不轻，王君侠子自相平。
齐尊已尉贵公卿，借得元妃飞燕舞。
龙名许嬗在私行，千般戏弄一名倾。
之五
自此君臣辅政行，刘婴二岁摄皇名。
鸩杀平帝内官横，摄政难言难正徒。
宣"新"国号立皇城，由新代汉一朝生。
之六
自以王田令乃营，危机四伏界边情。
萧墙有祸独心惊，一世经光凭宰衡。
疑魂事变子孙嬴，王临太子弑无成。
之七
东之韩卢猎物烹，劳民九庙义军更。
公卿逃至溅台楹，箭尽刀弯弓已折。
杜吴斩莽肉酱醢，公宾割舌未平丁。

16. 淮阳王刘玄

饿莩"新朝"四野横，王匡造反一天惊。
荆州一万绿林兵，更始刘玄王莽易。
淮阳渭水帝王城，新朝十五载难平。
之二
赤眉千军百万兵，昆阳一战半威明。
鸿门宴上项庄行，玉玦难当难自主。
申屠不是伯升情，皇权世代总无衡。

17. 光武帝刘秀

伯仲相承叔秀名，兄兄弟弟弟兄兄。
西东汉室此分成，九世孙当刘秀继。
胸无大志女儿声，南阳望气作声名。
之二
一表文才信用生，温良俭让务农情。

集四　读《中国皇帝全传》

昆阳一战露初名，二载绿林成汉帝。
开花日秀赤光明，济阳宫里有神明。
之三
受命之符已半城，云龙在野肆三明。
强华卜占秀行兵，筑起坛台天下祝。
千秋亭在帝鄗城，称王建武以神荣。
之四
建立都城一洛阳，农民起义半称王。
青州赤眉济天光，刘秀因之因坐帝。
专年义表已堂堂，徐宣玉玺与时扬。
之五
割剧难平向四方，群众乱战有千误。
咸思汉生可称王，刘永庐芳张步子。
五年之久宫梁王，征征血气已方刚。
之六
坦荡胸怀纳短长，怀柔匪霸济天良。
仁慈百姓惠田庄，税赋何当何不减。
斯民一世一米粮，汉光武帝始规章。
之七
马援归行贵客尝，西州才子有圆方。
余姚一士共严光，欲为明君光武帝。
修身治国举贤良，齐家恢宏以民昌。
之八
误项令名一洛阳，湖阳公主半无光。
董宣一世以贪亡，七十四年县令任。
遮尸土洁布廉昌，汉光武帝以情伤。

18. 明帝刘庄

四子刘庄十六皇，刘疆太子王刘庄。
河南不是不南阳，争正邪邪分不宦。
君臣半自半连妆，无辜有罪楚王汤。
之二
郅善匈奴窦固阳，班超虎穴独成章。
昌儒孝道奉天良，自以桓荣师自以。
金人四射佛人光，兴修白马寺经堂。

19. 章帝刘炟

四岁成章太子堂，建初十九岁成王。
三公整顿作衣裳，焉耆龟兹盟二国。
联匈汉尉守难疆，司徒鲍昱正言堂。
之二
复以班超疏勒国，东归不去自孤肠。
中央政府有余党，使节当天当地域。
千年未了汉文章，长城石磊赵秦皇。
之三
一代皇家一代王，未央宫里未央堂。
王王不得不王王，太子如兴如太后。
戚戚宦宦久成狼，文文化化自成章。
之四
拜爵封侯自汉光，功功业业始规良。
周纡治法正朝纲，窦宪横行误跋扈。
严明始有守门郎，忠忠直直几非常。

20. 和帝刘肇

一半削藩一半王，匈奴久战各伤亡。
外戚内宦肇时昌，史历班超西域治。
龟兹鄯善致和堂，皇权分割任弛张。

21. 殇帝刘隆

百岁娃娃作汉王，居心不正误朝堂。
民生不忌任无荒，短命刘隆三百日。
清明太后未文昌，巫巫蛊蛊致衷亡。

22. 安帝刘祜

太后当权夺势王，河西战报满朝堂。
屯田羌旗反兵扬，内宦外戚官斗轧。
危机四伏汉无章，严光四载帝宗七。

23. 顺帝刘保

政治无成腐败成，连年战事总兴兵。
王权子后互相倾，坐守章台门顺帝。
宦官恃殿宦官行，张防不似不孙程。

之二
水旱风天成灾横，民难存活息难生。
农村起义久难平，见得豺狼当道上。
浑天地动器仪名，先生李固有张衡。

24. 冲帝刘炳

两岁成王第九王，刘家孝冲政经荒。
外戚斗角宦官扬，三岁亡朝方五月。
梁家太后治家梁，民声主宰世分张。

25. 质帝刘缵

八岁称王再姓梁，千乘只与一天光。
清河十八不成王，太后梁朝梁冀狂。
权臣自以外戚当，专行以毒弑君皇。

26. 桓帝刘志

三代皇王三代梁，梁家势力作刘家。
残贪极奢欲猖狂，腐朽"微行"糜烂皇。
外戚党锢宦官误，朝权不立不声张。
之二
自是官逼民自反，生生息息是人常。
司徒太尉共削梁，李固司空胡广合。
五侯宦觉宦官装，三公党锢党炎凉。

27. 灵帝刘宏

十二刘宏作帝王，危机补发自荒唐。
勾心斗角扑皇纲，白驴西园操辔玩。
皇冠市肆易奇妆，黄巾起义易刘皇。

28. 少帝刘辨

一道宫门两界邻，殊杀官子儿千人。
弘农少帝废时尘，董卓操戈袁绍怒。
幽玄饮鸩不延津，刘王仰药保全身。

29. 献帝刘协

袁绍京诛宦子臣，皇城权归董卓人。
分分裂裂乱风尘，吕布司徒王充伐。

曹操献帝许昌循，孙权刘备界天津。

之二

一半无成一半成，耕耘日月日耕耘。
精英自度自精英，古古今今人主客。
方圆格律可成城，民生息息息民生。

之三

一事三分左右中，空空色色色空空。
由衷独善独有衷，向背居间居向背。
功功业业业功功，童翁处处处童翁。

匈奴

30. 冒顿单于

大漠荒原望四方，匈奴自古桀家庄。
单于冒顿一代王，夏裔山戎薰粥故。
迁移狝充牧无疆，兴成战国自炎凉。

31. 老上单于稽粥

老上单于稽粥王，中行说宦智谋误。
和亲阏氏汉朝伤，叛向匈奴文化易。
和平战乱两炎凉，胡胡汉汉各方扬。

32. 邪单于侯稽珊

举止从荣态大方，昭君出塞汉宫妆。
单于始得汉家粮，自此呼韩邪面圣。
阴山独树一塚王，千秋蜀女嫁衣裳。

之二

始视刘邦献帝亡，历时二十七朝堂。
胡胡汉汉削藩忙，五百年中羞十载。
两东两汉向边疆，何当万岁作天光。

之三

一代王权半死伤，成皇太子后争狂。
戚戚宦宦久低昂，隔壁群臣观火势。
民生只在一田桑，三千年里逸天光。

三国

上下由中左右分，三分事物一分闻。
向背阴阳分一界，乾坤日月两相分。
思谋智慧始分君，天天地地是分纭。

魏

33. 文帝曹丕

汉室倾亡已作尘，刘协俯首自称臣。
繁昌肃穆子恒陈，记取同根曹丕煎。
燕山典论树经纶，风靡战鼓纵横人。

之二

一士杨修一子名，门中有"活"阔时生。
才华自得有斯情，记取曹冲称象智。
十三短命志难成，丁仪忌丕可无声。

之三

贬柳兄兄弟弟名，封功赐爵许官生。
曹家汉室作相城，得以曹操曹丕子。
吟诗七步逼其行，同根共日异难荣。

之四

自以文才自不还，陈琳一榭讨曹蛮。
文姬归汉壁当颜，阮瑀刘桢王桀氏。
杨修应锡孔融般，风华正茂建安颜。

之五

白马王彪一世名，野田黄雀半无行。
丁仪激愤已留荣，赤壁三分天下事。
陈琳阮瑀建安盟，七哀诗里逝时声。

之六

大业文章文化继，宏图日月久耕耘。
丝丝织织利人情，典论四科分八类。
方圆格律燕歌鸣，生生息息序生生。

34. 明帝曹叡

狩猎因仁而立王，聪明好学武文张。
生身母后久难娘，罢黜虚伪贤能用。

吴吴蜀蜀以南当，辽东北伐扩边疆。

之二

问事如今不问事，当权自古自猖狂。
荒荒淫淫度时光，水转宫中行百戏。
风风雨雨欲无常，飘摇三十已身亡。

35. 齐曹芳

养子嘉平六载亡，藩车废出魏齐王。
曹操后代一曹芳，八岁登基司马懿。
耕耕守守可循纲，宫廷内斗各争强。

36. 高贵乡公曹髦

废掉曹芳再立工，专朝司马一家张。
温文俭让继时光，洛邑司马昭有异。
中兴未始已先亡，潜龙陆上未渊藏。

37. 元帝曹奂

司马昭封晋国公，虚名魏帝不朝终。
争权夺势久无穷，剑阁姜维当一宋。
忠君邓艾莫专横，稽康钟会自成倾。

蜀

38. 昭烈帝刘备

七尺男儿一树桑，冠如华盖郁苍苍。
苏双贩马资金商，涿郡桃园三结义。
黄巾举帜共天梁，张飞关羽正戎装。

之二

有勇无谋吕布郎，貂蝉赤兔任飞扬。
辕门射戟不寻常，袁绍丁袁何董卓。
雷声一度世雄荒，归归附附久无扬。

之三

三顾茅庐一蜀堂，重新汉室半帝王。
中原逐鹿数天章，若以隆中成已对。
荆益事业二州当，联吴抗魏四方粱。

之四
马跃檀溪渡去见,的卢踏步问襄阳。
孙权自任小周郎,五虎军前扬上将。
荆州借得足相当,三分天下已圆方。
之五
陆逊夷陵一战成,黄权法正半无声。
东吴以火自攻明,失利之军刘备叹。
托孤白帝暮年情,鞠躬尽瘁孔明盟。

39. 后主刘禅

自在隆中对已成,出师表中制军营。
衔亭马稷败军兵,七次擒纵擒孟获。
祈山六去作输赢,刘禅诸葛无情。
之二
费祎姜维蜀客名,曹操献帝弄权横。
军官士卒久相争,已晋三分三国晋。
刘禅乐不有思情,如何邰正半言声。

吴

40. 大帝孙权

坐断东南战未休,鬼蛇不锁大江流。
吴吴蜀蜀共春秋,故国三分三故国。
风云席卷帝王州,孙权建邺不回头。
之二
富春孙权权字谋,孙坚次子读书求。
诗经礼记尚书留,左传儒家儒子学。
英雄末了少年头,江在善至自风流。
之三
外患难平内乱忧,曹操一统志午休。
开疆鲁肃策方献,汉室荒芜何献帝。
联刘抗魏自成谋,江南一半大江流。
之四
吏士舟船江水渡,三方共力向荆州。
东风赤壁火沉舟,自以华客留小路。
英雄义正春秋,重开旧部可沉浮。

之五
一寸江淮一寸名,孙权垒造石头城。
都兴建邺守枯荣,不借荆州南北郡。
江山未了未输赢,吴吴蜀蜀不相衡。
之六
江夏长沙桂水城,归吴不问武陵营。
零陵南郡备知衡,以女和亲关羽子。
孙权刘备弃联盟,难平自古自难平。
之七
水利屯田锄久荣,开疆拓土向民生。
东南以水有人情,海外交通交海外。
夷州(台湾)自此陆相盟,扶南(柬埔寨)林邑(越南)高丽(朝鲜)情。
之八
读学文化十载情,恢宏大度少年成。
知人善任百家鸣,老以昏昏疑惑慎。
奸佞信用递张良,孙和太子废时倾。

41. 会稽王孙亮

孙亮称王太子名,孙和太子未成名。
孙登太子不成名,一度孙权孙一度。
无诸不得帝王城,孙琳扑灭一王名。

42. 景帝孙休

一统无成二代王,吴吴蜀蜀半相梁。
分分合合不圆方,景帝孙休承建邺。
龙飞不尾異京堂,孙琳自作自功扬。
之二
只任宫廷半死伤,平生不问一田桑。
巫巫蛊蛊数朝纲,帝帝王王王帝帝。
生生息息是天章,三千年里是民堂。

43. 末帝孙皓

以诏开仓半放粮,千民不济一骄狂。
迁都建邺水流长,不食武昌鱼不饮。
成荒淫色独张杨,末帝自造自吴亡。

晋

西晋

44. 武帝司马炎

曹丕登基一洛阳,同冬共地晋称王。
西东百五十年长,司马昭之心世上。
开皇武帝位难昌,危机自伏蜀吴亡。
之二
陆抗羊公一邓香,吴人向晋半襄阳。
英雄垂泪以碑量,杜预相承书剑继。
儒儒雅雅武文帝,千寻铁锁共吴亡。
之三
是以威加称海内,连年战乱误田桑。
江山一统晋兴粮,国国家家家国国。
王王帝帝王王,民民子子是兴亡。

45. 惠帝司马衷

白痴登基司马衷,贪官污吏侠民穷。
何人不得不西东,杨骏专权专自是。
南风贾后治朝风,八王之乱之民空。

46. 赵王司马伦

贾后金墉城里囚,金屑酒毒自身休。
庸人下场不难留,父子当诛诛父子。
三王反叛不回头,争皇不问国民忧。

47. 怀帝司马炽

废废难成立立王,皇家子母朝堂。
戚戚宦宦各專长,史记民生无记载。
徭徭役役久炎凉,刘聪汉王遗平阳。

48. 帝司马邺

百户长安四野荒,彦旗憨帝一平阳。
刘聪汉帝赐其亡,忍气吞声何自保。
黄金二两斗粮量,生生息息已三光。

东晋

49. 元帝司马睿

司马懿知晋可王，牛承马继易朝堂。
移都建业景文昌，不是牛金牛不换。
江东半镇半吴乡，南迁世旗共兴亡。
之二
与世无争免祸端，恭恭俭俭隐锋芒。
生时自有异神光，王导王家王敦辅。
偏高一隅马同王，山河破碎不成乡。

50. 明帝司马绍

日与长安远近何，江流日日总推波。
飞扬跋扈作坎坷，讨伐奸臣王敦去。
征征战战导干戈，皇家岁月几蹉跎。

51. 成帝司马衍

五岁登基一世根，临朝太后半辰昏。
咸和庚氏主乾坤，借以司徒王导纵。
中书令庾亮宫门，王孙自乱自王孙。

52. 康帝司马岳

暴役横征石虎猖，难征北伐晋何当。
吴王司马岳称王，二载兵丁民自尽。
桓温不得不思量，成成败败待兴亡。

53. 穆帝司马聃

去去来来一代王，庾门控晋半猖狂。
桓温娶帝女南康，改制升平升未得。
皇权旁落不平章，中原再望意难当。

54. 哀帝司马丕

哀帝千龄晋子房，中兴正统始称王。
桓温势力仍猖狂，土断南迁移户主。
江东役赋国家康，难中一度见朝阳。

55. 废帝司马奕

废帝桓温独擅权，身廉数职自称天。
专横跋扈不余年，废帝桓温桓废帝。
安危傀儡保难全，屈屈辱辱避宫迁。

56. 简文帝司马昱

道万桓温结密行，车驰不惧晋朝明。
常为帝惧自难平，颓局临终终所惧。
危机四伏乱兵鸣，轩昂慧颖惧时生。

57. 孝武帝司马曜

孝武昌明祚尽生，哀则可哭父无情。
何常有此自何声，十一年中年十一。
桓温跋扈自横行，谢安辅政始新萌。
之二
淝水符坚一战倾，谢安昼夜半殊荣。
清虚寡欲善玄更，昼动当然当夜静。
经纶自在自纵横，昏荒道子不公卿。

58. 安帝司马德宗

司马生宗偟子孙，三朝四帝一桓温。
无根草木也生根，乐屋王凝之所欲。
王殷兵罢又孙恩，桓玄僭位晋黄昏。

59. 恭帝司马德文

傅亮傅言禅位真，欣然接受德文陈。
百年五十五亡湮，千语昌明后二帝。
零陵王府秣陵人，桓玄篡位晋不臣。

60. 楚武悼帝桓玄

悼帝桓玄楚武闻，流星坠下夜时分。
桓温马氏子衣裙，一霸荆州南郡小。
文章智慧志成君，穷途末路满风云。
之二
晋帝王朝走马灯，三年两岁厉亡兴。
专权跋扈见臣膺，司马懿聪明一世。

桓玄十七位冰凝，西东百六十年应。

十六国

万里黄河万里波，中原逐鹿九州歌。
长城十六国家戈，与晋相生相与晋。
民生苦水尽蹉跎，王王帝帝一年多。

前凉

61. 昭公张寔

举目凉州大漠边，昭公玉玺晋王缘。
安居百姓以民天，汉客刘弘张寔变。
风云统治取皇权，阴谋不见不光贤。

62. 成公张茂

一代忠良一代权，三年不致两三年。
成公半世未成全，九仞灵钧台上望。
凉州牧马上云天，方兴土木志无边。

63. 文公张骏

自以良臣向晋明，东征不可战无成。
刀光剑影已相倾，不惑文公勤于事。
知人善治始繁荣，河西一代见民生。

64. 桓公张重华

一战功成半战名，宽和已尽用非兵。
称王道帝始专横，误伐前秦民不得。
凉州太子已难成，无言谢艾上书行。

65. 哀公张曜灵

二载哀公一世名，重华病逝帝难平。
河州刺史进兴兵，辅政凉公张祚淫。
为之所欲道无明，弑君灭族立何成。

66. 威公张祚

一霸民生一霸成，阴晴草木半枯荣。
人间彼此几文明，莫以威公张祚见。
私通淫荡马皇名，凉王一箭酒泉行。

集四 读《中国皇帝全传》

67. 冲公张玄靓

众叛亲离张祚行,淫虐非为暴兵营。
凉州夜夜不守鸣,七岁称王玄靓见。
刀光剑影血流横,营私结党乱边城。

68. 归义侯张天锡

一代何如一代明,年龄小小野心横。
张天锡子总无平,酒色之中西域侠。
符坚以令奉秦荣,晋凉以此了终名。

成

69. 武帝李雄

一国无成一国成,三军阵乱十军生。
李雄武帝自称雄,相貌堂堂君主立。
南迁道士预测生,其时乱世乱人横。

70. 戾太子李班

一手文章一手王,谦谦逊逊举贤良。
尊儒正道半江阳,莫以和心的暴乱。
当家自拭自死伤,推心置腹误衷肠。

71. 幽公李期

斗角勾心欲帝王,兄兄弟弟各兴亡。
幽公李氏李家猖,李寿李期和李势。
李雄病死李班梁,深宫一夜一炎凉。

汉

72. 昭文帝李寿

一日天王已足尝,开然大度李雄光。
成都易为汉家皇,奢侈劳财伤道举。
平民百姓各死伤,昭文李寿子豺狼。

73. 归义侯李势

汉国昭文帝子闻,其身俯仰子仁君。
疑心李势已衣裙,自缚桓温求自度。

相迁可得建康云,风风雨雨几难分。

汉

74. 光文帝刘渊

乱字当头一世人,刘渊汉帝晋称臣。
龙门小子净风尘,自是匈奴刘豺氏。
文成武略领千钧,平阳未展客经纶。

75. 太子刘和

太子刘和继学文,"毛诗""郑氏易"多闻。
"春秋"日月父明君,是命唯丛以唯帝王。
玄虚故弄故风云,残杀对策作宫分。

76. 昭武帝刘聪

日照龙门贵子生,刘聪彼此父先生。
傅言有日汉家情,武略文韬文化士。
书书剑剑继宫城,亡身美女帝城倾。

77. 灵帝刘粲

一欲难平一世终,丞相太弟两相穷。
心机暗伏不称雄,尺寸深宫深尺寸。
由衷太子篡由衷,东西有序不东西。

前赵

78. 刘曜

祚运穷途半死伤,专皇后殿曲衷肠。
由其帝业任兴亡,领袖神风神彩尽。
麟嘉石勒两疯狂,无谋斗酒不知疆。

后赵

79. 高祖石勒

白气冲天石勒生,匈奴两赵自枯荣。
长安不远洛阳城,晋并饥荒人饿死。

师欢解放隶奴名,幽州牧结盗时情。
之二
北进南征南北路,中原待主待胡行。
天机不断不相倾,鹿尾悬墙朝拜见。
工深日就仅输赢,刘邦汉赵比何倾。

80. 海阳王石弘

王锻经书太子堂,刘征武生剑弓扬。
杜石弘继位海阳,石虎亲兄亲帝废。
从容自若被杀亡,相死手足各冰凉。

81. 太祖石虎

石虎单于似虎狼,横征暴敛纵伤亡。
寻欢作乐两宫瀛,一万佳人太武殿。
妻离子散百家秋,穷兵黩武战争狂。

82. 谯王石世

三十三天一谯王,少年十岁不知娘。
石宣太子反朝堂,石虎无天无无世。
石遵挺进邺城乡,石家世代虎豺狼。

83. 彭城王石遵

轧首张豺废谯王,抗杀三万士兵房
周成造反石遵亡,百八三天皇已尽。
石家以此了狸狂,人间正道是沧桑。

84. 义阳王石鉴

石鉴当然石虎郎,石遵石世两朝王。
石苞石闵石家猖,血雨腥风残暴战。
民生不得苦炎凉,百零三日又兴亡。

85. 新兴王石祁

石祁称王后赵王,石家父子自残杀。
胡羯氏羌半边疆,石闵先登基位短。
军兵刘显邺城狂,提心吊胆新兴王。

冉魏

86. 武悼天王冉闵

武悼天王冉闵皇，生身魏郡内皇乡。
棘奴石虎养孙郎，牧守公侯皆可以。
人间不可自称王，龙城石闵下朝阳。

代

87. 代王拓跋什翼犍

代北鲜卑拓跋人，争权夺利汉家尘。
兵家武生力千钧，息怒无形无于色。
谋谋勇勇逐风云，符坚待乱先秦身。

前燕

88. 明帝慕容皝

势力难成势力成，王王帝帝欲难平。
民生不顾不民生，半在中原中半在。
桑田牧畜逐无荣，和和战战苦辛行。

89. 景昭帝慕容儁

大禹传家夏启行，三千年里逐王情。
何须帅主作文明，不独中原中逐鹿。
边疆复撤向华荣，渔阳北去是龙城。

90. 幽帝慕容暐

夺取关中一慕容，中原逐鹿半真龙。
黄河饮马几相逢，牧草阴山南北碧。
行军塞雁向开封，华人自古以文庸。

前秦

91. 惠武帝苻洪

氐族苻洪石虎盟，关中惠武帝成行。
长安已久帝王城，博士胡文惊一语。
精兵十万可天名，麻秋毒药酒中倾。

92. 明帝苻健

一梦之中一梦成，苻洪太子武人生。
关中记取作身名，自古称王称霸业。
无非利欲利其行，农夫且以匹夫荣。

93. 历王苻生

一子相承一子成，三光只以日光荣。
农夫不作史书名，自古人间人自古。
争王夺霸霸王行，民生未了未民生。

94. 宣昭帝苻坚

一度前秦一度名，苻坚淝水战无情。
风声鹤唳久成鸣，帝位奇言奇帝位。
聪明少少少聪明，王行式态学惟荣。

之二

往事心生韬略盟，凉朝已灭统新平。
襄阳夺取志难平，岁岁年年不朽。
姚苌此举不重征，吴志束缚已杀生。

95. 哀平帝苻丕

共室操戈一死伤，同根断本半炎凉。
杨杨柳柳数低昂，汉汉胡胡胡汉汉。
秦秦晋晋问朝堂，民生日月是兴亡。

96. 高帝苻登

始始原原半等闲，层层磊磊一猴山。
基层战胜向天攀，自古华胥华夏见。
无须帅主母成颜，家家旗旗国云环。

97. 后主苻崇

自古华胥自古天，何须帅主悬荒田。
家家旗旗国方圆，界界疆疆分利益。
争争夺夺已无边，胡胡汉汉各难全。

后秦

98. 武昭帝姚苌

太子难成太后空，东宫斗角向西宫。
侯王父母弟兄终，羌旗姚苌称帝位。
兵兵马马任由衷，成成败败作胡雄。

99. 文桓帝姚兴

马牧姚兴太子成，苻登被斩立殊荣。
文桓帝业少年行，速制人才和以贵。
低三下四宠人名，耕儿败北未相倾。

100. 后主姚泓

后主姚泓后主成，宽容大度器文生。
耕儿自作自聪明，太守潼关分界去。
退兵灞上石桥行，身名不得不身名。

后燕

101. 武帝慕容垂

豁达居奇少年成，成全破灭两垂名。
功劳薄上任天鸣，打退桓温危不惧。
龙城进退进龙城，苻坚器重用神兵。

之二

晋晋燕燕分彼此，求荣不主不求荣。
行途有利有途行，步步中原中步步。
生生息息作民生，无你日日自相倾。

102. 瞩愍帝慕容宝

太子无名况马名，苻坚不取降人情。
风云变幻魏侵倾，国本中山无定夺。
红油滴水火功城，千般未了入龙城。

103. 开封公慕容详

不自知明自不明，中心遗弃向龙城。
相残夺势乱军兵，两月称王称未定。
贪图淫乐性难平，无间百姓死生情。

集四 读《中国皇帝全传》

104. 赵王慕容麟

告密形身不以真,沙城孽子慕容麟。
兵神入化作来人,窃入中山称帝业。
阴谋未了自杀身,百年草木作风尘。

105. 黎王兰汗

你去他来自作王,黄河边上一黎阳。
长城万里镇边疆,不雨龙城龙不雨。
无知兰汗以天偿,皇宫一半箸坟梁。

106. 昭武帝慕容盛

十里中山百里乡,皇王太子互相亡。
胡胡汉汉似如长,不入龙城龙不入。
长安帅主易咸阳,东宫政变自称王。

107. 文帝慕容熙

五十余年后燕司,鲜卑领袖慕容垂。
容熙作子似来迟,以此辽东公所付。
江山不顾美人姿,高云力斩未知时。

北燕

108. 懿帝高云

子雨高云一旁支,东宫太子半相厮。
精明自得帝王时,乱乱纷纷纷乱乱。
争争斩斩持权迟,朝三暮四位谁知。

109. 文成帝冯跋

暗斗明争一帝权,三分五裂半宫天。
高云政变主人田,自古司农司自古。
文成帝跋拓桑田,深知太学向先贤。

110. 昭成帝冯弘

太子无成寓弟成,冯弘闻吓死惊兄。
文成帝跋已难生,大祸临头投北魏。
寄人篱下不同盟,孤家独尽寡人情。

西燕

111. 济北王慕容泓

弟弟兄兄父子王,争权夺势各猖狂。
中原逐鹿学炎凉,且与苻坚平起坐。
燕无量力野心昌,成皇六十日身亡。

112. 威帝慕容冲

威帝眉清目秀郎,双飞雌雄紫宫翔。
平阳太守不平阳,反感如同儿戏演。
匆匆作帝入阿房,东归故地误兴亡。

113. 西燕王段随

一姓难成百姓王,两燕戴立段随皇。
昌平两月又兴亡,政变危机危四伏。
朝庭宗室互相张,声声万岁是黄粱。

114. 西燕王慕容觊

顺应民心一日昌,东归北土半无疆。
鲜卑部众有低扬,政局依然依稳定。
十天燕帝被杀光,无权愧儡莫称王。

115. 西燕王慕容瑶

乱乱纷纷一慕容,人人自立半王封。
西燕不晓有中庸,父子相争兄弟夺。
王家霸主对西风,三天两日自称龙。

116. 西燕王慕容忠

走马灯中一夜风,西燕帝霸慕容忠。
前台愧儡后台雄,未满皇廷三个月。
刀云力斩势成空,危机四伏有无中。

117. 河西王慕容永

步步前行字叔明,长安苦度自枯荣。
饥寒交迫可求成,胜在襄陵秦已败。
黄袍宝坐带心惊,燕兵俘虏斩杀名。

西秦

118. 宣烈王乞伏国仁

一梦黄粱一梦王,苻坚独霸半秦王。
苍天赋以国仁章,烈主西秦初建立。
招兵买马度苍茫,南安已宦符归乡。

119. 武元王乞伏乾归

乞伏乾归一弟王,征征战战半边梁。
西秦劲故后西凉,自降姚兴相附悔。
兵权已弃苑川藏,闻风更始武元王。

120. 文昭王乞伏炽磐

一度心思一度王,乾归太子半光昌。
当成人质炽磐梁,反复无常何所欲。
西秦结好久思量,心中大小主低昂。

121. 后主乞伏暮末

太子求和向北凉,方兴国策自先王。
殊罗暮末几ська狂,外敌难平加内乱。
南安不可不身藏,天机已尽吃人光。

后凉

122. 懿武帝吕光

望族名门一略杨,修身大器半圆方。
邻邻里里是非量,厚待苻坚王猛见。
经营西域过高昌,龟兹败退吕光扬。

123. 隐王吕绍

吕氏春秋一后凉,西征路上半光扬。
姑咸太子未朝堂,紫阁龙飞龙已去。
谦光殿里度兴亡,仇池遗嘱遗天王。

124. 灵帝吕纂

吕氏春秋一略阳,周公始作小康王。
儒庸以此作文章,百姓农农无罪过。

111

襄宁苦度吃人肠,皇权自己独猖狂。

125. 后主吕隆
大禹傅家启夏商,江山社稷礼文王。
周公克己可朝王,即住天王兄弟坐。
长安不计死生康,姚兴刺史主兴亡。

南凉

126. 武王秃发乌孤
陇右河西自武皇,乌孤烂醉吕光扬。
行程历练持衡误,赵振廉川相助阵。
龙飞正月自称王,雄心乐极误南凉。

127. 康王秃发利鹿孤
半在南凉半后梁,民生不计死康王。
人人互食似豺狼,吕隆之言之互助。
昌松未战未张扬,中途不幸自伤亡。

128. 景王秃发傉檀
且向姚兴且后果,光秦不语不南凉。
三千匹马三万羊,纂者无居无纂者。
盐人自度不盐汤,兴亡日夜日兴亡。

北凉

129. 武宣王段业
易卜文人遇北凉,阴差阳错武宣王。
凉州牧守建康梁,段业深中蒙逊计。
身边大将大都降,无谋且以无权亡。

130. 武宣王沮渠逊
五月河西一走廊,临松草木散胡香。
枯荣一度一兴亡,假装糊涂听段业。
操权弄欲似豺狼,凉州牧主自宣昂。

131. 哀王沮渠牧犍
一足双船一半衡,南朝北魏两相倾。
和亲勇战问兴平,貌合神离神不主。
投降不计不名声,哀王自尽未文成。

132. 北凉酒泉王祖渠无讳
一万余人饿死伤,无讳不视酒泉王。
投降北魏奔高昌,鄯善流沙流鄯善。
河西宋帝可封光,沙州刺史记炎凉。

133. 河西王沮渠安周
一代安周一北凉,兵威不振沮渠亡。
承平鄯善口难长,六十二年无大王。
柔然猎取作炎凉,乘机不失不成章。

南燕

134. 献武帝慕容德
日月重文一日红,青州广固半山东。
家家国国主称雄,且以为行以正。
清明百姓自由衷,成成就就作精工。

135. 末主慕容超
短命王朝二世终,南燕末主鲁齐东。
金刀作证继王雄,反目宗亲宗反目。
元勋叛乱已成风,天云叱咤散消同。

夏

136. 武烈帝赫连勃勃
赫连勃勃一朔方,姚兴贡马半称王。
八千匹马已声张,铁伐空虚空铁伐。
凶残暴虐射人墙,终生罪恶自先亡。

137. 废主赫连昌
夏国都城内讧王,承光废主赫连昌。
西宫北魏内三郎,九万三千征伐士。

无知三万尽伤亡,王臣被虏问平凉。

138. 后主赫连定
后主改元一胜光,称王逃至半平凉。
行程路上作逃亡,北魏瓜分归宋夏。
恒山作界划难疆,西秦百姓见连昌。

翟魏

139. 天王翟辽
马背丁零翟魏王,中原逐鹿翟辽昌。
前秦淝水败时狂,附附归归归附附。
滑台替代北黎阳,三年自得自兴亡。

140. 末帝翟钊
二世三年翟魏王,黄河渡过北黎阳。
难成鼎足断无粮,白鹿山中成弃子。
单人匹夫附燕梁,东山未起祸箫墙。

西凉

141. 武照王李暠
望族名门武照王,宗亲李广陇西乡。
长生好学博文章,玄盛孙吴兵法致。
凉州此去劝农桑,民安国泰五年长。

142. 后主李歆
驿上三人夜话长,宋繇郭廪李暠商。
文人自此立天王,士业严厉当太子。
川岩一战梦西凉,三年未及宋繇乡。

143. 冠军侯李恂
十载西凉二十王,李暠一世劝农桑。
凉州刺史向敦煌,禁闭城门凭吼吁。
水淹倒灌自投降,渠蒙政生以兵亡。

集四 读《中国皇帝全传》

南北朝

宋

144. 武帝刘裕

一半南朝半北朝,九州十国十云消。
人间共济共民谣,东晋宰相王导命。
王弘以语弄江湖,英雄水水水舟桥。
之二
多事之秋一寄奴,英雄崛起半屠苏。
新州伐获过三吴,举义匡扶京口晋。
功功业业辅成儒,翦除异已戈无休。
之三
统一江南自作辜,西征慧眼制沉浮。
潼关路上咸阳途,武帝民情民自主。
心花怒放向江都,三年治政有如无。

145. 少帝刘义符

讨伐桓玄少帝生,阴晴草木自枯荣。
无才狎昵客中行,不计民生民不计。
庐陵次子亦无成,朝山暮四废人名。

146. 文帝刘隆

一半王权一半民,天天地地未分钧。
人为不可不为人,十八江陵冠以冕。
雄心太子赋雄臣,南侵北伐未恭亲。
之二
祖逊桓温刘裕治,江南塞北战争尘。
中原逐鹿作继津,破国亡家巫蛊事。
元嘉政治威衷邻,桑田放牧是经纶。

147. 太子刘劭

弑父台城太子名,元嘉不顾半民生。
深宫欲望一难平,错鼓新亭成败易。
巫巫蛊蛊始无成,山穷水尽元凶横。

148. 孝武帝刘骏

十载王权帝欲生,明争暗斗势难成。
君臣子弟各相倾,弑父皇宫皇太子。
江州刺史慕其名,残凶不计半民生。

149. 前废帝刘子业

子业南朝宋不名,相残骨肉自难荣。
深宫广厦已相倾,接木移花亲射鬼。
兴衰废帝不余生,荒唐淫乱兽禽情。

150. 明帝刘彧

叔侄相争一世王,相残国乱半家荒。
相杀不忌自中误,互误相猜休炳见。
相倾不得忘人肠,相生未见以生娘。

151. 后废帝刘昱

废帝刘昱慧震名,杀人乐趣自经营。
张羊惨叫似猬荣,十五年中年十五。
杀人作得被杀生,王城不得太太城。

152. 顺帝刘准

十五兴亡十一皇,升明大赦太妃堂。
齐齐守位作明章,善位于齐未代王。
十三岁月死无光,江山社稷何炎凉。

南齐

153. 高帝萧道成

左氏春秋一代后,江州刺史半兵余。
萧承亡子帝王居,戎马生涯戎马度。
相如不得问相如,南齐自得自当初。

154. 武帝萧赜

武帝萧赜父道城,台城石磊石头城。
江州刺史宋人名,果断刚误恭俭节。
民心慰问尽风情,忆翁好作态孙情。

155. 郁林王萧昭业

一半南齐一半王,临终武帝太孙郎。
温文尔雅隶书张,辅政方长方辅已。
萧鸾自得自文章,东邻祸起是萧墙。

156. 海陵王萧昭文

酷想蒸鱼菜肴香,萧鸾不语海陵王。
录公只与苦如长,弑父半早重弑子。
扬州刺史没商量,恭王汉代有刘疆。

157. 明帝萧鸾

一半兴时一半亡,先杀昭业郁林王。
再杀幼弟海陵王,日待登基杀界肆。
朝中政事手低昂,猜疑成性自身亡。

158. 东昏侯萧宝卷

不作明贤宝卷名,萧鸾弑斩以杀成。
羊闸吊喑子难行,十六年中年太幼。
轮流内宋辅人声,台城举反满台城。

159. 和帝萧宝融

自是萧何后世人,亲师不定也秋春。
南齐不济是风尘,以酒昏昏知自尽。
年方十五未知秦,东归姑教作梁臣。

梁

160. 武帝萧衍

酷爱诗书叔达名,"龙行虎步"贵言声,
台城"八友"(沈约,谢朓等),宋齐鸣。
饮酒前朝新旧帝。
雍州举义建梁盟,萧何后代自谋成。
之二
北魏东君侯业营,山阳西上二州横。
群臣未定未思荣,待我三思沈约智。
台城自此作王城,梁王见箸诏书行。

之三

战事连年久用兵，江南不得一民生。
如来自在自台城，"八友"文才沈约杰。
称王叔达立萧名，兴修水利养农耕。

之四

政务辛勤业绩荣，齐亡教训始重盟。
一冠三载节民生，让以三分沈约避。
猜疑未了雅儒情，舍身入寺作僧行。

之五

五馆"春秋答问"箸，"尚书大义"始文明。
达摩第一禅宗成，十二级浮图如造。
无遮大会讲经萦，平生少梦必先赢。

之六

朱异隋声附合轻，候景之乱表难情。
中原守降俩梁声，佩剑宫廷刀斧手。
丞相左右省中惊，"荷荷"不得克时更。

161. 临贺王萧正德

不正图谋不生行，凶凶险险野蛮横。
无成太子反台城，借刀联姻侯景乱。
称王未得未王名，何嗟波矣被杀生。

162. 简文帝萧纲

养子无成太子成，台城一佛满台城。
萧家内乱丞相倾，若以萧纲萧统比。
无平自是自无平，权倾未了未权衡。

之二

正士兰陵一纵横，萧纲世缵半台城。
其身立道始鸡鸣，借助图谋侯景乱。
三光岂况数难平，风云作晖"美人行"。

163. 豫章王萧栋

一帝无名一帝名，皇王傀儡半王行。
威权废立及纵横，不作台城侯景霸。
萧家自此姓无情，三人再见六门兵。

164. 武陵王萧继纪

武帝儿孙一世才，台城佛寺半成哀。
天天正正两王开，饕餮贪财萧氏外。
江陵困死只徘徊，王宗不室可相猜。

165. 元帝萧绎

五岁英才"曲礼"文，江陵七子自登云。
萧家内斗乱衣裙，讨景长江称帝位。
状状患患未成君，梁朝已尽建廉分。

166. 汉帝侯景

叛魏归梁作汉尘，江南浩劫改良民。
平城斩尽缪斯人，佔据台城侯景乱。
羊鹍怒目举刀轮，江陵自此作风尘。

167. 贞阳侯萧渊明

步步穷途步步途，贞阳未宰作梁奴。
庸才制宜不知殊，在位齐齐师四月。
高洋表示纳其孤，渊明病逝去时无。

168. 敬帝萧方智

敬帝梁朝未代王，娃娃十三主平章。
王僧辨者一言堂，陈霸先丞相进爵。
弑君百揆作陈王，台城武帝子孙乡。

后梁

169. 宣帝萧詧

已尽前梁作后梁，萧家子弟各登堂。
昭明太子有文章，釜底抽薪成亦败。
台城武帝佛家扬，称臣附会莫图误。

170. 孝明帝萧岿

天保仁慈有度量，吴明引水灌城乡。
萧岿符会守孤梁，独在江陵无所郡。
周宣帝位寄炎凉，杨坚如是作丞相。

171. 后主萧琮

后主萧琮后主亡，温文不以一平章。
朝隋附会半无梁，不守江陵江不守。
"萧萧亦复起"隋炀，高明箭法十中误。

陈

172. 武帝陈霸先

武帝陈朝一霸光，寒微世倾不成田。
劳心自得读书贤，遁甲孤虚兵法策。
夺军二十四滩前，西昌赣石立栅边。

之二

讨伐锋芒侯景见，萧王位让已封禅。
方山一战百粮船，房万夫雄天下问。
江湖一半郡都悬，忧忧患患去来年。

173. 文帝陈茜

一表人才秀子缘，吴兴太守未不年。
和和战战自求全，体恤民情周迪见。
寒微百姓向桑田，章昭作罢退三边。

174. 废帝陈伯宗

奉业陈文帝务权，江南北境半安田。
争权夺势已无边，废帝中枢中废帝。
扬州刺史太傅傅，司徒不见伯宗悬。

175. 宣帝陈顼

叔父称王废帝亡，朝纲独断顺其昌。
威权慑服广州堂，且以"苍头犀角"将。
吴明见得斩颜良，图精励志气元伤。

176. 后主陈书宝

叔宝秦淮一酒家，南朝"玉树后庭花"。
黄奴弃国女儿遮，文帝当然称伯子。
陈顼子叔共天涯，宫廷苦斗力刀差。

集四 读《中国皇帝全传》

之二

娶得张公一丽华,倾城吴国不桑麻。
"临春乐曲"国亡衡,一代风流天子容。
词风日下浪淘沙,亡国之君井中斜。

北魏

177. 道武帝拓跋珪

半见凶残半见王,争权夺势一猖狂。
农夫税赋满皇苍,魏道艰辛成武帝。
宽宏拓跋珪文昌,无端猜忌祸萧墙。

178. 明元帝拓跋嗣

道武南征北战行,当朝太子纳贤成。
与民共息有人情,拓跋嗣当天下望。
苻坚管仲汉家生,勤修政治外和平。

179. 太武帝拓跋焘

一半阴晴一半明,求贤纳士急时倾。
威严未止律方荣,酒醉深宫因酒醉。
拭去此去宦官横,风云咤叱未终生。

180. 隐王拓跋余

宗爱深宫一宦官,拭王立太子皇冠。
飞扬跋扈自相残,上下离心离生见。
平城再拭隐王坛,皇权旁落似云端。

181. 文成帝拓跋濬

北魏官员无俸行,烧杀抢掠有京城。
横行霸道自相倾,一统北边疆不致。
连年战事不民生,灵丘刃箭过山横。

182. 献文帝拓跋弘

战事年年百姓穷,民无赋税世难隆。
中原文化拓跋弘,北魏朝庭无俸禄。
误行房掠乱西东,肝肠毒死葬云中。

183. 孝文帝元宏

大器皇兴自早成,施行改革造枯荣。
请心汉化日阴晴,建造龙门修石窟。
如来佛寺百余名,元宏未了伐南情。

184. 宣武帝元恪

水陆交通一洛阳,中原逐鹿半兴亡。
南蛮草木四方疆,俸禄朝堂朝俸禄。
官员再不抢民堂,贪污腐败仍猖狂。

185. 孝明帝元诩

一代皇权一代王,千年故事半天长。
兴亡帝帝主帝兴亡,不见民夫民民不见。
延延顺顺只田桑,君臣后子夺朝堂。

186. 幼主元钊

三岁两年五代王,元钊幼主六州亡。
尔朱荣志便猖狂,见得河阳之变得。
宫庭太后主何张,河阳自此不河阳。

187. 孝庄帝元子攸

自古权生一道促,如今死路半忧长。
宫门不足不知乡,集结河阳陶渚岸。
王王子子百官偿,黄河渡口再兴亡。

188. 北海王元颢

魏魏梁梁北海王,河河洛洛帝家乡。
未央不似未央皇,史上河阴之变易。
沉灵太后百官偿,二千余众死伤亡。

189. 长广王元晔

一岁华兴一岁亡,元恭半载帝王乡。
兴亡一日一兴亡,不见江山江不见。
何言社稷未炎凉,茫茫四顾四茫茫。

190. 节闵帝元恭

节闵元恭装哑成,刀刀剑剑不须生。

禽禽兽兽自山行,暴虐尔朱荣运气。
豺狼霸道国难荣,高欢废帝各枯荣。

191. 安定王元朗

一半流民一半兵,民情一半一民情。
枯荣世道世枯荣,帝帝王王王帝帝。
元修立位可成名,高欢自此作宫城。

192. 孝武帝元修

一度中兴一度兴,如来自有自高僧。
龙华寺里玉香凝,未以高欢高未以。
元修大小见方乘,长安傀儡向青灯。

东魏

193. 孝静帝元善见

北魏元修已逃亡,东西两魏各分光。
高欢政治上朝堂,邺巷当邻青崔子。
童谣鹦鹉化难伤,三川y异石六称王。

北齐

194. 文宣帝高洋

高欢次子一高洋,团丝乱团困剑刀光。
如同乱世治人误,代魏称齐何篡位。
功功业业几难偿,文宣半帝度兴亡。

之二

四起狼烟向八方,薛嫔色淫自成荒。
杀尽元家七百子,赤身裸体女儿堂。
琵琶尸体唱阴晴,高洋太后懼空床。

195. 废帝高殷

万木秋风落叶空,千年故事易难穷。
高洋淫乱已西东,废帝高殷知汉化。
颜回简陋自贤中,年轻自以二王终。

196. 孝昭帝高演

对谏如流政事明，修文偃武息军兵。
干戈半在向农耕，杀害高殷争帝位。
亡魂幻觉不知行，三声未尽鬼驱成。

197. 武成帝高湛

魏帝宫中半鬼魂，高洋乱色破娘门。
赤身裸体作乾坤，母后匈奴儿作嫁。
举床扬弃不儿孙，飘摇日落过黄昏。

198. 后主高纬

后主高纬一邺城，高洋魏帝末时名。
穷权末路已相倾，十岁无愁太子位。
黄袍对策乃空鸣，何须太上作皇情。

199. 安德王高延宗

两个皇王并存名，高纬后主邺城成。
晋阳又有延宗行，一夜周军陷武帝。
挥师伐晋共君营，延宗骨气死犹荣。

200. 范阳王高绍义

即帝北齐绍义藏，骄横不法共猖狂。
亲王走狗蜀中肠，一度高洋三子位。
初封自得范阳王，清都尹作范阳王。

201. 幼主高恒

不满初生百日王，高恒八岁高纬皇。
黄袍不箸作天王，武帝周文邕玉玺。
青州浮房两三行，图谋不得北齐亡。

西魏

202. 文帝元宝炬

大统成名大统王，元钦太子共农桑。
生生息息共炎凉，战事关中灾害重。
光州刺史栏击伤，深情乙弗久衷肠。

203. 废帝元钦

一半夫妻一半王，元钦一半问钱粮。
凭人摆佈共田桑，傀儡何言何傀儡。
同途共事共殊荣，皇权宇文秦承张。

204. 恭帝拓跋廓

酒色王家太子情，鲜卑又学汉庭荣。
重归拓跋姓和名，辅政宇文言不顺。
云阳一去故入城，皇途末路自相倾。

北周

205. 孝闵帝宇文觉

去魏兴周未正名，争权弟弟复兄兄。
宫廷政变静陵城，流月皇程皇已尽。
民生不计不民生，枯荣四序四枯荣。

206. 明帝宇文毓

一代天王一岁终，经经史史未成雄。
丝绸锦绣济时穷，吏治清明三两日。
文人"世谱"汉相融，宽仁大度毒中终。

207. 武帝宇文邕

酒色云中毒死封，宏图大志宇文邕。
灭亡顺势帝王容，内政难平难外政。
均田税役侠兵事，民误水济有蛟龙。

208. 宣帝宇文赟

命运之神捉弄人，长安战利女儿身。
江陵美女作王邻，暴乱之君之子乱。
随公已建已隋亲，杨坚自制自经纶。

209. 静帝宇文阐

昏丈杨坚大象堂，娃娃七岁两皇王。
操行国政大权当，建立隋朝文帝许。
汾阳二世是隋炀，人间一道故周乡。

隋

处处民民自己生，君为自己以民生。
霸霸王王王霸霸，臣为自己以民生。
征征战战役役瑶横，田田税税赋难平。

210. 文帝杨坚

世族杨坚立帝名，"天高""地厚"曲生成。
琵琶自抱自声声，业绩平平权直上。
常山太守共兴兵，祥云紫气伴人生。

之二

不事惊人事不惊，王权在手隐王情。
核心政治已初成，吕氏杨忠杨吕氏。
平民百姓庙堂营，龙庭饱满有傅英。

之三

辅政隋王自正名，公开秘密作精英。
文臣武将故昇平，二月周武王立位。
刘邦二月作皇城，杨坚以此似功成。

之四

替代周朝始誓盟，隋隋易主乃方明。
开皇鲍史垂民耕，力促增加收入库。
经营济世改经营，明察暗访知时情。

之五

不学儒文无术介，崇阳佛道鬼纵横。
威风太子贺朝赢，废废兴兴兴废废。
隋炀以此作声名，宣化作经有张衡。

211. 炀帝杨广

二子杨英少年郎，开皇元年晋王堂。
平陈御厥十三张，骨肉相残曾弑父。
司空见惯夺权王，功功过过运河长。

之二

十四年王一日狂，五千里路运河乡。
穷兵黩武四征忙，广治宫城荒淫至。
巡游天下四方扬，龙舟殿脚百舟荒。

集四 读《中国皇帝全传》

之三
李密威名振洛阳，金城校尉始秦梁。
西凉朔漠五皇王，化及以巾勒死炀。
宫人木板流珠堂，吴公台下改灵堂。
之四
大业醉生多梦死，江都某日不羞藏。
唐朝五载葬雷塘，割据兰州何气数。
分城略地几兴亡，头颅好坏自荒唐。

212. 恭帝杨侑
二百天中一代王，杨昭太子子孙皇。
河东失势李渊唐，只有虚名才十五。
江都化及吊隋炀，当朝没落入雷塘。
之二
　　少伯和子禽
帝帝王王皇极情，半人功成一人名。
千年岁月百年生，莫忘民荣民莫忘。
朝朝代代有阴晴，吴吴越越国何营。
之三
四百王名自始皇，秦嬴光绪末清王。
长城万里运河长，自古三千年里问。
华胥国土一田庄，农夫不得不朝堂。

唐
古古今今一世悬，君王之欲自争权。
民生所以食为天，社稷江山何社稷。
农夫税役以桑田，皇家利已利无边。
之二
二十二皇一女王，凌烟阁上半隋唐。
繁华富庶易辉煌，玄武门前门不守。
贞观纪要久平章，宫廷政变几低昂。

213. 高祖李渊
战事连年久死伤，农民起义自称王。
隋唐演义一隋唐，互鲜长安隋已尽。
群雄未靖乱中昌，李渊均田令时扬。

之二
建业长安近洛阳，都城立制府兵昌。
地方编制以中央，广取人才科举试。
闻名第一状元郎，民生自得济时粮。

214. 太宗李世民
社稷江山一国王，黎民百姓半家昌。
生生息息半炎凉，帅主华胥华帅主。
贫贫富富久低昂，劳心不已不劳尝。
之二
玄武门前李世民，当仁不让未当仁。
王家自古不宗亲，一代贞观成盛国。
贤良纳谏净风尘，铁柱李靖见行身。
之三
力作农桑劳动人，增加户口始丁频。
唐标铁柱立疆春，全国人丁千万许。
长孙徐惠两妃宸，民生自古生自民。
之四
二百之多谏奏折，魏徵独树半唐臣。
衣冠正处正经纶，枯墨丝丝飞白法。
兰亭集序自藏真，诗文箸处久斯珍。

215. 高祖李治
一半唐朝一半周，男儿一半女儿修。
人间李武水行舟，废废兴兴谁太子。
成成败败十三流，太宗"帝花"已无求。

216. 中宗李显
李显中宗两月皇，临朝武后欲行王。
乾元殿上则天当，且以庐陵王去后。
昏庸自取自无常，兴兴废废易周唐。

217. 睿宗李旦
一次无成二次成，登基傀儡侍人行。
唐周李武则天名，李旦隆基三太子。
太平公主始称横，明皇政变已功成。

218. 武周圣神帝武则天
女主临天下女皇，则天一度一天堂。
民间有说自天光，"日角龙须"经正史。
"太平广记"述平章，邪邪正正半中堂。
之二
垩垩天天一囹匡，千千翠翠半成忠。
媚娘立世立天津，别出心才十二字。
才人昧主后宫身，长安酷史女皇人。

219. 玄宗李隆基
五十年中半世英，玄宗鼎盛一唐城。
霓裳羯鼓几声声，一代开元天宝治。
峨眉虢国妇人情，霖铃驿上雨阴晴。
之二
迫我骑从武懿宗，则天以此乃知容。
三郎七岁正唐封，野老樵人谁答艾。
耕桑国富水蛟龙，宫廷太子不卑恭。
之三
史道姚崇宋璟名，人才选进九龄生。
开元主宰以相成，扩大屯田西域治。
丝绸路上自商行，精兵简政已繁荣。
之三
瘦瘦肥肥一世情，田田米米半耕耘。
丰丰富富国仓盈，自以开荒官治水。
同州刺史师情明，营州庆礼自农荣。
之四
李瑁无心太真宫，谁劝力士问西东。
珍珠一斛自空空，自是胡儿安史乱。
开元是始天宝终，骊山一路遗香风。
之五
七十之余七岁生，嫔妃四万女宫情。
明皇　四十四年名，三十九郎三十女。
长生殿上望阴晴，形同朽木泰陵声。

220. 肃宗李亨

志大才疏一肃宗，借兵李亨策王封。
玄宗三十子儿容，集结安史成内乱。
真卿蜡丸正朝踪，西行幸蜀士难恭。

之二

三十九中独一王，争权夺位易兴亡。
谁言太子上天皇，记取开元天宝事。
玄宗羯鼓舞霓裳，唐庭误道误情长。

221. 代宗李豫

十五万君发凤翔，年方十五广平王。
长安胜帅已声张，平定胡儿安史乱。
回纥满目已荒凉，程元振辅国猖狂。

222. 德宗李适

推行两税向背扬，猜疑苛薄德宗肠。
京城胜败两流亡，受贿贪污贪所得。
求和四界四和方，姑姑息息作皇王。

223. 顺宗李诵

改革时兴八月昌，叔文立志制藩堂。
文珍政变宦官猖，自柳宗元刘禹锡。
二王八司马中伤，宦官执政再飞扬。

224. 宪宗李纯

镇宦平藩作大王，威行一统向唐纲。
宰相用度一人梁，但以乐天居易见。
元衡遇刺垍裴误，唐王废立宦官扬。

225. 穆帝李恒

藩镇重来问宦官，朝廷结党不民安。
三年不足李恒残，居易白乐天奏报。
中书门下久云端，风疾胆妄石堃坛。

226. 敬宗李湛

一半唐朝一半伤，宦官藩镇两猖狂。

长安废立拭皇王，李李牛牛"十六子"。
朋朋党党"八关"扬，王播盐铁自贪脏。

227. 文宗李昂

十七年成一代王，文宗李昂本涵堂。
王播复任作平章，最大宦官王守澄。
三番废立作唐王，王权再让仇士良。

228. 武宗李炎

短暂中兴半武宗，宦官藩镇两难容。
明皇子弟是蛟龙，十六亲王修宅院。
权倾太子身山峰，中庸处处不中庸。

之二

运筹图精用人明，雄谋勇断以威成。
中中李李李经营，抑制宦官复位。
削藩物價与民平，求仙不得不长生。

229. 宣宗李忱

十六唐王十六朝，宦官矫诏李牛消。
儒书雅士半消遥，白敏中行居易白。
宰相之位未成骄，崖州生欲望洋潮。

230. 懿宗李漼

半在朝堂半宦官，朝官直谏直官残。
民生"八苦"日艰难，战事连年连战事。
农夫起义子无数，恭迎"佛骨"到长安。

231. 僖宗李儇

首辅托孤一大臣，刘韩二宦半天津。
农民食子极穷贪，四处蝗虫多水患。
关东大旱目无人，王朝尽得尽为因。

232. 昭宗李晔

傀儡王心傀儡身，河东旧业举兵尘。
无人胜似有人邻，莫以朱全仲克用。
兴元杀尽宦官亲，飞扬跋扈任称臣。

233. 哀帝李柷

末以辉王末代王，唐朝已尽李柷皇。
传禅大礼任猖狂，一子朱全忠一子。
何皇后问不何皇，后梁伊始后梁王。

吐蕃

234. 松赞干布

一统西藏一代王，松州以战互争强。
唐朝干布土藩乡，此路文成公主路。
贞观政治以名扬，文文佛佛立扬长。

235. 芒松芒赞

论布噶臣不事王，聪明机敏太宗肠。
文成一路向西方，赞普芒松芒赞位。
青川目地两王乡，战战争争久帝王。

236. 都松芒布结

赞普钦陵代摄枢，宫廷国政似唐傅。
争争斗斗内无边，八岁都松芒布结。
高宗调露自元年，文成公主逝藏川。

237. 赤德祖丹

伊始文成公主先，神龙赞普汉藏贤。
僧人自此往来年，迎娶金城公主事。
中宗籍得吐蕃缘，文文化化共承傅。

238. 赤松德赞

极盛时期吐蕃王，金城公主子儿刚。
赤松生赞汉家郎，宴席相亲相认后。
当权四十二年长，喇嘛制度佛如光。

239. 弁尼赞普

夺取唐朝五十州，喇嘛自是帝王侯。
填平补缺富贫修，均产无成均产弃。
弁尼赞普赞时收，平衡帅主已难求。

集四 读《中国皇帝全传》

240. 菊之赞普

短命皇王几月休，贞元赞普生宗酬。
和唐自以吐蕃求，对内喇嘛从佛教。
两争回纥战难酬，刺客宫中已成谋。

241. 赤德松赞

九路公兵大渡河，韦皋一举唱唐歌。
牧城五十净干戈，对峙维州维不住。
难关此起彼还多，慌慌恐恐日穿梭。

242. 定赤

信佛喇嘛佛教名，唐家实力不争衡。
和求定赤定谁平，自以三州归汉域。
茶香古道古今城，丝绸一路一西行。

243. 赤热巴金

赤热巴金十任王，功扬文化译经昌。
僧伽两部两天章，长庆会盟和好结。
唐藩盛况不寻常，阴谋酒中自身亡。

244. 达玛

赤热巴金达玛亡，阴谋篡位自猖狂。
拉隆黑白作明光，自此分崩离析尽。
维州一路已降唐，吐蕃二百有年长。
之二
四野京都见去还，朝廷社稷半皇颜。
黎民百姓一人间，五十天中流万里。
黄河九曲十三弯，春秋已度玉门关。
之三

五代十国

五代后梁唐晋周，黄河万里九州流。
分成十国割权休，自古称王称帝制。
农夫赋税赋难求，天天地地几沉浮。

后梁

245. 太祖朱温

太祖朱温一后梁，刘崇接待是同乡。
黄巢起义作余郎，不务农桑农正业。
全忠地痞赐名当，杀杀缪缪汴州狂。

246. 郢王朱友珪

弑父全忠有珪名，相承淫乱事难平。
无成自负友贞成，在位两年王自灭。
文文静静第杀兄，非为弗作是为生。

247. 末帝朱友贞

小雨开封渑古城，初冬旭日静相倾。
天中狗吃日头情，莫以杀兄杀自己。
无成有败是无成，回梁不力晋州兵。

后唐

248. 庄宗李存勖

庄宗存勖建后唐，朱温李克用难昌。
称名亚子少年郎，一统后梁朝代尽。
幽州胜战自称王，挥师不进后唐亡。

249. 明宗李嗣源

一代明宗五代长，"横冲"养子"后梁扬"。
沙陀李克用难当，改吴天成天可助。
隋军目不识丁良，从容死讯是兴亡。

250. 闵帝李从厚

不得京城不得民，丧权辱国弃家亲。
杯杯毒酒去来人，以帝从荣从厚见。
温文尔雅未成身，朝亡自此后唐尘。

251. 末帝李从珂

末帝从珂末后唐，临兵勇猛少年郎。
阿三壮哉未称王，"二十三"名王氏姓。
嗣源掳取忘河阳，终为一石敬瑭亡。

后晋

252. 高祖石敬瑭

后晋王朝石敬瑭，多才武艺自高误。
仪仪表表也糖糖，出卖中原称子父。
千秋以后骂名扬，儿皇帝是乱宗堂。

253. 出帝石重贵

是是非非父子王，权权贵贵以名扬。
流放不及契丹昌，不计分封分不计。
兵荒失税久兵荒，兴兴以尽自亡亡。

后汉

254. 高祖刘知远

后汉刘知远一方，沙陀牧马问千郎。
河东少帝契丹扬，改制中原中作主。
称臣后蜀后唐主，兴兵自主自称皇。

255. 隐帝刘承祐

落叶纷纷一半秋，无精打采不风流。
佞臣"隐事"自难休，未以封丘轻敌我。
刘铢不许进城楼，黄河不语向东流。

后周

256. 太祖郭威

太祖微寒立后周，兵强马壮可谋求。
孤儿破落志方州，力大如牛如跃步。
熊腰虎背读书修，桃花运里也风流。
之二
自是知民苦九州，黄袍待子与家忧。
裴然征绩水鱼舟，战事连年田亩废。
开荒种谷共秋收，徕农政策以荣留。

257. 世宗柴荣

养子成王一统戈，高平一战柴荣波。
兴修水利治黄河，改革均田均利益。
南征北伐契丹多，三关收复宋朝歌。

258. 恭帝柴宗训

广顺三年宗训生，梁王遗嘱柴荣名。
赵匡胤府已藏兵，赵普黄袍加身事。
精心策划宋人成，开封易作帝朝城。

吴

259. 武帝杨行密

四十岁前皮日休，中原九鼎十三州。
钱镠行密以吴求，满目疮痍民自弃。
全忠借以胜兵休，当然两浙作唐舟。

260. 景帝杨渥

一蟹无如一蟹生，半王末了半王兵。
扬州政变九州城，二十三年杨渥死。
匈杀景帝纪祥成，徐温谥号景王名。

261. 宣帝杨隆演

剑拔弩张景帝终，徐温张颢两称雄。
专权不一不吴同，自以吴王吴自以。
杨隆演易演杨隆，升州半壁半行中。

262. 睿帝杨溥

四子轮流四子王，吴吴越越两隋唐。
金陵一半石头乡，傀儡当然当傀儡。
扬州改作润州堂，升元不是降元梁。

南唐

263. 烈祖李昪

烈主南唐李昪王，孤儿发迹半淮扬。
彭奴以此战争偿，再改名徐知书主。

徐温养子逐权梁，升元立帝里华章。

264. 元宗李璟

一位元宗李璟名，诗词曲赋有天声。
齐王太子弟兄情，少妇伤春伤别去。
丧权辱国后周荣，丁香不结玉人倾。

265. 后主李煜

忍辱卑屈后主名，金陵主国志文平。
吴王一月一词生，宋祖挥师囚客去。
樱桃落尽木难荣，归舟水路水云倾。

之二

子夜歌中故国情，昏君不暴顺人生。
词诗不解治民生，苦尽相思相忆去。
春江逝去柳阳荣，无言后主小周行。

吴越

266. 武肃王钱镠

五代当成十国谋，钱镠武肃一婆留。
吴吴越越十三州，皮日休时休皮日。
春衣未了未知愁，冬衣未了未江流。

之二

皮日休时日不休，钱镠没了十三州。
龟蒙拙政老苏州，（陆文夫"老苏州"）
末了春冬衣未了。
修池不罢筹城楼，吴吴越越一风流。

267. 文穆王钱元瓘

十载钱瓘七子王，淮南自质七兴长。
称臣纳贡晋和唐，减租知农知越土。
杭州一半问钱塘，龙山五十五成乡。

268. 忠献王钱弘佐

七子先成六子王，皇权旁落少年郎。
丞相仲达一言堂，国政难为难不尽。
江南草木自炎凉，龙山总是越家乡。

269. 忠逊王钱弘

六子先成七子王，权臣秉政四方扬。
兵权逼退另称皇，二十年中幽禁死。
弘倧日月不生光，王朝是越是他郎。

270. 忠懿王钱弘俶

越国名前末代王，弘倧弟弟向农粮。
称臣纳贡事钱塘，宋立开封开宗帝。
唯唯减息越家庄，"不须太早上朝堂"。

前蜀

271. 高祖王建

窃道偷牛半舞阳，"贼王八号"四方扬。
奸雄一世虎豺狼，已任韦庄文化容。
成都百姓久饥荒，贤妃事已不贤良。

272. 后主王衍

太后贤妃太子当，名山百御任逝梁。
巴蓬集壁作郎王，奢费无穷寻美女。
何康小女丈夫亡，昏天里地蜀同光。

后蜀

273. 高祖孟知祥

后蜀成都半载王，鸣呼一命"酷头"乡。
"灯灯草草"不天良，自以东西川土地。
行营高祖孟知祥，攀龙附凤病盲荒。

274. 后主孟昶

斗米三钱一代王，惊婚子女半和筋。
莨莨莠莠蜀民良，三十一年皇帝位。
开门后主纳降亡，"官箴"化制"九经"
扬。

集四 读《中国皇帝全传》

闽

275. 太祖王审知

五代纷纷十国王,江南塞北半无疆。
黄巢起义苦征粮,薄赋轻徭轻税见。
知民土地劝农桑,为工富作海经商。

276. 嗣主王延翰

嗣主延翰一岁王,宽洪少小读书香。
经经史史半儒肠,继位荒唐荒继位。
威仪天子百官堂,骄奢暴房未年亡。

277. 太子宗王延钧

自兴延钧闽国皇,重兴土木筑宫堂。
荒荒淫淫误王朝,日宠陈妃金凤爱。
才人自父自当床,杀身一祸一年亡。

278. 康宗王昶

一起宫庭事变成,康宗王昶税丁名。
鸡鸭酒水俱政横,国政无思无国政。
宫城失火帝王城,成成败败败无成。

279. 景宗王曦

闽国王庭一气成,横征暴敛半无生。
饥民自食子难平,醉倒群臣群群倒。
如泥酒后失言倾,延曦被斩醒初生。

280. 天德帝王王延政

弟弟兄兄弟弟兄,宫廷政变半宫成。
知天问地不知名,国小民贪贪不已。
南唐克制不须兵,贪官污吏扫空城。

北汉

281. 世祖刘崇

一个"儿皇"石敬瑭,刘崇世祖"侄儿皇"。
农夫自是种田郎,北汉依辽天子位。
高平溃退潞州荒,承钧国事代行王。

282. 睿宗刘承钧

一代难如一代王,刘崇次子符辽强。
承钧不是少年郎,自以河东窥自以。
监军不入契丹史,北宋且向后周堂。

283. 少主刘继恩

六十余天养子王,无为国政自家乡。
云游道士始称皇,罢免宰相原赵宠。
无为任命事平章,阴谋不成继恩亡。

284. 英武帝刘继元

一代何如一代王,仪仪表表半堂堂。
温文暴戾自无常,北宋和辽和战事。
屈身北宋契丹降,何求富贵国家亡。

南宋

285. 高祖刘䶮

极尽毫华艳丽乡,黄金饰顶白银梁。
"真蛟蜃"恶酷刑亡,作得风流天子在。
施行刑不乞毒蛇肠,终生喜怒自无常。

286. 殇帝刘玢

只道寻欢作乐王,光天化日盗娇娟。
循州战事已分张,勤死刘玢刘醉已。
赤身裸体任宫狂,思潮"角觚"易兴亡。

287. 中宗刘晟

弑弟杀兄一代强,何言茉莉"小南强"。
"大北胜"时牡丹香,试剑伶人头顶落。
醒醒醉醉几猖狂,离宫海盗宝珠藏。

288. 后主刘鋹

后主"珠龙九五鞍",开封降后自亲编。
工精巧制百万钱,宋祖"刘鋹工巧好"。
昏庸失国易珠船,开封素服望长天。

荆南

289. 武兴王高季兴

五代南平一国名,无王自主自横征。
江陵日下日江营,江湖人称高赖子。
荆南过往盗时成,称臣所向任私行。

290. 文献王高从诲

四面称臣四面王,三光草木享三光。
江陵过客盗人狂,且以南平南且以。
朝朝暮暮日方长,胜胜败败度炎凉。

291. 贞懿王高保融

大大中中小小王,南平十国半无疆。
江陵路上盗为昌,四面称臣称四面。
孤丛一附向南唐,相从北宋尽心尝。

292. 侍中高保勖

一介农夫一介王,三光土地半宫堂。
炎凉草木殿辉煌,税税收收成赋赋。
官家聚敛致平章,楼台馆所匹夫亡。

293. 侍中高继冲

一半南平一半王,江陵一半兴亡。
依依附附道中强,自食江湖其力尽。
南唐已尽宋朝堂,河山一统一时光。

楚

294. 武穆王马殷

众驹争槽一子扬,黄巢起义作军梁。
湖南割据楚家王,本土多余之物易。
商人免税富财长,生儿数十争朝堂。

295. 衡阳王马希声

次子希声慑北方，何故嫡长有贤良。
称臣弃位后唐光，若衲二年节度使。
衡阳半楚半衡阳，他乡自是自他乡。

296. 文昭王马希范

四子同生次子生，希声去后楚王成。
花天酒地自当荣，十六楼台光政殿。
长沙重税五堂明，纵情声色楚相倾。

297. 废王马希广

众驹争槽一子王，温和顺谨继成皇。
潭州一战又炎凉，四面南唐南汉阵。
三生未了弟兄堂，长沙陷落废王亡。

298. 恭孝王马希萼

一子争王一子亡，兄兄弟弟半炎凉。
温顺暴房各张扬，佔领长沙灰烬尽。
楼堂馆宇扫三光，宫廷政变降南唐。

299. 后主马希崇

政变方成自楚王，长沙一战希崇降。
徐威密策自兴亡，府罢衡山衡未得。
兄兄弟弟楚炎凉，三生一世弟兄偿。
之二
一位孤行一位王，千军万马半兴亡。
农夫役赋税难当，自古劳心劳力鉴。
沉舟侧畔见舟扬，东流逝水作钱塘。
之三
一日王宫万户粮，珍珠十斛半猖狂。
横征暴敛匹夫亡，祸国殃民今古见。
沉舟水逝水波昂，为民服务问田桑。

宋

物物人人半地天，朝朝暮暮一时年。
同同共共数方圆，四序春秋冬夏易。

千年自古自桑田，平生达者达先贤。
北宋

300. 太祖赵匡胤

一件黄袍半着身，三军日克成人。
匡扶子正胤天津，自以兵丁兵帝位。
先南后北统风尘，祖宗法制正君臣。

301. 太宗赵光义

一见潜龙杜氏亲，开封府尹定都臣。
成文治世武修人，世代成宗成世代。
宽松敦厚待形钧，王家伊此嫡家因。

302. 真宗赵恒

而立之年帝位名，咸平政事缵国清。
为先足食向民荣，改革澶渊盟所以。
难关寇华 直臣情，文明武官作生平。

303. 仁宗赵祯

庆历年中几度营，宰相已得晏殊名。
徘徊改革小园荣，对立欧阳修一统。
仁宗范仲淹瑶盟，穷时塞主北边情。

304. 英宗赵曙

内外因循职惰官，英宗赵曙度身残。
王安石谏鉴民安，大志难酬难大志。
东坡赤壁问波澜，韩琦书制在云端。

305. 神宗赵珂

二十神宗继位皇，王安石上石安王。
先生二十六年长，地方官中官地方。
知民体恤举贤良，均轮法历故家乡。
之二
会制青苗法国央，农田水利向民扬。
方田免役世人良，保甲精兵家保马。
朝庭改革致田桑，参知政事政难量。

306. 哲宗赵熙

元佑王安石失名，司马光成旧人盟。
时间之利刃平生，十岁娃娃天子位。
遭人冷落喜书生，归天太后帝王情。

307. 宗赵佶

赵佶徽宗李煜生，昏庸腐朽似同名。
才华造诣制朝荣，敌国于朝浮房作。
丰享犹大独成行，开封不守子相倾。
之二
四杜当然既佶成，渔阳鼙鼓是天声。
淮波雨细问和平，古寺幽寄幽古寺。
阶囚一半一心惊，甘心守道是诗情。
之三

燕山亭．见杏花作

暮暮朝朝，朝朝暮暮，望尽燕山路怨。
桃李又春，不见开封，小杏羞红相顾。
叠叠重重，冰锁剪，姿身无数。风雨，
对夜夜婵娟，向人倾许。

离恨自是幽幽，问故国楼台，何来何去。
天遥地遥，万水千山，知他娇艳几处。
独自思量，一梦里，黄粱如故。如故，
难已故，如何如故。

308. 钦宗赵桓

战战和和两不成，王王子子各降倾。
开封耻辱靖康城，见得重昏侯未见。
金人极命极金荣，临安已做宋人兵。

南宋

309. 高宗赵构

出质金人半死伤，高宗赵构一康王。
求和不得立南方，宗泽李纲经死战。
呼声未振小朝堂，岳飞秦桧几忠良。

集四 读《中国皇帝全传》

310. 孝宗赵昚

一半金人一半兵，三边战事四边营。
千军万马九州倾，守守攻攻守守。
临安已近五羊城，屈膝求和月下明。

311. 光宗赵惇

太子登基太上皇，朝堂御旨御朝堂。
金人佔掳汉人乡，见得宫人宫见得。
王王不是不王王，桃桃李李杏花香。

312. 宗赵扩

伪党之严一禁光，宁宗侍主半宁房。
安康不是不安康，赵赵韩韩朱熹见。
臣臣子子乱朝堂，师王北伐不师王。

313. 理宗赵昀

略略经经一四川，蒙蒙宗宗半和边。
奸奸竖竖问皇权，似道台州无似道。
擎天一举一擎天，安然误国误安然。

314. 度宗赵禥

一户人家半户伤，三分土地两分荒。
千万万水九州凉，七表之朝惊世道。
忠王不嗣文天祥，咸淳落叶度宗亡。

315. 恭宗赵㬎

一路元军一路狂，千军鲁港万军伤。
奸臣毙命半淮扬，直取临安呼必列。
三朝贾似道猖狂，两朝国破共家亡。

316. 端宗赵昰

不得临安不得天，端宗度日度如年。
强元弱宋弱争权，一战泉州泉不战。
回光返照景炎前，流亡海上广州边。

317. 赵昺

一路元军一路兵，十龙香港九龙城。
厓山跳海已无生，七个皇王方八岁。
零丁洋里半求生，干戈蓼落北平名。

之二
五代消消十国消，千年伊始宋王朝。
江河日下垒波潮，莫以先知先觉客。
贤人达者见天骄，回天玉宇不平庸。

辽

辽是五代十国和北宋时存在的、由我国境内契丹族建立的政权。共有16个皇帝

318. 太祖耶律阿保机

与宋同唐一契丹，中原北面半山峦。
辽宁太祖亿成权，可汗夷离兵马董。
终生勇智箸皇冠，雄才大略创天安。

319. 太宗耶律德光

汉汉辽辽半北边，中原逐鹿一同天。
扶余自在四平前，渤海云中云不尽。
唐唐晋晋灭成年，难难打草谷权权。

320. 世宗耶律阮

北返途中国号辽，弯弓牧马作天骄。
开封创立大同朝，废立难成难废立。
中才以主自倾消，南征事变已军遥。

321. 穆宗耶律璟

一样争权夺势行，三生自得自生情。
营无大志大无营，已是纵情残暴去。
骄横不可故骄横，杀人断首带刀成。

322. 景宗耶律贤

北宋王朝半汉荣，中兴土地劝农耕。
乾亨北汉灭南京（今北京），自幼垂临萧太后。
深宫不得浅宫营，民民户户各相生。

323. 圣宗耶律隆绪

善辩多谋一性英，"贞观时要"半成名。
"明皇实录"百音行，自以临朝萧太后。
辽辽宋宋始相惊，澶渊已治作殊盟。

之二
建得都城"岁币成"，岁绢宋礼满中京。
开科取士状元生，部族重编修法律。
温和制政制民生，辽宁四十九年荣。

324. 兴宗耶律宗真

佻达之君佻达行，齐天太皇母亲名。
尊崇女性契丹盟，废立宗真兄弟位。
耨斤结网集团清，慈悲步步半和平。

325. 道宗耶律洪基

大字应知一古今，儒儒佛佛半慈心。
文文化化木成林，集得清宁交泰见。
华夷共是鹿麤音，重元已乱去来擒。

326. 天祚帝耶律延禧

二百年中一契辽，昏天黑地半称朝。
如今水草已烟消，见得辽阳南北问。
英雄自以女真骄，开来继往水成潮。

327. 北辽

328. 宣帝耶律淳

内室前堂十步行，宣宗耶律淳王生。
朝廷小小北辽名，战乱荒唐重恩国。
风云叵测目难清，成成败败女真城。

329. 梁王耶律雅里

百姓离心自可生，梁王不律自难成。
行营抢劫作行营，统治分崩分析尽。
危机四伏四方惊，黄扬狩猎命当倾。

330. 耶律术节

二十余天在位王，危机未解北辽堂。
兴宗术烈又兴亡，内讧兵荒崩互解。
朝廷不是不知量，匆匆去去自忙忙。

西辽

331. 德宗耶律大石

大石西辽九十年，蟾宫析桂汉家贤。
文才武略北三边，进士东征中亚路。
牛羊牧草不桑田，和州未了共民天。

332. 仁宗耶律夷列

政治清名大石贤，西辽锐气正云天。
民人四十万方圆，一马平川沟洫溉。
葡萄水果石榴甜，西瓜哈密溢沙泉。

333. 末帝耶律直鲁古

政治纷争政治权，承天太后主皇田。
阴谋面滤位难全，各地藩臣花刺子。
攻城略地见蒙前，金言铁木作真傅。

334. 屈出律

自以阴谋自以权，西辽照旧以旗悬。
衣冠再篾到和田，改教清真清百姓。
人心失去觅无泉，成吉思汉正其天。

金

金是宋朝时我国境内女真族建立的政权。共有10个皇帝。

335. 太祖完颜阿骨打

废旧图精自立新，成原牧草劝耕勤。
立字傅文与民亲，太祖完颜阿骨打。
白山黑水女真人，英雄盖世作天津。

336. 太宗完颜晟

友好和平睦四邻，金朝治政灭辽臣。
青塚一战定朝津，北宋无成南宋败。
垂鞭十里渡江尘，雄心未了太宗人。

337. 熙宗完颜亶

两代明君苦作营，吞辽佔宋自兴兵。
熙宗汉制女真名，天眷元年新制立。
贞观政要了清平，授田计口劝农耕。

338. 海陵王完颜亮

一半清高一半尘，迁都百吏燕京臣。
精经币制半明秦，表面仁慈宽厚容。
心怀妒忌隐谋人，横征暴敛不斯民。

339. 世宗完颜雍

半见辽阳半女真，东京不问燕京人。
屠杀政策灭家邻，整顿猛安谋克制。
中原入主入迷津，桓公霸主自良臣。

340. 章宗完颜璟

六代章宗锐意求，图强立国问中州。
明昌律义法条修，鞑靼政平南宋伐。
拓疆制土有酬谋，勋勋业业乱妃休。

341. 卫绍王完颜永济

不退东都不见遥，斡难汗国水源潮。
胡沙虎弃帝王僚，一代天骄蒙古国。
完颜永济守金朝，衷微自责意难消。

342. 宣宗完颜珣

内外交困四楚歌，宫廷政变一千戈。
南迁险落半京波，成吉蒙汗蒙古国。
宣宗十度想求和，外强内患自蹉跎。

343. 哀宗完颜守绪

蒙宋联军战蔡州，金兵败退破城楼。
哀宗自尽有何求，受命危难危不命。
官奴之乱乱无谋，君非甚暗水难收。

344. 末帝完颜承麟

末帝金朝不作主，承麟未受已称皇。
无争势位是金亡，幽兰轩上见末日。
哀宗自缢作牛羊，群臣已了自平章。

之二

字在心中一字成，人行路上半行程。
分明目的未分明，自古人民人自古。
枯荣草木草枯荣，阴晴日月日阴晴。

西夏

西夏是宋朝时我国境内党项族建立的政权。共有10个皇帝。

345. 景宗元昊

顺理成章太子王，卑躬屈膝不称强。
英文党项族人昌，血气方刚元昊继。
河西走廊锐兵乡，威名立国自青光。

346. 毅宗李谅祚

讹庞专权不长久，高毛赐死末猖狂。
朝中汉学宋和昌，吐蕃辽联西夏治。
神宗在位共低昂，乘其不备抢牛羊。

347. 惠宗李秉常

母党专权势倒行，梁家姐弟秉常营。
和和战战宋朝荣，永乐之兵之胜负。
败粮困伐国空倾，难平众怒众难平。

348. 崇宗李乾顺

母党皇家一半兵，三分不得一分成。
梁门二后势威横，宋宋辽辽金已改。
重兴国学汉人明，称臣夏国夏臣荣。

集四 读《中国皇帝全传》

349. 仁宗李仁孝
宋制方成国学扬，阴谋分国乱权伤。
李氏仁宗仁孝李，曹家汉母汉家堂。
终年七十位最长，辽辽宋宋又金方。

350. 桓宗李纯祐
一度蒙人铁木真，宫廷政变夏邻人。
中兴府第郡王亲，夺势争权生母后。
危机至死不知身，儿儿子子是臣民。

351. 襄宗李安全
自以安全自以皇，襄宗被取自齐王。
其人之道再生张，见他心胸怀纂狠。
应天成吉思汗扬，强邻内患又荒唐。

352. 神宗李遵顼
西夏神宗独上皇，依蒙未得弃平凉。
金金宋宋以元扬，不识中原天子部。
饥民自食自朝堂，灵州记取对先王。

353. 献宗李德旺
不在灵州不作王，功金一策对蒙王。
无时耕织牧难长，天帛仓仓无藏斗米。
银州战后夏当亡，蒙君五月佔西凉。

354. 末帝李晛
二百年中末帝名，仓皇退位已无成。
盐州一战已分明，成吉思汗留遗嘱。
蒙军向夏半屠城，亡亡国国夏朝倾。

元
一代天骄铁木真，三元一统去来人。
经纶一古一经纶，有有无无有有。
成家建国自相邻，风云见得见风云。

355. 太祖孛儿只斤铁木真
铁木真成铁木真，征征佔佔妇夫邻。
新娘被抢月伦春，苦苦难难难苦苦。
王罕庇护始成人，建立兵团草原仁。

之二
羽翼初成退作生，消除内乱结联盟。
均分战利共均行，也克蒙人兀鲁思。
统一心中草原钧，千年帝国似光秦。

之三
世界原来路一条，欧欧亚亚半天骄。
非洲牧草不遥遥，万里横行横万里。
东西一统共云霄，屠民政策背天涯。

之四
以半天才以半残，非人之道不须宽。
生生死死墓谁安，灭国西行多四十。
奇勋伟迹野人鞍，东西驿路过山峦。

356. 太宗孛儿只斤窝阔台
一路西征一路来，三军政治政当先。
荣登汉位灭金团，耶律楚材星象占。
留成汉辱赋交田，宽残豪饮命黄泉。

357. 定宗孛儿只斤贵由
内外离心法度横，蒙人一位向西行。
欧欧亚亚已共鸣，马踏苏联多少国。
登基短命两年成，生生死死是民生。

358. 宪宗孛儿只斤蒙哥
一代行程四代成，蒙奇碣力四方征。
功勋卓箸自留名，卫道忠诚忠卫道。
和林墨守旧规行，人民重赋不民生。

359. 世祖孛儿只斤忽必烈
王鹗状元讲道英，真金太子"孝经"萌。
桓州幕府有谋成，大有思为天下志。
邢台汉制汉成名，屯田始得治民生。

之二
一代蒙人一代王，开平汉位己名昌。
元元宋宋半襄阳，赵㬎投降呼必烈。
中都再问文天祥，辽辽阔阔邮边疆。

360. 成宗孛儿只斤铁穆耳
自得元朝二代王，拥兵鹰武半猖狂。
无知赏赐作风光，减税开仓民已济。
成成守守罢兵扬，中书不得未平章。

361. 武宗孛儿只斤海山
酒色荒芜一半生，中枢政事自相倾。
听之自是任之行，而立年中年不立。
挥金似土不民生，群妃宠幸后无名。

362. 仁宗孛儿只斤爱育黎拔力八达
力以尊儒汉法行，推行汉法似方明。
经书考举论科名，八达民生民八达。
权臣内斗力相倾，"明心见性"未心明。

363. 英宗孛儿只斤硕德八剌
短命英宗一业长，明君史制首平章。
经经济济改多良，有实留当当实有。
施行助役法民昌，大元通制立朝堂。

364. 泰定帝孛儿只斤也孙铁木儿
一度宫廷政变成，南坡铁失弑王名。
争权夺势见宫城，顺水推舟推顺水。
先前以后互相荣，贞观政要只虚行。

365. 天顺帝孛儿只斤阿速吉八
九岁登基一月王，文宗继位半朝堂。
宫廷不纳易人强，是是文宗文是是。
非非天顺帝称皇，钩钩角角上都荒。

366. 文宗孛儿只斤图帖睦尔
一代无如一代强，弑兄夺位继儒昌。

元朝国势向衰亡，不得鸡声茅台月。
表星隐若汉文章，安州弃子作牛羊。

367. 明宗孛儿只斤和世瑓

利利权权力力殊，王王帝帝帝王图。
兄兄弟弟子扶苏，一场阴谋谋一场。
三朝五代半皇都，来元世界去时元。

368. 宁宗孛儿只斤懿璘质班

已半良心半弑兄，承言立帝侄儿盟。
回归未了未归成，四十三天何短命。
宁宗不得不成名，王朝日下日相倾。

369. 惠宗孛儿只斤妥欢贴睦尔

上下分崩内外离，皇权旁落不知司。
奸佞擅政见何时，何慕东流更化见。
声声色色女儿姿，亡元灭国已无期。
之二
一统蒙人铁木真，强吞四十国家臣。
原来世界已相邻，世祖元朝呼必烈。
无疆有道有疆人，孛儿只斤百年输。

明

明朝是强盛的一统的多世界上的一个富强大国。

370. 太祖朱元璋

战后濠州一半兵，龙形虎体两三荣。
"明公大事"陪相成，见得朱元璋和尚。
兴宗郭子兴成名，同房祚顶寺师兄。
之二
仰食他人自不营，僧无别路主持行。
农民起义打州城，困苦伶丁皇觉寺。
人生一路一人生，游方地理土人情。
之三
一举红巾半世惊，钟离故土故时盟。
攻攻守守石头城，自以汤和徐达结。
朱升广积米粮情，称王待缓待扬名。
之四
北伐攻成西进兵，山东可故立王嬴。
明朝洪武石头城，十六年中军族战。
宏图伟业已新生，政衡刘基政肃刘。
之五
统一明朝立法清，行身试法主精英。
微行时务特微行，且以文人文字狱。
锦衣已有锦衣营，横横自危自横横。
之六
兰玉功成妄自横，世人不得宦人惊。
清除异己独朱城，杀尽胡惟庸案首。
灭殊九族三万名，勋臣第一善长更。
之七
发展三农万物荣，桑麻枣柿比棉耕。
粗茶淡饭自皇轻，食食衣衣衣食食。
民生苦苦苦民生，无金不酒孝陵明。

371. 惠帝朱允炆

太祖元璋立国明，思宗殉帝北京城。
沧桑苦痛允炆情，二百余年多子嗣。
朱标太子嫡孔行，优柔寡断月思晴。
之二
日照龙鳞万点金，朱标未得木成林。
嫡孙不及叔衣襟，一代幽州朱棣建。
金陵月色宿禽音，燕王不轨箸王心。

372. 成祖朱棣

一半安邦治国名，多余一半白莲生。
蒲台百姓以何盟，且历"胡兰"难靖策。
运河南北自通荣，郑和六下海洋城。

373. 仁宗朱高炽

二十年中十月王，燕山一路半平章。
仁宣史上一成康，百姓农桑文景治。
忠贞永乐喜明良，贤臣"蹇夏"及"三杨"。

374. 宣宗朱瞻基

一代宣宗善待民，天章日表共贤臣。
贪官污吏已随尘，体察人情人玉质。
安南已定内朝新，繁荣节俭路无贫。

375. 英宗朱祁镇

王振专权一宦官，英宗九岁半心宽。
"三杨"已去数天瑞，土木明朝因亦变。
南宫软禁八年难，曹臣复辟石亨残。

376. 代宗朱祁钰

木堡英宗已被浮，于谦胜战作扶苏。
安邦定国强京都，复辟南何不止。
朝廷斧影势情孤，祁镇重新执权无。

377. 宪宗朱见深

两厂东西问锦衣，宫廷处处暗天机。
文华殿里李贤祁，事事无成无事事。
官官吏吏总相依，何年七十古来稀。

378. 孝宗朱祐樘

面目生机自一新，"中兴会主"盼来人。
朝多疵政久风尘，紫禁城中紫禁城。
宫中节俭助斯民，明君治久已无输。

379. 武宗朱厚照

大学中庸太子城，乾清论语尚书名。
四书史籍五经明，八党方兴成八虎。
神童脚短智经营，边藏日匿已惊兵。

380. 世宗朱厚熜

八不如初八不初，无余百姓百无余。
知书弟子不知书，任得严嵩严不治。
昕之去了三国，徐阶海瑞未分居。

集四 读《中国皇帝全传》

381. 穆宗朱载垕

一步丹樨一步王，皇天后土试年芳。
龙旗在握正朝堂，半是徐高谁半是。
和和议议战蒙强，成章不治不成章。

382. 神宗朱翊钧

万历明朝王历王，平生四十八年皇。
穷途末路自兴亡，内阁深宫同五府。
群臣六郡共成章，崇祯见得李闯王。
之二
万历元年一太仓，宋留库存十年粮。
张居正阁良见忠良，治蹟纯心文日赋。
虚声窃誉毁成章，因循敷衍吏民伤。
之三
节俭开源藻鉴堂，文文册册以官扬。
辽东胜战有明光，万历耕耕田曲地。
农民自是自牛羊，和平十载十年粮。
之四
浙党东林党互张，"妖书"憾众满朝堂。
神宗老态向天光，铁木真时曾一战。
辽东伊始向明口，弯弓萨尔浒金强。

383. 光宗朱常洛

储立新君一日王，江山社稷半兴亡。
忠奸未纪未成堂，太子难成难太子。
天光处处有天光，张差一捧帝皇伤。
之二
三十天中一代王，荣荣辱辱半荒唐。
宗宗视视已炎凉，三起移宫红丸案。
光宗一世偃旗张，托孤未尽未称皇。

384. 熹宗朱由校

极致昏庸一代天，蓬头道士魏忠贤。
明朝毁败此王眠，即位移宫成即位。
东林党首已遮园，民生谁计向桑田。

385. 思宗朱由检

客魏东林两世人，思宗"劝进表"中陈。
文华殿上见君民，乐曲飞龙文武史。
崇祯饱学十新，君非甚是暗是尘。
之二
力尽清除客魏成，袁崇换子寄英精。
延儒不失状元名，一剑长平公主去。
何生我女染红缨，煤山紫禁问皇城。

南明

386. 福王朱由崧

即位南京问自成，朝庭内哄作南明。
应天府里陪都情，阉党东林相立见。
"三朝要典"魏时行，钱谦益去北京城。
之二
十万精兵不复明，秦淮八艳女儿缨。
成功未了未功成，鸳鸯馆里水温情。
莫以金陵金莫以，钱谦益问见清荣。

387. 唐王朱聿键

大旱南阳自食人，崇祯自尽甲申臣。
封藩不治不亲民，立帝回天无求力。
忧忧患患对迷津，清兵直下破风尘。

388. 唐王朱聿

一月唐王一月亡，难客绍武自称皇。
何言肇庆正宗堂，两个南明南不主。
清兵直下直云昌，羊城剩下两三羊。

389. 韩王朱本铉

见得崇祯李自成，吴三桂守海山盟。
清兵借此入关名，不以宫廷宫自守。
桃花扇里女儿英，秦淮八艳五经荣。

390. 桂王朱由榔

永历王朝明末代明，南明史上桂王名。
农民主力抗金清，肇庆皇家流浪去。
南宁一半一昆明，吴三桂币制坡营。

391. 太祖爱新觉罗奴尔哈赤

见半辽东半女儿，新宾满族到桓仁。
一统渤海净风尘，自是烟囱山下客。
白山黑水是经纶，诗中可纪故乡人。

392. 太宗爱新觉罗皇太极

一步松陵一步情，山山水水入关盟。
辽西以战不朝明，已是温情皇太极。
依依赐子萃然声，中原逐鹿九州行。

393. 世祖爱新觉罗福临

顺治沈阳立位成，亲王豪格子难争。
闻多尔衮叔无忧，见历三朝皇太后。
深宫自有孝庄情，迁都大典北京城。
之二
读取四书问五经，儒家大学中庸宁。
民心满汉满人丁，论语当然当孟子。
零丁洋里有丹青，苍梧至此问湘灵。

394. 圣祖爱新觉罗玄烨

一代康熙半佩文，康熙字典九州君。
玄烨满汉两功勋，八岁皇宫皇入主。
孝庄太后静风云，六十九年苦耕耘。
之二
鳌拜专横跛扈行，权奸百姓善扑营。
吴三桂子不聪明，漕运三藩河务事。
台湾收复自归清，知人善任战和平。
之三
整治扬廉吏治钟，恩威并重帝从容。
江山步步有行踪，御笔"高行清粹"字。
留名第一于成龙，勤勤勉勉牧亲农。

395. 世宗爱新觉罗胤禛

始汉皇家末满清,幽州四面八旗营。
雍和宫里四书城,帝位应传于十四子?
康熙去得胤禛成,英文睿武帝王名。

之二

"夕惕朝乾"一将军,隆科多玉碟私宣。
文章吏治半成篇,"火耗"之争明灭帝。
"摊丁入亩"尚民田,军机处理作清园。

396. 高宗爱新觉罗弘历汉

顺理成章一自然,乾隆继位半先贤。
无须太子满家田,汉牧何当何汉牧。
胤禛一世以"空传",空空色色已无边。

之二

在位乾隆六十年,边疆四边利兵权。
康熙盛世见方圆,不负偷情太子见。
春风不住畅春园,江南六下不归缘。

之三

陶然亭北一香妃,人生自得半回归。
和珅未了是还非,田库全书知不足。
微微日月不微微,诗词四万作鸿飞。

397. 仁宗爱新觉罗颙琰

盛世难承退世光,民生苦苦对兴亡。
贪心不可近猖狂,六次南巡南未止。
五台山上五巡长,泰山五上念天光。

之二

七谒山陵游不尽,天津二度逐炎凉。
和珅七亿两银藏,巧取家私豪夺富。
知秋一叶已飞扬,无为禁毒怒成惶。

398. 宣宗爱新觉罗旻宁

智勇阿哥败世王,生逢日下作西阳。
皇家六岁子孙扬,七岁縣宁黄马褂。
弯弓搭箭射天狼,躬行节俭戒糜狂。

之二

史制难平几上皇,三年知府一清堂。
空徒十万雪银当,四海秋光秋已至。
林则徐禁鸭片忙,英夷二字是"通商"。

399. 文宗爱新觉罗奕詝

乞望中兴已不成,文宗"穆党"自难明。
咸丰处治见躬耕,自以湘军曾国楚。
"天津条约"海联盟,英英法法炮戈兵。

400. 穆宗爱新觉罗载淳

一国之君一国宝,三军战事半天穷。
中兴有语有无中,太后圆明园自去。
王权母子各西东,如终淫乐已如终。

401. 德宗爱新觉罗载湉

风烛残年一满清,维新顽固两殊盟。
谁辛丑条约无名,最是权倾西太后。
北洋舰队已难成,颐和园里戏人生。

402. 宣统帝爱新觉罗溥仪

末家皇朝末代王,公民战纪半天光。
垂帘政治一生长,退让真龙西太后。
瀛台困便共和昌,苏联日本两更张。

之二

见得中南海水瀛,明清日月故宫情。
中山未及泽东名,自立为人民服务。
中华门口可躬行,三千岁月古今生。
公园前221年至1911年,秦始皇至清溥仪。

未见农夫立一王,田桑治政治田桑。
朝纲独作独农庄,四百皇中皇彼此。
争权夺利自疯狂,华胥国里猎农堂。

北宋·张择端
清明上河图

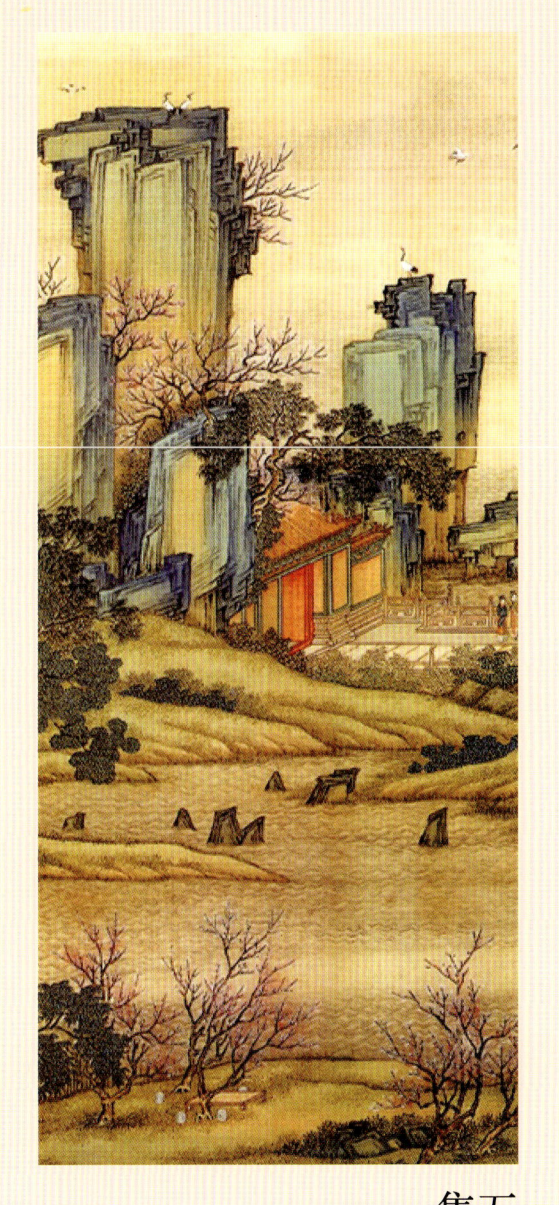

集五
读《四库全书精编》

集五 读《四库全书精编》

卷一 经部

1. 庚子清明

四库全书七阁成,先知大学始文章。
中庸立步度人生,论语大学始文明。
诗经礼记尚书萌,春秋左傅易周行。

2. 大学

始始终终以事行,先先后后道方成。
明明德德善名生,定定知安知静静。
修身本末治其赢,深谋远虑自枯荣。

3.《康书》曰:"克明德"

大甲湜天命可明,才才智智美方成。
精英帝典谓精英,彼彼人人崇尚德。
时时自己自由由,枯枯世界世枯荣。

4. 汤之《盘铭》曰:"苟日新,日日新。又日新。"

万里黄河五十天,从源到海共桑田。
弯弯曲曲渡流船,日日流新从不断。
诗经大雅颂其贤,君无不极可成全。

5. 子曰:"于止,知其所止。"

止止行行止止行,天天地地本源生。
无无有有去来情,穆穆文王文穆穆。
君仁子孝父慈明,人臣以敬信交盟。

6.《诗》云:"瞻彼淇澳,绿林猗猗。有斐君子,如切如磋,如琢如磨。"

水水湾湾两岸荣,林林木木儿萌萌。
淘淘浪浪自然生,切切磋磋成石粒。
磨磨凿凿玉方成,君亲不利小人行。

7. 子曰:"听讼,吾犹人也。必也使无讼乎!"

本本原原利不同,贤贤愚愚各无空。
分分辨辨自democracia衷,事事由根由底见。
人人预则立其融,东西极緻极西东。

8. 曾子曰:"十目所视,十手所指,其严乎!"

众目睽睽一目明,群情注注百夫情。
尘尘不染几清清,自是相欺知所慎。
遮遮掩掩彼难成,原形毕露是清明。

9. 所谓修身在正其心者

养性修身自与心,声声切切七弦琴。
中中正正木长林,天地宫商徽角羽。
和则十指有谐音,平平静静可相寻。

10. 谚有之曰:"人莫知其子之恶,莫知其苗之硕。"

望远须登一顶楼,穷知必得十春秋。
求之不可不之求,子女生情生子女。
东流向尽向东流,偏偏正正客观修。

11.《诗》云:"桃之夭夭,其叶蓁蓁。之子于归,宜其家人。"

一国之家一国人,千川积水百江津。
清清滴滴见其真,以已成城成以已。
桃桃李李自蹊轮,之归百姓百君邻。

12.《康诏》曰:"惟命不于。"

一善于常是本人,三生自慎德方珍。
国国家家有中臣,敬者君仁民孝度。
天机性命易常振,纶输之外有经纶。

13.《诗》云:"乐只君子,民之父母。"

民之父母是民心,南山石磊木长林。
殷商顺得独斯人,百姓孤身孤百姓。
江河日下日流音,惟惟政者乃从琴。

14.《秦誓》曰:"人之有技,若己有之;人之彦圣,其心好之。"

大道之长技所长,人之所殆恶时光。
黎民利举正贤堂,好以维持成以好。
骄其不善自其亡,贤人达者柳朝杨。

之二

去去当然亦有来,花花草草自常开。
生财有道有生财,滴水成川成襀滞。
人多以力势常推,微微子子步恢恢。

15. 中庸

天命之谓性，率性之谓道，修道之谓教，道也者。

天机性命一道成，开源养本半贤明。
中和达者自枯荣，隐隐明明明明隐隐。
微微显显独前行，人间万物乃萌生。

16. 仲尼曰："君子中庸。"

尺寸中庸大小成，高低磊落去来明。
君仁子孝敬臣情，不得中和中不得。
小人无知无忌惮，前行路上自生横。

17. 子曰："中庸其至矣乎！民鲜能久矣"

一半中庸一半成，高高至上又低明。
三分世界一分衡，彼此之中之彼此。
中间向背两均行，居中不是不枯荣。

18. 子曰："人莫不饮食也，鲜能知味也。"

未得中庸未得明，三分事物两分情。
中在何处不知生，不是偏颇偏不是。
居中未见是中衡，当然敲器见然成。

19. 子曰："道其不行矣夫！"

一道中庸一道中，阴阳向背两时空。
三分始得有其中，止止行行行止止。
循循秩秩分明人，人人事事自难同。

20. 子曰："舜其大知也与！舜好问而好察迩言，隐恶而扬善，执其两端，用其中于民，其斯以为舜乎！"

一志天机五志真，三分事物二分人。
先知后达乃经纶，舜以求其求自己。
中庸两极见其仁，红花落尽作红尘。

21. 子曰："人皆曰，予知。"

一道中庸一道成，当知却是不知情。
飞禽走兽落网鸣，未了平生平未了。
持衡万日不持衡，行行止止步步行。

22. 子曰："回之为人也，择乎中庸。"

善道拳拳自在封，回之陋巷择中庸。
时时事事取行踪，此此言行言彼彼。
松松雪雪雪松松，钟钟鼓鼓鼓钟钟。

23. 子曰："天下国家可均也，爵禄可辞也，白刃可蹈也，中庸不可能也。"

不得中庸不得明，时时事事自枯荣。
人人物物几知情，见得三分三合一。
居中未是未总成，中庸以外有中衡。

24. 子路问强

弱弱强强半弱弱，人人事事各圆方。
时时秩秩本源长，水水山山山山水水。
南南北北性炎凉，知之始末始无疆。

25. 子曰："素隐行怪，后世有述焉，吾弗为之矣。"

事事时时河不同，朝朝暮暮不循空。
年年岁岁有西东，一己中庸中一己。
平生物界殊工，居间不是不从融。

26.《诗》云："鸢飞戾天，鱼跃于渊。"

上下高低一鸟飞，沉浮左右数鱼归。
知何不解不天机，步步行行止止。
巢由隐隐客微微，非非是是非非。
之二
子曰："道不远人。人之为道而远人，不可以为道。"

道在身边道近身，人人事事自成人。
中庸物务界正均，步步行行行步步。
年年岁岁序经纶，言言举举试思臻。

27. 子曰："射有似乎君子；失诸正鹄，反求诸其身。"

射以求中始自身，知君正位亦其人。
苦苦辛辛步辛辛，份内方成方份外。
贫贫富富守正论，红梅白雪可成尘。

28. 子曰："父母其顺矣乎！"

向背之间可谓中，三分有界始成穷。
阴阳两半是求终，寸寸量量天天。
和和睦睦有融融，如此此自西东。

29.《诗》曰："神之格思，不可度思！矧可射思！夫微之显，诚之不可掩如此夫。"

万物云中一物生，鬼神不视半成明。
人人彼此此行行，显显微微微显显。
心心意度思荣，虚无尚处实当衡。

30. 子曰："故大德者必受命"

大舜耕山一济南，先贤养性半修蚕。
天生万物数眈眈，百姓黎民民同日。
身名利禄自家洺，青青色色出于兰。

31. 子曰："无忧者，其惟文王乎！"

自是人人自以无，生生息息去还无。
无是生非也是无，父母成人成命始。
忧天忧己亦忧无，有时有序有时无。

32. 子曰："夫孝道，善继人之志，善述人之事者也。"

子孝君仁一敬臣，循规蹈矩半斯人。

居心守礼守经纶，秩序方圆方秩序。
庄稼草木份相均，华胥帅主见风尘。

33. 哀公问政

问政哀公半武文，修身养性一成君。
华胥国里几风云，治者思文思武举。
从人共事共耕耘，民生度量度功勋。

34.《天下之达道五，所以行之者三》

五者君臣父子分，兄兄弟弟妇夫闻。
朋朋友友合交勤，自以知仁知勇者。
三斯养济养斯文，行之治已治人云。

35.《凡为天下国家有九经》

立道修神不惑贤，亲民敬父百工田。
怀柔子庶自源泉，百姓成天成地域。
千年富此富千年，行之者一九经宜。

36. 凡事豫则立，不豫则废

不豫无思自废人，行前立步问风尘。
言之不合可经纶，彼此相从相彼此。
同知共治始终亲，诚之善恶序秋春。

37. 自诚明，谓之性。自明城，谓之教。

性以诚明教以明，诚则不谓不则诚。
经天日月自生明，时理其人天以正。
真知善恶有枯荣，朝晖序秩夕阳行。

38. 唯天下至诚，为能尽其性。

尽性唯诚可圣人，先贤万物共阴晴。
原原本本自然萌，世事三分天地界。
中庸向背界观明，生生息息又生生。

39. 其次致曲

九曲黄河十八弯，东流万里去无还。
中原逐鹿问阴山，汉汉胡胡汉汉。
相依水水月芽湾，沙鸣不止玉门关。

40. 至诚之道，可以前知。

万里黄河万里流，从源到海历春秋。
弯弯曲曲不回头，五十天中行到海。
三千弟子百筹谋，无休日月自关休。

41. 诚者，自成也；而道，自道也。

始始终终一道成，来来去去半无明。
人人物物性知行，智者三思三善恶。
精英步步步精英，修身品德品枯荣。

42. 故至诚无息

久久长长哇步行，生生息息自枯荣。
微微小小积则生，地厚天高分界处。
三分万物万人情，居中向北两分明。

43.《大哉圣人之道！洋洋乎发育万物，峻极于天。》

万物洋洋各自容，千年肃肃去来生。
先贤达者智则明，自古田家田亩上。
如今世界世纵横，文文化化教人行。

44. 子曰："愚而好自用，贱而好自专；生乎今之世，反古之道。如此者，栽及其身者也。"

愚蠢之人自视成，卑躬子士慧根荣。
修身养性可枯荣，独断专行专独断。
同文共轨道先明，周秦之礼是非清。

45.《诗》曰："在彼无恶，在此无射，庶几夙夜，以永终誉！"

息息生生息息生，山山水水各枯荣。
年年岁岁易方明，自以华胥华夏见。
周秦汉晋到明清，同同异异四则城。

46. 如四时之错行，如日月之代明。

日月同天人见明，朝晖夕霭自阴晴。
千年草木易中生，异异同同同异异。
荣荣废废荣荣荣，萌萌改革改萌萌。

47. 聪明睿知，宽裕温柔，发强刚毅，齐庄中正，文理密察，溥博渊泉，溥博如天。

万姓方城独一人，千年大禹半百臣。
人间比比是斯民，大禹华胥华夏见。
王家独税匹夫均，浮舟侧畔望天输。

48. 肫肫其仁，渊渊其渊！浩浩其天！

大学中庸论语城，皇王彼此自分明。
农夫土地不须英，孔子修身修一道。
君臣治下治田耕，三千岁月方行。

49. 论语　学而

学而当言不学名，经经历历两新生。
先贤以下达人情，自在如来如自在。
观音世界世清明，枯荣日月日枯荣。

50. 有子曰："君子务本，本立而道生。"

孔子经书不鲁民，劳劳力力者治于人。
为亡父母匹夫勤，本本根根根本本。
源源水水水濒濒，仁仁爱爱子仁仁。

51. 曾子曰："吾日三省吾身。"

一日三思五省身，朝晖夕照不同邻。
春秋夏日复冬春，止止行行行止止。
人人事事事人人，经纶处处处经纶。

52. 子曰："道千乘之国，敬事而信，节用而爱人，使民以时。"

取自于民用至民，修身治国治修身。
君君子子臣臣，孔子言天言地界。
王家自古是非人，桑田节俭始成输。

53. 子曰："行有余力，则以学文。"

弟子言行六艺筹，诗书礼乐易春秋。
亲仁泛爱力余酬，万里黄河黄万里。
江流万里大江流，弯弯曲曲不回头。

54. 子夏曰："虽曰未学，吾必谓之学矣。"

学是非非自在明，贤贤德德事人成。
身身信信致交情，未学经纶经未学。
闻闻达达亦平生，人何所至路方成。

55. 子曰："君子不重则不威，学则不固。"

自己重则自己成，天威一度一人生。
营营步步步营营，正正中中中正正。
明明事事事明明，行行止止止行行。

56.《夫子温、良、恭、俭、让以得之。》

国国家家四面城，微微末末始终成。
心心意意共其情，子以温良恭俭让。
先生自得自先生，枯荣日日日枯荣。

57. 子曰："父在，观其志；父没，观其行。"

父父其行子子行，同同异异自观情。
人人事事古今生，万物先生先万物。
千年孝敬以仁名，天机世运志中盟。

58. 有子曰："小大由之，有所不行。"

小大由之小大乘，中庸以道界相承。
心径古刹见禅僧，净土无为为净土。
兴兴废废又兴兴，冰天雪地雪天冰。

59. 有子曰："信近于义，恭近于礼。"

性近人心习远平，言重礼故向君生。
恭恭敬敬理和平，彼此何分何彼此。
高低不至客阴晴，微微末末始相明。

60. 子曰："君子食无求饱，居无求安敏于事而慎于言，就有道而正焉，可谓好学也已。"

二万天中住食衣，人生七十古来稀。
中中正正正心扉，好学知则知好学。
黄河万里去无归，从源到海共日晖。

61. 子贡曰："《诗》云（如切如磋，如琢如磨。）其斯之谓于？"

一步贫穷一步行，三生自大自难生。
历历磨磨玉方成，过去今天明日复。
相同日月不同明，营营处处处营营。

62. 为政子曰："道之以政，齐之以刑，民免而无耻。道之以德，齐之以礼，有耻且格。"

自古君臣夏与民，王王道道立经纶。
华胥彼此自然亲，代代朝朝朝代代。
三千岁月化风尘，农田養活去来人。

63. 子曰："吾十有五而志于学，三十而立，四十恶而不惑，五十而知天命，六十而耳顺，七十而从心所欲，不逾矩。"

七十从心所欲行，人生一半一人生。
无无有有去来情，而立知天知耳顺。
规规矩矩不须明，如童步步若翁明。

64. 孟懿子问孝。子曰："无违。"

奉養人情是孝道，无违父母送终生。
无违人世子知明，自以无生有有。
何身第一步声鸣，回回忆忆三年盟。

65. 子游问孝

第一人间第一情，平生父母预平生。
当然養育教殊荣，犬马无知心所在。
营营智智智营营，君臣子弟匹夫行。

66. 子夏问孝

月月和颜悦色行，操劳奉使自无声。
君仁子孝作臣明，食食衣衣先父母。
从从事事苦耘耕，生生養養教方成。

67.《吾与回言终日，不违，如愚。退而省其私，亦足以发，回也不愚。》

日日颜回日日言，时时论语济时源。
明明大学不曾喧，不是无言无不是。
清清静静待轩辕，方方正正亦园园。

68. 子曰："视其所以，观其所安。"

视视观观察察色，形形色色去来还。
天山草木满天山，隐隐藏藏真相在。
丝丝迹迹久其间，心机与事见河湾。

69. 子曰："温故而知新，可以为师矣。"

故故新新故已新，知知述述自成真。
心思寸寸始终输，事事情情成事事。
人人慎独慎人人，知之未了不知邻。

70. 哀公问曰："何为则民服？"

不谓君臣不谓民，三分世界一分人。
相观向背以中循，莫以江山成社稷。
王王道道匹夫身，家家国国几经纶。

71. 或谓孔子曰："子奚不为政？"

鲁鲁齐齐尽见王，田田亩亩见麻桑。
家家国国几圆方，不得华胥谁帅主。
边边界界复疆疆，同文共轨始秦皇。

72. 子曰："非其鬼而祭之，谄也，见义不为，无勇也。"

鬼鬼神神不正心，天天地地始成林。
源源本本水深深，见义无为无见义。
文王始付二弦琴，人间政道不知寻。

73. 述而

子路曰："子行三军，则谁与？"子曰："暴虎冯河，死而无悔者，吾不与也。必也临事而惧，好谋而成者也。"

与虎相争未下山，渡河赤足去无还。
临谋不解只居间，水水舟舟桥作路。
思思济济问湾湾，人人事事可相攀。

74. 子在齐闻《韶》三月不知肉味，曰："不图为乐之至于斯也。"

子在齐闻《韶》在天，人生彼此见方圆。
于斯不食品当贤，肉味何知何肉味。

先贤达者至先贤，身心净化度成年。

75. 子曰："三人行，必有我师焉。"

一善何言一恶颜，普贤渡寺五台山。
来来去去是归还，见得三人行见得。
居中向背以其间，阴阳界处易天关。

76. 子曰："不为酒困，何有于我哉？"

逝者如斯逝者循，无为不解有为亲。
君君子子不风尘，酒困于人不酒困。
其心自净自其身，天输草木共天输。

77. 颜渊

颜渊问仁

克己人乎复礼仁，颜渊不解求未真。
行行不止日相邻，不敏遵循何不敏。
先贤达者晋其身，梅花落了作红尘。

78. 樊迟问仁。子曰："（爱人）。"问知，"子曰："知人。"

一步樊迟一问仁，恩恩爱爱半其身。
知知识识几中真，舜治皋陶人已近。
商汤伊尹恶离亲，观音自在自相邻。

79. 樊迟问仁。子曰："居处恭，执事敬，与人忠。虽之夷狄，不可弃也。"

一日樊迟半问仁，居恭执敬与人亲。
狄夷彼此作忠贞，不弃终成终不弃。
时时事事正其身，天天地地自相邻。

80. 陈亢问于伯鱼曰："子亦有异闻乎？"

陈亢退而喜曰："问一得三，闻《诗》，闻《礼》，又闻君子之远其子也。"

独得诗乎独得言，孤行学礼复明源。
闻斯二者是三元，子子心心心子子。
宜宜正正正宜宜，华胥国里有轩辕。

81. 孟子

庄暴见孟子

一界三分向背中，东西易极是西东。
阴阳取半悟空空，合一相接相对立。
同同异异复同同，终终始始有无穷。

82. 得民心者得天下

自得民心自得王，天时地利可文昌。
人和富庶米粮仓，桀纣屈鱼驱水尽。
三年不畜兽禽亡，其何能淑载胥荒。

83. 舍生取义

色性仁忠一礼仁，何分内外两相倾。
于人与己半分明，熊掌沙鱼非取二。
生生息息九思行，阴晴草木本心荣。

84. 五经篇 诗经 关雎

雎鸠关关一水洲，窈窕淑女子君述。
求之不得不求求，反侧相思反反侧。
参差荇菜自清流，琴琴瑟瑟鼓钟谋。

85. 桃夭

处处桃林处处花，与子于归宜其家。
灼灼蓁蓁灼灼华，色色夭夭夭色色。
纯纯杰杰竟无遮，枝枝叶叶自参差。

之二

谷风

万里之行日月多，园圆缺缺采菲歌。
儿儿女女自厮磨，浊浊清清泾渭水。
东流自是自风波，潼关聚得共黄河。

86. 秦风 蒹葭

白露蒹葭一半霜，从之溯湄自扬长。
佳人影色水中央，采采涟涟滩芷碧。
芦芦苇苇共苍苍，炎凉不止不炎凉。

87.

白露蒹葭半似霜，佳人隔岸两茫茫。
鸳鸯不在水中央，沚沚滩滩滩沚沚。
南年一度一苍苍，秋风起处见苍苍。

88. 雅 南有嘉鱼

北面君君以颂居，南方罩罩有嘉鱼。
温文尔雅士情余，水水山山文化虚。
游游戈戈共浮舒，当初己是已当初。

89. 何草不黄

草草青青草草黄，生生息息有炎凉。
夫夫进退可行装，岁岁年年年年岁岁。
田桑日月总田桑，王王税赋養王王。

90. 天作

水水山山一四方，民民帝帝半文王。
朝朝代代匹夫桑，内外宫庭宫内外。
霓裳布带断衣裳，劳心治者治钱粮。

91. 尚书 甘誓

战战和和自古今，王王庶庶半天音。
宫廷不是匹夫心，夏启惊兵惊夏启。
荒荒诞诞帝皇寻，民民子子苦甘霖。

92. 汤誓

夏夏商商禹所傅，私营帅主自称天。
华胥国里共耕田，水水沉浮沉沉水水。
船船载载载船船，共产同享是方圆。
之二
逐逐争争启作王，华胥已尽禹三皇。

天堂不似不朝堂，自古如今如自由。
华章自立自华章，三民只是一民扬。

93. 盘庚

众众感感不造都，民民感感未其无。
婚婚友友黍禾苏，旧约新盟新事务。
先知后觉后知殊，行行进进乃扶苏。

94. 立政

一半周公一半王，何言一半是民乡。
谁言一半是居裳，一半华胥华帅主。
君臣一半是官堂，农夫一半供皇粮。

95. 礼记 曲礼

曲礼安民政帝王，仁君子敬立臣纲。
同同异异度时量，莫以亲疏亲莫以。
嫌疑不可不贤良，行修理道以人昌。

96.

百岁之期颐尔名，三生七十不成刑。
于官五十艾强，二十当冠当弱立。
安居乐业始人情，行行不止是行行。

97. 周易 上经

第一乾元第二坤，天天地地第三屯。
初生利物自无垠，易易思思思易易。
三分向背以中蕴，儿儿女女秩孙孙。

98. 下经

半见阴阳半利贞，枯荣半见半居陈。
中间彼此半分匀，彼此分之分彼此。
天天地地宇方邻，生生息息界经纶。

99. 未济卦第六十四

事事人人未济行，天天地地见中明。
成成败败利成成，拘之文王周易演。
平生日月物枯荣，相生互克始终萌。

100. 系辞

八卦两仪四象生，天高地阔半中成。
乾坤上下界何明，演易相分相演易。
灵灵物物各依情，贤人达者九思行。

101.《易》之兴也，其当殷之末世、周之盛德邪？

百物兴衷半地天，生生息息一人前。
分分辩辩易生贤，一半阴阳向一半。
中间作界乍乾坤，星星象象极元园。

102. 春秋左传 郑伯克段于鄢

百雄成都小九分，京城大叔至三闻。
庄王以彼以斯文，制者光王先制者。
田田土地久耕耘，风云适者适风云。

103. 晋公子重耳之亡

晋耳及难弃蒲城，乡人五鹿土相荣。
高明处处有高明，过己文公文不礼。
天机子犯向天盟，当然一物一思成。

104. 祁奚举贤

祁奚请老，晋侯问嗣焉。称解狐－其仇也。将立之而卒。又问焉。对曰："午也可。"于是羊舌职死矣，晋侯曰："孰可以代之？"对曰："赤也可。"
　于是使祁午为中军尉，羊舌赤佐。
举善称仇一世君，无偏立子半称文。
商书以道解狐分，是以知之知有似。
非为党结党徒文，祁奚清老作人勋。

卷二 史部

105. 先秦篇

国语
祭公谏征犬戎

载戢干戈懿德民，先王以道厚其亲。
修人品性内经纶，后稷明文虞夏事。
慈和训典正观身，征戎不必不军尘。

106. 范蠡论战

越越吴吴半可邻，强强弱弱一农民。
雄雄阵可阵成贞，天道皇皇皇日月。
赢赢缩缩易时臣，刚柔互济五湖津。

107. 国策

苏秦以连横说秦

六国当然半自倾，苏秦始将一连横。
成盟各自各君卿，北貉西巴肴函固。
四方八面已邻兵，谋成不断独难赢。

108. 冯谖客孟尝君

一客冯谖自存文，贪门乏见孟尝君。
弹歌剑立对风云，长铁归来乎所欲。
薛乡故国以臣闻，人呼万岁共衣裙。

109. 唐雎说信陵君

不可知其不可知，无时问得问无时。
兴兴比比见诗词，可忘当然当可忘。
君君子子以恩慈，枝枝理理见枝枝。

110. 晏子春秋

任用贤人治诸侯，威时百姓作春秋。
江河日下向东流，水可沉浮波不尽。
行舟彼此彼行舟，无忧见得见忧忧。

111. 纪志篇

史记
秦始皇本纲

半统江山一始皇，置郡黜首立咸阳。
长城万里界胡乡，不以扶苏二世。
未央未了未阿房，东西南北四方疆。

112. 陈涉世家

涉叔陈吴两世家，秦亡已见浪淘沙。
安知鸿鹄志无瑕，（陈胜王）三光帛锦。
鱼湖字字上丹砂，渔阳处处不官衙。

113. 越王勾践世家

守禹苗裔夏国家，文身断发事桑麻。
少康庶子会稽华，二十余生余世后。
允常自与阖闾嗟，吴吴越越两天涯。

114. 范蠡浮海出齐，变姓名，自谓鸱夷子皮，耕于海畔，苦身戮力，父子治产，居无几何，致产数千万。

渡海居齐变姓名，平吴七求己三成。
于之文仲自杀生，自以良弓飞鸟尽。
同难不共乐相营，春秋五霸五湖营。

115. 吕不韦列传

吕不韦阳翟贾人，千金累至富其身。
居奇货物治天津，子楚秦王秦子质。
华阳幸爱作夫人，公秦适嗣共君臣。

116. 当是时，魏有信陵君，楚有春申君，赵有平原君，齐有孟尝君，皆下士喜宾客以相倾。吕不韦以秦之强，羞不如，亦招致士，厚遇之，至食客三千。集论以为八览、六论、十二纪，二十余万言，备天地万物古今之事，号曰《吕氏春秋》。而咸阳市门，悬千金其上，延诸侯游士宾客有能增损一字者予千金。

吕氏春秋八览成，千金一字辩荀卿。
咸阳门上正殊荣，魏信陵君时待楚。
春申楚孟尝齐名，邯郸女子政秦嬴。

117. 游侠列传

孟尝春申近世时，延陵季子信陵知。
平原侠集各君司，不韦三千奇诸子。
春秋吕氏百家辞，秦嬴政有赵姬姿。

118. 李将军列传

半是三军一将惊，萧关善射正胡名。
先锋至此燕丹生，李信李陵何李广。
良家子弟虎燕京，云中太守守寻兵。

119. 太史公曰："《传》曰（其身正，不令而行；其身不正，虽令不从。）"

记取阴山李将军，燕幽射虎石生文。
官官霍霍帝衣裙，六十胡人余战纪。
桃桃李李步溪闻，如今仰附酒泉君。

120. 屈原列传

一赋怀沙一世终，三闾宋玉景差同。
怀王只与上官中，患以离骚忧以国。
联横合纵楚无雄，汨罗以水见西东。

121. 资治通鉴

汉纪 **文帝励治**

励志农家一本名，王臣免赋半耘耕。
文文景景以民荣，二十三年君节俭。
楼台馆阁未成英，慈仁百姓百家生。

122. 理论篇 史通 六家

叙事原文自不名,时人自许易群英。
何言识者类难成,代代春秋春代代。
源源本本以人营,声声未尽未声声。

123. 五经

叙事行时己本名,分门别类世人情。
言文鉴识几生成,序次难书正野史。
波波浪浪几思明,江流日下百年英。

卷三 子部

124. 诸子百家篇

荀子

吕氏春秋一半秦,由时万物去来真。
王朝政务始终民,本本源源源本本。
华胥帅主帅经纶,河图易自洛书尘。

125. 老子

可通非常道可名,无无有有步人生。
玄之众妙由玄明,本本源源源本本。
更更易易总前行,相生互克乃相生。

126. 上善若水。水善利万物而不争,处众人之所恶,故几于道。

上善乾坤若水成,沉浮载物古今行。
千川百谷积渊明,一道东流东一道。
无休不止自然生,人情百姓百人情。

127. 道生一,一生二。二生三,三生万物。

水水山山永不平,来来去去总思明。
阴阳向背界中衡,一二三生无限止。
千年万物自枯荣,人和百姓百人城。

128. 庄子 逍遥游

一日鲲鹏半日天,三生崔鸠二虫田。

居心叵测各周旋,水浅向知深水力。
木秀于林间前川,无疆玉宇见方圆。

129. 可乎可,不可乎不乎。

物得枯荣彼此明,无无有有是非生。
中中正正以然成,不可通庸通不可。
朝三暮四未当营,阴阳向背两方行。

130. 墨子 兼爱

爱己无私爱别邻,情中不利致情声。
相兼始得顺秋春,乱自胡为胡不民。
田桑未顾未终亲,源源本本其斯人。

131. 公输

楚以公输御宋城,齐行子墨日趋行。
仁和却以不仁营,自以三思三自以。
强争械器不强争,人民日月胜和平。

132. 韩非子 孤愤

智术之人必räp人,其身自是自生民。
真真理理理真真,子子君臣君子子。
华胥帅主是相钩,风尘世道世风尘。

133. 说难

大小之中有易难,阴晴草木草花残。
云端日日云端,纵纵横横纵纵。
来来去去见宽宽,青丹不尽自青丹。

134. 五蠹

野兽虫蛇一有巢,华胥己始与人交。
邦邦族族簇重茅,钻木燧人生氏火。
疏疏蚌蛤熟香肴,斯民与共与同胞。

135. 治国为政篇 商君书 更法

一法当然一法偏,商鞅治国治当然。
行天易易易行天,有变时时有变。
民心日月是桑田,唯唯是此是方圆。

136.

一半商鞅一半天,甘龙一半国桑田。
居中杜挚两方边,主以三思攻力量。
民生尺寸尺当先,当然进退易当然。

137. 管子 牧民

帅主无成帅主成,营巢取火取巢营。
神农教化伏羲耕,息息生生息息。
成成败败禹私营,群龙治水治民生。

138. 统兵治军篇 孙子兵法

不用兵时不用兵,思谋度量腾因成。
奇则取善自输赢,五事三军三界阵。
乾坤左右四方城,人间自古自人明。

139. 微乎微乎,至于无形。神乎神乎,至于无声。故能为敌之司命。

以一分成十面兵,微微合合暗中城。
无形胜作有形功,易易乾坤元易易。
奇奇怪怪阵方明,金金鼓鼓众情生。

140. 昔殷之兴也,伊挚在夏;周之兴也,吕牙在殷。

伊尹兴殷自夏成,殷之吕尚己周荣。
彼中有我势方明,要算军机军要算。
兵前将后始知营,生生息息是生生。

141. 三十六计 总说

六六相乘数自连,环环有数有园园。
机机可设可成天,自以阴阳中界定。
三方四面五蕴篇,思谋智慧自求全。

142. 第三十五计 连环计

一计瞒天过海成,无中生有有中生。
抛砖引玉反间行,树上开花空色见。

关门捉贼自由情,走为上则势方赢。

143. 孙膑兵法　擒庞涓

鬼谷方成膑不成,兵家彼此不言兵。
邯郸学步不知惊,死此平陵平树下。
东阳战邑示难攻,三分八阵五名行。

144. 故事杂谈篇　搜神记　长安乞丐

小子阴生记事真,长安乞丐有人亲。
官家不械客相邻,富贵原本贪利见。
谣言自以市中民,神仙自在自神仙。

145. 世说新语　割席分坐

管以锄金互石同,华收掷去各西东。
同窗读学市殊雄,子子非吾友非友。
宁分割席坐无工,知其上下未曲衷。

146. 坦腹东床

坦腹东床太傅郎,羲之自付一文章。
君心任意见东厢,逸少都公如此见。
庄庄重重太庄庄,潇潇洒洒自风光。

147. 竹林七贤

阮籍稽康寸尺量,山溪向秀阮咸阳。
王戎借此叵文章,最是刘伶知醒醉。
竹林青秀七贤梁,谁言不酒少年郎。

148. 菜根谭

古古今今一再三,来来去去菜根谭。
春春夏夏久成蚕,自是丝丝丝不断。
云云雨雨半江南,途途业业可家淦。

149. 小窗幽记

不酒中山不酒行,清清水色水清清。
明明草木草明明,野野朝朝朝朝野。
行行止止止行行,人人事事情情情。

150. 李白夜郎

李白何言借酒行,无知日月故时明。
朝生夕惕不余情,二万三千三百日。
何人记取夜郎城,当塗醒醉不重名。

卷四　集部

151. 先秦文学篇　楚辞　离骚

一半离骚一半情,灵均一半伯庸名。
高阳颛顼子方荣,日月春秋行日月。
兰兰惠惠一曰生,工工匠匠半难成。

152. 启《九辩》与《九歌》兮,夏康娱以自纵。

夏启九辩与九歌,苍苍未可不知河。
传东行万里自行波,岳麓长沙长岳麓。
苍梧楚客楚妃娥,潇湘不远不汨罗。

153. 九歌　湘君

一问湘君一九歌,苍梧竹泪半江河。
流流止止总波波,莫以张仪分楚地。
秦王六国统干戈,洞庭山鬼国觞何。

154. 传世文章篇

六国斯人一世秦,三生化几半文章。
西戎遂霸立经纶,士取由余迎塞叔。
公孙丕豹逐风尘,张仪一百里奚钧。

155. 晁错　论贵粟疏

女不织机不织衣,绫罗绸缎自有稀。
男亡田亩米食肥,只有农夫农不有。
青黄不接总贫饥,官官吏吏是成非。

156. 曹植　洛神赋

洛水斯神一密妃,俯仰殊观半不归。
翩翩已若作鸿飞,伊阙东藩龙戏水。
腰如约素颈廷晖,魂姿艳逸静柔微。

157. 王羲之　兰亭集序

禊事常修禊事铭,羲之一序一兰亭。
丹青日月日丹青,御史中堂临古寺。
风流半在太宗廷,书生壁上几条屏。

158. 陶渊明　归去来辞

息息生生息生生,归来去也辞难成。
无无有有本空情,去去留留留去去。
行行止止止行行,枯荣日日日枯荣。

159. 王勃　滕王阁序

故郡洪都一豫章,星分翼轸半炎凉。
三江地接五湖光,学士之词宗紫甸。
将军武库序秋扬,彭蠡雁阵断衡阳。

160.

李广难封汉家强,英雄易老易冯唐。
长沙贾谊屈原乡,海曲梁鸿梁海曲。
钟期不遇试勃芳,滕王一阁见流长。

161. 刘禹锡　陋室铭

陋室仙龙一水山,黄河万里半湾湾。
鸿儒白丁去来还,寸有方圆方寸有。
知音汉水伯牙闲,云亭诸葛可班班。

162. 杜牧　阿房宫赋

六国之亡六国亡,秦时百里半阿房。
秦亡亦是自秦亡,项羽因之因一人。
阿房至此不阿房,农夫弃阁不如梁。

163. 韩愈　杂说.伯乐

万里之行十日长,飞天羽翼不寻常。
丰衣足食可炎凉,伯乐知然千里马。
因人致事付时光,寻常内外不寻常。

164. 柳宗元　至小丘西小石潭记

小小丘西小石潭,蛇行斗折水云涵。

明明灭灭隐相含，不问鱼游鱼不问。
相知互强互相眈，安知彼此有余谙。

165. 范仲淹　岳阳楼记

一代人生一代忧，民生以至以成求。
灵岩石笏半苏州，五十天中河到海。
东流万里不回头，湾湾曲曲自无休。

166. 欧阳修　醉翁亭记

一步滁州十里宁，三生不忘醉翁亭。
刘伶不在竹林听，自古人间人自古。
神仙太白太零丁，东坡醒后作丹青。

167. 苏轼　石钟山记

水石洪钟不等闲，彭蠡湖口石钟山。
深潭鼓浪博云环，无射歌钟钟自响。
魏庄周景几斑斑，心无所想可思颜。

168. 王安石　游褒禅山记

一谓华山一褒禅，浮图慧褒始唐年。
花山实可以华宜，洞远泉深思志远。
鱼虫鸟木各临川，云天俯仰问云天。

169. 归有光　项脊轩志

一阁方圆一丈客，尘泥瀰垢半尘封。
坦墙日影暮朝从，小路羊肠南北尽。
长山草木共青松，东西未了四方踪。

170. 姚鼐　登泰山记

汶水西流济水东，日观峰顶地天融。
长城十五里居雄，七采天门临五谷。
山山海海已无穷，人间尽在有无中。

171. 杂剧戏曲篇　关汉卿　窦娥冤

一半人前一窦娥，炎天白雪半川多。
清清浊浊问黄河，只影孤身孤只影。
天公可与冤情科，人心以此草成蓑。

172. 经典诗词篇　民间古诗　行行重行行

行行止止止行行，生生息息息生生。
明明进退进明明，十五从军征八十。
营营未了未营营，阴晴一半一阴晴。

173. 乐府民歌

陌上丝蚕有所知，秋来夏去谓春迟。
同根北叶间南枝，孔雀东南飞不去。
江南莫采小莲时，听君一曲木兰辞。

174. 两汉魏晋诗歌　刘邦　大风歌　项羽　垓下歌

一日云飞一故乡，三军猛士四方扬。
刘邦项羽见咸阳，力拔山兮气盖世。
鸿门宴上有张良，王王霸霸久低昂。

175. 曹丕　燕歌行

一半咸阳一未央，三秋草木草秋霜。
千军将士五更张，短叹长歌应未了。
牵牛织女少年郎，星河泪下沾衣裳。

176. 唐宋诗词

去去来来一古今，唐唐宋宋半知音。
诗词格律韵声深，自得方圆方自得。
康熙佩服佩文寻，今今古古始工箴。

南宋·李迪
风雨归牧图

集六
读《史记菁华录》

集六 读《史记菁华录》

卷一

1. 秦始皇本纪

四百二王第一皇,平殊六国统其疆。
三公五帝九州乡,彼此同文同轨道。
通行制令朕称堂,丞相绾等李斯扬。

之二

立郡称县置守名,金人十二作休兵。
三公尺寸度量衡,至海朝鲜河界定。
临洮以塞共辽赢,咸阳十二万家城。

之三

百姓当家百姓家,农工力守令县衙。
如今一统李斯哗,焚毁书儒坑未冷。
陈吴项沛到天涯,何须二世不桑麻。

2. 项羽本纲

八百江都子弟兵,三千孔孟焚书坑。
文文武武学难精,有界鸿沟垓下见。
咸阳一火未央倾,功成已就已功成。

之二

霸上刘邦半未钧,江东子弟八千人。
鸿门四十万军坐,楚项分封分楚项。
楚歌四面楚歌频,成成败败作经纶。

之三

项羽重瞳子目身,其苗舜盖士同人。
天输失政误天输,五载东城身已死。
秦亡二世自亡秦,刘邦尺寸正其臣。

3. 高祖本纲

一半流民一半王,萧何一半一张良。
鸿门宴上项庄扬,败败成成韩信见。
溧人吕后女人娘,威加海内故家乡。

之二

夏政之忠小人尝,殷臣以道敬行庄。
朝朝野野四同方,故以周文文化致。
循还复始以民梁,三王大度大田桑。

4. 高祖功臣年表

五品人臣太史文,成宗社稷德之勋。
言劳用九功一闻,等伐明其明积阅。
平生万日月相分,耕耘一世一耕耘。

之二

太史公曰:《古者人臣功有五品。以德
立宗庙社稷曰勋,以言曰劳,用力曰功。
明其等曰伐,积日曰阅》
古古今今一半情,多因少果半相惊。
长吁短叹几枯荣,伐阅当知当伐阅。
勋劳自德自功名,平生五品五平生。

5. 秦楚之际月表

禹夏商汤后稷行,周文列国诸侯城。
横横纵纵各惊兵,自以襄公文穆献。
冠冠带带始皇明,咸阳项羽楚人声。

6. 六国表

洛邑幽王半大戎,秦侯自得一襄公。
文先踊陇营岐雍,以穆循河陈宝治。
齐桓晋魏伯侯中,春秋战国纵横风。

7. 封禅书

古古今今半地天,人人事事一方圆。
君王日月自封禅,傅曰三年无礼废。
周殷十四世然堰,三皇五帝不成迁。

之二

武帝无怀氏泰山,封禅所记虑羲颜。
神农社首夏周间,管伸齐桓梁父问。
穷辞事涉列三班,秦皇二世去无还。

之三

上党归来碣石悬,沙丘不得故人全。
仙仙士士作章田,八海蓬莱方入海。
瀛洲患且患风船,三山二世始皇天。

之四

宝鼎申公自不傅,三山五嶽泰山仙。
非求印信乞回天,不息乾称鸿渐朕。
无为未解信迷宣,何谓五道逐前川。

之五

宝鼎神公铸造书,华山太塞汉当居。
名山八卦故闲余,所已蛮夷三异致。
封禅不得禹相流,齐人復作史公如。

之六

一读长文俯仰奇,迷迷信信復无知。
终无要领脉联宜,自古封禅书未了。
神仙鬼怪世人师,三山不远一心期。

卷二

8. 河渠书

异异疏疏建二渠，家门不入十三余。
龙门砥柱孟津书，九派河源河九派。
封禅不以雨雲初，川流到海自相如。

9. 平准书

汉汉秦秦弊已傅，封禅武帝始皇天。
军军族族九州边，禹夏商周凭几继。
牛羊犬马铸铜钱，商津市利子孙然。

之二

一币之兴十币商，匈奴草木半牛羊。
田田牧牧一边疆，市市盈盈平利利。
耕耕织织故家乡，多余不足始黄粱。

10. 越世家

一馆天平一馆娃，西湖不近范蠡家。
吴吴越越会稽花，五霸夫差勾践间。
三江六渍浪淘沙，朝阳不及夕阳斜。

之二

二十余年缪力吴，三千日月半屠苏。
秦淮不度不知无，未就功成功未就。
浮舟过海鸥夷孤，陶朱自谓自陶朱。

之三

楚国庄生一信儒，陶朱长子半商奴。
千金去矣几思吴，使者三残之府第。
初为未揭弃人图，三非三是范蠡殊。

11. 陈涉世家

一介农夫一介王，阳城字涉半耕乡。
嗟乎燕雀戍渔阳，大泽鸿鹄飞鸟尽。
扶苏不立自秦亡，揭竿而起问朱房。

12. 外戚世家

太后清河窦世涯，观津水月郡县衙。
平阳复见子夫花，列子长平侯子列。
轩中武帝幸身华，封冠卫霍帝王家。

之二

李广无功霍卫名，轩中武帝子夫情。
空怀飞将忆龙城，窦后皇妃皇吕后。
戚戚宦宦近宫生，秦秦汉汉自亡行。

13. 齐王世家

酒史刘章太后怜，深耕萺种立苗田。
何亡醉去斩当先，诸吕惊人惊诸吕。
齐王姊乱罪诛前，公孙次骨伐宽然。

14. 萧相国世家

一沛萧何半沛然，秦相律令制图全。
金金帛帛诸人迁，汉马无功无社稷。
封侯食邑已当先，人人狗狗猎之牵。

之二

一旦之功万世功，功城略地半成雄。
曹参七十创军风，第一关中关第一。
刀刀笔笔吏殊同，贫居孝惠谥文终。

15. 曹相国世家

孝惠相齐七十城，春秋治道贵民生。
清清静静盖风情，道道玄玄黄老术。
推贤举事史明英，从容百姓静侯荣。

16. 留侯世家

力士锥秦博浪沙，张良一笑不为家。
鸿门宴上作桑麻，记下当如当取履。
太公兵法沛人华，运筹策帷子房夸。

之二

太子东园角里行，黄公季夏四公声。
留侯谏固序皇城，皓首须眉惊不语。
人生八十有余明，天间白驹过方荣。

17. 陈丞相世家

五嫁无成一嫁成，嗟乎叔嫂半陈平。
阴阳四秩自枯荣，诀狱钱塘应其所。
亲疏上下各知情，贤相善始善终名。

卷三

18. 绛侯周勃世家

位极官臣祸及身，推勃拙厚朴相人。
河东守尉申戈陈，太后长安长捕狱。
千金一掷反无真，安知复爵度红尘。

之二

细柳营中一亚夫，屯军霸上治匈奴。
军刀介胄谢匡扶，不入辕门天子去。
先驱使节使兵符，终穷以困节无呼。

19. 伯夷列传

六艺诗书考夏虞，知尧逊位禹傅途。
箕山自有许由隅，太伯伯夷希是用。
仁人不怨不如吴，叔齐欲让伯夷孤。

20. 老庄申韩列传

楚苦县中老子生，曲仁李耳伯阳名。
适周孔子礼其情，朽独其言君子道。
深藏威德若愚行，潼关尹喜箸书城。

21. 司马穰苴列传

穰苴區區小国师，权轻立论大夫时。
千金一诺晏婴知，三军五帐兵法远。
劳归至国受君迟，营前将在外放辞。

22. 商君列传

愚者闇于世可成，知贤自见自初萌。
商鞅变法古今名，妒事疑人疑妒事。
行行止止是非行，无功不过易生城。

23. 张仪列传

鬼谷先生学术新，张仪始自共苏秦。
横横纵纵横沦，六国方圆方合一。
东西左右各风尘，妻其口舌入天津。

24. 孟子荀卿列传

孟子书言利实妄，其原怨本弊荒唐。
秦王以此以商鞅，楚用疆兵吴起镇。
连横合纵许虞唐，禹夏川流九州乡。

25. 孟尝君列传

五月文生五日盟，田婴四十子齐明。
人生受命与天城，是孟尝君招信客。
亡人业舍共相荣，知情善遇结才声。

26. 平原君列传

赵国平原合纵行，邯郸围魏楚人声。
毛遂自荐赞人平，二十知人知二十。
先生作此作先生，囊锥一舌万师兵。

27. 信陵君

隐士侯嬴七十贫，夷门欲厚半从身。
亲迎摄政上之亲，公子愈合愈善至。
执辔故下作恭人，如姬一计印斯秦。

之二

一过夷门一大梁，侯生七十颈符光。
知人善看久文章，公子之交公子去。
回归始得魏之昌，名冠隐者不虚扬。

28. 范雎蔡泽列传

不易知之不易人，平原君所魏齐身。
张君范雎自相秦，不以须庸须臣贫。
虞卿蹑履擔登尘，黄金白璧自臣贫。

卷四

29. 廉颇蔺相如列传

赵奢时同李牧初，廉颇自将蔺相如。
加勤独瞻壁身书，近奋其威其近奋。
邯郸许历谏人居，多余十五市多余。

30. 屈原贾生列传

鼓瑟湘灵竹泪多，怀沙一赋入汨罗。
张仪郑袖楚秦戈，六百里程成六里。
离骚唱尽楚人歌，芳菲九畹九州何。

31. 刺客列传

自古疑人自古疑，渐离击染渐离知。
惊秦未可刺秦时，一半知音知一半。
书书剑剑各相司，荆轲燕此燕丹迟。

32. 张耳陈余传

合纵张仪树帜臣，联横六国向苏秦。
燕齐楚已赵韩陈，指鹿丞相为马问。
咸阳二世一尘人，何当朕作始皇民。

33. 淮阴侯列传

汉汉秦秦一蒯通，齐齐赵赵半称雄。
刘邦项羽两时风，若以三分三鼎立。
空虚立足有奇功，范蠡不与赵王同。

34. 韩王信卢绾列传

异姓王侯异姓人，刘邦吕后国邦新。
成成败败不称秦，楚汉相争争楚汉。
韩王信绾故其身，江山社稷不功臣。

35. 郦生陆贾列传

郦食其人郦食阳，贫书落魄吏门旁。
狂生六十不生狂，洗足刘邦何洗足。
张仪合纵以秦扬，称君广野纵横疆。

之二

口舌之殊口舌人，知身不世不知身。
为儒鼎烹委蛇觐，一腔英豪英伟气。
三生自得自生尘，夷难始未始何沦。

36. 刘敬叔孙通列传

斩将摩旗十万兵，攻城略地半谋名。
夫儒进取守成平，博士方蒙方博士。
群臣礼乐制形成，黄金五百太常卿。

37. 季布栾布列传

季布当呼一诺名，千金可楚半相卿。
梁梁楚楚几知声，栾布梁人贫酒保。
诚城自负自诚城，俞侯立社立殊荣。

卷五

38. 张释之冯唐列传

结袜王生景帝情，张廷尉事尉方平。
三公会立九卿行，父老冯唐王所问。
廉颇李牧赵知兵，如时俱进是枯荣。

之二、寄李陵

魏尚云中坐上攻，相差首房六级空。
廉颇李牧忌难风，死罪言当言死罪。
冯唐使节使贤风，微情李广李陵雄。

39. 扁鹊仓公列传

扁鹊仓公列传良，长桑自以禁方藏。
非人十载以医乡，色色形形形形色色。
阴阴缓急缓阳阳，三光五会拙工良。

40. 魏其武安侯列传

魏武安侯一窦婴，三年孝景素归名。
田蚡太后姓难成，以势相倾相以势。
丞相罢与灌夫行，呜呼两翼两分生。

41. 李将军列传

十战匈奴百战功，三生马背五生名。
幽州射虎半龙城，一跃飞天飞一跃。
惊人自得自人惊，英雄已是已精英。

之二

李广匈奴一将雄，萧关卫禁未央宫。
微勋李蔡作三公，但以阴山飞将在。
单于不可问云中，先锋自尽不相逢。

42. 匈奴列传

冒顿单于太子名，东胡敢射不经兵。
其时项羽势方成，左右贤王从左右。
云中水草自枯荣，为人趣利大臣城。

43. 卫霍列传

卫霍单于一马先，匈奴汉将半三边。
英雄饮醉酒泉前，一纸王文兵百万。
先锋李广已当怜，幽州射虎已何然。

44. 司马相如列传

犬子长卿读学成，书书剑剑作平生。
相如玉璧相如名，自业无兴王吉善。
临邦令席子虚行，极乘士说邹阳荣。

45. 淮南列传

四百之零二位王，三千岁月始秦皇。
淮南反遂汉家昌，麦秀之歌微子故。
商汤及纠比干肠，江山社稷是田桑。

卷六

46. 汲郑列传

使越吴还不足迁，家人失火未当先。
仓粮济灾致民田，汲黯形身形直谏。
公卿不可不君前，张汤笔吏废求全。

又

黯隐长安令下贤，田园草木不田园。
匈奴卫霍各三边，庇叶伤枝天子过。
民生水土自经年，沉舟侧畔过千船。

47. 酷吏列传

以政刑民孔子言，江流万里水之源。
华胥国里问轩辕，法令滋章多盗寇。
行身守节富贫元，荒唐草木上林萱。

又

酷吏三声十日王，千般盗寇半张汤。
姦滑刁鑽世人狙，势力如奴如势力。
郅都仇直是非良，杜周从谀少言张。

48. 游侠列传

富富贫贫一世人，恩恩仇仇半行身。
游游侠侠几风尘，郭解关中知李布。
河南剧孟不求邻，贤闻至此帜恩觊。

49. 货殖列传

已雪吴门越国臣，更名易姓范蠡人。
朱公货殖市其珍，十九年中三致富。
千金散尽化红尘，贫贫富富不为身。

50. 滑稽列传 淳于髡

六艺之中一艺成，三和五色半生平。
恢恢有道自枯荣，大鸟中庭中不语。
飞时济世是惊鸣，齐王以此正身名。

51. 太史公自序

太史公书太史公，乡乡里里记难同。
东风本自本西东，一箭幽州曾射虎。
单于卫霍数谁雄，何言李广李陵功。

又

否否唯唯太史公，兴兴废废世人同。
文文理理几空空，是是非非非是是。
朝朝野野记难衷，人人事事问儒风。

又

少好龙门史记篇，英雄日月去来年。
文章草木梓桑田，往喆巾筒今古鉴。
天工抱宇眉悬，春秋左傅继时迁。

南宋·李迪
雪树寒禽图

集七
夕拾

集七　夕拾

1.

秦楚客三生唱九歌，黄昏一半在山河。
潇湘竹泪问汨罗，上下纵横千古去。
苏秦六国九蹉跎，张仪独步自凌波。

2.

少小离家少小行，孤来独去一人生。
人生八十半枯荣，步步三生三万目。
黄河五十日东营，河源万里自东行。

3.

九九重阳见子孙，人生八十半黄昏。
秋风一叶不归根，古古今今古古。
朝朝夕夕对山村，慈慈父母自慈恩。

4.

十八离乡学北京，平生八十作诗英。
夫妻各自各飞鸣，三万日中三万夜。
同林两鸟两枯荣，无平一度一无平。

5.

八十回头忆雅卿，人情六十各倾城。
同林鸟去自飞鸣，子子成成成子子。
夫夫不得不诗名，妻妻独自独平生。

6.

正正邪邪一正身，尘尘渑渑半渑尘。
春春夏夏数秋春，是是非非非是是。
真真伪伪伪真真，天输一半一天输。

7.

小小难为老老心，来来去去已然寻。

知音不是不知音，暮暮朝朝朝暮暮。
深深浅浅水深深，年年独木自成林。

8.

子子孙孙半子孙，枝枝叶叶一条根。
秋风起处各黄昏，自以无来无又去。
乾坤易处易乾坤，慈母步步步慈恩。

9.

万里黄河万里流，弯弯曲曲不回头。
两州逐鹿逐东洲，五十天中源到海。
忧人自搅岳阳楼，春秋不尽不春秋。

10.

庚子立春
庚子三元已立春，梅花一落作红尘。
天轮草木逐天轮，八十人生八个十。
诗词格律日求臻，阳春白雪作巴人。

11.

岁岁枯荣岁岁春，一年草木一年新。
老身自得少年身，独木成林成独立。
红尘不尽不红尘，经纶日月是经纶。

12.

富富碌贪有似无，生生息息自扶苏。
名名利利以书儒，正正邪邪邪正正。
奴奴隶隶隶奴奴，泾泾渭渭是河途。

13.

去去来来一日成，康康暮暮半倾城。
枯荣草木岁枯荣，有有无无何有有。
生生息息自生生，行行止止作行行。

14.

一本人生一本经，春秋日月半丹青。
朝朝暮暮度心灵，草木枯荣年岁见。
生生息息短长亭，零丁老小自零丁。

15.

竹泪苍梧半竹青，湘灵鼓瑟两湘灵。
长亭十里数长亭，去去来来来去去。
泾泾渭渭泾泾，群星不尽数群星。

16.

慧一觉如来一觉惮，半无老子半无边。
方圆格律自方圆，一二三时三二一。
年年岁岁岁年年，天天地地是天天。

17.

万里黄河万里颜，弯弯曲曲有湾湾。
等闲以外不等闲，一样云中非一样。
成殷以外是成殷，归还所是所归还。

18.

剑剑封侯剑剑封，客客一界一客客。
庸庸法法法庸庸，大禹传家传夏启。
农农万古万农农，钟钟鼓鼓鼓钟钟。

19.

色色空空一界开，尘埃觉觉半尘埃。
何催处处复何催，掛碍须无无掛碍。
如来自在自如来，徘徊不是不徘徊。

20.

自以河源自涌泉，东流万里五十天。

149

湾湾曲曲几余年，一半黄河壶口水。
三千岁月自如烟，沧沧海水作桑田。

21.

古今今半涅尘，泾泾渭渭一经纶。
朝朝野野正邪津，一万年中年十万。
华胥国里岁秋春，由人想家不由人。

22.

草木银妆四野妆，茫茫八面半茫茫。
梅花落里有余香，六九河边杨柳色。
三元伊始一书堂，初心日月九州光。

23.

一地茫茫一地天，烟如雪白雪如烟。
银龙草木不分田，远近当知当远近。
思年不尽不思年，无边四面四无边。

24.

不惑桑榆自立旗，人生七十古来稀。
当然八十不相依，见历天机天自在。
无无有有是非非，来来去去此归归。

25.

忧己忧人以国忧，无求闻达自无求。
岳阳岳麓岳阳楼，格律方圆今古事。
东流逝水去来舟，江原万里任沉浮。

26.

一事无成半事成，三千日月十千月。
诗词十二万精英，息息生生生息息。
时时刻刻自萌萌，耕耕耘耘耕耕耕。

27.

河边岸草已见萌，鹧鸪伊始向荣声。
阳春白雪女儿明，岁岁年年年岁岁。
行行止止止行行，情情简约简情情。

28.

梦．吕长春诗词盛典
方圆城格律，上下五千年。
独步诗词客，孤身达者贤。

29.

读悲惨世界让．瓦让
去去来来数等闲，悲悲惨惨一人间。
贫贫富富半天颜，正正邪邪心所徽。
今今古古自由还，公公道道性则班。

30.

第二次世界大战
美美华华二战机，生生死死各心扉。
平生百岁已徽徽，记取云南飞渡队。
非非是是非非，人间历史一回归。

31.

败败成成二战旗，是是非非非是。
重新结合作天机，四方盟军联合国。
三军德意日无归，东西两界两门扉。

32.

利利争争政国成，五十年中结合情。
欧盟有后有东盟，胜败人间人胜败。
输赢世上世输赢，成城结合组成城。

33.

创造平生第一名，成身自度箸三生。
诗词日日作精英，格律方圆三万日。
黄河万里久无平，十三万首是长城。

34.

一半平生一半迟，知知未未未知知。
少年不是老年时，去去来来去去。
生生死死对无司，今今古古是思慈。

35.

百岁行行止行行，从生到死一人生。

从无到有半无情，地狱天堂分两界。
人间向背两成程，今今古古自然明。

36.

荷马伊．利亚特．奥生贾．李白．蜀道
南两半人生一半明，三分寅斯一分情。
公元世纪初前名，伊始商周荷马史。
蚕丛李白蜀诗成，诗词盛典一人生。

37.

前马史诗和诗词盛典
罗马何成帝国天，华胥已界作方圆。
长春荷马史诗诠，各以华胥罗马国。
相差已逾七千年，伏羲寅斯箸本田。

38.

二战重回日月光，日尔曼人半世妄。
第三帝国一兴亡，记取疯狂希腊勒。
清除犹太四方扬，谁问万岁久无常。

39.

寄牧盟与东盟
组组成成合合成，重重再再又求生。
第三帝国亚洲荣，从今二战联合国。
欧盟自主自东盟，何其政治政经平。

40.

一半西行印第安，非洲动物始原端。
人人数数自相残，二百年中成美国。
三千月里再重弹，天堂有路自禅坛。

41.

朱元璋
治国平章草木情，千年历史几人名。
何分正野似终成，逝女刘基苏坦妹。
亡羊补牢几里成，兴时未未废时荣。

42.

一日平生一平生，三千丈夫匹夫名。

纵横已此已纵横,立石朱元璋罪已。
知天立足婺州情,人生自度自人生。

43.
佛法无边见四方,高乐墙头广稜粮。
无知天下不称王,不得朱元璋不得。
平章未了未平章,一言一断一言堂。

44.
一半金陵一半墙,平章半度半平章。
称王不可不称王,钱万三钱钱万一。
成成败败几弛张,贪贪富富久低昂。

45.
一绝河豚半绝香,三毒净土五毒尝。
平章自可自平章,吕后长孙长武空。
朝朝代代问文芳,江南贡院杏坛扬。

46.
日月方成草木徽,达达贤贤作回归。
文文过过是文非,自得先生刘伯温。
三生燕雀作鸿飞,千年草木自非非。

47.
上下先生五百年,刘基友谅半知天。
幽州自此北京傅,古古金陵无不禁。
鸡鸣寺里望婵娟,龙盘虎踞月弦弦。

48.
翡翠珍珠白玉汤,墙粮垒积缓称帝。
兴亡演易演兴亡,宋代词人词未代。
元人朵剧朵黄粱,来来去去向无堂。

49.
物所阴阳两面生,人亡善悲半心荣。
邪邪正正一分明,草木知天知日月。
经纶自古自工成,乾坤见世见阴晴。

50.
九日重阳九日秋,移船就岸一江流。
听风落雨半江楼,落叶归根归不得。
何求始问始何求,神州草木满神州。

51.
百岁已了百岁音,生荫草木草木荫。
人心自古自人心,去去来来来去去。
如今不是不如今,成林独木独成林。

52.
是是非非一半尘,真真假假假真真。
春春夏夏夏春春,古往今来今古往。
人人自古自人人,天伦已已是以天伦。

53.
来是无无去是无,生生死死一同途。
扶苏草木各扶苏,去去来来来去去。
吴吴越越越吴吴,江湖水月日江湖。

54.
日月无疆日月光,长亭有道短亭长。
运河有水有天堂,见得钱塘六渎色。
苏杭一路一苏杭,江都记取是隋炀。

55.
桓仁望江亭
八十人生一叶舟,望江亭上望江流。
春秋不尽不春秋,六十年前才二十。
幽州进士进幽州,回头始祖始回头。

56.
未了家思去故乡,少年作事少年郎。
长城未得见隋炀,五女山前山积色。
浑江水上水流芳,诗词格律佩文扬。

57.
岁岁清明去故乡,郎中日日忆爷娘。
人生两界两炎凉,祖自胶州向北路。

关东创北五世长,慈恩步步善留芳。

58.
白雪阳春腊月花,金屋足亦玉无瑕。
书香门第剑人家,是作非为是非非。
天经地义正成邪,清流万里浪淘沙。

59.
孔子书生孟子生,儒冠自正自相倾。
名名利利逐功名,一半文章文一半。
人间事物总无情,枯荣草木不须鸣。

60.
正史朝修野史机,人生七十古来稀。
南天一柱北天侠,靠守诗词工格律。
年年九日望鸣飞,回归却是不回归。

61.
冷冷冰冰一后宫,奸奸险险半前风。
勾心斗角总无穷,一度天光天子一。
女儿粉白女儿红,空空色色色空空。

62.
正正邪邪正正田,前前后后五百年。
今今古古一源泉,不见人为人不见。
成全事物事成全,冠冠冕冕误称贤。

63.
一半阴阳一半天,三分向北两边贤。
今今古古九千年,匹匹夫夫夫匹匹。
弦弦月月月弦弦,心中独树一心田。

64. 诗词盛典Ⅰ吕长春格律诗词六万八千首诗词盛典Ⅱ.唐词五万首.诗词盛典Ⅲ.宋词一万七千首

当然博箸有当然,辛辛苦苦自耕田。
先贤达人不光贤,两万三千三百日。
平生只守月弦弦,千函盛典一源泉。

65.

万亩田中独一株，千年事事问秋春。
黄河万里见经纶，五十天中源到海。
平生日月混轻尘，人间第一作常人。

66.

马放南山马草萱，刀枪入库本无源。
和和战战共人员，鸟雀知弓知鸟雀。
墙垣狡兔狡墙垣，华胥国里有轩辕。

67.

吕不韦知一秦王，刚柔未了朱元璋。
不济恩宠箸高墙，咫尺宫廷宫咫尺。
长城万里万无疆，文文武武半兴亡。

68.

两字真言半治家，勤勤俭俭一桑麻。
天涯海角到天涯，步步成程成步步。
匹夫你我又他她，梅花白雪自梅花。

69.

以世农夫以世荣，同天日月共阴晴。
心随草木自枯荣，二月初三生日度。
千年万事半成城，方圆格律吕家名。

70.

苦味郎中苦味成

江山自在匹夫天，农夫饱暖治桑田。
且以河豚丞相见，乾坤剑（刘邦斩王
莽之剑）下问方圆。
惟庸位及滚笼悬，制制则则五十年。

71.

（剥皮充草）

借得汤和徐达力，基基石石是民民。
本本不在作换人，马氏民间民百姓。
秋春不尽不秋春，经纶自古自经纶。

72.

寄宋源

一可三分一可行，清名一世一清名。
成中有败败中成，孔子儒书儒孟子。
人心信仰信方盟，灰坑不是不相倾。

73.

寄朱元璋

十二候中反十候，三千弟子一千修。
钱缪已得十三州，记取胡惟庸记取。
人则法度法人囚，回头社稷必回头。

74.

不可当为不所为，疑疑信信莫疑疑。
时时事事以恩慈，有道三生三有道。
无知一事一无知，光明正大以身司。

75.

寄阿摩杨广．电视剧隋炀帝

百万精兵伐建康，花营柳镇少年郎。
乘天一势一昂杨，玉树后庭陈后主。
风摩六合晋隋炀，长江一水自平章。

76.

木槿芳林殿建康，姻婚一井半兴亡。
阿摩一度一隋炀，乐以荣么么主色。
兵荒马乱弃青妆，男儿作得女儿郎。

77.

一战三军问晋王，七军书宝半词章。
平陈不是女儿郎，帅令何须悬白壁。
宣化不下不奴堂，兴亡易主易兴亡。

78.

四载扬州一不休，三生宿愿半无求。
男儿记取大江流，老女谁知谁丑娌。
阿摩不以帝王候，人间已有运河流。

79.

大禹天输系一人，群芳百姓向三春。
隋炀不是不红妆，太子何成何太子。
兄兄弟弟不分亲，花花草草总相邻。

80.

父子君臣一介民

性善仁和半凡人，枯荣草木数秋春。
王侯日月共天输，井下宣化陈后主。
诗章尺寸未相邻，民夫俗子近红尘。

81.

破铜重圆一故城，英雄步步半留名。
成成败败儿成成，公主无心杨素见。
星云借鉴生言行，今今古古有倾情。

82.

隋炀运河

一半民情一半荣，千年自古运河城。
功功过过两分明，事事人间经度度。
来来去去见平生，江山社稷有殊荣。

83.

一意孤行一意王，朝堂得志便猖狂。
民情自作自黄粱，禹夏商周秦汉见。
长城苦役运河长，为民服务铸华阳。

84.

独屋何人自四方，华胥大禹始称王。
田民疾苦儿炎凉，正史无成成野史。
人间顺理不成章，千年不见一钱塘。

85.

一帜千年一帝王，三光日月半垂慌。
谁言历履历弛张，正史何闻何野史。
人间正道见沧桑，文人笔下几成章。

86.

造反成成败败名，功功业业半无程。

君臣不尽匹夫情,帝帝王王天子路。
民生不可不民生,阴晴日月有枯荣。

87.

木槿
一月蓓蕾一日光,南羊七彩共桑麻。
朝开暮谢故人家,叶叶枝枝同日月。
根根乾乾共天涯,江江海海度龙槎。

88.

一日炎时一日凉,平生望远是思乡。
诗词十万自平章,少小成功老大。
黄粱不尽不黄粱,梅花落里岁年香。

89.

一半风光一半云,宫深不肯写昭君。
单于问塞叶纷纷,望断黄河天水岸。
阴山见得汉衣裙,梅花落里有芳芬。

90.

北战辽东战未成,两边六潦运河情。
江都秀女百花荣,一半正邪何一半。
楼船大漠两相倾,头颅好处好荒名。

91.

正命草芷旧榭边,芳芯碧蕊月婵娟。
琼花玉色汾珠泉,自搅惊心惊自搅。
多行不义运河船,人间自古匹夫天。

92.

大唐芙蓉园寄张九龄
天重天外界,地覆地中知。
海上生明月,天涯共作时。
春荣春草木,雨露雨思慈。
一半阴晴见,三千日月思。

93.

直意想容水月清,含章秀出自艾名。
云舒不界不相平,见得芙蓉园里草。

才人色取曲江荣,纵横见得纵横。

94.

十八夫君一半郎,王妃只箸玉环妆。
寿王殿下并非王,荡气回肠天子舞。
太真再曲向明皇,芙蓉国里忘平章。

95.

一代明皇一代封,菡萏半色半芙蓉。
霓裳羯鼓几殊容,蓟叶清寒高力士。
清平乐里不相逢,中庸不道不中庸。

96.

一舞成情一舞生,承天曲里半半情。
宁王府外是皇城,五音无知无六律。
斯文怠尽怠天鸣,人间一半是清声。

97.

一半乾坤一半情,承天曲里有编钟。
皇家气势柳营兵,十八皇家唐太子。
含元殿上不成英,芙蓉苑外寿王行。

98.

百国皈中向帝徽,千秋节上寿王妃紫
云楼上百鸣飞,八阵军兵军八阵。
三千甲卒剑刀鸣,英雄一半羽林军。

99.

一度风光一九流,千秋节里不千秋。
皇家太子自沉浮,国法家规家国法。
阴谋未了一阴谋,龙须纯剑纯风流。

100.

十步桥头一水重,皇家太子半不时。
王妃一意鼓编钟,是水无非鱼是水。
芙蓉国里国芙蓉,中庸不可不中庸。

101.

可信三分一半儒,国一干章两皇奴。

乾坤芥子匹夫殊,未了骊山安史乱。
长生殿上问胡途,华清旧忆玉真姑。

102.

信马游疆向四方,江山问日月自三郎。
长生殿上一明皇,治世开元天宝见。
梨园玄古半平章,华清处处太真堂。

103.

十文梨园半四方,明皇羯鼓一霓裳。
红妆不了玉红妆,步步胡璇安史乱。
婆罗门曲对明皇,知音信马自游疆。

104.

老子成身老子行,马球已是绣球盟。
玉真观里太真情,五十居心居六十。
咸宜幺主贵妃名,阿翁力士向枯荣。

105.

老少思情老少工,相同一半不相同。
终终始始终终终,共渡当然当共渡。
情情性性是无穷,心心意意自西东。

106.

问水千流已净清,推窗半月自空明。
平生自度自平生,去去来来去去去。
人人事事止行行,乾坤自在自枯荣。

107.

半在华清半太真,春秋岁岁一秋春。
梨园十丈作绖绫,左右胡璇安史乱。
长城上下断相邻,攻城略地已陈均。

108.

读学为人作事生,桥桥路路自前行。
先贤达者此如成,古古今今思虑见。
书书剑剑博闻明,儒如佛道自心萌。

109.

寄李白
不足千诗太白王,应知日月自无疆。
疏狂已向夜郎狂,侍奉翰林谁侍奉。
霓裳羯鼓羽衣妆,当垫一醉半黄粱。

110.

太少吟诗饮酒多,醒醒醉醉过山河。
唐家第一自蹉跎,鼓步长安长故步。
刘伶学得渡汨罗,黄河万里逐东波。

111.

半部功夫论语生,如来自在自知名。
潼关老子以三成,士可温良恭俭让。
人从礼法尚文明,天机日月可枯荣。

112.

玄宗一代君王半代君,三分天下九天分。
开元尽作天宝云,太子杨家高力士。
承相左右势将军,王忠嗣力一衣裙。

113.

理义君臣十载名,皇权父子半身荣。
联姻内外自成城,统领中枢中不正。
王忠嗣退半功名,昏庸结党大唐倾。

114.

御律皇规四百王,玄宗自作一三郎。
营私结党贵妃堂,小道难成大道。
量分尺寸度朝纲,华清虢国在温汤。

115.

虢国夫人一色倾,三郎一味半皇名。
无情不是不多情,太子沉浮高力士。
朝朝野性艳香荣,秦秦素月丽姿情。

116.

一半边疆一半臣,胡人节度节胡人。
五体投身作权昀。
步步成规安史乱。
成成败败已尘尘,经纶御御御经纶。

117.

御赐杨家一国忠,重修世界半雕虫。
中枢太子肃清宫,已尽明皇明已尽。
边关窃失不称雄,长安十里贵妃风。

118.

四面相围一界边,中原帅主半无全。
胡人大理夜郎眼,自至开元天宝年。
长安十里月婵娟,弦弦自古挂长天。

119.

大宋王朝赵匡胤
五代无常十国亡,为民治政一方杨。
人间见得匹夫纸,不以分文知日月。
前程只在足前量,笔下一半好儿郎。

120.

十载寒窗一殊狂,洪途大量半江洋。
书书剑剑匹夫郎,布局华山华布局。
悬崖峭壁古今光,三千年里见兴亡。

121.

一道盘龙棍下杨,陈桥始作梦黄粱。
纵横上下扫天光,独木成林成独木。
群芳共济共群芳,江山社稷自炎凉。

122.

万里潘仁关四方,千程一路护京娘。
英雄相惜一红妆,道法经中经道德。
兴亡演易半兴亡,人间尺寸以心量。

123.

上下纵横左右旋,盘龙棍下道家缘。
华山瀑布浪如烟,万丈垂流垂万丈。
泉垂寸叠似垂泉,天天下上天天。

124.

古古今今有四方,情情意意守空房。
才才貌貌自炎凉,妹妹兄兄兄妹妹。
千程一道护京娘,一剑自尽自留芳。

125.

古古今今有四方,情情意意守空房。
才才貌貌自炎凉,妹妹兄兄兄妹妹。
千程一道护京娘,一剑自尽自留芳。

126.

美玉无瑕四壁光,江山社稷一衷肠。
天天地地半平章,以志方成方以志。
平生两万日余量,年年步步对炎凉。

127.

七尺男儿志一方,前程路路可千梁。
雄怀自主自留芳,步步平生三万日。
诗词十万首中堂,心中帅主作文章。

128.

治国安民百姓情,清君侧畔一民生。
江山改易后周名,打草惊蛇惊打草。
枯荣之处见枯荣,倾城节度节倾城。

129.

太祖郭威一主张,平堂自度后周王。
唐唐宋宋是非唐,义弟方成匡胤略。
危机四伏半朝堂,百年玉代十国亡。

130.

百姓千秋百姓家,江流万里浪淘沙。
桑亦自古自桑麻,五十天中河到海。
南天一柱立天涯,中原九鼎半胥华。

131.

清. 奴尔哈赤
一代雄鹰半代王,三边草木永陵梁。
辽东自主女真乡,五女山前山自旧。

扶桑国里佟家乡，回头又忆契丹娘。

132.

不是孤儿却是郎，冰天雪地作家乡。
努尔哈赤自朝阳，一世生平生一世。
辉煌自主自辉煌，三郎日月日三郎。

133.

自作陈酿自作尝，诗章格律格诗章。
天良草木可天良，剑业关东由祖父。
女真子弟女真娘，扶桑国里忆扶桑。

134.

美女东哥叶赫身，同天同地女真人。
阳春白雪一红妆，一子辽东辽一子。
山山海海一关秦，梅花落里见阳春。

135.

一半东哥一半郎，三生十地百家乡。
辽东自三契丹у，步步三生三万日。
如常自在自如家，诗章本世本诗章。

136.

纵虎归山立志行，沉舟破釜建州城。
孤兄独弟共身明，不是佟家庄不是。
英儿自作自儿英，成梁不得不梁成。

137.

是是非非半不清，思思怨怨总难明。
分分辩辩两无倾，静静清清清静静。
枯荣自得自枯荣，阴晴古以古阴晴。

138.

意意情情作半君，人人事事可三分。
中含上下莫纷纭，向背阴晴邻向背。
枯荣界上有生闻，乾坤寸寸可耕耘。

139.

本自当初木自初，虚余想望想虚余。

知书不可不知书，不足人心人不足。
身名利禄问三闾，财财物物几何居。

140.

一只骆驼一背囊，千兵大漠两千荒。
平生以水作求偿，古古人为财死去。
无须一食鸟先亡，茫茫日月自茫茫。

141.

对错之间对错无，是非以内是非殊。
何分正负有余辜，一二三中三二一。
殊途不可不殊途，当闻界在界边夫。

142.

暖里经寒暖里寒，难中有易易中难。
成全以外以成残，事事三分三事事。
青青白白云端，桃桃李李杏文坛。

143.

物阜原来一太真，尖刀利剑半经纶。
三千岁里几分尘，日月东西行日月。
秋春自度自秋春，匹夫路上匹夫臻。

144.

百里秦川半穆王，秦楼一曲凤求凰。
千年弄玉愿如偿，孜孜因求审史去。
曾何记取故家乡，孤身独夜莫称王。

145.

一女多歌五子王，努尔哈赤半名扬。
女真山海关东乡，有欲江山天下误。
人生不可自猖狂，少年莫非老年郎。

146.

叶赫乌拉一建成，争争战战半金求。
杂杂戳戳几春秋，孟古生王皇太极。
辽东不是九鼎流，勾心斗角子年头。

147.

一统难成半统成，三边有界五边生。
唐标铁柱一无名，放肆称王称霸主。
兴亡草木自枯荣，山河日月久阴晴。

148.

是是非非半不全，恩恩怨怨两重天。
王王霸霸一孤悬，父父多哥多子子。
权权欲欲几相傅，成成败败作残天。

149.

反目成仇一兄弟，努尔哈赤半王名。
平生欲望欲难成，夺势争权争不尽。
形形影影几无情，何须帅主作枯荣。

150.

孟古东哥一女真，阳春白雪半红妆。
杨扬柳柳绿黄匀，下里巴人巴下里。
秦秦晋晋秦秦，枯荣岁岁是经纶。

151.

正道居中各短长，三分一理一分扬。
当然尺寸度天良，是是非非事事。
无无有有有圆方，平章申度审平章。
地有枯荣日月明，天无绝处运逢生。
阴晴自度自枯荣，一字加人加一字。

152.

一步难平一四方，三生日月半生量。
沧桑世代世沧桑，舍弃何须何取得。
秦楼只遗凤求凰，箫声自古久低昂。

153.

一样言辞百样全，千般一律百般悬。
三春草木一春天，两面三刀三两面。
其人只在一心前，诗词格律可方圆。

154.

帝帝王王小子闻，天天地地苦耕耘。

朝朝代代有衣裙，一统何言何一统。
瓜分久久半瓜分，真君不是不真君。

155.
已始秦皇弟一人，风光不尽作风尘。
王王帝帝制经纶，帅主辽东关内外。
匹夫只以匹夫郎，三边四序也秋春。

156.
打打杀杀打打杀，争争斗斗女真家。
和和战战帝王花，古古今今今古古。
边边境境作天涯，中华一界一中华。

157.
以性分情一半情，努尔哈赤几无生。
夫妻姊妹弟兄行，冲动非情情冲动。
建州不是建州城，虎虎山山虎山名。

158.
野兽如狼不是情，努尔哈赤性私生。
兄弟弟弟不恭名，一女多哥多一女。
三男窃骗局成兵，生生死死一女争。

159.
金大汉努尔哈赤名，女真伊始作金清。
辽东自待自亡明，道理三分三道理。
思思虑虑始成城，长城万里赵时生。

160.
抚顺新宾一太真，金清两代故乡情。
明庭不得不风尘，山海关前分内外。
知时识务顺经纶，年年岁岁废兴频。

161.
庚子年二月初三．生日八十虚年本日生，诗词盛典箸生名。
方圆格律佩文城，步步前行前步步。
阴晴共处共阴晴，耕耘自在自耕耘。

162.
理理共共本不分，郎中四品书诗文。
孤来独往未成群，两载三年曾所事。
勤思国务院官云，农家未可供衣裙。

163.
独留行程日日时，诗词十二万方知。
孤身步步向恩慈，古古今今今古古。
唐诗五万二千枝，宋人一万六千词。

164.
一代胶东一代堂，兄兄弟弟半天明。
兄兄弟弟共爷娘，古古今今今古古。
生生息息各炎凉，来来去去老圆方。

165.
向木槿二月初三木槿红，蓓蕾一树半东风。
生机勃勃自无穷，记取南洋北门。
何言世界各东风，心中有意已由衷。

166.
水有春寒滞滞流，交头接耳两鱼游。
天伦自付一春秋，不问人间其乐处。
池庭日月有沉浮，无须帅主不筹谋。

167.
子子争权女女争，宫廷争斗几无成。
王王帝帝独共情，子子难明难女女。
朝朝暮暮以权盟，来来去去久无平。

168.
不自轻明不自量，努尔哈赤已猖狂。
金家父子自炎凉，汉位攻心皇太极。
成成败败易兴亡，今今古古已茫茫。

169.
山海关东一柳阳，少年读写少年郎。
乌拉不了霸王行，可以咸阳天下问。
何言二世始皇城，英雄自古自留名。

170.
项羽未成半已成，乌骓自古一英名。
钟离昧弟一兄行，吕马童击非对手。
揭竿而起自成城，咸阳一路始皇嬴。

171.
六和方圆九郡名，三皇五帝始秦嬴。
乌骓记取上官情，足下生根生足下。
前行所至所前生，精英一世一精英。

172.
项羽刘邦结一行，同观结义不同程。
鸿沟不见不分明，英雄开弓回首箭。
天高地阔女儿名，乌骓结义上官盟。

173.
力扳山兮一世扬，乌骓训也共沧桑。
江东一半自炎凉，自以马鞍山上望。
虞姬自此自从王，秦皇向火问咸阳。

174.
未解章邯未鲜皇，青楼酒肆已荒唐。
官陶宋义楚怀王，自己成人成自己。
沧桑日月见沧桑，兴亡一度一兴亡。

175.
一半箭何一子房，刘邦项羽半兴亡。
明修栈道渡陈仓，亚父难成难亚父。
怀王不解沛公王，清风朗月问天光。

176.
字里言问一子房，三军万马向咸阳。
刘刘项项几称王，败败成成韩信问。
生生死死一人当，箫何不得不张良。

177.
一统王名在四方，人间草木以三光。

广积粮时缓称王，暴政残民残三世。
孤儿寡母满咸阳，山河见得几兴亡。

178.
破釜沉舟一战求，章邯不胜半何修。
秦王二世付东流，指鹿朝堂为马见。
赵高无道李斯囚，何当五马法春秋。

179.
铁马金戈一丈夫，乌江子弟半东吴。
英雄记取霸王辜，一语秦关郦食其。
三军不拾问皇都，谁闻净足沛公奴。

180.
亚父江山九郡乡，招降纳叛上咸阳。
刘刘项项几称王，指鹿朝堂为马问。
章邯不学李斯亡，秦关不守赵高肠。

181.
一马乌骓楚霸王，虞姬一半上官郎。
秦关项伯劝张良，道弟称兄闻蜀道。
明修栈道渡陈仓，彭城不可代咸阳。

182.
一世声明二世长，相争楚汉一张良。
逃亡韩信自猖狂，好剑英雄无用武。
云英以此上官亡，刘邦未了女儿肠。

183.
一夜之间胜负成，鼓城殿上汉王名。
荥阳再去取重生，诈降张良刘季去。
山穷水尽绝中明，民民子子不重鸣。

184.
壮士争鸣半四方，张良作死一荥阳。
彭城以市匹夫梁，一发千钧千一发。
刘邦纪信易荥阳，鸣门亚父小人王。

185.
亚父难成项伯成，邪邪正正不分明。
回师不战守彭彭，取得民心民自予。
桑田本末有枯荣，无疑弃废是疑生。

186.
项伯无行亚父行，心成尺寸有心成。
彭城独步独彭城，去去来来去来来。
今今古古复明明，真真伪伪度人生。

187.
一界鸿沟两界王，三生世物九州疆。
秦楼曲里凤求凰，楚汉相争相楚汉。
和和战战废田桑，民民度此度王王。

188.
国家家百世家。
华胥禹夏几兴亡。
和和战战度炎凉，帅主无分无帅主。
人为欲望欲疯狂，民民不是不王王。

189.
汉武大帝大史书中太史言，中书令下本生源。
无端有古一轩辕，自可削藩晁错政。
匈奴夏桀始生繁，狼烟四起赵城垣。

190.
好事削藩坏事城，盘根错节半皇情。
匈奴夏桀后人生，不战匈奴何不战。
华胥子女不同生，枯荣也界也枯荣。

191.
占卜·卜烧乌龟壳子形，占者爻辞慧释灵中国皇帝全传"刘景皇帝"占卜之风半汉朝，乌龟壳子以十烧。
其形鲜释占辞谣，自以文心文智慧。
神鬼祝予信天条，今今古古易无消。

192.
祖到朝纲祖制王，箫规太子半兴亡。
曹随未了一平章，武帝文文文景景。
削藩七国是削皇，匈奴半壁作何扬。

193.
国有难时寻亚父，黄玄老子独尊儒。
文文景景治方殊，细柳营门营细柳。
千年税赋半东吴，削藩七国宝良途。

194.
七国削藩六国亡，千夫一指半粮仓。
农田万古养皇王，得道成天成地主。
阡阡陌陌只麻桑，家家户户苦炎凉。

195.
气静心沉半世生，清君侧者一难盟。
袁盎不得窦婴赢。
妇道人家成大度。
羊车自在自然行，削藩策里有异情。

196.
宦数原来宦数无，分分合合有中枢。
渠渠水水水渠渠，对立之间之统一。
儒尊道道道尊儒，殊途以外有殊途。

197.
是是非非一半量，成成败败两平章。
中间自取自难尝，景帝之师之晁错。
削藩涉及七皇王，家家国国各炎凉。

198.
是是非非不独量，邪邪正正两弛张。
今今古古舌如簧，贾谊长沙晁错斩。
人间不得不死伤，杨杨柳柳各低昂。、

199.
一代天骄一代王，皇宫富贾富堂皇。
千夫疾苦耐饥荒，自是贫农贫自是。

年年岁岁对炎凉，天天地地问衷肠。

200.

一箭神州射虎郎，飞将自事待梁王。
削藩不是不应当，七国皇家皇太极。
功成正史业成皇，谁言窦太后张狂。

201.

鹤飞唳唳半子扬，削藩七国一人当。
英雄以箭射睢阳，李广严严晁错立。
云中代郡已梁王，长城内外亚父扬。

202.

忍者方成忍者长，相争对峙对睢阳。
前军始作后军扬，剧孟明高明已绾。
蛇头三寸一军粮，梁王李广半梁王。

203.

尾大何言不掉昌，威加海内自回乡。
邪邪正正一明堂，本本农农农本本。
田桑自古自田桑，千年税赋养皇王。

204.

一国匈奴一国兵，三边汉女半边名。
千夫赋役儿朝成，太子刘荣刘太子。
东宫武帝有殊荣，鸿翎一路向胡鸣。

205.

一半南宫一半王，和平换取十年长。
云中一土似成疆，不得和荣和不得。
文成武勇几思量，匈奴桀后汉家方。

206.

六剑中堂半故里，忠臣卫绾一贤良。
削藩胃甲几梁王，废黜刘荣刘太子。
清除贾党立朝堂，宫廷一半对兴亡。

207.

不破何当不立当，金屋藏娇正朝堂。

天机鹰主栗娘娘，木秀于林风未止。
苍鹰酷史郅都梁，无须景帝有平章。

208.

一字成通一字王，中间上下自三光。
天天地地以人央，自以三横三竖立。
儒儒道道两文章，相承互补乃中堂。

209.

大汉匈奴半治边，削藩六国守三边。
苍鹰已治郅都田，雁门关前门不闭。
春秋一度一南迁，当儒问道本方圆。

210.

蛐蛐虫虫太后鸣，无为而治治无赢。
匈奴向取向深宫，吕后呈屋呈窦后。
皇宫耻辱耻皇宫，称雄一半不称雄。

211.

老子思谋孔子书，源源本本始头胪。
知知识识以何舒，五指成拳成五指。
人间存在自荷锄，谁疑帅主独天余。

212.

是是非非一半郎，当真不可不当真。
尘尘浔浔浔尘尘，昨日今天明日始。
经纶以外有经纶，迷津智识和迷津。

213.

太子加冠武帝名，成人未已未人成。
皇儿太后太皇行，纳士招贤方正举。
弓躬太傅绾婴荣，三公位列秀融鸡。

214.

窦太后

鸟鸟虫虫鸟虫虫，东宫太后太东宫。
阿娇任性任由衷，有界人心人有界。
无穷世事世无穷，儒中有道有儒中。

215.

社稷江山半皇虫，宫中政治一宫中。
家家国国几朝风，殿上贤良招第一。
舒儒对试已无空，东方朔赋试文同。

216.

远望当归未得归，非非是是非非非。
鸿飞两度两鸿飞，一半平生平一半。
三千日月十年违，微微草木草微微。

217.

民与王

百姓君民一帝王，江山社稷半朝堂。
桑田税赋自田桑，帅主难平难帅主。
人人物物各炎凉，兴亡有养有兴亡。

218.

子子孙孙一乱麻，裙裙带带半皇家。
拉拉扯扯复胡加，领地分封分领地。
钩钩角角儿泥沙，疑疑七国十候他。

219.

战略南征北伐行，三边一界半疆名。
侯夷自是治夷成，一国无谋无九郡。
三生老小半一生，枯荣草木草多荣。

220.

李广匈奴六郡兵，移居不比室居生。
和和不可久和平，一代张骞西域去。
丝绸之路始方成，分疆画地古今行。

221.

太后无常太后常，窦家未了姓成王。
王王莽莽不刘王，卫子夫时夫卫子。
笼中瞎鸟是非藏，东宫不主也兴亡。

222.

险象环生一半主，盘根错节两三狼。
兴亡上下上兴亡，窦窦刘刘窦窦。

王王莽莽王王，皇皇不道不皇皇。

223.

殿试才良第一名，精英一代自三生。
东方朔作漏沙城，莫以相知相莫以。
枚飞七发作文倾，元光一笔六年成。

224.

二 0 二 0 . 三 . 二 . 夜梦
草木枯荣一匹夫，诗书读学半江湖。
中间左右一殊途，一二三成三二一。
耕耘日月步姑苏，无无有有无无。

225.

太后无成汉武成，长城南北问成城。
削藩不是不皇名，五十天中河到海。
黄河万里自留行，清清浊浊清清。

226.

万户千家养一家，刘刘不小大王家。
黄河万里浪淘沙，武帝刘家王肖制。
居心叵测帝王家，黄戚尾大已无遮。

227.

遗诏身名遗窦婴，真真假假自无明。
邪邪正正可分清，太后田蚡王莽继。
王王窦窦两相倾，皇朝内外度权生。

228.

吕后方成成窦后，阿娇母后望权倾。
卫子夫人夫卫子，刘家不是一家名。
王朝百姓以何荣，纵横见处不纵横。

229.

慎8微微洽以成，思深虑远利枯荣。
耕耘日月苦耕耘，五十天中河到海。
当恒彼此作当恒，平生作此作平生。

230.

上谷云中马邑兵，匈奴百战半输赢。
飞将李广一平生，六十年中年不尽。
三边九郡九边城，裁裁抑抑自难平。

231.

国侠张骞半域西，丝绸一路向巴黎。
重新组合古今齐，总统府中天下论。
玛蒂密特朗高低，外交地铁李鹏题。

232.

李广难成一战求，初师霍去病封侯。
卫青近已御风流，宦宦戚戚王脉旗。
文文勇勇以何修，功功业业自春秋。

233.

五郡英雄太守留，幽州一箭未封侯。
征征战战自无休，历代军名天水岸。
平生只可只何求，耕耘日月自然舟。

234.

一国华胥一国张，宏图大略向西方。
河西一道建长廊，自此丝绸之路辟。
欧洲远近过隋唐，君心自可自无疆。

235.

独步孤行独一人，千年事事问秋春。
黄河万里见经纶，五十天中源到海。
平生日月泡清尘，人间第一作常人。

236.

西楚霸王
八百吴门子弟兵，虞姬未尽楚歌声。
乌骓不了霸王行，可以咸阳天下问。
何言二世始皇城，英雄自古自留名。

237.

李广平生李广郎，飞将军作燕山王。
封侯不得不文章，五品平生平四品。
郎中国侠国郎中，耕耘日月日诗章。

238.

自此河西一走廊，金泉作得酒泉郎。
英雄霍去病留芳，一世先锋先一世。
华胥帅主不飞扬，匈奴自得自胡妆。

239.

独断专行作将王，年华二十少年郎。
单于霍去病方误，李广前锋前李广。
开荒一路一开荒，平常自古自平常。

240.

李广一将难求一将求，飞将李广自无休。
前锋此剑不回头，四代傅承傅六代。
匈奴阵里战春秋，李陵史记史沉浮。

241.

折剑黄沙李广亡，战功彪柄自悲伤。
无修百姓作辉煌，惨烈之中之汲黯。
成成败败作兴亡，家家国国久炎凉。

242.

死把功名寄活人，卫青司马作王臣。
前锋李广已成尘，一半王思王一半。
阴阳向背两分陈，孤孤独独问天输。

243.

一治匈奴一汉长，先人植树后乘凉。
削藩不尽自称王，六十年中何武帝。
民生水火久炎凉，和和战战几兴亡。

244.

太子难成武帝成，巫巫蛊蛊满皇城。
皇皇子子自相倾，独断专行疑不止。
平生进退史幺行，身名自是自身名。

245.

响马李密三清观魏征，徐茂公问一秦琼。

云鹤轩中同叔宝，单雄信以二贤王。
英雄在已不争名，隋唐响马作精英。

246.

读学年中见四方，他乡远去少年郎。
低昂自处自低昂，自立更生更自立。
炎凉处处处炎凉，诗词日月作文章。

247.

一战连年百姓惊，输台罪已诏声名。
枯荣苦苦也枯荣，自古民生民自苦。
皇皇帝帝自相倾，生生息息是人情。

248.

事事人人不可知，才才智智未来时。
今今古古自重思，过过程程多少虑。
谋谋划划暮朝迟，微微慎慎几何司。

249.

大明王朝背井离乡一宦张，流离失所半官扬。
无家可去几农房，且以桃源王自举。
于谦屋里石享梁，安民自古宦兴亡。

250.

一宦三公半充明，千民万指九州情。
江山社稷五湖营，唯成独尊天子令。
车行税赋草民兵，桑田养国自难生。

251.

一个宣化半个王，江山社稷不由皇。
民生似是似非扬，帅主无成成帅主。
群雄并起并群亡，担当未得未担当。

252.

幽州少将小罗成，刹威棒下一秦琼。
名城十里北岁城，见过留金双铜法。
少年未了老年行，赢今始得始今赢。

253.

逐鹿中原问故乡，秦琼自是太平郎。
罗成侠得白银枪，白以留金双铜法。
隋唐一半一隋唐，今今古古议隋炀。

254.

聚山林一代王，英雄响马半隋唐。
紫绍秦琼寺中光，一意孤行高百战。
长安李靖药师堂，平常之子不平常。

255.

忆姑苏雾霭成珠露水泉，雲沉草木树笼烟姑苏水巷水无边，一日三吴三界外。
茫茫独上五湖船，遥遥近近古今田。

256.

显庐陵一隐王，扬州反叛半天方。
东都玄帜是薛刚，白马李中徐敬业。
功功业业世无章，房州彼此是周唐。

257.

韦后庐陵武三思，则天武翌李周时。
交交织织是根枝，李李周周亲信结。
丝丝缕缕互相司，非非是是非迟。

258.

日月耕耘日月东，声明在外不身中。
方圆格律自有衷，字字工精工句句。
年年岁岁向西东，元穷一世一垂穷。

259.

李治何成武媚娘，唐周一半一周唐。
房州自便庐陵王，一虎通城通一虎。
薛刚子父是薛刚，韦氏始作已明皇。

260.

百姓黄王本不同，朗朗暮暮各西东。
天天地地总无穷，古古今今古古。
成成败败几称雄，田田亩亩只求丰。

261.

父子王权反目行，贪图享乐浮成王。
兄兄弟弟各兴兵，帝帝王王王帝帝。
倾倾轧轧倾倾，年年岁岁总无平。

262.

不惑当年自主行，从心所欲半平生。
羊亲跪乳鸟啼鸣，父母兄弟兄弟弟。
生生息息息生生，春秋草木自枯荣。

263.

武翌无李显

一半禅权一半生，和平过渡过和平。
周唐武李互相荣，自古思情思自古。
权权欲欲总相争，长安不是洛阳城。

264.

事事三分向背司，谁来摆佈这盘棋。
当何里自力难知，达者居之居达者。
先贤不见几时期，回头少小见思慈。

265.

孙子兵法与三十六计

上屋不成撤梯成，孙庞斗智两相倾。
纵横一半可纵横，鬼谷子言兵法略。
春秋战国百家声，燕齐鲁赵魏韩鸣。

266.

示弱求误魏楚争，庞涓之足志方城。
生当死地过长缨，鬼谷子先生鬼谷。
孙膑远近田精兵，矛矛盾盾两相荣。

267.

笑里藏刀魏齐扬，山花一掛野花香。
寒中一易地终良，八拜之交兄弟足。
孙庞自古半思量，君言一诺已留芳。

268.
弟弟兄兄鬼谷中，孙庞斗智问英雄。
人心不在不由衷，正正邪邪邪正正。
真真伪伪各西东，终终始始终终。

269.
一半痴癫伪见真，兵兵法法试经纶。
王权自以略谋陈，自以深藏深不露。
金蝉脱壳脱风尘，仁仁义义是迷津。

270.
李代桃僵记谋长，出车保帅柳时杨。
偃旗息鼓在弛张，周魏方成方救赵。
乘虚而举笔方良，擒贼自以必擒王。

271.
逸逸劳劳两不分，非非是是未成君。
纷纭可辩可纷纭，胜负何言何胜负。
田田亩亩作风云，家家户户缺衣裙。

272.
不动如山远近边，临机易辩以思全。
谋其不备可知天，一箭弦中弦一箭。
矛矛盾盾断相连，虚虚实实本源泉。

273.
无中生有
假里藏真有正邪，凭空捏造事光遮。
栽赃陷害作奸涯，制造疑心疑所惑。
家家国国家家，农夫五亩种桑麻。

274.
借刀杀人楚国之刀人借杀，公孙邹忌刺忠臣。
思之不备乃陈臻，此记无从从彼计。
思之八九再思新，真真伪伪取真真。

275.
趁火打劫
放虎归山去来还，黄河九曲十八湾。
长城万里九三关，等待时机时不待。
瞒天过海有千般，琴音不可一音闻。

276.
盗世欺名未作英，偷梁换柱夏方倾。
成中有败败中成，化险为夷为化险。
奉功立业欲当盟，平生回首问平生。

277.
假道伐虢
一半声东一半西，山中草木各高低。
疏疏导导见河堤，下地攻城功下笔。
深谋远虑不明题，韩韩楚楚魏复齐齐。

278.
实实虚虚细柳营，空城一计一空城。
军兵百万本军兵，诸葛三谋司空懿。
成皋自是又立名，孙膑彼此有无成。

279.
树上开花假作荣，知亡彼此反间成。
疑兵一度一疑兵，一箭双鸣功倍半。
军师以智作枯荣，抛砖引玉有身名。

280.
免死孤悲一穴藏，如渔得水半成章。
遮人耳目是人食，暗度陈仓兵上党。
思之胜算是谋长，孙膑不立界炎凉。

281.
美人计里有殊荣，孙膑未了上齐城。
反客难成为主成，借以指桑骂槐见。
行行止止问行行，功名盖世不功名。

282.
事事般般不一般，连环计里有连环。
黄河曲曲复弯弯，邹忌囊中何探物。
公孙阅去自完颜，钟离美女计边闲。

283.
代代交交远近知，和和战战彼此时。
天机不可不乘问，欲霸居心居一统。
华胥帅主帅无期，三思一策何民慈。

284.
打草惊蛇打草惊，杀人灭口灭人名。
擒擒纵纵各枯荣，调虎离山离调虎。
权权利利欲难平，相倾处处相倾。

285.
釜底抽薪火亦薰，田夫日月苦耕耘。
君子子子君君，借尸还魂还不得。
真真假假乱纷纭，伪名顶替作飞云。

286.
顺手牵羊半举兵，光宗耀祖一夫成。
无情不意不无情，一宦之规之一宦。
千条妙计十条营，关门捉贼始终作。

287.
鬼谷军谋不一全，孙膑斗智半庞涓。
遥遥远处是长天，隔岸观征观自己。
先生一道马陵边，风云日月易源泉。

288.
走为上计
诡计多端鬼计端，走为上计走为先。
孙膑兵法作先贤，不变思中应万变。
无须占卜父难全，三分取一两分田。

289.
孙子斗转星移日月天，枯荣草木去来年。
阴阳占卜计乾坤，本木原原分演易。

支支未末列成全，先贤达者达先贤。

290.

正正奇奇两界兵，群群独独半孤成。
当文不朽足平生，一国齐临淄作法。
封陈一武立军名，孙家一子字长卿。

291.

左手方时右手园，云沉土地玉长天。
三万岁外五千年，伍子胥员兵法学。
师公不忘待民田，兵兵马马战之泉。

292.

武生兵汰两自珍，广工伍举子胥人。
居奋制胜以商珍，三十匹夫三十马。
蛮夷胄甲作千钧，输赢以算制风尘。

293.

上上兵兵一伐谋，随机制变水沉浮。
无忧处处是思忧，以握奇经知上下。
疏疏阻阻似江流，高低熟备自行舟。

294.

胜战当须止战真，刹人自度自安人。
师公半净半风尘，落叶飞扬思飞落叶。
生生息息继天输，无无有有不相邻。

295.

四脚中元一亦中，方圆日月半西东。
天天地地有无同，以变思成思以变。
山川草木古今风，终终始始终终终。

296.

卒卒兵兵八阵成，形形势势水山明。
功功守守去东营，一半阴晴中有主。
三分向背一分赢，三千岁月古今行。

297.

一日韶关见伍员，三明季礼向吴轩。

东皋楚国共乾坤，沮启长卿兵法晋。
商商贾贾秉同源，繁繁简简繁繁。

298.

楚国平王自不成，英雄共与作先生。
竹简衣裾箸书行，匹夫之身之匹马。
名名利利度量衡，兵家始得子胥名。

299.

半问阴山半问吴，姬光作友子胥孤。
平王国乱葬王图，父父兄兄仇似海。
王孙小子伍员扶，英雄一度一屠苏。

300.

专诸姬光作兴鱼，英雄不过五湖殊。
阖庐水月建姑苏，拭去吴王僚霸业。
鱼肠剑利定吴都，兄兄弟弟有余辜。

301.

一事无成一世成，三生日月半耕耘。
诗词盛典久无平，草木阴晴年岁见。
人天地里有枯荣，心中自立作精英。

302.

伐楚难成一伍员，阖庐伯嚭武兵言。
握奇经典自成源，面世兵书兵而世。
功其不备见长垣，谋之不意对轩辕。

303.

化尽干戈武生全，成其王帛善良田。
长安久治久源泉，不战屈人成上略。
兵权一字虎丘垣，深宫秀女作庞涓。

304.

校场长卿鼓击宣，兵兵法法十三篇。
军威列阵女儿前，三会五申天下刀。
何图霸业子胥宣，军兵一术半成全。

305.

不动如山不动山，昭关一夜一昭关。
阖庐百姓问天颜，楚楚吴吴头尾见。
长江逝水水湾湾，今今古古去无还。

306.

一楚平王一伍员，家家国国族人言。
商商贾贾半财宣，击鼓声中听击鼓。
鸣金复待复征垣，兵家彼此本无源。

307.

楚客居吴十九年，平王尸收三百鞭。
胥门遗志五湖边，一半姑苏吴赵见。
兄兄弟弟两王权，阖庐已去未长眠。

308.

木槿木槿双蕾一朵花，婷婷独立半人家。
华胥自主自胥华，一路平生平一路。
天涯海角海天涯，黄河万里浪淘沙。

309.

万里黄河万里流，天高十丈望齐楼。
人低半尺箸春秋，五十天中源到海。
虞山日月儿怀忧，天伦不与少姜愁。

310.

百姓王侯以战他，安居乐业一民家。
流离失所半生涯，战战争争天下见。
求之得以各分他，王功税役几民华。

311.

诡道兵机阁上陈，图谋意上有千钧。
君王百姓两天输，以战谁人谁止战。
杀人无道莫安人，生生息息各风尘。

312.

屈原
楚郢一座细腰宫，巫山十二女峰中。

湘夫人色半江东，白起张仪秦国志。
瑶姬宋玉雨云风，神龙架里太阳红。

313.
合纵联横七国平，张仪口舌一秦名。
苏秦智慧半难盟，宋玉景差天下去。
登徒子色共齐行，和和战战久无成。

314.
一子苏秦六国文，三千门客孟尝君。
齐门未了楚门分，欲足君王黄老术。
斯民食住对风云，人云自古自人云。

315.
一度齐人一孟轲，联横合纵两流波。
江河日月半江河，自在人情人自在。
婵娟水色紫珍荷，齐齐楚楚九歌多。

316.
一日夫妻百日恩，相夫教子孟轲门。
三生百路一儿孙，古古今今生息见。
朝朝土木入黄昏，阴晴日月草连根。

317.
屈子庄周一钓竿，民心帝意半云端。
忧忧患患自相残，不可求时求不可。
江流处处有波澜，成成败败久书安。

318.
六国联横半对秦，屈原楚字一灵均。
庄周一均半渔津，杜若子花红白色。
婵娟月上去来人，红尘不尽不红尘。

319.
竹泪斑斑一半情，汨罗岸上九歌声。
婵娟夜下几生平，元国同盟同六国。
三生一世一三生，诗词格律已留名。

320.
六国山鬼一楚城，汨罗不尽九歌声。
人间苦苦久无平，独斗全力全独斗。
同盟异已异国盟，输赢各自各输赢。

321.
六国居心各不同，盟盟约约自称雄。
联横不是任西东，楚赵齐韩燕魏合。
相分不一聚难融，误秦鸟兽散时终。

322.
宪令无成无声鸣，相倾国楚国相倾。
司徒不再不重情，自以商鞅吴起去。
何言日月有常明，引为不朽不求名。

323.
利弊权衡各短长，朝秦暮楚久思量。
联横合纵取其强，六百里商於属地。
张仪以此对怀王，秦张六国一秦张。

324.
九辩山鬼一九歌，离骚楚曲半汨罗。
招魂天问国觞河，见地湘夫人见地。
东皇太一楚魂多，长空夜夜有嫦娥。

325.
国国家家族族分，家家国国以何闻。
朝朝代代制风云，羁绊罗纲罗织结。
丝丝茧茧革依裙，华胥国里是谁君。

326.
鬼鬼灵灵在楚门，东皇太一自招魂。
归来又去郢儿孙，靳尚屈原何彼此。
秦秦楚楚度乾坤，朝阳过后是黄昏。

327.
正正邪邪取自身，天天地地始人珍。
时时事事见经纶，不解华胥无帅主。
当思草木息生津，家家国国有风尘。

328.
自古诗人自古宣，屈原不饮酒屈原。
灵均宪令制长垣，格律方圆今古见。
留名盛典作泉源，华胥国里见轩辕。

329.
上下求索索生，十三万首秭归城。
格律方圆古今成，步步诗词诗步步。
婵娟岸上一先生，行行止止止行行。

330.
老少书乡老少行，三明上下九州明。
年华见历一枯荣，七十诗诗诗八十。
十三万首未成城，平生一半再平生。

331.
春分昼夜春分一半匀，阴阳一半两千钧。
枯荣一半去来人，柳柳杨杨柳柳。
黄黄绿绿色难真，清明世上净无尘。

332.
孔子陬邑生乡曲阜乡，加冠十九箸儒梁。
知书孔子立书香，母以颜征成庶子。
*丝丝*织织纵横梁，人间自作文章。

333.
立学诗书礼乐情，求师太史礼仪成。
骑骑射射剑书明，征在母亲苦平生。
叔梁屹立士人名，江流见得是连荣。

334.
礼乐三声鲁公名，师襄一曲仲尼成。
精通六艺解深情，自古文王操博领。
江山社稷红和萌，乾坤日月共人生。

335.
老子青牛湟邑行，城周古迹仲由情。

思成典籍典思成，一二三生三二一。
玄当以不不玄明，生生息息自生生。

336.

闵损饥寒有二明，为他而作有三生。
心容后母第兄情，弟弟兄兄亲父子。
夫夫妇妇互相荣，人心以此作人生。

337.

欹器中庸一势中，阳澄始末半西东。
虚虚实实不空空，礼孝温良恭险让。
周公是不是周公，儒儒道道是心衷。

338.

克己循周复礼由，中庸欹器正难求。
人心上下水中舟，事事为为事事。
时时故故有思谋，修修彼此总无休。

339.

鲁鲁齐齐颂雅风，周公有礼有周公。
空空实实是空空，一道文王文一道。
时时事事各成雄，秦秦汉汉自无同。

340.

刘国周逝一卦成，时时秋秋半枯荣。
天天地地有阴晴，礼道无生无礼道。
贪贪富富有相倾，当然素质可思明。

341.

道道儒儒彼此量，人人事事智其长。
来来去去自留芳，礼乐如何如礼乐。
思之五六可成章，平生一半一心房。

342.

杜甫一步龙门一半行，黄河万里水无清。
隋唐取士半书生，太白唐明皇侍奉。
清平乐里问天城，长安陋巷见枯荣。

343.

李白山川杜甫田，成都草屋夜郎天。
诗词格律一方圆，未卜王城王未卜。
长安一醉市街眠，华清半水作皇泉。

344.

自古周公礼小康，龙门渡口状元郎。
中庸欹器制平章，万里黄河流不尽。
东方日月久炎凉，长安草木也留芳。

345.

四野三都见去还，朝廷社稷半皇颜。
称臣百姓一人间，五十天中流万里。
黄河九曲十三湾，春秋已度玉门关。

346.

一视同仁问太真，含沙射影守门人。
三冬自是入新春，自古如今如自古。
聪明透顶乱风尘，糊涂极致作迷津。

347.

一半人间一半明，枯荣草木自枯荣。
留芳百世是清明，遗臭千年界阴晴。
来来去去日行行，生生息息是生生。

348.

杜甫长安几不容，诗诗盛典字中庸。
十三万首正相逢，自以隋唐工格律。
方圆草木问开封，平生鼓鼓复钟钟。

349.

看尽平生作一生，枯荣自在见三明。
长天有啸有千声，事事人人人世世。
阴晴日月日阴晴，行行止止总行行。

350.

一去平生八十年，关东创业落三边。
农家父子耕田，十万诗词唐宗客。
全唐五万首唐全，二千二百诗人贤。

一万六千以词宣，如今独我独方圆。
自是寻常人自是，词人二百一千员。
余生可以可余天，生生世世对婵娟。

351.

李白蚕丛蜀道难，金龟换酒过长安。
知章少小镜湖澜，侍奉翰林天子见。
清平乐曲在云端，离家老大问严滩。

352.

竹影成都一草堂，香溪浣女半留香。
门前流水到吴乡，半问兵家严武问。
平生自负作文章，阴晴日月是天光。

353.

一世行行一事成，诗词格律晚人生。
身名不必不身名，十五万诗当日月。
平平八十岁平生，成翁自以两三声。

354.

七十深居浅止行，三千弟子半知兵。
无人去处两三声，日月耕耘耕日月。
枯荣草木草枯荣，阴晴白得自阴晴。

355.

百姓无王百姓生，王无百姓不王名。
华胥帅主共枯荣，国国家家何国国。
民民子子是终成，枯荣草木共阴晴。

356.

苏东坡万里江流半路波，胥山步下一东坡。
斯民自古苦千戈，殿试欧阳修主检。
王安石政已蹉跎，天涯海角九州歌。

357.

榜顶空头第二名，文章书物以人荣。
修羞太学自殊生，正正中中知反反。
年年岁岁逐枯荣，步步微声步步行。

358.

作得儿孙二宰相，人生秉重少年郎。
循循秩序柳低昂，一万言中书未止。
当知立地佛文章，人间变革是新芳。

359.

去去来来一古今，文文化化半知音。
源源本口水深深，日日年年成禩垒。
格律声声木成林，平生步步是人心。

360.

步步行生步步生，年年草木岁年成。
耕耘日日日耕耘，八十人生三万日。
十三万首著京城，微微处处有虫鸣。

361.

水西亭
白雪白春鸟自啼，西流逝水只循低。
东风处处草萋萋，八百里秦川坦荡。
三千载日史希夷，何须帅主正昌黎。

362.

二十年前一度分，诗词盛典半斯文。
平生日日苦耕耘，朴朴风尘风朴朴。
雅卿子女雅卿君，如今所见是赢烈。

363.

一色妖红自带羞，三春性易误东流。
千里水月望湖楼，半见西湖西子见。
瀛洲草木瀛洲州，群芳不是不回头。

364.

柳绿先时枣缘迟，三春未了二春时。
千年古木一千枝，有度秋风因果见。
枯荣岁月是诗词，慈恩步步多恩慈。

365.

一字东坡一世情，徐杭足迹二州鸣。
神宗不及祖宗明，一半乌台诗案下。
如今尚有少游声，庭坚既存是黄名。

366.

寄苏轼
字字文章步步行，诗诗意意两方情。
居中始见一平生，御史乌台鸟柏案。
言中语外解时荣，成心不惑不明平。

367.

寄东坡
进入空门一净心，钟钟鼓鼓半知音。
黄州曲经水云深，十亩东坡苏轼土。
雪堂古木有鸣禽，清气化名到如今。

368.

职业诗人二十年，阴晴格律七千天。
十三万首已惊贤，五十天中流到海。
黄河万里灌桑田，诗词盛典作方圆。

369.

华清引．并序：
《洛党蜀党朔党定洲惠州儋州。
九郡千山古木，三生一叶飞舟》平生
六十六年长，忘故家乡。
不在眉州何去，官宦吏吏暖凉。
三苏一代三朝堂，阴晴日月茫茫。
翰林应第二，人间有短长。

370.

扬州八怪
不得糊涂郑板桥，扬州八怪半逍遥。
江都水月一云霄，楚女婷婷腰细细。
琼花似玉自苗条，隋阳已见运河湖。

371.

十步扬州一步桥，三声八怪半花瑶。
千人百世万家潮，易易难难今古见。
风轻竹影玉人娇，香深古寺碧云消。

372.

大画须从小笔描，宏图得自过微遥。
居中处处有天骄，不得糊涂胡不得。
逍遥乐得乐逍遥，源泉万里万根细。

373.

碧云寺
易易难难一知音，阳春白雪七弦琴。
云深半寺觉方深，一古如来如去见。
千今道法道去寻，深深浅浅识深浅。

374.

大小华胥帅主邻，天津远远近近天津。
经纶一半一经纶，北大云深云竹影。
清华月色月君邻，红尘未了未红尘。

375.

息息生生以国忧，朋朋党党几无休。
文文友友向东流，自得随天随地去。
珠联璧合有殊途，知今问古几沉浮。

376.

独浣双蕾木槿花，南洋色秀向天涯。
朝开暮谢自风华，岁岁年年成一树。
枝枝叶叶满芽杈，繁繁简简共人间。

377.

一介诗翁半介民，人生八十净咸尘。
秦川八百里川秦，格律方圆方格律。
春秋左氏左秋春，经纶日月日经纶。

378.

白雪红梅白雪姿，残弦玉影已成迟。
寒光月色早相知，独木成林成独木。
今年未得去年时，斑斑竹泪一横枝。

379.

竹
一节玄元一节空，三枝独立五枝风。

春春夏夏又秋冬，叶满千竿千满叶。
无穷见得见无穷，群雄是以是群雄。

380.

一半吴门两半天，三千岁月七千年。
华胥帅主已成贤，只望姑苏同里岸。
天堂不断运河船，居心不足不方圆。

381.

是是非非问杏坛，真真伪伪见青丹。
今今古古以心宽，夏夏春春千失易。
来来去去一生难，长江万里半波澜。

382.

独木成林不是林，知音处处已非音。
今今古古自今今，竹泪斑斑斑竹泪。
湘灵鼓瑟七弦琴，苍梧水深九8深。

383.

水描丹青媚目长，风摇玉树女儿妆。
江都不问不隋炀，点得秋香唐伯虎。
南国草木尽含香，文华入骨广陵堂。

384.

半是扬州半是吴，隋炀一水一江都。
头颅自好自糊涂，叶叶轻舟轻不住。
天堂日日运河疏，年年草木任扶苏。

385.

辞九九重阳步步旗，高山虎啸别藏机。
群英目见古来稀，五十天中流到海。
黄河万里不回归，诗词日月帝王画。

386.

一半日月一半吴，糊涂一半一糊涂。
江都一半一江都，八怪扬州扬八怪。
无无有有无无，广陵草木广陵苏。
寄勾践石屋夫差一半颜，三年再上会稽山。

卧薪尝胆不称蛮，越越吴吴成五霸。
中原逐鹿不归还，黄河万里水湾湾。

387.

越越吴吴五霸乡，西施一姊一夷光。
浣纱九展苎萝香，不以夫差勾践见。
人间战事女儿妆，英雄不得不如娘。

388.

寄吴越
一半西施一半情，分明内外不分明。
年年岁岁积思生，不问夫差勾践路。
姑苏伯嚭伍员营，头头尾尾楚吴盟。

389.

七国春秋五霸争，三年岁月一枯荣。
阴晴自在自阴晴，自古兴亡兴自古。
灵巖山中馆娃情，深思彼此异同生。

390.

一半图谋一半成，三思不以一思行。
同中有异有人生，彼此相生相克辩。
成章顺理可延情，明明不了不终明。

391.

西施·夷光
一女西施百万兵，三吴小子一千情。
人生自古自人生，事事三分三彼此。
思思策策策方行，非非是是非明。

392.

一女西施不是兵，夫差决策以求荣。
人人色色莫相倾，不以夷光吴越断。
何须胜负女儿情，年年雨里有清明。

393.

两雁之丘一死生，今今古古半私情。
阴晴日月总阴晴，事事人人人事事。
思思策策策始明明，成成彼此彼成成。

394.

夫差与勾践
百姓遭殃两国兵，吴吴越越两相倾。
千年六瀆运河成，尝胆姑苏城外水。
春秋五霸未留名，英雄只汲七强营。

395.

寄西施
一半虚情半隐情，真情是切女儿情。
西施不必问王情，自以情长情自以。
灵巖四壁五湖情，夷光遗下馆娃情。

396.

百里长河百里奚，高低不见不高低。
东西未尽未东西，择木良禽良择木。
长堤一路一长堤，萋萋草木草萋萋。

397.

寄西施夷光
足见灵巖半遗青，空空色色一心经。
溪纱浣女五湖铭，玉器春花秋月在。
姑苏夜雨带情听，风声已尽馆娃庭。

398.

吴越石屋微微半四方，文台阔阔一三光。
趍趍越女逐吴郎，七国春秋争五霸。
强强弱弱弱强强，炎凉处处处炎凉。

399.

六国黄池一日盟，三吴百姓半孤荣。
江山社稷数王城，小小之中之大大。
误误弱弱胜无声，今今古古不趋兵。
清明十万榆钱不见差，人人巷里半低头。
春风已过一幽州，已是清明清已是。
黄花已满运河舟，人生八十问江流。

400.

玄武门前半大唐，同生共世一高阳。
承乾太子两时光，有路文成公主路。
人间自度自文章，平生日月日三郎。

401.

上得箕山一许由，寻来草木九州头。
樵渔不似帝王侯，欲望无时无欲望。
修修有尽有修修，江流未了未江流。

402.

净土寺自等闲时自等闲，人间净土净人间。
天颜一半一天颜，得道心经心得道。
黄河九曲水湾湾，玉门不是玉门关。

403.

李白方成九百诗，无知醒醉去来迟。
当涂问得夜郎时，静夜思中思静夜。
寒光月色以霜迟，方圆格律几何知。

404.

国有太平不太平，姚崇守璟两臣清。
太宗未了太宗情，韦后开元天宝尽。
民生世世事民生，明明之处不明明。

405.

一代明皇一代图，姬妃四方半屠苏。
孤孤寡寡帝王奴，三十儿男三十女。
殊途各自各殊途，无则有时有则无。

406.

十里梅花十里潮，云霄日色日云霄。
遥遥彼此彼遥遥，一层茫茫茫一层。
阳春白雪白无消，条条路上路条条。

407.

寄李隆基
主辅玄宗一九龄，江南玉桔半阴铭。
谁人可问惠妃灵，力士明皇三太子。
刀光血影半宫廷，丹青未得未丹青。

408.

寄张九龄
太子谁成九龄伤，惠妃武氏半低昂。
平章自得一文章，力士知人知自己。
春来蓟菜苦中肠，霖铃雨驿上明皇。

409.

一剑公孙刺宇天，凌波武后作胡旋。
秦王破阵乐方圆，曲里婆罗问步步。
踏歌未了李龟年，霓裳羯鼓羽衣前。

410.

东城家居
枣树年年晚放青，人间小小四方庭。
苍梧鼓瑟忆湘灵，自幼长春长自幼。
如今八十八长亭，长长一路一零丁。

411.

中庭枣树已生芽
一树春心作顶芽，千榆化作万残花。
诗词不尽老人家，柳柳杨杨杨柳柳。
黄黄绿绿满天涯，丁香玉雪浪淘沙。

412.

寄李白贺知章
李白人知一大唐，金龟换酒贺知章。
清平乐里嫁衣裳，一平长安长一半。
江南一半镜湖郎，当涂一半夜郎王。

413.

一半霓裳一羽衣，三千岁月半相依。
胡旋羯鼓几天机，五十开元天宝纪。
人生六十始回归，人生七十古来稀。

414.

独断专行半代王，声声色色一明皇。
三郎且入太真房，若以倾城倾国见。
荒芜伊始伊芜荒，霖铃驿里有衷肠。

415.

寄李白
侍奉翰林五品郎，长安醉卧半诗章。
清平乐里牡丹香，报国之心之报国。
夜郎椒伐夜郎王，蚕从蜀道蜀人乡。

416.

寄李林甫
不辩忠奸不辩行，五思对错五思行。
当然善恶不然名，父子君臣何彼此。
源源本本以根生，枯荣一度一枯荣。

417.

上下千年一世光，明皇五十六年王。
深山未见半农庄，子子民民民子子。
君臣不问匹夫乡，何言彼此短何长。

418.

半以哥舒半以戈，潼关失败渡黄河。
骊山脚下马嵬坡，伊始开元天宝尽。
杨妃赐死自蹉跎，长生殿里问婵娟。

419.

半见华胥半见生，神农自古自神农。
耕耕织织耕耕，族首无须无帅主。
蚩由民国蚩由城，洪荒日月自枯荣。

420.

古古今今一故乡，来来去去半爹娘。
无无有有无郎，岁岁年年岁岁。
民民帝帝各兴亡，时时代代久思量。

421.

智慧人中智慧宁，真如正觉正天灵。
长亭十里一长亭，自在观音难自在。
心经入日入心经，丹青日月日丹青。

422.

独木成林一帜明,千川谷雨半流英。
渊潭水积秩枯荣,步步江南江北问。
匹夫有则匹夫行,方圆草木对阴晴。

423.

树大根深顶叶先,微风半上运河船。
黄花伊始秩循年,十里杨花杨柳岸。
浮萍水色水方圆,何须一月问羞莲。

424. 秦皇汉武

有有无无有无无,胡胡汉汉汉胡胡。
图图轨轨轨图图,战战和和和战战。
奴奴隶隶隶奴奴,扶苏秩秩扶苏。

425. 明清

李自桃僵李自成,君非甚暗吏非清。
吴三桂作入关清,且以元璋朱棣见。
南京不似北京城,中山已了溥仪情。

426. 寄子女

米近儿儿女女情,孤孤独独步余生。
年年岁岁问清明,格律诗词应有尽。
何言防老总今赢,由无来处去无行。

427. 赵祯

晏殊

太后专权问赵祯,参和政事晏殊臣。
绯徊不定是红尘,八大王爷行简问。
深宫戒律有无亲,人间自是去来人。

428.

得意之时便是狂,郭皇后废欲成猖。
声声色色四方扬,范仲淹官遭谏贬。
吕夷简得制朝堂,昙花一现政新亡。

429. 寄欧阳修

大学中庸尚书乡,生童未了晏殊堂。
春秋左傅艳词伤,会试欧阳修第一。
状元未是状元郎,文章好是好文章。

430. 四库全书

大学中康论语明,诗经孟子尚书城。
春秋左傅史相生,子孝君仁臣敬礼。
当知周易易分明,三分事务一分行。

431. 寄范仲淹

水上桐庐范仲淹,云中殿榭状元谦。
灵岩石笋自尖尖,一世知心知一事。
君仁子孝礼臣廉,自然自在自源潜。

432.

少小登基老大王,垂帘听太后远娘。
梁家蜜饯话农桑,日月赵祯明不得。
小园香经过宫墙,清平乐里一文章。

之二

大学中庸论语城,明明孟子德明明。
君君子子四书行,礼记诗经周易卜。
春秋左传尚书情,今古古五经名。

433. 三亚

一柱擎天海角舟,天涯日日有潮流。

中庸一处自难求,世界三分三世界。
西阳西下不须忮,平生日日自回头。

434. 寄范仲淹

有似云中有似无,征夫泪尽一征夫。
扶苏未了未扶苏,不得延州穷寨主。
灵岩石笋石浮屠,儒儒路上问儒儒。

又

此面边民彼面民,和和战战两无亲。
王王族族不相邻,一武由戈一为上。
今今古古帝王人,田田地地匹夫钧。

435.

虎在高山别有机,朝乾夕阳问回归。
长空燕雀与鸿飞,夏疏欧阳修一半。
韩琪礼道晏殊依,边穷寨主自忧微。

436.

两府三司一百官,成千上万半贪残。
冗冗岁岁有余寒,塞下秋来风景异。
纷上叶落见青丹,前朝旧制易邯郸。

437.

万里黄河万里流,清清浊浊总无休。
弯弯曲曲不回头,五十天中东到海。
吴吴越越十三州,忧人自上岳阳楼。

438. 中国历代皇帝全传

历代皇朝历代王,荒唐淫政复荒唐。
农桑自古自农桑,立国为人民服务。
圆方一此一圆方,苏杭处处是苏杭。

南宋·李唐
万壑松风图

集八
吕长春重著
苏轼词全集

集八　吕长春重著苏轼词全集

1. 采桑子·寄苏东坡李清照

东坡婉约花间问，自是诗家，自是词家。不是同家是一家。
一家不是同家是，南也桑麻，北也桑麻。你我他中你我她。

2. 再写东坡词348首

两万词文一宋名，临安十载半人情。
二千词客无天地，醉醉醒醒几未明。
第一东坡成第一，平章太守治杭城。
郎中四品周郎问，赤壁惊涛久不平。

3. 浣溪沙

三百东坡五十词，一家独立半苏诗。
何如婉约女儿时。别以花间花别以，
本朝天子彼朝知，南南北北宋人迟。

4. 华清引·感旧

儒冠一半一黄粱，一半琼浆。醒醒醉醉如果，心中忆故乡。芙蓉出水出方塘，孤身日月天光。已知同草木，何寻不暖凉。

5. 一斛珠

渭泾流水，潼关一路皆桃李。暗自成蹊成新子，草木枯荣，岁岁年年此。
不以风流云雨散，春秋一半春秋是。止行行止行无止。赤绿橙青，七色红兰紫。

6. 南歌子

一半人间水，人间一半山。人间一半一人间。一半人间人一半，红颜。一半儒冠误，儒冠一半闲。一半儒冠不知还，不问关山一路一关山。

7. 南歌子

曲曲歌歌舞舞，姬姬玉玉旋。阳春白雪自年年。不问念奴何必念奴宜。羯鼓明皇见，霓裳日月前。小蛮樊素作婵娟，碧玉腰身碧玉弄箫妍。

8. 临江仙

一水东流东一水，朝云暮雨巫山。高唐枕上一红颜。襄王襄宋玉，楚客楚无还。不断梁尘飞不断，虞公不到阳关。西施舞尽馆娃闲。人间人一半，世上世谁班。

9. 减字木兰花

多多少少，了了无须无了了。
水水朝朝，一路平生一路桥。
花花草草，岁岁年年人已老。
步步迢迢，老马常思伏枥遥。

10. 荷华媚·荷花

荷花朝朝暮媚，同天地，只教行人陶醉。亭孤玉立，红红白白，欲开还欲睡。
已见得，明月荷塘夜，自高杨不语，珠珠翠翠，婵娟问，船儿在，藏身藏处，不可周郎白。

11. 行香子·过七里滩

寻过严滩，行过严滩。桐庐外，七里严滩。故人不见，长治何安。一子余姚，高名在，自青丹。巢由何问，樵渔何见，半江山，一半冠官。以书生得，知道金銮，不麻桑问，图王道，误杏坛。

12. 祝英台近

路行行，行路路，处处一朝暮。一半人生，一半有风雨。富阳严濑桐庐。新城何返，风水洞，与何分付。一方度，一方父母田桑。为官以民顾。不误儒冠，不可儒冠误。孤城处处孤城。巢由无已。匹夫是，古今如故。

13. 江神子

凤凰山上半阴晴，一江清，数峰明，竹淡湘灵，鼓瑟见枯荣。不问娥皇惊草木，何日月，女英情。红鸥白鹭不声鸣。九嶷盟，已含瀛，九脉东流，一派一相倾。一半人生人一半，辛役力，苦耘耕。

14. 瑞鹧鸪

姑苏月落半姑苏，一路淞江问五湖。步步三吴三界水，九州六渎运河衡。洞庭山上洞庭问，不到江都不见儒。却却隋炀易杨柳，成成帛帛寄浮屠。

171

15. 菩萨蛮·歌伎

佳人不可倾城去。小蛮樊素细腰女。碧玉一东吴，罗敷半江都。知音何伴侣，曲舞曾无语。小小问江苏，西施听念奴。

16. 瑞鹧鸪·观潮

潮头一线半观潮，直上天堂入云霄。八月钱塘人已醉，逍遥曲里任逍遥。盐官海水惊人落，不没杭州志不消。百里江湖应未语，无言一度凤凰谣。

17. 临江仙·风水洞作

四大本来言地水，风风火火人间。阳关三叠唱阳关。当天当日月，问道问河山。风水洞前风水谷，斑斑竹泪斑斑。湘灵鼓瑟九嶷闲。知音知自己，独步独归还。

18. 江神子

一花一陌上一花鲜。四方妍，八方妍。草草原原，自地地天天。一半乾坤分一半，凭自在，任方圆。阳春白雪自身田，自心怜，作婵娟。学了嫦娥，玉色万人前。下里巴人巴下里，凭自在，任方圆。

19. 天仙子

暮暮朝朝朝暮暮，雨雨云云云雨雨。瑶姬神女一瑶姬。高唐住，襄王住，宋玉何须何不赋。不误周郎郎不误。官渡巫山三峡渡，嘉陵江山问嘉陵。百度人情千百度。

20. 行香子

一半江村，一半黄昏，情何限，一半消魂，故君已见，不掩空门。锁住浮云，成今古，作天根。阳春白雪，下里巴人，以心思，日月乾坤。腊梅三弄，已试慈恩。待梅花落香尘在，小儿孙。

21. 浣溪沙

一半东西一半锄，三千弟子五千居。樵渔不是樵渔。自以巢由巢未官，商山四皓汉家余。谁人不见鲁连书。

22. 昭君怨

一曲梅花三弄，何以黄粱成梦。自作自多情，已无声。一半书生路。一半暮朝朝暮。知越越吴吴，是江湖。

23. 少年游

少年游也，邯郸城下，知雪月风花。中年游也，京都四品，何不见桃花。一半人间老年也，明月入窗纱，且以诗词分天地，十三万，作人家。

24. 卜算子·感旧 五品郎中建别墅

一步一姑苏，三界三生路。自在人生自在吴，日月同朝暮。岁月岁年驱，来去来相数。自建阳澄别墅区，作得渔民住。

25. 醉落魄·述怀

相逢离别，一分一合圆缺。无归无望无绝。何以儒冠，剑剑书书子。巾巾扇扇田田说，来来去去灯明灭。生生息息人思切。心在京都，身在同豪杰。

26. 减字木兰花

英雄步步，步步英雄英步步，一半东吴，一半阳关一念奴。平身路路，跬步前行前跬步。一半京都，一半心中一匹夫。

27. 蝶恋花·送春

一半群芳群不约，一半春归，一半梅花落，一半青莲多少托。生生杜仲茶花若。一半女儿衣已薄，一半情心，一半何求索。一半人间人一半，吴吴越越飞飞鹊。

28. 浣溪沙·即事

下里巴人下里情，阳春白雪雪山倾。高山流水伯牙声。一曲竹枝吴蜀女，春江花月夜无萌，枯荣草木自枯荣。

29. 菩萨蛮

姑苏小小姑苏雨，江湖一半江湖路。一步一东吴，三声三念奴。运河杨柳树，日月从朝暮。不问不江都，何声何误儒。

30. 减字木兰花

人生一路，步步人生人步步。步步浮屠。步步前行步步途。前行一路，左右分开分步步。一半京都，一半天涯海角孤。

31. 蝶恋花

一半平生平一半，弟子三千，弟子三千叹。见得运河杨柳岸，云舒云卷成霄汉。一半乾坤乾一半。岁岁年年。岁岁年年贯。一半春秋春一半，东风不断西风断。

32. 浣溪沙

白雪阳春日月酬，青云直上待温柔。江流不问一江楼。　下里巴人巴下里，人间不可不回头。钱镠八九十三州。

33. 菩萨蛮

朝朝暮暮朝朝暮，官官宴宴官官路。一叹一胡胡，三声三念奴。儒冠儒已误，何故何人故。送客送姑苏，知情知越吴。

34. 虞美人

年年岁岁江南路，吴吴越越步。刘刘项项不知书，留下鸿沟天下半多余。朝朝暮暮朝朝暮，雨雨云云雨，田田亩亩自荷锄，古古今今税赋在苏余。

35. 诉衷情·半镜重园

衷情第一一衷情，不及德言声。明明镜镜分半，杨素古今明。陈后主，舍人生，改容缨。还其妻事，古古今今，世世英英。

36. 醉落魄

如今如昨，如明处处求索。梅花三弄梅花落，香在香留，何以从芳尊。醒醒醉醉平生却，刘伶来去如飞雀，瓜洲北固稳轩约。铁马金戈，重上滕王阁。

37. 江神子·孤山竹阁送述古

阳关三叠一阳关。十千山，一孤山。自是梅妻，鹤子不归还。远近长安何远近，凭日见，任天颜。湘灵鼓瑟泪斑斑。是疏潜，是云环。一半苍梧，一半治人间，不得官官官不得，同日月，共登攀。

38. 菩萨蛮·西湖

云云雨雨云云雨，烟烟雾雾烟烟雾。一水一西湖，千春千念奴。三潭印月暮，柳浪闻莺故。白筑白堤途，东坡东玉壶。

39. 菩萨蛮·述古席上

娟娟述古娟娟客，阡阡陌陌阡阡客。杜子杜陵多，公无公渡河。华堂华石白，故笛胡人格。万里自清波，千年何少多。

40. 鹊桥仙·七夕

牛郎织女，牛郎织女，织女牛郎织女。星河两岸一星河，半七夕，王母不语。王母玉女，两母玉女，传信墉宫玉女，王母汉武自通情，可乞巧，牛郎织女。

41. 清平乐·秋词

梁王故苑，不是梁王苑。叶叶飞飞飞不见，不得归根谋面。且以西风方便。年年岁岁年年，弦弦月月弦弦，一夜一圆一夜，弦多圆少何全。

42. 南乡子·送述古

一半一多情，一半依依一半情。述古何言何述古，倾城。去去来来已不声。自曲自身名，一半平山一半生。夜夜莺莺夜夜，鸣鸣，自以轻轻自己成。

43. 诉衷情·琵琶女

琵琶一曲一琵琶，蜀女到胡家。佳人已去宫外，一半画师差。男子汉，玉儿华。故单于故，已静胡沙，未净胡沙。

44. 南乡子·梅花词

腊月腊梅花，白雪梅花白雪花。白雪梅花三弄后，梅花。见得梅花落里花。一度一梅花，不问群芳不问花。自以东君东自以，梅花。自在香香自在花。

45. 渔家傲·送台守江郎中

四品郎中郎四品，重重卷卷空空枕。度度何分何审平，平民噤，当心日月当心廪。不饮平生不饮，夜郎一路当涂甚。太白千诗千古寝。何荣锦，万余天里何余凛。

46. 南乡子

大禹到余杭，一半苍梧一半梁。鼓瑟湘灵湘鼓瑟，茫茫。竹泪斑斑竹泪乡。治事治炎凉，阻阻成导导昌。九派三江三九派，洋洋，百姓方安百姓长。

47. 浣溪沙·菊节

九九重阳九九阳，香香菊菊菊香香，天机一半在炎凉。遍地黄花黄遍地，杨杨柳柳杨杨，家乡自在自家乡。

48. 浣溪沙·重九旧韵

下里巴人下里人，阳春白雪一阳春，高山流水半红尘。九九重阳重九九，天机处处是经纶，黄花遍地正冠中。

49. 劝金船

无情日月多情客，草木荣阡陌。溪中石玉经川白，运河杨柳帛。六淡南北，已自天差通泽。水调歌头疏导，作唯亭驿。船娘素手红如白，总把香花脉。扬州十二楼中格。玉箫自身册。去去来来，见得江南如昨。欲问再来何月，周有太伯。

50. 南乡子

玉女石榴红，一半裙边一半工。留下相思留下忆，由衷。一半由衷一半衷。举首广寒宫，色色空空色色空。缺缺圆圆缺缺，逢逢，始终终终始始终。

51. 定风波
一代风流一步兵，三生造物造三生。十里长亭长十里。桃李。成蹊暗自作留英。何寻桂子多桂子，彼此。多情总是许多情。且待明年花蕃蕊，红紫，茫西湖作杜宇声。

52. 减字木兰花
过吴兴，李公择生子，三日会客，作此词戏之

凤生凤子，虎虎龙龙龙虎子。一领南枝，自立春光自立时。桃桃李李，暗里成蹊成暗里。处处相知，杜牧湖州杜牧迟。

53. 南乡子
莫问谢公台。去去来来去去来。草碧花红花一路，花开。李李桃桃独自催。百度百徘徊，二月难为二月媒，不是刘郎刘不是，谁裁。未语东风未语猜。

54. 菩萨蛮
醒醒醉醉醒醒酒，无无有有无无有。一日一春秋，三生三界三度休。谁言杨问柳，草木难回首。有道有沉浮，无为无九州。

55. 阮郎归·苏州席上作
三年一度老苏州，运河日月流。水清清水五湖舟，洞庭草木秋。何上下，自沉浮，万言半字休。东西山上作长州，平身不觅侯。

56. 醉落魄·忆别
离离别别，佳人无奈成霜雪。欲融虫何化情难绝。但向阳春，不可殷勤说。

长亭两岸多杨柳，朝朝暮暮应先折，其时一滴相思泪，弹向罗衣，留作驿关切。

57. 菩萨蛮·感旧
朝朝暮暮知多少，花花草草知多少。岁岁年年岁岁，十里一云霄，千年三界遥。长亭杨柳道，岁月人人老。进退路迢迢，枯荣天地桥。

58. 减字木兰花·以"郑容落籍，高莹从良"为句首
郑容落籍，高莹从良从故客。一水千波，只可今公不渡河。隋炀易帛，留下钱塘阡又陌。水调头歌，日月天堂草木多。

59. 南歌子·隋炀
自此隋炀去，隋炀自此来。隋炀帛柳运河开，水调歌头天下到天台。六溇隋炀问，隋炀六溇裁，钱塘一路九徘徊。造就天堂造就作春媒。

60. 采桑子·润州多景楼与孙巨源相遇
多情多景楼中见，一度相逢。一度相逢。一笑回头一笑空。润州甘露金山寺，一念空空，一念空空，作得英雄夕照红。

61. 浣溪沙·忆旧
少小离家少小杨，陈尝任力任人梁，桐乡久以久思量。吕氏春秋应吕氏，庐江一子吏循章。平生不可太张狂。

62. 更漏子·送孙巨源
柳杨杨，杨柳柳，如伴长亭如手，千子子，万忧忧。向前知九州。
重阳九，待君友。十里长亭白首。三

江水，一东流，向东到海头。

63. 沁园春
一半人生，一半长亭，一半不平。有高山流水，阳春白雪，黄河万里，长城万里。万里河山，长江万里，万里江河万里声，行万里，五十天到海，日日阴晴。青灯古馆明明。度野香，鸡声茅月鸣。早显天下路。
踪踪迹迹，跬跬步步，止止行行。直下东营，湾湾水水，度得中原度得情。回首处，老也应不老，纵纵横横。

64. 永遇乐
一半人生，人生一半，分别分别。总是分分，分分总是，总总弦弦缺缺。圆圆缺缺，弦弦缺缺，十五日圆还缺。广寒宫，嫦娥何在，几明灭几明灭。
润州一寺，瓜洲三渡，多景楼中谁说。北固江流，金陵无语，话六朝波折。台城依旧，当然梁武，问很民生优劣。古今也，文章太守，一豪半杰。

65. 雨中花慢
何以梅花开落，共与群芳，雾雾烟烟。满地绿苔青草，满地榆钱。谁道城西，寒山古寺，甲第留园，有六.ｒ溇水岸，西施别馆，勾践留连。
清明细雨，姑苏城外，望不尽五湖船。春已短，剑池何问，又虎丘泉。勾践夫差已去，吴吴越越无边。古今今古，以生公见，岁岁年年。

66. 河满子·寄东坡湖州
杜牧司空见惯，东坡见惯司空。海角天涯天海角，擎天一柱天空。海北海

南岛外,英雄一半英雄。自以文章太守,一家独自成风。别是一家何别是,花间婉约西东。清照姜夔柳永,人间已半词工。

67. 减字木兰花

清清顺顺,顺顺清清顺顺。一半长春,一半长春一半春。秦秦晋晋,晋晋秦秦晋晋,未是红尘,见得双龙见得人。

68. 蝶恋花

一半钱塘钱一半,一半钱塘,一半钱塘岸。一半运河河一半,商船来往从无断。有唤船娘曾有唤。有了婵娟,有了婵娟唤,一半心思心一半,心思一半心思乱。

69. 江神子

春秋一度一青黄,一衷肠,半思量。一半平生,一半柳和杨,一半垂垂一半,风不止,水池塘。鸳鸯不是不鸳鸯。鹭鸥乡,野鸭旁。出水芙蓉,处处有天光。结子莲蓬结子,心已苦,共炎凉。

70. 江神子·宋苏东坡词第一,唐李太白诗第一

匹夫有责匹夫郎,少年郎,老年郎。一代忧忧,一代守炎凉。五品郎中郎四品,天下路,故家乡。黄粱一半一黄粱,半文章,一文章,太守诗词,十三万首扬。八十人生人八十,东坡问李白量。

71. 减字木兰花

人生一路,步步人生人步步。一半江都,一半隋炀一半吴。儒冠儒误,不务田桑不务。七尺身躯,自有丹青自有无。

72. 减字木兰花

离离别别,细柳条条徒可折。日月如梭,去去来来逝者何。明明灭灭,缺缺圆圆弦缺缺,上下多多,一路江流一路波。

73. 蝶恋花

鹦鹉洲头鹦鹉草,已过千年,日月知多少。了了休休休了了,祢衡不在祢衡老。小小知音知小小,不得平生,不问渔阳道。才子佳人才子晓。莫以曹操恼。

74. 满江红

暮暮朝朝,一岁岁,朝朝暮暮。儒冠重,人言轻薄,世情如妒。处处官生官处处,皇城步步皇城步,岳阳楼,忧国又忧民,文英赋。一万里,黄河故,一万载,行无误,五十天到海,自无回顾。十八湾前曾九曲,如斯逝者如斯数。作东流自作自东流,知如故。

75. 一丛花

年年岁岁自年年,天下一方圆。东风有信群芳见,过五九、六九河边,梅花落了,阳春白雪,吴越竹枝天。朝朝暮暮半前川。处处半如烟。清明时节清明雨,小杏各自争光。杜牧俯冢,桃花含露,滴滴细成泉。

76. 帝台春

芳草一路,花花半无数。一碧半红,也似加人,如来如故。记得梅花落了曲,共桃李、牡丹分付。有阳春,白雪阳春,阳春已住。群芳妒,香不数,细细雨,叶偷度。十里一长亭,半长亭,也已是,柳杨当步。行者行行作行者,常是达人达人达人误。达人达人生,步步慈恩步。

77. 望江南·暮春

春已暮,人间一姑苏,不在西施娃馆见,运河舟山一罗敷。何以作书儒。千百步,勾践问东吴,无所范蠡从虎丘,第二泉上剑池,君作五霸奴。

78. 望江南·暮春

春已暮,无以问书儒。五彩分明相替色,思思度量到江都,小小作罗敷。微雨细,如有又如无。百子流苏流百子,心中何以意中奴,甘作小姑姑。

79. 满江红

步步流杯,东武会,流杯步步。修禊事,以兰亭见,似兰亭故。水瘦鹅肥池水瘦,书生不尽书生路,莫醉醒,李白在当涂,人生误。酒何物,何不顾杜康也,刘伶数。以英雄聚酒,作英雄,醉醉醒醒醉醉醒,生生死死何无度。杜甫诗,饮中八仙人,谁留住。

80. 临江仙·自度曲

八十年中年八十,十三万首诗词。方圆格律佩文知。唐人唐至此,宋客宋如斯。二百二千唐作者,全唐五万唐诗。宋人三百一千词,八千加一万,独我一人时。

81. 水调歌头

明月一时有,十五见团圆。广寒宫里相问,何十四弦弦。去去来来来去,

玉女嫦娥玉女，今夕已何年。桂影桂何影，蟾兔在身边。问仙药，寻后羿，自无眠。不闻不见，天上天下半如烟。人可无言无语，不可无情无侣，不可不求全。目度三千界，求得半婵娟。

82. 画堂春（秦观 正体）

重阳九九九重阳，黄花遍地花黄。已成天下已成梁。四野芬芳。隔岁是天机客，著诗词度炎凉。天苍苍分地茫茫，太守文章。

83. 江神子

泾泾渭渭玉门关，半千山，一千山。三叠声中，去去自不还。去得楼兰应去得，交河岸，问河湾。云闲不住不云闲，未归还，不归还。一半红颜，一半守红颜。暮以红颜红莫以，人一半，半人间。

84. 江神子·冬景

人生处处对流年，半流年，一流年。白雪阳春，自有腊梅鲜。下里巴人巴下里，何咫尺，作方圆。广寒宫里问婵娟，半婵娟，一婵娟，十四天中，上下总弦弦。一日阴晴阴十五，无日月，有长天。

85. 阳关曲

阳关一曲过阳关，不到昆仑不到山。三千弟子五千载，一半黄河一半湾。

86. 浣溪沙

一路人生一路行，五湖三教九流名。春莺杜宇夏蝉鸣。一叶知秋知一叶，三千明十万情。英英自数自英英。

87. 殢人娇（向子湮体）

一半杏花，桃花一半，红白红，运河两岸。杨杨柳柳，向吴娃馆。下扬州。有湾在畔。回忆隋炀，雨消云散。刘郎也，已十年断。当年飞燕，暮暮旦旦，只恐是，王王谢谢兴叹。

88. 洞仙歌

杨杨柳柳，自是垂杨柳。已得，天高地还厚。一中原，南北万里长城，总不语，共与重阳重九。一别当素手，十里长亭，十里行程相守。何以何以何，驿驿三更，可待月，不知否，一万里，一万里黄河，且见得，年年自然知首。

89. 浣溪沙

腊月梅花傲骨黄，梅花落里作香泥，年年岁岁自东西。白白红红红白白，高低自在自高低，桃桃李李也成蹊。

90. 阳关曲

阳关曲里入腔长，秦王本名小秦王，中秋一夜月明好。婵娟处处有衷肠。

91. 水调歌头

水调歌头曲，见得运河舟。隋炀帛易杨柳，始有运河流。万里长江万里，万里黄河万里，古已自沉浮。五十天流水，到海不回头。隋炀帝，头胪好，自应酬。劳工号子天下一度一扬州。留得千年汴水，作得天堂故市，筑得几江楼。已见钱塘岸，吴越十三州。

92. 临江仙

太尉瑶林琼树外，风尘物里云中。空空色色一空空。真当真谛子，广泛广寒宫。保器全名全保器，文君自可难同。相如不顾不西东，君子汉，蜀女蜀人同。

93. 浣溪沙

燕子楼中燕子家，乐天只是乐天涯。杨杨柳柳不桑麻。盼盼难明难盼盼，匹夫之责匹夫差。无言你我作他她。

94. 临江仙

司马相如司马子，思量久了思量。文君帐外一衷肠。当炉当世界，卖酒卖黄粱。金屋藏娇金屋外，团团扇扇低昂，悲凉何处不悲凉，人心人不已，处世处榆桑。

95. 菩萨蛮

文姬自在贤王路，朝朝暮暮朝朝暮。十八拍中胡，音中音上吴。慈恩慈步步，子子孙孙故。蔡已蔡邕儒，曹操曹祀奴。

96. 满庭芳

半世人生，人生半世，日月太守文章。中年中少，不是小儿郎。独木桥须行止，经五品，不得张狂，长亭外，杨杨柳柳，步步慎朝堂。人间，何处有，司空见惯，一半衷肠。以桃花一面，去了刘郎。不下运河舟上，明月色，问得萧娘。钱塘岸，荷花粉白，杜牧在天堂。

97. 蝶恋花·佳人

小蛮腰身樊素口，一半庭中，一半庭前柳。曲曲声声重九九，千姿百态情知否。双目流波流不走，舞舞歌歌，两两红酥手。白首乐天居易叟。回头白马回头守。

98. 南乡子

扬首一丈夫,千里运河一路吴。日月人间人日月,江都。一半隋炀一念奴。
六澳半江苏。见得儒冠见得儒。何以魏征修隋史,殊途,一斛明珠换绿珠。

99. 临江仙

自古如今如自古,春秋冬夏秋春。梅花落里作香尘。阳春白雪,白雪白阳春。一弄梅花三弄曲,佳人处处佳人。秦秦晋晋是秦秦,梅妻梅结子,鹤子鹤经纶。

100. 蝶恋花

暮暮朝朝暮暮,四秩由来,一得中原路。春夏秋冬分已住。梅花桃李青莲炉。步步黄花黄步步,九九重阳,已有天机赋。白雪阳春回首顾,阳春白雪阳春雨。

101. 蝶恋花·送潘大临

已是红红中紫紫,一半群芳,独见东邻子。宋玉何知何是美。嫣然一笑藏娇止。下蔡阳城如此水,草草花花,影影形形视姐妹赵家飞燕姐,贵妃醉酒芙蓉蕊。

102. 浣溪沙

一介书生半匹夫,三千子弟五千儒,人间织女是麻姑。误误官官官误误,殊途自在自殊途。江湖不是不江湖。

103. 浣溪沙

一半江村一半村,三三五五不开门。归来自在自黄昏。汐落潮平潮落,慈恩步步步慈恩。乾坤正气正乾坤。

104. 浣溪沙

苘苘麻麻叶短长,丝丝络络问东墙,登徒子见杜秋娘。一夜莎鸡相互语,三更起步莫杨杨,回头记取故家乡。

105. 浣溪沙

一夜庭中落枣花,三更树下问桑麻。书生老小作人家。隔路行车行隔路,顺风柳叶柳枝斜,方圆格律作天涯。

106. 浣溪沙·自度

自幼农夫自幼生,枯荣岁月任枯荣,平生八十未平生。三万天中夯三万,以诗日月以诗成,十三万首十三名。

107. 浣溪沙

五十天中一水流,黄河万里自源头,东流到海数春秋。八十年中三万日,年年岁岁著无休,沉舟侧畔过千舟。

108. 浣溪沙

一半书生一半书,文儒自度自文儒,孤家寡客寡诗奴。大学北京钢铁院,清华北大似如无,方圆独步老姑苏。

109. 又

向千秋岁,同是重阳路。眉间已是黄花故,自重阳九九,九九重阳数,天机在,人生步步人生步。六十人生数,八十人生数。三万日,应回顾,十三万首诗,历练人生故。李白也,东坡也,与诗词赋。

110. 永遇乐·燕子楼

柳柳杨杨,年年岁岁,朝暮朝暮。十载成行,乐天居易,盼盼何相顾。一诗纤字,三更白首,半岁已向荒住。叹生死,来来去去,人生只是人误。枝枝叶叶,根根原本,春夏秋冬分付,一半姑苏,归根落叶,只得听风雨。飞飞落落,遥遥近近,燕子楼空不住。四方见,池池水水,古今如故。

111. 南乡子·自述

一枕一清风,半世半生半色空。古古今今古古,西东。句句词诗句句工。第一太白诗,第一东坡词始终。我自孤身孤我自,匆匆,暮暮朝朝日月中。

112. 阳关曲

一度人生一度生,三万天中五万城。为君日月为君笔,诗词格律作名英。

113. 南歌子·有感

美女佳人色,佳人美女香。西施一半贵妃妆。落雁貂蝉羞闭月月堂堂。未问三更枕,嫦娥已上床,朝云暮雨一高唐。宋玉嫪姬不问不襄王。

114. 雨中花慢

竹竹兰兰梅菊,子子君君,今天留芳。以山庄城市,水石寒香。曾以幽栖立本,几求方外清塘,与芙蓉出水,三弄阳春,半壁辉煌。阳春白雪,下里巴人,过墙便是西厢。回路转,秋冬春夏,处处高昂。寄谢四重风光,天空天下天堂。个中所见,风华雪月,先足天堂。

115. 江神子

黄河万里向东流，几春秋，自无休。九曲弯弯，自去不回头。五十天中东到海，三门峡，鹳雀楼。　清清浊浊马羊牛，十三州，十长洲。总是湾湾，留下映沉浮。古古今今今古古，同日月，共悠悠。

116. 江神子·恨别

人生八十老诗翁，老儿童，小顽童。北北南南，任意一西东。步步慈恩慈步步，朝日赤，夕阳红。英雄造物造英雄，太匆匆，不匆匆。万里黄河，天马自行空。五十天中行到海，知后羿，广寒宫。

117. 减字木兰花·送别

来来去去，小女佳人佳小女。小小知书，小小佳人小小居。轻轻语语，处处温柔温处处。若若当初，就就依依就就余。

118. 木兰花令

蔡邕"焦尾"成云雾，"绿绮"相如三两步。绕梁音自一庄王，谢女雪诗裁柳赋。体轻进退纤纤度，飞燕腰条肌白付。双双跃动水波波，弱骨丰身工笑妒。

119. 木兰花令

阳关西去阳关路，步步沙鸣沙步步。一丘移动一丘丘，海市蜃楼何不住。瓜洲落日交河度，明月湾中明月误。声声不尽又声声，关外关山关内误。

120. 南歌子

一夜湖州雨，三更水月情。谁知杜牧自身名。见惯司空司见惯。营营。半世人生路，千年草木荣布荆三载布荆惊，百姓人间小女已成英。

121. 双荷叶·即秦楼月

何圆缺，双双半半双双别。双双别。杨杨柳柳，不须先折。明明灭灭明明灭。灯灯火火灯灯结。灯灯结，嫦娥已去，下弦无绝。

122. 渔家傲·七夕

玉女传书传玉女，王母汉武情情语。织女牛郎牛织女，星河渚，鹊桥两岸何情绪。不语王母何不语，墉宫行得墉宫汝。谁伴侣，人间七夕人间去。

123. 临江仙

一子龙丘龙一子，殊途洛蜀溪山，阳关十里玉门关。人生人一步，渭水渭泾还。已见精英精已见，红颜毕竟红颜。潼关老子过潼关，丹砂丹石玉，洞府洞天寰。

124. 卜算子

一道半东坡，下笔黄州路。太守文章太守多，不食人间住。万卷自江河，海角天涯步，一柱擎天一柱何，俗气无须误。

125. 南歌子·感旧

五里长亭短，长亭十里长。长亭不是不家乡。未了黄粱何以误黄粱。雨驿霖铃夜，霖铃雨驿凉。明星自此自明皇，莫以衷肠莫以再衷肠。

126. 菩萨蛮·新月

弦弦月月弦弦缺，阳春白雪阳春雪。万里一江河，千川三界波。离离何别别，柳柳杨杨折。后羿问嫦娥，三闾知几何。

127. 菩萨蛮

花花草草花花草，来来去去来来了。一水一舟桥，长亭长路遥。姑苏姑小小，碧玉知多少。日月日潮潮，云舒云卷消。

128. 定风波·重阳

郁郁纤纤郁郁纤，高山流水子期天。一曲伯牙声不断，兴叹知音半问半琴弦。黄菊菊黄重九九，重阳重九九重天。试望天机天水岸，河畔，至今犹唱鹧鸪天。

129. 水龙吟·史

山山岭岭山山，川川谷谷川川水。秦秦赵赵，量量度度，车车轨轨，字字文文，古今今古，是是非非。一统天下事，春秋六国，秦二世，坑灰里。吕氏春秋何止，一江山，半江山指，人言社稷，华胥之国，禹传天下，商周彼此。帝帝王王，佳人才子，匹夫则已。五千年上下，农家不可不农家子。

130. 菩萨蛮·回文夏

子逢秀独红莲水，水莲红独秀逢子。回步何来来，来来何步回。台心蓬自己，己自蓬心台。猜得人情何，何情人得猜。

131. 菩萨蛮·回文秋

柳思去去人思友，友思人去去思柳。

舟可不回头,头回不可舟。九阳重九九,九九重阳九。流日月沉浮,浮沉月日流。

132. 菩萨蛮·回文冬

说冰雪雪冰冰雪,雪冰冰雪雪冰说。催少多梅梅,梅梅多少催。缺圆缺缺缺,缺缺圆缺。回步一归回,回归一步回。

133. 菩萨蛮·回文春

雪红香白香梅雪,雪梅香白香红雪。河度一春波,波春一度河。多芳群色色,色色群芳多。歌自几娥娥,娥娥几自歌。

134. 菩萨蛮

度心一意人人路,路人人意一心度。奴念自依依,依依自念奴。顾知君所顾,顾所君知顾,吴在一姑姑,姑姑一在吴。

135. 菩萨蛮·回文

草花花草知多少,少多知草花花草。潮上一云霄,霄云一上潮。老人行即到,到即行人老。桥路此遥遥,遥遥此路桥。

136.

小小姑苏姑小小,草草花花,草草花花好。少少多多少少,运河两岸扬州鸟。 王谢何须王谢道,一半金陵,一半秦淮老。未是赵家飞燕了,六朝去去来来晓。

137. 南乡子

一路一春梅,一步东君一步开。白雪阳春阳白雪,天台,下里巴人下里来。四秋四相催,二月二春二度恢,自作香尘香自作,芳埃,处处藏娇处处陪。

138. 水龙吟

思思一半量量,量量一半思思度。花花草草,多多少少,烟烟雾雾。已入柔肠,却当圆缺,暮朝朝暮。以误儿秀女,吴吴越越,南北问,东西顾。夜里嫦娥倾诉,广寒宫,无床无住。吴刚伐桂,弦弦无已,蟾房玉兔。不足三分,一分云雨,半人间路。自来来去去,何言何语似今知故。

139. 虞美人

昭君一半琵琶女,留下胡人语。画师只作汉宫书,下半单于一半故家居。李陵苏武阴山去,一半英雄侣。三生日日日多余,十九年中十九载当初。

140. 南乡子

一日一黄州,九九重阳九九秋。且上栖霞楼上望江流。俯仰天边落叶舟。不是少年头,不是中年日月休,不是老年何不老,忧忧。八十人生八十州。

141. 满江红

古古今今,一万载,今今古古。华胥国,竹枝声里,唱黄金缕。林和靖先生举步,梅妻鹤子孤山宇。问西湖,见柳柳杨杨,听渔父。问日月,听钟楼,一叶落,千飞羽。以黄黄帝帝,自成私禹,作夏商周秦汉主,隋唐宋元明清数。是君臣,也是匹夫行,人间苦。

142. 菩萨蛮·回文

暮朝暮暮何朝暮,暮朝向暮暮朝暮。姑小一吴吴,吴吴一小姑。雨云云雨雨,雨雨云云雨。儒顾不儒儒,儒儒不顾儒。

143. 瑶池燕

瑶池飞燕。桃花面。见见。形形色色倩倩。何人恋。明皇故苑,长生殿。以三思,进退易变。望舒卷。云来云去方便。花非花,烟重雾遍,藏娇院。

144. 浣溪沙

步步乡城步步行,街街巷巷故人情,来来去去半平生。八卦城中城八卦,身名一半一身名,枯荣改革久枯荣。

145. 浣溪沙

故土桓仁故土情,
山英草木半山英。
江明古巷一江明。

少小离去离少小,
平生步步步平生。
乡城不是不乡城。

146. 浣溪沙

五女山前五女名,
书生二十作书生。
身名一半误身名。

事事三思三事事,
卿卿自古自卿卿。
枯荣有序有枯荣。

147. 浣溪沙

一吕今今一吕赢,
卿卿我我半卿卿。
盟盟未了未盟盟。

自古如今如自古,
成成不可不成成。

生生八十八生生。

148. 浣溪沙

老少深知小小名，
乡情自得自乡情。
行行止止止行行。

父母爷娘爷父母，
荆荆独独又荆荆，
清清净净已清清。

149. 江神子

知君思我我思君。半云天，一云天。细雨纷纷，细雨自纷纷。杜牧杏花村里去，刘伶酒，杜康醺。斯文不饮不斯文。正衣裙，负衣裙。子子君君，子子作君君。一半平生平一半，孤日月，一芳芬。

150. 浪淘沙

墙外半春风，小杏红红。梅花落了作香宫。自己由衷由自己，不误西东。细雨细蒙蒙，色色空空。空空色色色空空。不是三春不是三，误了飞鸿。

151. 少年游

秦楼半曲凤求凰，不问老年郎。八百秦川，穆公南北，作故家乡。箫弄玉箫史见，自在自飞翔。是分老小，是非老小，生息是爹娘。

152. 水龙吟

黄州一半黄州，东坡一半东坡误。人间一半，江山一半，朝朝暮暮。一半中流，中流何去，中流分付。与古古今今，今今古古，千万里，天轮数。

如古如今如故。向春江，红楼分付。余歌艳响，烟波云里，风流自注。闻道夫差，五湖西子，沉浮当赋。回首栖霞路，范蠡吴越匹夫何度。

153. 定风波·咏红梅

阳春白雪三弄梅，高山流水半徘徊。下里巴人巴下里，桃李，春江花月夜相催。梅花落里黄金缕，定风波下水无回。孟德忽闻文姬如人，如此，胡笳十八拍中来。

154. 水调歌头

水调歌头唱，一路到扬州。杨杨柳柳杨柳，帛易帛风流。下里巴人下里，白雪阳春白雪，已度十三州。曲自从师旷，吕氏著春秋。知音在，琴台坐，子期留。龟蛇不锁黄鹤，太白凤凰游。不问周郎不问，未了曹营为了，诸葛魏吴求。三国三分罢，一晋一休休。

155. 江神子

东坡不是不渊明。是今生，是前生。不是今生，也不是前生。只是情情相似处，情是是，是情情。斜川一半一阴晴，半枯荣，一枯荣，五柳躬耕。五举弃弦鸣。四望亭中亭四望，同俯仰，共云英。

156. 满江红

举案齐眉，天地间、齐眉举案。何已也，以梁鸿者，作梁鸿半。不与常人常不与。深山自得深山冠，苦耕耘，纺织素身颜，先生断。三十岁，声不叹，从俱隐，平霄汉。始称名德曜，孟光如唤。粉墨无须无粉墨，椎椎髻髻无丝绺。

见侯光，石柏举方圆，今何半。

157. 南歌子

一曲南歌子，三春北玉英。清明寒食近清明，见得人间人见得，思情。岁岁年年问，年年岁岁行。举步学身名，父母如今已古也，倾城。

158. 南歌子

步步人间路，声声父母情。当初小小始人生，自得无私无自得，亲情。一度童翁度，童翁一度生。童翁倒数作翁童，父子儿孙，父子是，重生。

159. 南歌子

一半童翁问，童翁一半行。情情不尽是情情。倒以翁童翁倒以人生。老老当初小，当初小小名。女女儿儿已成名，老子三思老子，是何情。

160. 定风波

雨雨风风雨雨行，林林叶叶雨风声。影影形形形影影，何省。阴晴任自任阴晴。南北北南何须辨，东西莫问西东更。岭岭峰峰峰岭岭，脱颖。自由天下自由鸣。

161. 浣溪沙

寺寺溪溪任自由，东流不作作西流，清泉古刹有春秋。鼓鼓钟钟鼓鼓。如来如去一心头，慈恩步步总无休。

162. 西江月

水水沙沙水水，沙沙水水沙沙。东流万里到天涯，其处原来我借。自以华胥立国，华胥立国蓄华。东流万里浪淘沙，古古今今上下。

163. 渔父

渔父问，江东路。刘项一时分付，乌江八百子弟兵，彼此不可重数。

164. 渔父

渔父问，姑苏步。子胥范蠡谁误。吴吴楚楚何如故，只可以西施度。

165. 渔父

渔父见，春秋故。五霸越吴归路。西施舞尽任娃馆，不问范蠡何误。

166. 渔父

渔父也，何渔父。漠漠人间无主。英雄尽了问西施，尽是冠儒之伍。

167. 调笑令

渔父，渔父。五霸春秋谁主。如今如古如行，应是女儿倾城，倾城。倾城。今古一声何故。

168. 浣溪沙·渔父

不问西施不问家，溪纱未浣浣溪沙，范蠡已去已天涯。五霸春秋谁五霸。三千岁月向胥华，江边落日远余霞。

169. 蝶恋花

一半渔父渔一半。一半人间，一半江南岸。八月钱塘潮不断，莼鲈烩里听娃馆。一半姑苏姑一半，一半桥边，一半家中宴，不是男儿吴越断，西施留下千年叹。

170. 少年游

汨罗何必少年游，江水问江楼，长沙尚在，湘灵鼓瑟，东去自清流。五五三闾九歌酬，十分酒，十分舟，竹泪斑斑，记取苍梧，无忆度春秋。

171. 哨遍·寄李太白

李白夜郎，因酒当涂，饮中八仙住。一归宿，九百首诗词。两万日里应已误。已见知。长安市前分付。金龟换酒知章顾。何侍奉翰林，清平乐见，年年岁岁如故。蜀道之难难以天迟，一步步，步步恩慈。云出无心，雨落有意，本非不度。诗！两万日诗，一日一诗两万诗。行行无浪语，琴书中，月明路。一日一崎岖，贵妃醉酒，明皇羯鼓霓裳诉。以草木枯荣，醒酢之感，荒唐无休无度。未足千诗未足人时。不自觉，皇皇欲何思。以东城，陶渊明数。文人何在朝暮。万里黄河去，自源到海流五十日，九曲十八湾注。一生天命蔡文姬，记胡声，十八拍苦。

172. 渔家傲

一半巢由巢一半，樵渔一半严滩半。一半商山何一半。天地半，天天地地分成半。一半人间人一半，东坡一半渊明半，一半儒冠儒一半，何一半，平生不足平生半。

173. 定风波

沁园春中桂枝香，念奴娇曲满庭芳。蝶恋花迟更漏子，听菩萨蛮，独见阮郎乡。以水调歌头调笑，唐多令外分章。一笑临江仙不断，柳岸。鹧鸪天里诉衷肠。虞美人声好事近，借问，最高楼外故家乡。

174. 满庭芳

太守文章，文章太守，处处柳柳杨杨。古今今古，谁弱又谁强。三万天中日月，黄河水，万里流光。杨长去，源头到海，五十日炎凉。思量。天下事，人间正道，草木无疆。一岁枯荣见，一岁天堂，一岁来来去去，经一度，一岁留芳。年年度，年年度度，利欲不相尝。

175. 念奴娇·赤壁怀古

大江东去，浪淘尽，古古今今今古。赤壁何言何赤壁，江汉之间五主。彼此天飞羽。惊空一浪，淘天淘地淘禹。夏启及至商周，不华胥天下，无非王土，西楚霸王，刘项问，垓下鸿沟龙虎。合合分分，当须三国尽，晋人如数。谁空城计，万军司马金缕。

176. 念奴娇·中秋

登高望远，鹳雀楼上问，何以今古。万里黄河流万里，五十日中如数。一半人生，如天如夜，不误风云睹。自由心里，一龙龙一虎虎。三万日里诗词，方圆格律，少小中年辅，六十人生人八十，二十年间辛苦。暮暮朝朝，七千日里，七万诗词讽。全唐全宋，我先成就渔父。

177. 醉蓬莱·重九上君猷

自人生一路，元日三三，五还重九。黄菊重阳，对茱萸搔首，弟弟兄兄，以此相忆，以古今相守。岁岁登高，年年落叶，已归根否。格律方圆格律，天下九九天机，柳杨杨柳。经雨经风，且以江河口。来岁今朝，以我朝暮，字字兰亭绶。八十州人，以平生路，作平生叟。

178. 定风波

白白红红两岸腮，依依就就五三回。半步，藏娇藏半步，天路。独花未向别人开。此度人生应此度，朝暮。相猜不必不相猜。已故重来重已故，何故，重来总是再重来。

179. 水龙吟

长城万里长城，黄河万里黄河路。长城万里，黄河万里，如年如数。万里长城，一千七百万砖相数。这黄河万里，从原到海，五十日，无朝暮。一半人生相顾，万余天，三万天故。来来去去，自当分付。诗词曲赋。一日五首，十万相度。佩文如度。若人人如此江河日月以江河注。

180. 浣溪沙

白雪因春白雪晴，日明处处日明城。玉英闪闪玉英倾。不见花开花落去，藏娇不住露娇情。哗然有得念奴声。

181. 减字木兰花

黄州一步，胜似黄州行一路。一半姑苏，一半江湖一半吴。慈恩步步，路路慈恩慈路路，一半书儒，何以儒冠何以儒。

182. 减字木兰花

人生步步，路路人生人步步。左步行成，右步行成前可行。朝朝暮暮，岁岁年年朝又暮。日月阴晴，草木枯荣草木生。

183. 减字木兰花

朝朝暮暮，只在温柔乡里住。一半东吴，一半江湖一半姑。如今如故，总是那人千百度。小小罗敷，小小罗敷作念奴。

184. 减字木兰花

姑苏小小，小小姑苏姑小小。半在云霄，半在云中半在霄。人人老老，老老人人人人老老。一半逍遥，半在逍遥半问潮。

185. 醉翁操

天圆，地圆，人圆，一方圆。方圆。圆圆地上圆圆天。是嫦娥自弦弦。人不圆，度缺缺圆圆。十五天中只一圆。一弦上下，何以无弦，以来以去，事事人人不全。古往今来无憾，逝者流波回川，思翁知岁年。翁今吟心田。此意守渊泉，不问江上来去船。

186. 减字木兰花·自度曲

书书剑剑，帆帆云云云帆帆。六十休眠，八十年年八十年。七千日阅，阅诗词诗阅。达者先贤，全宋全唐我自全。

187. 洞仙歌

冰肌玉骨，疏影浮香故。三弄梅花暖寒度。问东君，可以白雪阳春，经三弄，自当立春如数。向河边杨柳，唤起群芳，自以梅花落时顾，何以红尘住，化作香泥，共彼此，相同相赋。问宋玉，也可向相如，总不及牧乘七发之赋。

188. 减字木兰花

平生一路，一路平生平一路。半在姑苏，半在江湖半在吴。慈恩步步，步步慈恩慈步步，一半江都，一半明皇一念奴。

189. 西江月·茶词

草木人中草木，人居草木之中。南南北北各西东，只在江南分布。品品香香品品，空空色色空空。有无尽在有无衷。如此如来如度。

190. 菩萨蛮

丰丰细细身如玉，姿姿态态轻妆东。小小作姑苏，声声成念奴。阳春何曲曲白雪明灯烛。不问不江都，寒光寒五湖。

191. 皂罗特髻

又名采菱拾翠

采菱拾翠，出水一芙蓉，供谁消得。采菱拾翠，玉洁红颜色。珍珠水。采菱拾翠却罗裙，已净清身惑。采菱拾翠，影影形形则。真个采菱拾翠，把衣衫藏匿，一牛在，一郎默默，一情在，织女从君侧。采菱拾翠，自在芙蓉国。

192. 玉楼春

清明不见家乡木，纷纷细雨雨纷纷逐。少年学步少年情，父母相扶相独育。桃桃李李天光沐，暗自成蹊，香馥馥。如今子女玉膝前，浔浔积水浔浔渎。

193. 临江仙

不问东坡何不问，无寻李白无寻，清明时节雨纷纷，爷娘爷父母，子女子衣裙。醉醉醒醒醒醉醉，励励业业励励。刘伶如此杜康勤。英雄英已尽，宋代宋时分。

194. 满庭芳

剑剑书书，书书剑剑，一代一代炎凉。

儒冠何误,鲁在孔丘旁。见得渊明五柳,琴弦弃,不弃文章。何今古,东坡李白,一宋一全唐。东坡词四百,宋朝第一,四品守苏杭。当然唐李白,唐诗第一,九百首诗。有清平乐赋,蜀道难昌。赤壁东流赤壁,何及得,当涂夜郎,去去来来日月,天下路,一半思量,诗词十三万首箸,作柳柳杨杨。

195. 好事近·寄东坡

一路一黄州,步步黄州杨柳。自以诗词相比,我十三万首。全唐四万八千词,宋万八千首。唐两千诗客,宋千三百守。

196. 鹧鸪天

半日西风半日凉,一根落叶一根乡。飞飞落落飞飞落,柳柳杨杨柳柳杨。何少小,故思量。隋炀水调水隋炀。长城见得长城石,好好头胪几短长。

197. 西江月·重九

九九重阳九九,重阳九九重阳。茱萸采得望家乡,寺寺方方丈丈。一半文章一半,文章一半文章。天机一半一天堂,俯俯当然仰仰。

198. 十拍子

九九人间九九,黄花自在重阳。采得茱萸何不问,弟弟兄兄在故乡。情情意意长。格律诗词格律,秋香处处秋香。白首方圆方白首,日月当空日月光思量老思量。

199. 临江仙

步步人生人步,人生步步人生,枯荣自在自枯荣。天光天日月,地理地阴晴。父母孙儿孙父母。生生息息生生。儿儿女女又人生。何人何代代,老小老情情。

200. 水调歌头·快哉亭作

路路黄州守,步步快哉亭。江清对我流水,流水对江清。记得苍梧治水,见得斑斑竹泪,鼓瑟二湘灵。一半娥皇语,一半女英铭。五湖岸,三三赋,一兰亭。文章太守平镜草木共浮萍。已见阴晴已见,已见枯荣已见,莫以莫刘伶。收拾单于,白雪待心听。

201. 南歌子

一曲南歌子,三更老树鸣。酒泉李广酒泉声。霍已飞将军霍已何名。我以黄州守,黄州我守荣,以此人生以此自成城。

202. 减字木兰花·烛

姑苏碧玉,一曲木兰花一曲,减字成书,不易长安白居易。灯灯烛烛,东东形形东东,故故舒舒,灭灭明明自不余。

203. 满庭芳

昔以韩娥,列子鸣问,已匮不与金粮。鬻歌假食,其音绕余梁。今以黄州去汝,天下路,处处天光。儒冠误,行行止止,远别自家乡。以书书剑剑,朝朝暮暮,柳柳扬扬。与三年旧跡,十载芬芳。且以宫商角徵羽五弦,一序平章,平章也,平章太守,太守已平章。

204. 阮郎归

华胥无帅主,无私欲昂。声声不尽一秋婵,高高在上天。只求情远度方圆。东西南北全。三界路,半前川。胡桃正自然。阳关过去问兰田,华胥不酒泉。

205. 西江月

处处方圆处处,方圆处处方圆。心田一半一心田。剑剑书书剑剑。水水渊渊水水,渊渊水水渊渊,涓涓水水作泉泉,去去来来瞻瞻。

206. 减字木兰花

小家碧玉,三寸金莲三寸足。只在姑苏,娃馆宫中小小奴。夫差一曲,勾践范蠡当所触,五霸三吴,一女何须堕五湖。

207. 渔家傲·寄毛润之

虎踞龙盘今似古,金陵白下华胥祖。不必重新寻大禹。农夫宇,紫金山下黄金缕。见得秦淮和细雨,六朝已去兴亡羽。见得人间人自主。三千栽,八千年里农家土。

208. 水龙吟·永雁

南南北北南南,春春早早秋秋早。衡阳草草,青海草草,非同一草。苇苇芦芦,芦芦苇苇,蒹葭无了。自来来去去,栖栖落落,年一度,何知老。独独双双人晓,雁丘旁,不分年少,向元好问,心中如此,教人知道。自是情情,情情自是,教人知道,这情中之事,何分老老又何分小。

209. 临江仙

一半金陵一半,秦淮一半秦淮。玉人已在玉人街。三生三明,一事一情怀。一半江流江一半,湾湾曲曲相谐。今今古古古,康熙康一代,佩文佩文斋。

210. 浣溪沙·寄东坡

一醉无成一醉倾，五湖浊浪五湖生，无平处处总无平。侧畔沉舟沉侧畔，枯荣草木自枯荣，生生不息是生生。

211. 浣溪沙

寄稼轩醉醉醒醒醉醉荣，行行止止不行行。人生梦里梦人生，北固瓜洲何北固，垂鞭之叹柳杨城，谁寻桂子石头城。

212. 菩萨蛮

买书买剑儒生路，巢由不止樵渔步。一子一东吴，三生三界孤。
如来如去度，观已观知数。百故百浮屠，千年千玉奴。

213. 南歌子

一载姑苏步，三生日月留。黄河万里自东流，五十天中到海不回头。岁岁年年度，年年岁岁修。荣荣辱辱有春秋，格律方圆格律总无休。

214. 西江月·平山堂

一瞬须臾一瞬，一天三十须臾。儒儒自此自儒儒。度度平生度度。有路朝前有路，殊途自在殊途，平山堂上有还无，日月耕耘如故。

215. 浣溪沙

不见西施不见花，浣溪沙里浣溪沙。夫差勾践不知家。五霸春秋成两霸，沉湖西子范蠡差，女儿不是战人赊。

216. 虞美人·寄宋

临安不尽长安路，左右人生步。山山水水不知书，不必知书不必不相居。唐标铁柱江河故，三百年中数。宋挥玉斧自屠苏，见得文天祥作匹夫辜。

217. 如梦令

如梦人人如梦，如梦时时如梦。一梦一平生，如梦无知如梦，如梦，如梦，醉醉醒醒如梦。

218. 如梦令

去去来来如梦，暮暮朝朝如梦，一日一千杯，醉醉醒醒如梦，如梦，如梦，日月江山无梦。

219. 浣溪沙

路路遥遥路路遥，条条不尽又条条，桥桥渡渡有桥桥。步步人生人步步，风风雨雨过云霄，江潮逐浪逐江潮。

220. 行香子

来去江村，来去黄昏。何来去，未锁家门。鹭鸥自入，各自乾坤。汐汐潮潮，童翁步，小儿孙。如生如息，如逢如别，自行行，步步慈恩。足踪留迹，如本如根。有江洋阔，风云雨，岁年痕。

221. 满庭芳·寄苏堤春晓

一步家乡，家乡一步，一步柳柳杨杨。山村山月，五女五留芳。自古契丹自古，扶余故，谷谷梁梁。爹娘育，兄兄弟弟，今我作爹娘。以平生六十，平生七十，八十炎凉。自不求显达，太守文章。五品郎中四品，修别墅，造福吴塘，阳澄客，渔民岸上，不改白堤方。

222. 水龙吟

东坡太白东坡，词诗第一诗词客。宋词第一，唐诗第一，东坡太白，陌陌阡阡，江南江北，阡阡陌陌。已民民子子，儒儒士士，天下也，诗诗泽。唐律唐诗唐格，一方圆，方圆如跡。宋词宋体以诗成调。诗词合璧。古古今今，佩文诗韵。丝丝帛帛，纵横成章也，诗词作得作中华册。

223. 浣溪沙

李白唐诗第一河，成千上百，首余多。先科自立自先科。一代宋词称一代，东城第一数东坡，平生四百首如歌。

224. 如梦令

八表如何朝暮，四面如何相度，若净净清清，俯仰人间如故。如故，如故，日月自当如数。

225. 南乡子

一岁一春秋，一岁春秋一岁秋。九九重阳重九九，清秋。一叶寻根一叶秋。一水一江流，一水江流一水流，柳柳杨杨柳柳，江楼。两岸江楼两岸流。

226. 木兰花令

人间花草知多少，岁岁年年从无了，自然来去自枯荣，雨雪雾云谁不晓。人人少少人人老，朝暮方圆成正道，春春夏夏向秋冬，北斗七星成象好。

227. 满庭芳

去去来来，朝朝暮暮，日月草木枯荣。初心初度，自主自平生。一半乾坤一半，天半也，地半无声。无声处，天天地地，父母总无声，人情人如此，如如此此，布布荆荆。以青衫自问，绯紫难平。

亩亩田田亩亩，何向背，自我
耘耕。人间事，人人事事，自得自耘耕。

228. 南乡子·赠田叔通家舞鬟

秀女玉环游，百态千姿自不休。自若
胡姬胡自若。羞羞。目目波波目目求。
哨遍六公头，却是刘郎柳柳州。蝶恋
花时花蝶恋幽幽。一水情中一水流。

229. 蝶恋花

步步登高登步步，叠叠山山，叠叠峰
峰路。不误秋蝉秋不误，声声远远声
声数。千百人生千百度。如去如来，
色色空空住。暮暮朝朝朝朝暮，如来
如去何如故。

230. 蝶恋花

万里黄河黄万里，万里长江，万里长
城止。万里东流东万里，从源到海多
桃李。五十天中归海矣。日日人生，
日日人生，六十年中成甲子，余生万
日诗词史。

231. 浣溪沙·感旧

少小离家老未回，
爷娘已去弟兄来。
乡城不是久徘徊。

进退三思三易变，
平生一路一相催。
诗翁八十八年才。

232. 蝶恋花·寄刘伶字伯伦

一半刘伶何一半，醉醉醒醒，不得江
南岸。沛国通宵通达旦。兴兴叹叹何
兴叹。席地行无辙迹断，纵所其居，

字字名名乱。若以杜康严濒畔，伯伦
如是如非判。

233. 满江红

别别离离，人生路，离离别别。买书
剑，作儒冠切，作儒冠杰。十八湾中
应九曲，弯弯不尽弯弯折。一黄河，
一万里黄河，万里一东流，人生说。
千百度，来去辙。朝暮步，诗词拙。
叹今古古古，阳春白雪。下里巴人下里，
圆缺缺园圆缺缺。一明灯，一夜一明灯，
何明灭。

234. 渔家傲

八百里秦川去路，三千年夏商回顾。
一度华胥华一度。今天付，先前石器
先前数。五百年中王帝雾，三千弟子
儒冠误。万里江河流不住，秦楼弄玉
秦楼故。

235. 南乡子

一夜一情留，半月半明半不羞。只在
温柔乡里度，幽幽。自在依依自水流。
一水一行舟，半玉半泼半不休。切切
情情情切切，回头，任自心心任自求。

236. 如梦令

一夜阳春白雪，一月婵娟圆缺。作了
一书生，别别离离分别。分别，分别，
何必对人评说。

237. 如梦令

一半群芳如彼，一半群芳如此。一度
一梅花，一度一春桃李。桃李，桃李，
一树梨花彼此。

238. 定风波·南海归赠王定国侍人寓娘

南海归来一寓娘，阳春白雪半身香。
海角天涯分两样，相望，春潮泛泛卸
红妆。擎天一柱天自立，梅花三弄待
群芳。俯俯当然当仰仰，思量，此情
此里此萧郎。

239. 苏幕遮

摩遮本自海西湖，葡萄玉女玉身酥。
哈密云中八角帽，琉璃服紫髯鬚。

240. 哨遍·春词

为米折腰，因酒无家，醉醉醒醒故。
曾去来，自有有无无。暮暮朝朝又暮，
一半儒。英雄匹夫归路，杜康不语刘
伶误。嗟李白东坡，东坡李白，如今
如占如故。玉门关外不见姑苏，小小
曲，明皇留念奴，云出无心，鸟倦知还，
杜康不度。呼。越越吴吴，契丹三边
三胡胡。古古今今语，如何记，如何数。
上下五千年，百家姓外，百家姓里，
谁家故。观草木枯荣，星辰日月，人
生行止无住。念自华胥一万年图。不
自觉，禹传夏何殊。莫帅主，有无私顾。
神仙知在何处，榜中封神也。已秦已
汉还三国晋，再以隋唐分付。人生天
命作三吴有隋炀，运河舟，天堂飞骛。

241. 西江月

鸟鸟飞飞落落，来来去去时时。枝枝
不空择枝枝，及及迟迟及及。自自分
分自自，离离别别离离。三思进退易
三思，万万千千十十。

242. 乌夜啼·寄远

月落乌啼月落，乌啼月落乌啼。乌啼月落乌啼月，月落乌啼月。月月乌乌月，啼啼月月啼啼。寒枝栋尽寒枝月，一夜一东西。

243. 浣溪沙·九月九日二首

一叶知秋一叶休，三山落尽半山沟，归根不得任风流。九九重阳重九九，黄花遍地遍神州。天机自在自心头。

244. 浣溪沙·和前韵

九九重阳九九州，秋秋岁岁一秋秋。霜霜雪雪半无休。遍地黄花黄遍地，茱萸采得半天由，乡思自在弟兄留。

245. 点绛唇·己巳重九和苏坚

九九重阳，重阳九九重阳九。柳杨杨柳，太守文章守。自得天机，自得天机久。明年叟，作明年首，庚子年中首。

246. 行香子·茶词

三泡无终，千意方通。心舒畅，词字精工。浮名浮利，沉业陈丰。草木之中，以人界，可西东。先后沉浮，山水蒙。且淘淘，子子翁翁，几时归去，作个雕虫，一首诗词，一行笺，一云中。

247. 临江仙·登望湖楼

柳浪闻莺闻柳浪，三潭印月三潭。春蚕一念一春蚕，西湖西子水，玉女玉人眈。一半孤山孤一半，梅妻鹤子分担。范蠡已去范蠡谙，吴中吴不已，越下越人勘。

248. 占春芳

红杏小，夭桃早，小雨半云霄，见得吴江江水，自然处处春潮。日月路迢迢，与佳人，同路同桥，梅花三弄梅花落，香气无消。

249. 南歌子·晚春

一半青莲影，青莲一半形。池塘一半一峰青，一半岸边边岸半浮萍。鼓瑟湘灵鼓，湘灵鼓瑟灵。苍梧竹泪二妃丁。见得芙蓉出水自亭。

250. 南歌子

一半西湖色，西湖一半空。一半西湖有无中。一半西湖西子夕阳红。一半姑苏越，姑苏一半雄。西湖已在五湖东。五霸春秋五霸范蠡虫。

251. 南歌子

一半夫差越，夫差一半吴。西施沉下一江湖，何以女儿何以半姑苏。一半英雄妒，英雄一半孤。罗敷不问不罗敷，不似馆娃不似作殊途。

252. 鹊桥仙·七夕

人间七夕，星河两岸，隐隐鹊桥分半。牛郎织女欲相逢，却不是，埔宫霄汉。东家也叹，西家也叹，何以人人有叹。此年喜鹊太无常，乞巧后，鹊桥还断。

253. 南歌子·八月十八日观湖潮

八月钱塘怒，钱塘十八哗。云霄上下作涛家。八月天光从十八天涯。一线潮头涌，潮头一线斜。飞升直降万枝花，真似龙翻虎跃浪淘沙。

254. 点绛唇·庚子重九

九九重阳，重阳九九重阳九。柳杨杨柳，八十诗词叟。九九重阳，九九重阳九，谁知否，十三万首，格律方圆守。

255. 点绛唇

庚子黄花，庚公楼上诗词守。佩文杨柳，岁岁年年首。八十平生，日月人间走。天天走，见江河口，万里归洋否。

256. 好事近

八月半当初，一叶飞天之路，自以求根求已，与秋风相度。买书买剑买人生，买得不如故。买得儒冠儒客，买成儒冠误。

257. 南歌子

闭目钱塘水，钱塘闭目流，禅师自在大通遊。弥勒如来如去几春秋。一曲黄金缕，黄金一曲留。山僧有度有深谋，几及东坡自在自风流。

258. 点绛唇

一步阳关，阳关三叠阳关宴，见何何见，独独胡杨面。过玉门关，玉在关门馆。寻飞燕，马踏飞燕，不问长生殿。

259. 南歌子

八月中秋日，中秋八月潮。一涛直上作天桥，天下天光天上不迢迢。一半龙宫见，龙宫一半霄。藏娇金屋不藏娇，玉女传书汉武可逍遥。

260. 南歌子·暮春

紫陌红尘去，红尘紫陌来。红尘紫陌

久徘徊。水色忽惊莲叶作园台。白白红红色，红红白白腮。女儿去了女儿来。见得梅花落了有青梅。

261. 减字木兰花

昭君一目，四面楚歌谁埋伏。雕玉单于，五霸声中大丈夫。斑斑竹竹，谷谷山山山谷谷，一半苍梧，一半潇湘一半儒。

262. 浣溪沙·寄郭雅卿

一叶秋风一叶惊，三生未了半生情，卿卿我我卿卿。子子赢赢今女女，北京，过半过东城，老来八十独孤行。

263. 浣溪沙·和前韵

一步人生一步生，三生未了生情，卿卿未了半卿卿。去去来来来去去，阴晴日月有阴晴，枯荣不可不枯荣。

264. 浣溪沙

买剑买书买有无，问非问是问儒夫，孤孤独独是孤孤。子女成才成子女，巴黎特使特殊途，外交地铁法华驱。

265. 减字木兰花

朝云暮雨，三峡巫山三峡渡，直下东吴，不问天门不问儒。楚湘一路，不数江山何不数。已到江都，未了隋炀有念奴。

266. 西江月

醉醉醒醒醉醉醉，天天地地天天，知章骑马似乘船。北固稼轩何见。不是刘不是，刘伶不是刘伶。生生死死死生生，只得人生一面。

267. 西江月·坐客见和复次韵

醉醉醒醒醉醉醉，醒醒醒醒醒。丹青不可不丹青。性性人人性性。处处刘伶处处，刘伶处处刘伶。泾泾渭渭渭泾泾，自自清清正正。

268. 西江月·再用前韵戏曹子方

酒酒人人酒酒，人人酒酒人人。冬冬夏夏半秋春，浸浸生生浸浸。弟子三千弟子，红尘一半红尘。杜康留下杜康沦，不饮诗词不饮。

269. 木兰花令

梨花瓣上珠珠雨，美人折得云云雾。轻轻束束寄情心，花花未语花花露。相思处处相思度，暮暮朝朝朝暮暮。卿卿不必不卿卿，去去来来多少误。

270. 虞美人

花花草草三春好，四野知多少。江湖日月一江潮，金屋藏娇金屋自藏娇。年年岁岁人人老，一二三生道。禅心自得自逍遥。六十方成八十凤凰箫。

271. 八声甘州

一甘州，俯仰八声天，月明几弦弦。见圆十五，圆十六，难得圆。年少邯郸学步，牛马共前川，刺骨囊金佳学，萤雪窗边。知己潘郎，曾记得，东坡今古，采石矶悬。赤壁天下水，无岁岁年年，四品官，天涯海角，以词传唱，一人间，终不做去来船。东流去，黄河万里，五十经天。

272. 西江月·送别

柳柳杨杨柳柳，朝朝暮暮朝朝，春潮一度一春潮，草草花花草草。岁岁年年岁岁，遥遥近近遥遥，云霄一半一云霄，小小中中老老。

273. 定风波

一半童翁一半乡，周郎吴蜀问周郎。赤壁火攻攻火乱，风乱。东风有语四方扬。即生瑜耳何生亮，人间今古自需强，此去大江南北岸，兴叹，少年何以老年长。

274. 临江仙

自以临江仙自以，春温一半春温。威王忌子不归门。琴知琴子弟，语日语王孙。大小弦弦大小，和和处处乾坤，清清处处正臣门。君当君子客，故事故云根。

275. 减字木兰花·送别

天台一路，一步人生人一步。回首东吴，一路淞江一五湖。虚无如故，可数因循因可数。六淒江都，六淒隋炀六淒无。

276. 蝶恋花

多少云中多少雨。一半离思一半相思苦。一路人生人一路，黄河万里黄河故。若以悲欢离合数，一半阴晴，一半枯荣误。岁岁年年何不住，回头已是回头赋。

277. 临江仙

李白东坡怀李白，东坡李白东坡。同当第一过先河。东坡东四百，李白李千多。首首诗词诗首首。汨罗水上汨罗。长沙至今唱九歌，千杯少酒醉，一世一醒何。

278. 临江仙

太白东坡醒复醉，东坡太白东坡，黄

河万里一黄河，源流源万里，五十日穿梭。三万日中三万日，多多少少多多。空空望望对嫦娥。当天当一首，三万首长歌。

279. 又

太白第一诗人，诗千首，东坡第一词人，词四百首，吕长春第一诗词人，佩文诗韵，格律诗词六万八千首。

280. 浣溪沙

盛典诗词盛典诗，十三万首世人知。佩文诗韵佩文司。格律方圆方格律，梅花三弄一南枝，梅花落了半香时。

281. 木兰花令

金陵一半秦淮雪，佳人一半离情别。弦弦月月月弦弦，圆缺缺圆缺。三三二八三三切，子子孤孤孤子子。已相思处再相思，忘了心中多少说。

282. 减字木兰花

阳春白雪，白雪阳春阳白雪。下里巴人，下里巴人下里春。圆缺缺，缺缺圆圆缺缺。一半天伦，一半天伦一半循。

283. 浣溪沙

芍药声名一可离，樱桃结子半相思。姚黄魏紫已如期。若以昭仪飞燕在，藏娇不可不相知，三郎缺折贵妃枝。

284. 减字木兰花

芙蓉水里，水里桃花桃水里。已自依依，已自依依已自依。姿姿美美，美美姿姿美美美。白玉肌肌，白玉肌肌白玉肌。

285. 生查子·诉别

朝朝暮暮朝，暮暮朝朝暮。一半去来离，一半相思路。相思一半云，一半相思雨。只在入巫山，只在高唐住。

286. 青玉案·和贺方回韵送伯固归吴中故居

三年枕上姑苏，路，记取得，云云雾。见以江湖成古渡。一淞江水，五湖如数，已是江湖故。日月草木何朝暮，半在阴晴半云雨，不付归期不付。退休时节，不退诗赋，八十天天度。

287. 行香子·寓意

一代三师，一代三公，一唐家，一代官风。尚书都省，吏部当空。待郎也，好体面，是郎中。五品飞鸿，四品归鸿，已平生，作得诗翁。沈阳市长，地铁交通，法兰西，作特使，自西东。

288. 渔家傲

一路人间人一路，人间一路人间路。左一步时右一步。朝前步，何分左右何分故。雨雨云云云雨雨，朝朝暮暮朝朝暮。如去如来如所付，千百度，年年岁岁天天数。

289. 戚氏

玉门关，阳关三叠过阳关。玉问兰田，月芽湾里响沙山。沙山，响沙山。楼兰沉没月芽湾。敦煌不可回首，交河空壁不完颜。隋霾唐雾，千年万载，古今来去无还。以迢迢日月，火焰山上，石玉斑。黄河万里弯弯，来去曲曲，不弃十八湾。瑶河下，女娲化石，天水维艰。华胥国，无帅主，无朝班，也不嗜欲骄蛮，以无自得，有有无无，何以当以等闲。人类从无始，自无而终，已自成营。且以元元极极，北斗七星口上云寰。潜潜隐隐隐隐，自然自是，沧海桑田变夕阳斜，天向人间谴。问天机，先后般般。大禹传，等等闲闲，夏商周，不忆九嶷山，向苍梧望，湘灵鼓瑟，叹帝王班。

290. 归朝欢

陌陌阡阡阡陌陌，客客君君君客客。江南共在共江南，霜霜月月霜霜白。九脉分大泽。庐山上下庐山石，鄱阳水，南昌城下，滕王阁名册。一赋王勃烟水隔，见得飞鹜见得伯，文章太守学文章，东坡太白相交迫。岁华何琥珀。人间留下隋炀帛，易杨柳，三秋桂子，以运河称霸。

291. 木兰花令

人人前进人人路，一步难成成一步。二三知道可三思，进退易时朝也暮。万里黄河天天数，五十天中源海注。长城万里是长城，千七百万砖可赋。

292. 浣溪沙

大大之中小小成，木奴岁上木奴情，丹阳太守治家名。　雪雪霜霜霜雪雪，甘甘苦苦易方盟，寒时促织始知鸣。

293. 浣溪沙

独木成林独木林，知音不可不知音，鸣琴未是未鸣琴。　浅水深深深浅水，含天含地亦含禽，青峰一半白云心。

294. 浣溪沙

一树方圆一夜霜，三更故色五更黄，青青一半未炎凉。　　见得江流流不见，越儿未在越家乡。吴姬剥橘手犹香。

295. 阮郎归

梅花三弄半黄昏，浮香一入门，有乾坤处见乾坤。梅花落近根。当子女，小儿孙。寒天有地温，慈恩步步慈恩，香香自古村。

296. 西江月·咏梅

一半南枝一半，南枝一半南枝，寒寒暖暖暖寒时，秩秩仪仪秩秩。岁岁司司岁岁，司司岁岁司司。香香不尽不迟迟，影影形形日日。

297. 减字木兰花·荔枝

红红绿绿，玉玉珠珠珠玉玉。只是当初，一字明皇一字书。川川曲曲，继续千程千继续。不必相如，闭月羞花荔枝余。

298. 殢人娇·赠朝云

处处桃花，处处桃花一面，与日月，与东风见。春光处处，处处春光便。自淑女，与我云舒云卷。暮雨朝云，钱塘一线，子霞也，潮头潮甸，盐官十度，麦积山上燕。须信道，三十四年香茜。

299. 浣溪沙·端午

不在长沙唱九歌，汨罗水上问汨罗，湘流日日万千波。纵纵横横纵纵，张仪佚楚佚人多，苏秦六国六六蹉跎。

300. 浣溪沙·端午

五五三闾五五船，三三后禊两三川，重阳九九菊花天。岁岁年年年岁岁，弦弦月月月弦弦，婵娟不在不婵娟。

301. 南歌子

一半朝云在朝云一半飞。东坡一半一无归。一半依依如是一依依。且以秦观问，秦观见玉肌。东坡自得自衷，不得秦观不得是非非。

302. 行香子·秋兴

一度人生，十度人生。一行止，一一行行。一寻南北，一止身名。一知天地，知一一，一精英。一世书生，一世书生。一儒冠，一事无成。一成一了，一一成城，一得成，成一得，一诗英。

303. 南乡子·双荔枝

一味荔枝香，万里长江万里长，蜀蜀川川川蜀蜀，温乡。子子垂垂自不杨。自度自绯妆，五品休时四品堂，不以郎中郎不以，炎凉。一世诗词一世扬。

304. 贺新郎

诗词盛典稿书计千七百万字，曰诗词长城。

止止行行路，一年年，朝朝暮暮，似云如雾。去去来来去去，是故何言是故。已步步，如何分付。少小无知无少小，半中年，苦苦辛辛苦苦，听父母，任儿女。人生六十何相顾，退休时，正当日月，好功成数。三万日中三万日，格律方圆步步。一日日，诗词歌赋。千七百砖筑得，一长城，我十三万首，千七百万字数。

305. 谒金门

梅花落，一曲是梅花落。有约人间人有约，孤山知一鹤。如若东君如若，只与群芳求索，色色颜颜花与萼，无言无漠漠。

306. 临江仙

一半江南江一半，江流不问江楼。三分春色一分羞。男儿男自得，女子女儿愁。已作岳阳楼上客，忧忧一半忧忧。忧家忧国以民忧。书生书不已，匹责匹夫修。

307. 三部乐

何以朝云，三十四朝云，自身奇绝。一生风月，可与秦观相说。固知道，无了东坡，小小从小小，二十三悦，为君曲舞，太守文章千结。钱塘惠州一去，试双双独独，古古今今别。但将此生，不是是何圆缺。以晴波，随君明灭。知彼此，情深意切。草木日月，由草木，由自豪杰。

308. 雨中花慢

海角天涯，万里柳杨，人物分别故乡。去来何来去，几断衷肠。万里朝云朝暮，几仍三峡风光。作东坡一半，向谁分说，我自钱塘。先生已事，二十三年，共与炎凉。三十四年离别，生死茫茫。忠敬一如若一，自然心上留芳，这人生也，不名无利否寄黄粱。

309. 西江月

暮雨朝云暮雨，朝云暮雨朝云。云云雨雨雨纷纷，阵阵时时阵阵。一半东坡一半，衣裙一半衣裙，分分合合已分分，晋晋秦秦晋晋。

310. 减字木兰花·赠小鬟琵琶

天天下下，夏夏春秋冬夏夏。一曲琵琶，一曲琵琶一客家。四方四野，汉互秦砖秦汉互。海角天涯，不见长城砚华。

311. 浣溪沙·寄东坡春情

寒食三天半日晴，清明一日两无声，虫鲁草木自枯荣。不见朝云何不见，有知暮雨暮人情，生生息息自生生。

312. 浣溪沙·寄东坡春情

一半东坡一半情，朝云一半已平生。天涯海角总无平。三十四年三十四，钱塘八月一潮横，身名不尽是身名。

313. 谒金门·秋感

重阳九，九九重阳重九，一曲鸣蝉鸣树首，向杨杨柳柳。八十人生老叟，格律方圆相守。自箸诗词十万首，佩文知韵否。

314. 西江月

暮鼓晨钟暮鼓，辰钟暮鼓晨钟。容容自度自容容，静静心心静静。迹踪踪迹迹，踪踪迹迹踪踪，逢逢别别别逢逢。影影形形影影。

315. 好事近

一叶一秋声，人性人言人性。自以求根求祖，几何何清净。秋蝉自是向高鸣，远远自长正。且以高低来去，古今今如镜。

316. 谒金门

寒已起，促织声声无止。彼此何言判

彼此，自墙墙里里。史史朝朝史史，历历经经非是。正正邪邪蟋蟀始，野朝朝朝野矣。

317. 千秋岁·老子《礼记·曲礼上》

十年幼学，二十年冠弱。三十壮，成家步。强仕当四十，五十艾官住。耆六十，成言指佚成言度。七十稀如故，八十耄分付，九十岁，耄如故。期颐应百岁，自以人生数，三万六千五百日，人生路。

318. 减字木兰花·立春

立春时候，已见木兰花问柳，一半含羞，一半含苞不叶修。自先白首，作友人间人作友，一半风流，一半花花一叶求。

319. 踏青游

一半江南，处处野花芳草。十里行，两三飞鸟。女儿遴，青青色，女儿多少。见小小，腰肢维肖维妙，上下一身春好。一半姑苏，剑池虎丘知晓。第二泉边人到早。石点头，沧浪水，相逢窈窕。梦香香，良辰不要过了，此约只可轻悄。

320. 减字木兰花

花花草草，海角天涯天未了。海海潮潮，一柱擎天一柱霄。多多少少，岁岁人人老老。路路遥遥，见得朝云见得桥。

321. 鹧鸪天

一日春风一日潮，三吴水月半吴消。小家碧玉桥边问，不可相思不可遥。波里目，柳中腰。周郎未顾未藏娇。天涯海角天涯去，却忆朝云紫玉箫。

322. 蝶恋花

水水鱼鱼鱼水水，已是心经，只在金刚里。如去如来如自己，空空色色空空始。见得观音，自得观音水。观音水，是非非是，是是非非止。

323. 西江月

暮鼓晨钟暮鼓，晨钟暮鼓晨钟。中庸一半一中庸，姓姓名名姓姓。度度容容度度，容容度度容容。重重不尽不重重，正正邪邪正正。

324. 定风波·感旧

一路方圆一路长，半生日月半家乡。作得书生常俯仰，方向。无情花对有情郎。四象两仪分四象，古往。人间今古共炎凉。不想浮生浮时易。何以，黄粱之中有黄粱。

325. 南乡子·集句

弄玉凤凰箫，鸟夜啼时望海潮。大有春晴春晓曲，月宵。韵令昭君怨不消。西子念奴娇，一误桃源兀令遥。舞马词中西窗烛，潇潇，雨夜潇潇雨夜潇。

326. 南乡子

小圣乐中求，一半相思一半忧。下里巴人巴下里，悠悠。白雪阳春白雪留。八声唱甘州，尾犯梧桐影叶秋。调笑歌中谁调笑，风流。且见春江花月舟。

327. 南乡子

一子一南乡，半品人生半品唐。万里春中春万里，堂堂。思归人已思帝乡。哨遍塞姑香，冉冉云飞扫地妆。瑞鹤仙前仙瑞鹤。常常，七宝玲珑七宝杨。

328. 菩萨蛮

书生自以书生路，儒冠自以儒冠误。不可不书儒，谁言谁匹夫。行人行步步，雨雨人人雨。未去未知途，无为无可数。

329. 菩萨蛮·咏足

行行止止行行路，前前后后前前步。左右左初初，三思三问书。知天知日数，当事当无误。一度一相如，耕耘耕自锄。

330. 菩萨蛮

阳春白雪阳春雪，巴人下里巴人说。问世向君多，知公知渡河。高山流水别，夏口琴台杰。子日子期少，伯牙难自多。

331. 浣溪沙

月月弦弦月月钩，弦弦上下自不休。嫦娥何日可回头，半月一圆复一日，秋冬春夏又春秋，悲欢离合几悠悠。

332. 浣溪沙

半步秦楼一步忧，穆公十世穆公愁，箫声只是凤凰求。　弄玉无言萧史在，谁知父母不回头，儿儿女女几时休。

333. 浣溪沙·春情

燕子临波燕子飞，清明细雨雨霏霏，回归父母老回归。　自己思乡思自己，依依少小总依依，老来八十老来稀。

334. 江城子·格律长城

清明岁岁一清明，老人生，半人生。日日诗词，岁岁自枯荣。格律方圆成格律，今古问佩文名。十三万首作精英。不身名，未身名。人生八十度人生。半长城，一长城。书稿成书，千七百万字，已如长城砖相数。三界路，一长城。

335. 蝶恋花

一半东坡东一半，一半朝云，一半天涯岸。一半惊天惊一半从无沧海桑田半。二十三年三已断，不以钱塘，却以惠州断，回首回心回顾看，多多少少多多叹。

336. 蝶恋花

止止行行从未误，一步书生，一步书生路。不顾人情人不顾，儒冠见得儒冠误。大禹传家传启度，误了华胥，夏代华胥数。帅主私王私已住，醒醒醉醉何如故。

337. 减字木兰花·花

花花草草，草草花花花草草。一水春潮，一水春潮一水消。多多少少，少少多多少少，一路遥遥，一路遥遥一路桥。

338. 减字木兰花

朝朝暮暮，暮暮朝朝朝暮暮，不过东吴，不过东吴问五湖。云云雨雨，雨雨云云云云雨雨。碧玉姑苏。一念明皇一念奴。

339. 点绛唇

一半人间，人间一半人间路。暮朝朝暮，去去来来顾。向得如来，向得观音度。天天数，一天天悟。步步慈悲步。

340. 点绛唇

一只楼船，楼船一只扬州岸，已无间断，古古今今叹。已是千年，水调歌头畔，天堂赞，一钱塘半，一一苏杭半。

341. 点绛唇

水调歌头，杨杨柳柳杨杨柳，见钱塘口，以帛天堂守。是好顶胪，不可隋炀否。苏杭久，是重阳九，六渎夫差首。

342. 虞美人

长城万里长城暮，一半长城误。江苏六渎五江湖，一半天堂一半在东吴。长城万里长城故，面对重新数。一千七百万砖俱，盛典诗词文稿与同殊。

343. 虞美人

黄河万里路，日月书生数。自源到海五十天，十八湾中九曲九州前。平生八十平生度，三万天分布。以六百次往来船，醉醉醒醒太白市街眠。

344. 虞美人

圆缺缺圆缺，别别离离别。老婆孩子热炕头，暮暮朝朝三亩不生愁。书生路上书生咽，海角天涯说。江流不住问江楼，大禹华胥传夏帝王州。

345. 诉衷情

衷情一半诉衷情，一半自枯荣。衷情一半明月，明月一衷情。三界见，一书生，半心明。与书生路。一半相思，一半倾城。

346. 翻香令

梅花落后百花香，月明不可上空床。嫦娥在，婵娟在，一二三，老子莫衷肠。背人私问竹枝长，运河杨柳到苏杭，隋炀帝，楼船色，共钱塘，千载一天堂。

347. 桃源忆故人·暮春

清明不尽清明雨，寒食一朝一暮。已半云云雾雾，已半烟烟树。吴中未了姑苏路，自是寒山寺故，步步慈悲步步，日日心经度。

348. 鹧鸪天·佳人

一代佳人一代明，双眼浮动两波倾。玉肌白皙蛮腰细，自度纤纤态态成。先已笑，后潜荣。依依旧旧已无声。阳春白雪阳春雪，下里巴人下里情。

349. 西江月·佳人

止止行行止止，行行止止行行。一声不尽一声情，有意有心有性。已是晴晴已是，晴晴已是晴。云云雨雨半晴晴，以草以花以命。

350. 醉落魄

醉醒醒醉醉，刘伶已得杜康睡，稼轩李白知章寄。一到当涂，别有皇城易。天天地地天天地，平生一半难成器。饮中何以八仙忌。醉醉醒醒，醒醒醉醉弃。

351. 减字木兰花

钱塘一半，一半天堂隋一半。一半长安，一半临安一半安。江山一半，一半人间人一半。一半前川，一半河流一半川。

352. 沁园春

一路人生，一路诗词，一路一求。自少年学步，中年寻职，老年自得，六十退休。全力以赴，七千日月，二十春中二十秋。全唐诗，全宋词，七万首里遨游。从新自我开头。再著作，诗词七万留。计三千五百诗人词客，一人独自，以此封侯。八十人生，重阳九九，四野黄花满九州。人生事，与茱萸共享，草木春秋。

353. 踏莎行

一寺寒山，一僧拾得。一湖只渡枫桥色。姑苏城外月乌啼，夫差不在夫差国。一寺寒山，一僧拾得，晨钟暮鼓钟钟侧。扶桑不必扶桑问，高悬日月高悬惑。

354. 南乡子·有感

一日运河舟，一水江南一水流。已见天堂天已见，楼楼，一半人间一半酬。万里万春秋，万里长城万里愁。四面荒沙荒四面。悠悠。汉武秦皇自己休。

355. 浣溪沙·下南洋

一路巴新（巴布亚新几内亚）一路行，三年跬步两年成。方圆自定自枯荣。建得南洋深圳市，平生自此可平生。人间问首见阴晴。

寄：Sirula Bank 苏艺强 陈钦奇 庚子 吕长春

苟日新，日日新，又日新
——《诗词盛典》系列丛书后记

余七十九岁，跟随共和国七十年，二万五千五百五十天，著作诗词盛典ⅠⅡⅢ格律诗词共十三万五千首，青文贤之例，著格律诗词。今得付梓，首先要感谢中国书籍出版社有限公司，感谢王平社长、刘向鸿总编和刘娜、吴化强、刘畅、初仁责任编辑。

吕长春生于1942年2月3日（农历）原辽东省桓仁县桓仁镇天后村，祖父吕洪尊与吕刘氏自山东胶州闯关东。父吕传德，母丛润花，兄吕长录，吕长清，弟吕长义，吕长茂，妹吕燕滨，祖上历代为农，乡间行医修桥铺路，自立门户。

祖父教我行善，父亲教我种田，每亩高粱六千颗，一万八千籽，一粒一粒种，一颗一颗收，这就是大自然的足迹和力量，日日新。

1949年春解放入小学，私塾先生作了老师，问道"你会数数吗？""12345678910""1+1"等于几？"2"再加1等于几？"3"好"一生二，二生三，三生无限"。"你会背唐诗吗"？"床前明月光，疑是地上霜。举头望明月，低头思故乡。"这是李白之"静夜思"。我知李白，但不知"静夜思"这一天，我写了人生第一首诗。（见诗词盛典Ⅰ第十五卷古今诗之学生篇），由是从零开始，追随唐诗宋词的丰碑，步入中华国粹之史册。

学生伊始，桓仁镇西关小学，桓仁中学初中、高中、1967年北京钢铁学院大学毕业，继当工人、作翻译、忝列专家。

1978 年全国科技大会凭专著《热宽带轧计算机系统》被选入中华人民共和国冶金部计算机中心工作，受中国科学院数学所，联合国教科文组织和英国皇家计算中心培训，译有《计算机信息系统》《多学科协作的系统工程方法论》等书。每日 2000 字草清稿，昼夜不误。

1980 年任香港招商局蛇口工业区专家组长，潘琪部长领我们访问英国马克思墓，他说："李太白说低头思故乡，我们在这里低头，这里是无产阶级的故乡。我们从无而来，到无而去。"教人深省。我作："床前一月光，地上半层霜。俯首寻踪跡，扬言对故乡。"

人的足迹，人，第一步，左一步右一步，步步向前；第一事，成一事，事事向成。向前、向成是人类优秀的品性，日臻完美之品性。

1982-1999 年，先后供职国务院经济研究中心，国务院农村能源办，国务院编制局，全国地铁办并任中法外交使节，任副处长，正处长，副司长，主任等职，参与起草政府工作报告，提出设立国家决策系统执行系统信息反馈和控制系统。步及千余县，二百余市和六十八国。我曾站在赫鲁晓夫只有黑白两色的大理石塑像前，这位政治家没有中间，立场只有黑与白。我曾站在格林威治天文台东西两半球分界线上想到何为东，何为西，由之想到一带一路；想到地球是圆的，又由之想到建设人类共同体。1999 年苏州工业园区以正司正厅长职退休。任马来西亚和巴布亚新几内亚国家顾问。

1999.6.28-2020.6.28，其间 7665 天，日日沉浸格律诗词。遂有诗词盛典 Ⅰ——由古今诗佩文韵韵工格律化，著吕长春格律诗词六万八千首；后著诗词盛典 Ⅱ——读写格律康熙御制全唐诗五万首；再著诗词盛典 Ⅲ——读写唐圭璋全宋词一万七千余首。

上下之中，进退之中，向背之中，天地之中，阴阳之中，零一之中，成败之中，

后 记

一集之中，有无之中，是非之中，中中之中，中在那里，诗词盛典，有所求也。

此生从小学第一课"人"而始，人加一是大，大加一是天，天地方圆。日日步步而行，时时事事而为，跟随共和国 70 年，25550 天平均每日 5-6 首诗词。

人生的路，跟随唐诗宋词的路，跟随文化丰碑的路，跟随人类历史的路，一天天，一步步，十三万五千首。我非诗人，却成诗人，中华民族是诗词的国度，是格律方圆的国度，跟随共和国循此一生。难也，不难，而难，可载入中华史册。

诗词盛典格律诗词十三万五千首，一千万字，万里长城有一千七百万砖，相当于半座万里长城。一步一步地走入，一首一首地著写，不到长城非好汉。

李白，唐第一诗人，九百余首古今诗，李太白全集九十八万字；康熙御制全唐诗四万八千九百余首古今诗，全唐二千二百余诗人，全唐诗四百万字。杜甫一千一百七十首，白居易两千七百四十首，李商隐五百三十六首，杜牧五百一十四首，孟浩然三百二十一首，刘禹锡七百三十二首，王昌龄二百一十首，李贺二百三十八首。唐诗之足迹，唐诗之丰碑，人类之史册，我跟随前人走来。

苏东坡，宋第一词人，四百余首词。苏轼词全集五十万字，秦观五百六十四首、辛弃疾八百一十六首、陆游九千三百六十二首、欧阳修一千一百八十八首、晏殊三百八十二首、周邦彦二百五十四首、柳永二百九十一首、范仲淹三百一十三首、宋词之豪放、婉约、清气俱在其中，我仰慕前贤，词中留下词的历程。

唐圭璋全宋词一万六到一万八千首。"词律辞典"载："总 9032 首。1242 调，3412 体，50 大曲，910 别名词，总 3773 首。"（全宋词未计入之漏掉 210 调）全宋一千三百余词人。

荷马，世界第一诗人，伊利亚特全诗一万五千六百九十三行，三十九万五千字，奥德赛全诗一万二千一百调一十行，总计二万七千八百六十三行。三十万五千字，以体量计，世界第二大诗人莎士比亚、第三诗人歌德、第四诗人泰戈尔、第五诗人普希金。

吕长春诗词盛典十三万五千首诗词，不计长句，以八句律诗为八行计约一百零八万行。诗之不可比，诗人与诗人可比，数量与质量，数量之中有质量，质量之中又数量，才是旷世之作。

人类的里程就是文化的沉积，文化的沉积就是人类的里程，诗词就是人类的里程碑。

"盘铭"曰："苟日新，日日新，又日新"。

吕长春
二〇二〇年六月二十八日